新潮文庫

野の春

流転の海 第九部

宮本 輝著

新潮社版

11424

野の春

流転の海　第九部

第一章

京都の刀剣商に預けておいた関孫六兼元《せきのまごろくかねもと》の代金五十万円を受け取ると、松坂熊吾《まつざかくまご》はその足で大阪に帰り、大正区の河内《かわち》モーターへ行き、借りていた金を河内佳男《よしお》に返した。

もう少し時間があれば八十万円で売れると刀剣商の幣原悦男《しではらえつお》は惜しそうに言ったが、熊吾は伸仁《のぶひと》の大学入学に要した金だけは河内佳男に四月中に返済しておきたかったのだ。

刀の研ぎ代と手数料を引いた四十万円のうち二十万円の現金が入った封筒を河内佳男の机の上に置き、

「あの関孫六兼元は不思議な巡り合わせじゃ。あの名刀をわしに売った男の名前も素性もわからん。幾らで買《こ》うたのかもよう覚えちょらん。何年か前にある人に売ったが、そのときも五十万円じゃった。その人が死ぬときに刀を返してくれた。なんで返してくれたのか、それもようわからん。きょう、京都の刀剣商に売ったのも五十万円。合わせて百万円。あの関孫六は、土壇場《どたんば》のところで助けてくれよった。本当の名刀じゃのお」

熊吾はそう言ってから、頭を深く下げた。

「どんな名刀やったのか、いっぺん見せてほしかったですなあ」

河内は言って、伸仁が書いて印鑑を捺《お》した借用書を熊吾に渡した。ノブちゃんに貸すのだから、本人に書かせて届けさせてくれと要求したのは河内だった。親がどんな苦労をして大学に行かせるのかを少しでもわからせておきたいという河内の心遣いだったのだ。

伸仁が入学したのはことし開学となった追手門《おうてもん》学院大学で、茨木《いばらき》市に新しいキャンパスがある。追手門学院は八十年の歴史があり、大阪城のすぐ近くに小学部、中学部、高等学部の校舎が並んでいる。大阪の軍人の子弟を教育する学校として明治二十一年に当時の大阪鎮台司令官で陸軍中将だった旧薩摩《さつま》藩士の高島鞆之助《とものすけ》が設立した。薩摩藩独特の郷中《ごじゅう》教育を取り入れるという理念を基としていた。校名は大阪偕行社《かいこうしゃ》付属小学校だったが、戦後に日本から軍人というものがいなくなって追手門学院と改めた。

大学を持つということは積年の望みだったが土地の確保や資金等の問題があって叶《かな》わなかったのだ。

この追手門学院にやっと大学が設立されると熊吾に教えてくれたのは河内佳男だった。河内は自分の長女を小学生のときから追手門学院に通わせていたが、それは河内の妻が鹿児島出身で、父親から薩摩藩の郷中教育についてよく聞かされていて、少々無理をしても娘を追手門学院で学ばせたいと言い張ったからだ。

関西では昔からよく知られていた学校だったし、戦後は裕福な家の子弟が通う学校と

しての地歩を築いていたので、熊吾は浪人中の伸仁に勧めてみた。高校を卒業してすぐに梅田の予備校に通っていた伸仁は、

「授業料、高いかもしれへん」

と気が進まない表情で考えていたが、足りない分はアルバイトをしようと気楽な調子で受験したのだ。

「ノブちゃんは中央市場の乾物屋でのアルバイト、つづいてますのか？」

と河内は訊《き》いた。

「ああ、朝の五時に起きて六時から十時までじゃ。水曜日と土曜日は一時間目の授業を受けにゃあいけんからアルバイトは休むしかないらしい。じゃけん、週に四日は朝早うから働いとる。乾物のこともだいぶわかるようになったと言うちょったぞ」

応接用の机には朝刊が置いてあり、けさもアメリカ軍の北ベトナムへの空爆の記事が一面で報じてあった。

「憲法で戦争放棄を明言したお陰で、日本の若者はベトナムの最前線に行かんですんじょる。それだけでもありがたい。憲法改正論者は、それを怪我《けが》の功名とは思わんのかのお」

熊吾の言葉に、

「もう泥沼ですなあ。いつ終わりまんねん？　アメリカの若い兵隊は、なんで自分らが

ベトナム人と殺し合いをせなあかんのか、どうにも釈然とせんまま、ジャングルで機関銃を撃ちまくってまんねんなあ。ケネディが暗殺されてジョンソンが大統領になったら、一気に北ベトナムへの空爆が増えましたなあ。そやけど、宣戦布告してないのに戦争といえますか？」

そう言うと、河内は近くの中華料理屋に電話で出前を頼んだ。熊吾にはワンタン麵《めん》、自分にはギョウザと焼き飯という十年一日の如《ごと》く変わらない昼食だった。

「ヨシさん、ちょっとは違うもんを食おうとは思わんのか」

「そやけど、大将もワンタン麵を好きですやろ？　あそこの中華料理屋は、このみっつしかうまいもんがおまへん。このみっつだけは抜群にうまい」

「日本は平和じゃ。ありがたいことじゃ」

熊吾は昭和四十一年四月三十日土曜日の朝刊を読みながらワンタン麵を食べ、伸仁は来年二十歳になると思った。

河内に借りた進学費用も返した。肩の荷が降りた。俺の父親としての責任は果たした。しかし、松坂熊吾という「大将」の責任はまだ果たし終えていない。

博美《ひろみ》がひとりで生きていけるようにしておかなければならない。いまのままの商売のやり方では先細りだ。博美の店から歩いてたった一分のところに大阪環状線の福島駅が完成した。その地の利を生かさねばならない。いまが絶好の機会なのだ。関孫六を売った金の半分は、たぶんそのために使うことになるだろう。

今後、おそらく房江《ふさえ》や伸仁と一緒に暮らすようになることはないであろう自分への投資と考えればいい。

神田三郎はことし大学を卒業したが、一年間はお礼奉公させてくれと他の会社には就職せずにハゴロモと関西中古車業連合会の仕事をつづけてくれている。しかし、俺は神田が来年新しい職場を得て会計士となれるように支えてやらなければならない。

千鳥橋の大阪中古車センターを明け渡さなければならない事態になっても、佐竹《さたけ》善国が働ける仕事を用意しておいてやりたい。

木俣《きまた》敬二の「チョコクラッカー」の売り上げが少しずつ減ってきている。飽きられてきたのかもしれない。キマタ製菓が儲《もう》かっていないと佐竹ノリコは再び市場の魚屋に舞い戻るはめになる。

大阪中古車センターは相変わらず閑古鳥が鳴いている。中古車を買うための客が足を運んで来るということはない。客が訪れるのは中古車ディーラーが車で案内して連れてくるときだけだ。

しかし、関西中古車業連合会の会員たちにとっては、じつにありがたい車置き場ではあるのだ。常時十台ほどの中古車の駐車場を確保できるなら、連合会への月々の会費は安いものだということになる。

発足当時からの中古車ディーラーはみなそのような考え方をしてくれているが、新しい会員のなかには不満を漏らす者が多い。そのために連合会の体裁作りのひとつとして「中古車ニュース」を毎月一回発行することにして、伸仁の友だちである印刷屋に話を持って行ったが、肝心の原稿を書く暇がない。

伸仁に手伝ってくれと頼んだが、アルバイト代を要求された。五千円払えという。どういう行きがかりかテニス部に入部するはめになって、まずテニスコートを作らねばならないらしい。だから会報を作る時間がない。

大学側にはいまはまだテニスコートのための費用がないので部員たちでスコップやツルハシを使って作ることになったという。

お前ほど親不孝なやつはおらん。もう頼まん。そう言ってやったら、さすがに気がひけたのか、三千円でいいと譲歩してきて、先週から新聞の切り抜きを始めた。日本経済新聞、日刊工業新聞、何紙かの自動車の業界紙などを集めて、中古車に関する記事を収集することから始めるという。

房江は、多幸クラブの正社員となり、給料も上がった。仕事には慣れたが、一日に二回、六十人分の食事を作りつづけるのはやはり重労働らしく、夜の十時を過ぎると目をあけていられなくなるらしい。だが、松坂のおばちゃんの作る食事はおいしいと評判で、それを励みに懸命に働きつづけている。自殺未遂事件以後は、人が変わったかと思うほどに心身ともに元気になった。

ことしの夏は、多幸クラブが契約している淡路島の民宿に二泊三日で遊びに行くのを楽しみにしている。川でも海でもいちども泳いだことがないので、若い社員に教えてもらって泳ぎを習おうかと本気で考えているという。

伸仁に誓った一日に一合の酒量はあれ以来守りつづけている。あしたは休みだという夜は一合半に増えることもあるらしい。

熊吾はそんなことを考えながらワンタン麵を黙々と食べ、このなかでは博美の今後に関してが最も厄介だなと思った。

聖天通り商店街の東にある店は沼津さち枝という身寄りのない老女の持ち物で、今年に入ったころから売りに出したいと言うようになった。それはつまり博美に買ってくれと持ちかけていることになるのだが、二十三坪の土地は環状線福島駅の完成で値上がりしたのだ。

てすりにつかまってやっと便所に行ける状態の沼津さち枝は、森井博美の世話がなければ生きていけない。だが沼津は、博美の弱みもちゃんと計算していて、自分の世話をしてくれるから家賃なしで店を営むことが出来るのだと暗に仄《ほの》めかせていた。

熊吾は、森井博美が、先々のことを考えられない女だということをよく知っていた。良く言えばお人よしで悪意がなく、悪く言えば愚鈍で機略を巡らせる能力がないのだ。

沼津さち枝が、値上がりしたいまの時期を見逃さずに土地を誰かに売ってしまえば、博美はあの店から出ていかなければならなくなり、たちまち生きる糧《かて》を得られなくなるのに、そのためにどうすればいいのかをまったく考えない。

熊吾は、沼津から土地を買うにしても、博美に値段や支払い方法などの交渉ができるとは思えなかった。

「商店街のなかに二十坪ほどの土地があるとして、ヨシさんなら買うか？　ずーっと食堂じゃった。もしヨシさんがそこで食堂をやろうとしたら買うかどうかじゃ。場所は環状線の駅から歩いて一分」

と熊吾は河内佳男に訊いた。

「買いません。商店街っちゅうのはなにをするにしても商店会の許可を得なあきませんねん。どの商店会にも会長がおり、副会長がおり、世話役がおり、なんやかやと口出しします。ちょっと壁を普請《ふしん》するにしても、屋根を修理するにしてもね。いちいち面倒臭いんです。商店街に店舗を出すときは借りるのがいちばんええんですけど、家賃を払うのがしんどい。商店街の商いっちゅうのは小さいんです。所詮《しょせん》、日銭稼ぎくらいの商いですねん。そらまあ、心斎橋筋商店街とか天神橋筋商店街とかの、ぎょうさん人が集まってくる商店街なら別ですけど」

河内はそう答えて、自動車の中古部品と同じで商店街というものもこれから廃《すた》れていくだろうとつづけた。

「ほお、なんでじゃ」

「これからは駐車場がないところでは商売はできんようになります。ちょっとそこへ行くにも車でっちゅう時代になってきてます。商店街で買い物をするたびにモータープールに預けてられますか？　ただで車が停められる大きなスーパーに行きますやろ。そやから車の置き場のない駅前の商店街から廃れていくと、私は思うんです」

「なるほど。河内佳男さんはなかなか先を読むのぉ」

「とにかく、いつのまにかあっちこっち駐車禁止の標識だらけ。警察は駐車違反だけは厳重に取り締まるようになりよって。とくに駅の周りなんて車を停めとける場所なんておまへんで」

河内佳男の予想はおそらく正しいであろうが、商店街というものが廃れていくのはまだ十年ほど先であろうと熊吾は思った。しかし、借金をしてまで買う土地ではあるまいとも思った。

「戦後二十年たって、なんか世界中に潮目が来たような気がします」

と河内は言った。

先日、香港《ホンコン》の中古部品屋が日本にやって来た。カシマオートの鹿島憲太《かしまけんた》が中古車部品の新しい販売先としてタイやフィリピンに目をつけて、そのために香港の中古部品屋との提携を思いついたのだ。

鹿島は東南アジアにコネを持つ知人に紹介され、その蔡喜祥《さいきしょう》という香港人を日本に招いた。

蔡は、鹿島につれられてこの河内モーターにも来たので、夜、自分は法善寺横丁の近くの料理屋で彼のための宴席を持った。

食事の途中で、中国本土でなにかが起こっていると蔡は深刻な表情で語った。蔡が語ったのはこうだ。

——毛沢東は七年前に失脚して第一線から退いたが、それは農業政策での重大な失敗の責任を取らされて退くしかなかったからだ。

中国全土に人民公社というものを組織して、とりわけ米や麦の生産に集団で協同して取り組む政策に大号令をかけた。

簡単に説明すれば、中国全土の農民が作った米や麦は中央政府の監督のもとに人民公社に集められたあと、公平に分配されるというものだ。

それだけ聞けば、人民公社は確かに共産主義の理想の実現となるが、事はそうは簡単にはいかない。

百俵の米を作った村も、二十俵しか作れなかった村も、同じ量の米が分配されるとなると、農民は手を抜く。これを阻止するために、各農村に競わせる仕組みを作った。

人民公社の幹部に厳しいノルマを課し、収穫量の多寡《たか》によって幹部の出世が左右されるようにした。農民ではなく人民公社の役人たちを競わせたことになる。

泡を食ったのは人民公社の幹部たちだ。あの大きな中国では、地域によって穀物の出来不出来があるし、収穫量にも差がある。それを一律な量計算で評価されてはたまらない。

やがて、地方幹部たちは作物の収穫量の虚偽の報告をするようになっていった。それらを集計すると、たとえば実際には一千万トンの収穫しかなかったのに五千万トンもあったことになった。

毛沢東のもとに届くのは、喜びに溢《あふ》れた農民たちによってもたらされる豊作の報告ばかりだ。

中国はあまりにも大きい。中央政府の目は全国には届かない。そのための各地の人民公社の幹部たちなのに、その幹部たちが不正を行なえば、中央政府は騙《だま》されつづけるだけの大馬鹿《おおばか》者ということになる。

七年前、中央政府のある幹部が、これはおかしい、どこかで誤魔化しが行なわれていると気づき、自分で全国の農村に出向いて実地調査をした。そして人民公社と百姓とがつるんで虚偽の報告をしていたことが判明した。それもいたるところの農村でだ。己の政策の成功に胸をそらせていた毛沢東の面子《メンツ》も権勢も一気につぶれた。不正に気づいていた中央政府の役人はたくさんいたらしいが、真実を暴《あば》きたてることは毛沢東に恥をかかせることになると恐れて動きださなかったのだ。

政治家であるかぎりは責任を取らなければならない。毛は国家主席の座を劉少奇《りゅうしょうき》に譲り、党主席として一線から退いた。

以後、劉少奇は人民公社を再編し、自由市場による生産意欲の向上をはかって国内の立て直しをはかってきた。結果として、毛沢東の顔に泥を塗りつづけてきたことになる。毛と共産主義革命を否定する路線をとったと受け取られても仕方がない。

だが、毛沢東は中国においては中華人民共和国を樹立した指導者であり、たとえ政策の失敗があったとしても革命のシンボルでもあることは変わらない。

去年の十一月、毛沢東派の評論家が突然、ある劇を痛烈に批判した。毛沢東を貶《おとし》めて、資本主義化を宣揚するものだと作者を罵倒《ばとう》した。これが引き金となって、北京《ペキン》市長は失脚した。党北京市委員会は、ブルジョア化を進める実権派の牙城《がじょう》として攻撃の矢面に立たされることになった。

この文芸評論家の背後に毛沢東がいるのは香港人にはすぐにわかる。毛の反撃が始まったのだ。人民公社の失敗とそれによる一線からの失脚は毛沢東には耐えがたい屈辱だったはずだ。

誰がこの中華人民共和国を作ったのか。お前たちを日欧米のくびきから解放したのは誰なのか。たかが人民公社の失敗だけで俺を追い払い、革命の精神を忘れて資本主義に走ろうとしている連中の精神的支柱そのものを叩《たた》き潰《つぶ》すぞ。

毛のそのメッセージは北京市長の失脚によって香港や台湾の知識人にはわかったが、中国本土の民衆にはまだ理解できていない。

これは手始めにすぎない。なにか大きな騒乱が始まる。上海《シャンハイ》でも天津《てんしん》でも重慶でも武漢でも大連でも毛沢東派の動きが活発になってきた。彼等の、資本主義化への走狗《そうく》を糾弾する論調が烈《はげ》しくなりつつある。

毛は資本主義につながるすべてのものを中国から一掃しようとするかもしれないと予見して、上海や北京から海路で陸路で香港に逃げてくる人々が少しずつ増えている。台湾に逃げようとする者たちもいる。

なにかいやなことが起こりそうだと香港の華僑《かきょう》仲間のあいだで噂《うわさ》が流れ始めたころ、解放軍報という新聞の社説として「プロレタリア文化大革命」についての規定が載った。つい最近のことだ。

解放軍報はまだ手元に届いていないが、文化大革命というのは国の思想における枢要《すうよう》を変えるということだ。それが軍報の社説として掲載されるのは異常というしかない。資本主義に走ろうとしている者たちへのあきらかな宣戦布告かもしれない。——

河内は途中から手帳を出してきて、それを見ながら、蔡という香港人から聞いた話を語った。

「資本主義に走ろうとしちょる連中の精神的支柱とはなんなんじゃ」

　と熊吾は訊いた。

　河内は手帳をめくり、

「それがなんなのかは蔡さんは言わんかったようです。通訳の台湾人が早口でねえ、要点を控えるのに忙しいて」

　と言った。

「ヨシさんは、誰かと話をするときは、そうやってメモを取るのか」

「メモを取っとかんと忘れてしまう、必ずその場でメモを取るようにとまだ小僧のころから善助おじさんにやかましいに言われて、要点だけをメモしとく癖がついてしもたんです」

「戦前は、シナには四億の民が住むっちゅうて一山当てたい日本人が渡っていったもんじゃ。いま中国の人口はどのくらいなんじゃろうのお」

「見当もつきませんけど、四億よりも増えてますやろ」

「戦争が起こらんかぎりは十億になるのは時間の問題じゃ。十億の民衆をかかえた共産主義国……。わしにはそれがどんな国なのか想像することができんのじゃ。しかしのお、あの国は共産主義っちゅう巨大なブルドーザーでないと治まらんという気はする。何千年前から、帝《みかど》が誰になろうが、権力がどう動こうが、あの国の民衆は変わらんかった。というよりも、あの国には国家ちゅうもんがなかったんじゃ。国家がないんじゃけん、あの国には国民もおらんということになる」

河内は怪訝《けげん》な表情で、

「国家がないっちゅうのはどういう意味です？」

と訊いた。

「ひとことで説明するのは難しい。ヨシさんが中国で二、三年暮らしてみたらわかるぞ。教育を受けられるクラスの人間と、そうではない貧しい連中との差は日本人には想像ができんじゃろう。日本は江戸時代に寺子屋とかそれに代わるものができて、子供らは読み書き算盤《そろばん》を習うた。百姓でも、拙《つたな》いながらも読み書きができる者がおったんじゃ。日本は世界でも珍しい国じゃ。江戸時代に、世界で国民の半分が読み書きができるなんて国はなかったそうじゃ。読み書きができるから人の道が学べる。世の中の道徳とかも学べる。シナは儒教の本場じゃが、中国人すべてが仁義《じんぎ》礼智《れいち》信《しん》をわきまえちょるなんて思うたら大間違いで、四億の民のうちの三億九千万がその逆の民じゃ。その日その日を食うのが精一杯で、扇動されたらすぐに付和雷同する。欲しい物は力で手に入れようと先を争って群がり集まる。国民を守ってくれる国家が成立したことがない。成立する前に他の国家へと代わる。春秋戦国時代なんかは、きのう新しい国家ができたと思うたら、あしたには別の権力に取って代わっちょった。いまもおんなじじゃ。その蔡という人の情報が正しいなら、新中国はまた権力争いの渦のなかに入ったんじゃ。中国という国の宿痾《しゅくあ》じゃ。わしはそう思うがのお」

熊吾は上海時代における幾つかの挿話を河内佳男に話して聞かせたかったが、二時に木俣敬二が千鳥橋の大阪中古車センターに来ることになっていた。

「みんなが飢えずにちゃんと食えて、貧しい女が身を売らんで済み、子供らが学校に行けるなら、共産主義じゃろうが資本主義じゃろうが、なんでもええんじゃ」

と言って立ちあがり、熊吾は河内モーターから出た。河内佳男は大阪中古車センターまで車で送ると言ってくれたが、熊吾は歩きたかった。

「インシュリンが効かんようになった。そうなったら食後に歩くしかないそうじゃ。宇《う》波《なみ》さんは元気か？」

あとをついてきた河内に訊くと、宇波聖子《せいこ》は神戸の業者に中古の小さなベアリングを五個届けるために電車で行ったと答えた。

「外車のベアリングだけは応じ切られへんくらい問い合わせがあるんですけど、なかなか註文の品が手に入りませんねん。ベアリング博士の宇波さんがいまやうちの部品部門では稼ぎ頭です」

「しかし、中古車のほうでは儲けが出るようになってきたじゃろう」

「私にとっては大阪中古車センターはありがたいですなぁ」

「あそこは車置き場じゃと割り切ったからじゃ。わしは関西中古車業連合会をあきらめちょりゃせんぞ。ヨシさんと伊達《だて》さんと鹿島さんとで連合会を上手に使《つこ》うていってくれ。そのための新しい土地探しも始めてくれ。あと二年は千鳥橋の土地は使えるぞ」

「大将は身を退《ひ》くとでも言いたそうですなあ」

「連合会発足時のメンバーは信用できるし、それぞれが一国一城の主《あるじ》として優秀じゃ。いろいろ癖はあっても、みんな人品骨柄がええ。来年七十になるじいさんがあくせくと動くより、あんたらが連合会をどう上手に使うかを考えるほうがええ知恵が出る」

熊吾は本気でそう思うようになっていたのだ。

「私らはどこまでも個人商店で、あくまでも個人商店としてどう生きていくかしか考えたことがおまへん。大将が関西中古車業連合会というもんを作ってくれたお陰で、伊達さんや鹿島さんや、新大阪モーターの阿部《あべ》さんや辻原《つじはら》自動車センターの辻原さんとのつながりが強うなりましたし、顔を合わせるといろんな案が出るようになりました。鹿島さんの東南アジアでの商売も、辻原さんの発案ですねん。こんなことは関西中古車業連合会というもんがなければ起こらんかったことです」

と河内は言った。

熊吾は建築中の八階建てのビルの前で河内と別れてバス停へと歩いた。バスと市電を乗り継いで西九条まで行くと、そこから千鳥橋まで少し息が切れるくらいの速度で歩いて行った。

大阪中古車センターでは河内モーターの三人の社員が五三年型のキャデラックの解体をしていた。

「ええ部品が取れそうか？」

熊吾の問いに、

「元は取れそうです」

といちばん古参の社員が答えた。部品屋がそう言うときは中古車の仕入れ値の三倍分の儲けがあることを意味していると熊吾は知っていた。解体して部品を取るために仕入れる中古車は廃車同然なので売るほうも値にこだわらない。ときにはまだ走れる車をただで譲ってくれたりする。廃車にする手続きのための費用や手間が省けるからだ。

「中古車のハゴロモ」の社員の鈴原《すずはら》清が事務所で帳簿を開いてなにか書き込んでいる。三十分ほど前に来たという木俣敬二は、事務所のなかの四畳半の畳敷きの上がり框《がまち》に腰掛けて煙草《たばこ》を吸っていた。

「遅れてすまんのお。西九条から歩いて来たんじゃ」

「どんどん歩いて下さい。糖尿病には歩くのがいちばんの薬やと新聞で読みました。いえ、私もちょっと早うに来すぎまして」

熊吾は木俣の隣りに腰を降ろし、チョコクラッカーの売り上げはどうかと訊いた。

「横言《よこば》いというよりも右肩下がりというほうが正しいです。それでノリコさんに東大阪の菓子屋を営業して歩いてもろてます。ノリコさんがチョコクラッカーを置いてくれる菓子屋や雑貨屋を新しく開拓してくると、これまで月に五十個置いてくれてた店が三十個に減らしたいと電話がかかってくる……。そういう状況ですなあ。そやけど固定の量は確実に出てますから、東大阪を隈《くま》なく廻ったら、次は南大阪をとノリコさんは張り切ってます。あと五年は食えますなあ。ノリコさん、営業が上手でっせ。菓子屋のおっさん連中のなかには、隙《すき》があればノリコさんをものにしようという下心のやつがいてまして、ノリコさんはそれをうまいこと利用してるんです。したたかでっせえ」

「五年か。えらくまた恬淡《てんたん》としちょるのお」

熊吾が笑いながら言った。

「大きな声では言えませんけど、クラッカーは他人の発明。塗ってあるチョコレートはカカオの殻を混ぜたまがいもの。それで八年儲けさせてもろたら文句は言えません。そこでご相談です」

「うん、金以外の相談ならなんぼでも乗るぞ」

木俣は、事務所に鈴原がいるので話しにくそうだった。それと気づいた鈴原が、解体作業をしている河内モーターの社員たちのところへ行った。

「思いも寄らんほどに儲けさせてもらいましたんで、見果てぬ夢やったもんを実現してみようかという気になりまして」

熊吾は煙草をくわえて火をつけると、木俣を見た。

――私はチョコレート職人としては腕がいいと思っている。チョコレートについて話しだすと長くなるが、いま日本で売っているチョコレートはすべて偽物《にせもの》だ。世界のチョコレートはほとんど偽物といっていい。本物は西ヨーロッパのベルギーとフランスの菓子職人しか作れない。

なぜかといえば、カカオもカカオバターも高価で、他の油を混ぜなければ採算が合わないし、おやつ程度のチョコレートならそれで充分だからだ。

本物は最高級のカカオとカカオバター、生ミルク、砂糖しか使わないが、それを求める客はいまの価格の十倍の代金を払わなければならない。いや、二十倍かもしれない。日本のミルクチョコレートの板チョコは五十円だが、あれと同じ大きさの本物の板チョコは一枚千円だと思えばいい。

そんな高いチョコレートが売れるわけがない。チョコレートというものが日本に入ってきてからずっとそう思われてきた。いまもそうだ。だが、本物のチョコレートをいちど食べたら、もうまがいものは口にしたくなくなる。

私は小さな店を持って、そこで本物のチョコレートだけを売ってみたい。最高級のカカオとカカオバターを仕入れて、そこにグラニュー糖を入れて、大理石の台の上で練る。この「練り」が職人の腕の見せ所だ。練り方ひとつでチョコレートの味が魔法のように変わる。

私はチョコレートの層のなかに砕いたナッツが入っているのが得意だし好きなので、それだけを作ろうと思う。

値段は実際に作ってみないとつけられないが、一箱に直径三センチ厚さ三センチのナッツチョコレートが十個入っていて三千円くらい。世界で最高のチョコレート菓子だ。一日に十箱しか作らない。売れなくてもいい。思い切って贅沢《ぜいたく》してみようというチョコレート好きが東京から新幹線に乗って買いに来るかもしれない。やってみなければわからない。大将、私のこの道楽とも冒険ともつかない計画をどう思うか。私は日本人に本物のチョコレートとはこういうものだと知ってもらいたいのだ。――

木俣の話を聞き終えると熊吾は新しい煙草に火をつけた。

「うーん、一箱十個入りで三千円か。いま梅田の喫茶店でコーヒー一杯百円じゃ。トンカツ定食の上が五百円から六百円。大卒の初任給がどれくらいじゃ？　売れんと考えるのが自然じゃろうのお。売れんでもええというても、それでは長つづきはせんぞ」

「松坂の大将なら、やってみいと言うてくれはると思てました」

「やってみいと無責任にけしかけるのは簡単じゃが、石橋を叩いても渡らん木俣のその夢は無謀に近い。まだ日本にはちっちゃなチョコレート一個に三百円も払えるやつはおらんぞ」

ひどくがっかりした表情で視線を床に落としている木俣の横顔を見ているうちに、熊吾が自分がいま口にした言葉を反芻《はんすう》した。

「石橋を叩いても渡らん木俣……」か。その木俣敬二が損を覚悟でやってみたいのだ。木俣は、俺のような丼《どんぶり》勘定の男ではない。これは辞めたほうがいいと判断したら傷の小さいうちに撤退するだろう。

熊吾はそう思い、

「どんなチョコレートなのか、わしは食べたことがないけんのお。わしに味見をさせてから決めたらどうじゃ。伸仁にも食わせてみい。どういうわけか、あいつは青二才のくせに舌は肥えちょるんじゃ。そのくらいの贅沢はできるという小遣いを持っちょって、これが十個で三千円なら買うか買わんか。わしが息子とふたりで決めちゃる」

そう言ってから、他にも舌の肥えているやつがいると熊吾は思った。俺よりも伸仁よりも数段上だ。

「房江にも味見させよう」

熊吾の言葉に、不満そうに首をかしげ、

「本物のチョコレートのうまさというのは、チョコレート文化のなかで育った人にしかわかりませんねん。大将一家がどれほど舌が肥えてても、安物のまがいもののチョコレートしか知りはれへん。味見をしてもろても無駄です」

と木俣は言った。しかしすぐにその言葉を自分であざわらい、言い返そうとした熊吾を制した。

「へえ、まだ日本では無理ですなあ。誰も本物のチョコレートなんて食べたことがないんやから、その価値がわかるわけがおまへん。私の見果てぬ夢は、夢のまま閉じ込めときます」

「そうすねるな。わしら一家の今生の思い出に本物のチョコレートの味を教えてくれ。まがいもののチョコレートの味は知っちょるんじゃから、なるほどこれが本物かと目を丸うさせるかもしれんぞ」

そう言いながら、熊吾にある考えが浮かんだ。

「大将一家が私の工房に来てくれる日を決めておくれやす。チョコレートを練るのは大きさが畳一畳ほど、厚さ三センチの大理石の上でないとあきません。そんな大理石を運べません。落としたら割れてしまいます」

「よし、必ず三人で行くぞ。日が決まったら連絡するけんのお」

そう言って、熊吾は閃《ひらめ》いた考えを木俣に話した。

「日本にはお中元とお歳暮っちゅう習慣があるじゃろう。本物のチョコレートを売り込むんじゃ。お中元とお歳暮用にのお。貰《もら》うほうは珍しいし貴重じゃし豪華じゃし、贈るほうの会社は経費で落とせる。最高に美しい包装にするんじゃ。一軒一軒、金をかけたパンフレットと試食用のチョコレートを持って行って営業してみたらどうじゃ」

腕組みをして考え込んでから、

「うーん、お中元やお歳暮には向きません」

と木俣は言った。

「チョコレートは暑さに弱いんです。とくに生チョコレートは日がたつと風味が落ちます。夏場は送り先に届いたときにはどろどろに溶けて、見るも無残なチョコレートになってます」

「そうかあ、ええアイデアじゃと思うたがのお。そしたら、註文販売っちゅうのはどうじゃ。電話で註文があったぶんだけ作るんじゃ。できましたと電話して取りに来てもらう」

言いながら、それはたぶん商売としては成立しないだろうと熊吾は思った。

「私は店を持ちたいんです。一間ほどの間口の」

「どこにじゃ？」

「御堂筋《みどうすじ》とか梅田のデパートとか新しく出来た地下街とか。いま梅田の地下はモグラの巣みたいに地下街がひろがってますやろ？」

「店舗を出すのに金がかかり過ぎるぞ。店賃《たなちん》を払うだけで青息吐息じゃ」

「とんとんならそれでええんです。儲けようとは思うてません」

また話は振り出しに戻ったなと思い、

「儲からんでもええなんて商売はない。それならただで配って、これが本物のチョコレートですよと日本人に教えてやれ」

と熊吾はきつい口調で言った。商売の拡張にあれほど慎重だった男が、少し儲かると夢の実現と己を騙して無謀なことに手を出そうとする。俺の失敗の仕方とよく似ているではないか。

俺も、ハゴロモでの儲けが弁天町店の開設や松坂板金塗装の旗揚げにつながったのだ。鷺洲《さぎす》店を少し大きくさせるだけにとどめておけば、玉木則之《たまきのりゆき》の帳簿操作にもすぐに気づいたはずだ。所帯を大きくしたのが失敗だ。

熊吾はその自分の考えを木俣に話した。木俣は素直に頷《うなず》き、

「仰《おっしゃ》るとおりです。忙しいなっても人を雇わず、支出を抑えて、銀行が融資してやるから工場を拡張して設備投資して最新式の機械を入れたらどうかと勧めても断ってきたのは、なんのためでしたんやろなあ。チョコクラッカーはうちの工場でひょんなことから偶然に生まれたヒット商品です。まぐれっちゅうやつです。そのまぐれが三年で四百万円もの蓄えを会社に作ってくれました。それで有頂天になったんですなあ。アホと煙は

高いところにのぼりたがるっちゅうやつです。私もちょっと高いところにのぼりとうなったんです。いま大将に怒られて目が醒《さ》めました。夢は納戸《なんど》の奥にでもしまい込んどきます。まだまだこの日本では本物のチョコレートなんて売れません。寿司《すし》やビフテキになら使うかもしれませんけど、たかが菓子にそれだけの金を使うまでには至ってませんよ」

と言った。

木俣なりに熟考しての相談事だったのであろうが、この俺に止められて、従順に従おうとしている。口先だけ従っているのではない。こいつはいま本心で夢を捨てようとしている。

熊吾はそう感じて、

「とにかく、日本人に教える前に、松坂家の三人に先に教えてくれ」

と笑顔で言った。

電話が鳴ったので熊吾が受話器を取ると、佐竹ノリコの声が聞こえた。

「そちらに木俣はお伺いしていますでしょうか」

「おお、おるぞ」

熊吾は受話器を木俣に渡した。ノリコが熟練の女性社員のような言葉遣いができるようになったことが嬉《うれ》しかった。

木俣の話し方で、熊吾はノリコがいま野田の市場のなかにある菓子屋に営業に来ていて、その店にチョコクラッカーを置けるようになったらしいことがわかった。

「そうかあ、きょうは五軒か？　そら御苦労さん。朝からよう働きはったなあ。ご苦労ついでに、千鳥橋までぼくを迎えに来てくれへんか？　なんやしらんバスと市電を乗り継いで帰る気力がないんや。よろしゅうお願いします」

木俣は電話を切り、ノリコさんはきょういちにちで五軒の菓子屋にチョコクラッカーを置かせてもらうように決めたと苦笑いしながら熊吾に報告した。

「お前は優しいのお」

熊吾は笑顔を木俣に向けて、熱い茶を淹《い》れるためにガスコンロのところに行った。急須《きゅう す》と湯飲み茶碗《ぢゃわん》を持って戻ってくると、机の上になにかを包んである上等の和紙が置かれていた。包み口をひねってあり、そのひねりの部分は水引きに使う赤い紙の紐《ひも》で丁寧に結ばれていた。

「きのうの夜に作りましてん。ヘーゼルナッツの炒《い》り方が気に入らんので、大将に試食してもらうのはやめとこうと思たんですけど……」

「中身は本物のチョコレートか」

「へえ、百点満点で八十八点くらいの出来です」

熊吾は赤い紐の結び目を解いた。柔らかい和紙のなかで三センチ四方のチョコレートはさらにハトロン紙に包まれていた。

「てのひらに乗るチョコレートが一個で三百円か」

「どうぞ召し上がって下さい」

「わしの前歯はまだ無事じゃけん、チョコレートを嚙《か》めるのお」

表面の七ミリはビネガーチョコレートで、それがヘーゼルナッツを混ぜ込んだチョコレートヌガーを包んでいるのだと木俣は説明した。

熊吾はヘーゼルナッツというものを食べたことはなかったし、ビネガーとはどういう意味なのかもわからなかった。

うまいのかうまくないのか最初はわからなかったが、舌の上で溶けていくとすぐに、

「うまい。なるほど、うまいもんじゃのお。なんとも言えん香りがひろがるのお」

と感に堪えぬといった口調で熊吾は言い、木俣を見つめた。

「なんとも言えんとは、なんとも言えん表現ですなあ。ビネガーの部分のおいしさを文学的に表現してほしいんですけど」

得意そうな笑みを浮かべて、木俣は覗《のぞ》き込むようにして熊吾を見つめた。

「文学的にかあ？」

ヘーゼルナッツを奥歯の痛くない部分で嚙み、それがチョコレートヌガーの甘みと調和していくことを味わってから、

「ひと舐《な》めごとに消えていく夢の夢こそあはれなれ、っちゅうとこかのお」

と熊吾は言った。

「それは曾根崎《そねざき》心中でんがな。まあたしかに、私の夢はひと舐めごとに消えていくんです」

熊吾は二口目を無言で味わってから、最後の三口目を口に入れ、それをいつまでも舌の上に乗せていた。

それから熱い湯を急須に注ぎ、茶を淹れると木俣の前に置いた。

「なるほど。わしらがこれまで食べてきたチョコレートとはまったく別物じゃ。別次元の菓子じゃ。値段も別次元になるのは当たり前じゃのお。このチョコレート菓子を食べるときは上等の紅茶がええのお」

熊吾はそう言って、このような菓子を作る技術をどこで学んだのかと訊いた。木俣敬二という人間の来歴を熊吾はこれまでいちども訊いたことがなかった。

――戦前、私はある人の世話で横浜駅の近くにある有名なホテルの調理部に就職した。洋食を学ぶつもりだったのではない。雇ってくれるところならどんな職場でもよかったのだ。

そこで私はベルギー人の菓子職人の助手を務めるようにと命じられた。助手といっても厨房《ちゅうぼう》のなかで働くことはなかった。そのベルギー人の使い走りで、当時は日本では手に入りにくかった菓子材料を横浜で探しだすことが主な仕事だった。

インド、オランダ、ベルギー、フランス、イギリスなどの商船が入港すると、私はベルギー人の親方に命じられるまま横浜港を走り回ってチョコレートの原板を買い求めた。親方がオランダ語と英語とフランス語で書いた大きな紙を頭上に掲げて港を走り回っている日本人の小僧は、いつのまにか外国船員たちのあいだでは有名になっていた。

原板は、厚さ三センチの俎板《まないた》くらいの大きさで、ベルギー産のものが最も優れていて、なかなか手に入れることができない。

カカオ豆をこれ以上は微細にはできないというところまですりつぶし、そこにカカオバターを入れて練るのだが、豆とバターとの比率にそれぞれの職人の秘伝がある。ベルギーの場合は国の秘伝といっていいかもしれない。チョコレートの原板はベルギーという国家の重要な商品なのだ。

この原板を使って主にヨーロッパ各国の菓子職人はチョコレート菓子を作る。一級クラスは原板に混ぜ物はしないが、二級、三級クラスになるとさまざまな食用油を入れる。そうしないと単価が高くなってしまうからだ。

ホテルの調理部で働き始めて半年ほどたったとき、偶然にベルギー人の親方がその原板から何種類かのチョコレート菓子を作る作業を見てしまった。

原板を湯煎《ゆせん》して溶かし、そこにグラニュー糖と生ミルクを入れて再び丹念に混ぜ合わせ、さあそれからが職人の腕が問われるのだということがわかった。

ベルギー人の親方は、大きな大理石の上に溶かしたチョコレートを移し、両手にコテのようなものを持って、さらに練り始めた。その手さばきは迅速で精妙で、見惚《みと》れるほどに力強かった。この重要な作業を英語でテンパリングというのだと知ったのは戦後になってからだ。

金属のボウルには大理石に移した際に残ったチョコレートがへばりついている。それをこっそり舐めると、うっとりするほどのうまさで私は陶然となってしまって、その場に立ち尽くしたまま、親方の手の動きに見入ってしまった。ベルギー人の親方は英語でなにか言った。日本人の弟子たちのひとりが、お前は向こうへ行けと怒った。

彼はいつもこの原板を港まで行って探してくるのだ。このホテルにベルギー産のチョコレート原板があるのは彼のお陰だ。

親方はそう言ったそうだ。そして練り終わったチョコレートをひと舐めさせてくれた。原板にグラニュー糖を入れて混ぜたものとはまったく異なる滑らかさと香りが生まれていたが、そんな感想を口にするわけにはいかなかった。私は見習いの職人ではない。まだ十代のただの雑用係なのだ。何年もホテルで下積みの修業をつづけてきた者でさえ、親方が練り終えたチョコレートの味見を許されていないのだ。

だが親方は感想を言えという。周りの職人たちはそれぞれ複雑な表情で私を見ている。こんな小僧になにがわかるといった顔つきの者もいる。

「ベリー　ベリー　センシティブ」

自分は知っている数少ない英語で言い、原板と親方の練りが入ったものとのあまりの違いに驚いたと身振り手振りで伝えた。

それはなぜだと思うか。親方はさらに訊《き》いた。私は、わからないと答えるしかなかった。本当にわからなかったのだ。手品を見せられたようだった。

譬《たと》えは悪いが、大理石の俎板に移された牛の糞《ふん》のようなチョコレートが、親方の練りによってなにがどう変わっていくのか科学的に分析しようとしてもわからない。

空気を入れるのだろうか。いや、練り上がったチョコレートには一粒の気泡もない。あの二枚のコテでチョコレートになにをさせているのか。なぜ大理石の俎板の上でなければならないのか。

調理部の職人たちにいじめられるのはいやだったので、用事があるふりをしてその場を離れたが、秘密を解いてやろうという思いが湧《わ》きあがってきた。だが解きようがなかった。私にはチョコレートの原板を買う金もなければ、練る道具もないのだ。

調理部の雑用係として働いているうちに第二次大戦が始まり、ベルギー人の親方は帰国することになった。世情の大きな変化で横浜港は祖国に帰ろうとする在日ヨーロッパ人たちで溢れた。

親方は日本に骨を埋めるつもりで来日したので家財道具が多かった。八方手を尽くしてイギリスのリバプール行きの船に小さな船室を確保したが、荷物の半分は積み込むことができないという。リバプールからはデンマークのタンカーに乗り換えるのだ。

私は無理矢理荷物を積み込んでしまおうと、トラックを二台調達して、親方と夫人を伴って横浜港へ行った。港には知り合いが多かった。菓子の材料を調達するために走り回ったお陰だった。税関の役人とも懇意になっていた。

出国の手続きも済み、税関の役人に口をきいてもらってすべての荷物を船に積むこともできた。勿論《もちろん》、役人にはそっと袖《そで》の下を渡したが。

出航まで時間があったので、親方夫妻は私を港から近いレストランにつれていってくれた。夫人のほうが日本語は上手だった。

お前のお陰で荷物のすべてを船に積み込むことができた。親方はそう言ってから、チョコレートの秘密を知りたいかと訊いた。

知りたい。教えてほしいと私は答えた。

親方は手帳を出し、そこに数字を書いた。

45―50　25―27　31―32
大理石はこのために必要不可欠な道具だという。大理石でなければならないのだと。

私はこの数字はなんなのかと訊いた。親方は、自分で考えろと言ってからかうような笑みを向けた。

そのベルギー人とはその日以来逢《あ》っていない。当時五十二歳だったから、もう亡《な》くなったかもしれない。——

木俣がそこまで話したとき、佐竹ノリコがライトバンを運転してやって来た。

熊吾は木俣の話をもっと聞きたかった。ベルギー人のチョコレート職人が二十歳になったばかりの木俣に教えた暗号に似た数字の意味を知りたかったのだ。

「遅くなりまして」

と言いながら事務所に入って来たノリコは、自分が話の腰を折ったようだとすぐに気づいたらしく、ちょっと家に寄ってくると言って中古車センターから出て行った。

「数字の意味はわかったのか？」

と熊吾は訊いた。

「はい、戦地で気づいたんです。おんなじ部隊に石工がおりまして、大理石の特徴は熱を維持するということやって教えてくれました。私はそれで数字はチョコレートの温度やないかと考えまして。45－50は、原板を湯煎して溶かす温度。25－27は溶かした原板に砂糖や生ミルクなんかをさらに混ぜて統一する温度。31－32は一旦《いったん》統一させたチョコレートを型に流し込むときに守らなあかん温度。つまり、混ぜ合わせたいろんな材料の持ってる油分の融点を可能な限り一定にするための温度です。融点というのは油が溶け始める温度のことです。そういうふうに混ぜ合わされて、チョコレートも生ミルクもナッツもヌガーも渾然《こんぜん》一体になって舌の上で溶けるんです」

「なるほど。深いもんじゃのお」

「私の言うてることがわかりましたやろか」

「わかったような気がするのお」

「私の言葉足らずの説明でわかりはったとは、たいしたもんです」

「溶かしたチョコレートを俎板に移して、それがあっというまに十五度に下がったら、せっかくのチョコレートが台無しになる。ゆっくりと冷ましてくれるのは大理石じゃというわけか」

「そのとおりです、さすがは松坂の大将。飲み込みが早いですなあ」

「お褒めに預かり誠に光栄に候《そうろう》、じゃのお」

これは伸仁に教えてやらなければならないと思い、熊吾は木俣が口にした数字を手帳に書き写した。

「ところがねえ」

と木俣は話をつづけた。

「大理石に移したチョコレートがいま何度かを温度計で測ってたら作業が遅れるんです。

両方の手に持ったコテでこね合わせながらのテンパリングは一秒を争います。いまは二十八度、いまは二十七度と一度刻みにわかってないと、すぐに二十四度に下がってしまいます。よし、いま二十六度になったとわかるのは職人の勘です。チョコレートの粘り具合、色、香り……。これはっかりは経験で身につけるしかありません。キマタ製菓で私がテンパリングの稽古《けいこ》のために使うた原板代は百万円ではききませんやろ」

熊吾は、どんなに素晴らしい味であろうとチョコレートは嗜好品《しこう》だと木俣に言った。嗜好品であるかぎりは世の中の景気不景気に左右される。それがないと生きていけない、生活に支障が生じるという品ではないのだ。だから、お前の夢の実現は十年待て、と。

「十年たったら店を出せますやろか」

「それまでは高級喫茶店で本物のチョコレートと紅茶だけを出すんじゃ。十年後に向けての宣伝じゃと思うてのお。ナッツチョコと紅茶のセットで五百円。わしをその喫茶店の親父《おやじ》に雇うてくれ。贔屓《ひいき》客をぎょうさん作るぞ」

真意を測りかねるといった表情で熊吾の顔を見ながら、

「大将がどかんと坐《すわ》って店番をしてるような喫茶店に入れるのはよっぽど勇気のある客だけです。そのうえチョコレート菓子と紅茶のセットで五百円。度胸試しに行くようなもんですなあ」

と木俣は言った。

ノリコが夫を車に乗せて帰ってきたので、話を切りあげて、熊吾と木俣は事務所から出た。四時過ぎだった。

奥さんはうちの会社にはなくてはならない社員だと佐竹善国に笑顔で言い、ライトバンの助手席に乗ると、木俣はノリコの運転で西区長堀のキマタ製菓へと帰って行った。

善国とふたりでまた敷地内に野良犬《のら》が戻って来ていないかどうかを調べてから事務所に戻ると、和紙に包まれたチョコレートがふたつ机に置かれていた。木俣が房江と伸仁のために置いていってくれたらしかった。

熊吾がそのふたつの小さな紙包みを封筒に入れていると、鳥打帽をかぶってニッカボッカを穿《は》いた大柄な男が河内モーターの社員となにか話している姿が見えた。寺田権次だった。

事務所の西南の位置にあった倉庫が倒壊したために西日を遮るものがなくなってしまった。

去年の夏は日除《ひよ》け用に葦《あし》で編んだ簾《すだれ》を何枚かつないで周りに立てかけたが、午後三時ごろからの直射日光は、夜になってからも事務所内に熱気をこもらせて、佐竹は寝苦しい夜をすごしたのだ。

ことしの夏までに何か対策を講じなければならないと思い、親しい棟梁《とうりよう》の刈田喜久夫に相談しようと電話をかけたが、夫は二か月前に脳出血で倒れて寝たきりになったと刈田の妻から聞かされた。

　大工なら誰でもよかったのだが、熊吾はふと寺田権次のことを思いだし、あいつも工務店の親方なのだから、どうせ頼むのなら知り合いのほうがよかろうと、きのうの夜、タネに電話をかけたのだ。

　寺田とは別れたも同然で、もうこの蘭月《らんげつ》ビルにはいないが、熊兄さんから頼み事があったことは伝えておくとタネは言った。

　その際、熊吾は千鳥橋の大阪中古車センターのことを話し、用向きをかいつまんで説明したのだ。

　熊吾は事務所から出て、寺田のいるところへと歩いて行きながら、笑顔で軽く手を振った。

「わざわざ来てくれたのか。突然の頼み事で悪いのお」

「お久しぶりですなあ。日除け用の塀を建ててほしいそうやとタネから聞きまして、とりあえず現場を見せてもらおうと思うて」

　寺田は鳥打帽を取って、熊吾にお辞儀をした。大きな二重瞼《ふたえまぶた》がしおれてしまって、いやに老《ふ》けて見えた。

「体の具合が悪かったそうやが」

「たいしたことおまへん。血圧が高うなって、頭がふらふらして起きられへんような状態がつづきまして。わしもこれっきりかいなと思いましたけど、春先から元気になりました。血圧もいまはちょっと高いめくらいやそうです」

そう言いながら、寺田は事務所の前まで来ると、振り返って太陽の位置を確かめながら上着のポケットから巻き尺を出した。そして周辺のコンクリートを指差し、

「塀を建てるのは難儀でっせ。コンクリートを掘らなあきまへん。そやから塀と事務所のどこかとをつなぐようにしたほうがよろしおまっせ」

と言った。

「まかせるけん、夏の西日が照りつけるまでになんとかしてくれ」

「そんなもん、あした中にでけまんがな」

「あしたは日曜日じゃ。連休明けでええぞ」

寺田は喋《しゃべ》りながらも巻き尺であちこちの寸法を測り、それを手帳に書き写していった。

こんなに仕事の早い男だったのかと熊吾は寺田権次という人間を見直す思いを抱きながら茶を淹れた。佐竹がバケツに水を汲《く》んできて、事務所内に置いてある水甕《みずがめ》に移した。

わずか七、八分で寸法を測ってしまって、寺田権次は事務所の椅子《いす》に腰掛けると、自分の案を図に描いて熊吾に見せた。

「台風でも来て、よっぽどの風が吹いても、これやったら大丈夫でっせ」

「そうか、よろしゅう頼む」

手帳に素早く描いた図もわかりやすかったし、塀と事務所とのつなぎ方も理にかなっていた。

「寺田権次っちゅう棟梁は腕がええんじゃのお。見直したぞ」

「工務店の社長になってからは鉋《かんな》で木を削ったりはせんようになりましたけど、まだ塀のひとつやふたつは建てられまっせ」

「蘭月ビルで暮らすのはやめたのか」

「あんなインケツなアパート、タネにも早う出たほうがええと勧めてまんねん。明彦も結婚が決まったことやしねえ。兄さん夫婦に仲人《なこうど》を頼むんやて言うてましたで」

「きのうの電話でタネはそんなこと言わんかったぞ」

「散髪屋の電話やから遠慮したんですやろ。近いうちに明彦がお願いしに参上すると思いまっせ。明彦は段ボール会社の経理部にええ条件で引き抜かれて、いまは住道《すみのどう》っちゅうとこで暮らしてまんねん。新しい会社が住道に大きな工場を建てたそうで」

「住道？　野崎の手前のか？　片町線じゃのお。大阪と奈良との境じゃ」

「そうです。知ってはりまっか？」

「戦前、秋になると野崎の観音さん詣《もう》でと称して、あの近くの松茸《まつたけ》山で松茸狩りをしたもんじゃ。生駒《いこま》山の麓《ふもと》じゃ。昔は屋形船に芸者を乗せて川遊びをしながら野崎詣でをするのが浪速《なにわ》のお大尽の遊びじゃった」

「野崎詣りっちゅう落語がおますなあ。いま野崎の川はどぶ川になってまっせ」

「千佐子はどうしちょる」

「おととし、高校を卒業してリノリュームのメーカーに就職しました。えらいべっぴんになりよって、御堂筋の本社ビルの受付をやってます」

千佐子は伸仁の一歳上だから二十歳になったのだな。蘭月ビルとは縁を切れと俺が伸仁に言ってからもう何年たつのだろうと熊吾は思った。

「タネとはもう終わりか」

と熊吾は訊いた。

「息子が帰ってこいと言いますし、わしもタネも歳《とし》です。勝手な話やけど、歳を取ると古巣のほうが居心地がええんですなあ」

「ええ奥さんじゃのお」

「まあ、背中から二の腕にかけて彫り物を入れたならず者崩れと一緒になったんやから、そのくらいの度量はおますやろ」

寺田は笑いながら言い、熊吾が淹れた茶を飲み干すと帰ろうとした。

「野田の駅まで車で送るぞ」

その熊吾の言葉に、

「医者に歩け歩けと言われてまんねん。脂《あぶら》っこいものを控えて、あと二貫目ほど痩《や》せなあかんそうで」

と言って、寺田権次は鳥打帽を取って丁寧にお辞儀をした。

熊吾は正門を出て、千鳥橋のたもとまで送った。

あさっての月曜日に作業をする。一間半の塀なのだから材木はうちにある残り物で充分だ。基準よりも高い塀にしよう。朝、小型トラックで息子に運んでもらう。仕事は昼までには終わるだろう。

そう言って、寺田権次は帰っていった。

熊吾は、市電の停留所へと曲がっていく寺田のうしろ姿を見つめて、あの脂ぎっていたネギ坊主《ぼうず》も世話好きな好々爺《こうこうや》になってしまったなと思った。つき合ってみればいい男なのであろう。根はならず者だが、自分を立ててくれさえすれば親切に応じ返すのだ。

俺はあいつの脳天を七輪で殴ったことがある。あいつが逆上して反撃してきたら、俺はやられていたに違いない。あいつは俺を立ててくれたのだ。

熊吾は蘭月ビルの昼でも暗いトンネル状の通路を思い浮かべた。その通路に灯《とも》っている豆電球の色が甦《よみがえ》ってきた。伸仁はあそこでいったいどれだけの貧しい者たちの人生と交わっただろうかと思った。

「親父が不甲斐《ふがい》ないけん、あいつには可哀相《かわいそう》な生活をさせてしもうた。尼崎《あまがさき》の蘭月ビルかあ。とびきりの貧民窟《ひんみんくつ》じゃ。殺人鬼までが住んじょった」

熊吾は胸のなかでそう言いながら、中古車センターの事務所に戻ると、木俣が置いていったチョコレートを入れた封筒を上着のポケットに入れ、ハゴロモに電話をかけた。

神田三郎は、熊吾に報告しなければならない事柄を要領よく伝え、中古車を求める客は六組来て、そのうちの二組は買おうかどうか迷っていたと言った。たぶん、週明けにはトヨタの二トントラックとブルーバードは売れるだろう、と。

「あした、伸仁に手伝《てつど》うてもろうて、いちにちで会報の第一号を作ってしまうぞ。印刷に十日ほどかかるけん、会員に配布するのは五月半ばかのお」

熊吾は電話を切りかけたが、きょうはもう充分に歩いたなと思い、いまから車で迎えに来てくれないかと神田に言った。

「六時過ぎにはお迎えに行けます」

神田の言葉で腕時計を見ると五時半だった。

立ち並ぶ倉庫の周辺を箒《ほうき》で掃いていた佐竹善国が、

「お酒は机の抽斗《ひきだし》のいちばん下に入れてあります。コップもです」

と言った。

さあ、これできょうの仕事を終えて帰ると決めた熊吾が、必ずウィスキーの水割りを作って、一杯か二杯飲むことを知っている佐竹は、ジョニーウォーカーの黒ラベルを買ってきたのだ。自分たち夫婦からなのでお金は要らないという。その英国製の高価なウイスキーの封を熊吾はまだ切っていなかった。

「せっかくのご好意じゃ。遠慮なしに頂戴《ちょうだい》するぞ」

熊吾は佐竹に言って、机の抽斗からウィスキーとコップを出し、魔法瓶の氷水で水割りを作った。それをゆっくりと飲みながら、佐竹は大阪中古車センターで夜の守衛の仕事についてからいちにちの休みも取っていないなと熊吾は思った。

日曜日も祝日も、この大阪中古車センターには守衛をする人間がいなければならない。最近、また夜中にどこの誰とも知れない男たちが中古車センターの周辺をうろつきまわるようになった。佐竹の幼馴染《おさななじみ》とは違う風体の悪い若者たちらしい。

昼間は鈴原清がいるが、日曜日と祝日は休みだ。そうなると、佐竹は仕事が終わっても家に帰ることができない。事務所のなかに造った座敷で寝るしかない。

佐竹は、そんなことはまったく苦にならないと言うが、雇い主である関西中古車業連合会の会長としてはそうはいかないのだ。

もう大学生になったのだから、日曜日だけ伸仁にここでの守衛としてのアルバイトを頼もうかと熊吾は思ったが、それには佐竹が反対した。

——徒党を組んで中古車の部品を盗もうと企《たくら》む連中は、留守番がノブちゃんひとりだとわかればなにをするかわからない。もしものことがあれば取り返しがつかない。

自分はあの連中のやり口は知っているし、危険を感じたら近くの友だちに電話をかけることになっている。みんなケンカ慣れしている。

これまでも三回ほどそのようなことがあった。来てくれということで友だち数人が駆けつけてくれた。夜中だったが電話をかけて三分もしないうちに窃盗団を取り囲んだ。

ただ取り囲んだだけだ。彼等はまだなにもしていないのだから手出しをしてはならないのだ。彼等は散歩していたといった顔つきでどこかへ去って行った。駆けつけた男たちが手強《てごわ》いことはすぐに気づいたはずだ。

それなのにまた夜中に様子を窺《うかが》いに来る。場数を踏んできたやつらに違いない。

休日は、このあたりはさらに人の気配が消える。昼間でも物騒な地域になる。ノブちゃんに守衛をさせることはできない。――

寡黙《かもく》な佐竹が伏し目がちではあっても、これだけは譲れないといった表情で言い張るのだ。

熊吾は、もう大阪市内ではこの千鳥橋の電線工場跡地のような広い土地をみつけることは不可能だと決めつけてしまわずに、根気よく探しつづけてみてもいいのではないかという気がしてきた。

いまは使用中の土地でも、どんな事情で空き地とならないとも限らないではないか。

そう思ったのだ。

——関西中古車業連合会のことは河内佳男たちに継いでもらうのがいちばんいいのだが、それだと松坂熊吾は一線から身を退《ひ》いて、隠居してしまうのと同然だ。七十までは死なないと己に誓ったが、それは七十で死ぬということではない。伸仁の父としての責任は果たしたが、俺にも自分の人生というものがある。できるだけ長生きしたいのは当然だ。

だが、日中戦争でも太平洋戦争の序盤でも満州の戦地で野戦を繰り返して、多くの部下の死を見てきた松坂部隊長は、人間が死ぬということについては恬淡《てんたん》としている。死生観というほどのものではないが、哈爾濱《ハルビン》から西へ百六十キロの、周りには低い丘しかないのどかな寒村での光景は、生命の有る無しについての現実とは思えない手品に似た秘密を俺に教えてくれた。あの不思議な光景は、いまでもどうかした拍子に浮かび出る。

大平原の彼方《かなた》の敵陣を双眼鏡で覗いていたまだ若い将校が、またがっていた馬もろとも消えたのだ。

俺はあの将校の三、四十メートルほど横に立っていた。部下たちは俺のうしろで退屈そうにあくびを嚙み殺していた。前線視察に来た将校がさっさと帰ってくれるのを待っていたのだ。

初春の薄日が将校のよく磨かれた長靴《ちょうか》を光らせていた。野焼きの煙があちこちで立ちのぼって後方に流れていて、満州の大平原はいつもと同じ西風が吹きつける昼下がりだった。

俺は飛んできた椎《しい》の実《み》形の大砲の弾を見たような気もするし、そんなものは見なかった気もする。

あっと思ったとき、すさまじい破裂音がした。爆風で俺も飛ばされて、鼓膜が麻痺《まひ》してしばらく音が聞こえなかった。俺は自分の部下たちの名を呼んだ。

みんな爆風でなぎ倒されてはいたが無事だった。

しかし、馬にまたがっていた若い将校がいない。将校の近くにあった丈高いポプラの巨木の上半分が吹き飛ばされている。

馬もいない。将校と馬はこの世から忽然《こつぜん》と消滅したのだ。周辺には血の一滴もない。肉も骨も、そのかけらすら見つけることはできなかった。

俺は乾いた土の上を四つん這《ば》いになって這い回りながら、将校と馬の残骸《ざんがい》を探そうとした。

部下のなかには悲鳴をあげながら、気がふれたように土をかき集めている者がいた。

軍服の切れ端もない。軍刀もない。馬の鞍《くら》のほんの一部もない。

いったいこれはどういうことなのか。将校と馬は、さっきまで確かにそこにいたのだ。

ここは荒海ではない。地上の大平原なのだ。大砲の弾が直接に当たり、炸裂《さくれつ》して爆発したとしても、血の一滴くらいは、肉や骨の破片くらいは、身に着けていたもののひときれくらいは周囲五百メートル以内に残るはずだ。

だが、なんにもない。

零下三十度以下の場所で、沸騰《ふっとう》した湯をさっと撒《ま》くと空中で消えてしまうのだが、まるでそれと同じことが起こったとしか思えない。

しかし、軍人が戦場で死んだとなると、なんらかの遺品を家族に届けてやりたい。目の前で死んだのに、遺品はひとかけらもありませんとは言えない。上官は、そんな馬鹿《ばか》なことがあるかと怒るだろう。しかし、遺品はどこにもないのだ。

若い将校についてきた兵隊たちも、なんだかぼんやりとした表情で土の上を這い廻って、ときおり顔を見合わせるばかりだ。

「ここにおっただろうが。ここで馬にまたがっとっただろうが。お前ら、見とっただろうが。あのでかい馬までおらん。どこ行った。そんなことがあるけえ。探せ、探せ」

将校の身の回りの世話をする部下がどこの訛《なま》りなのかわからないお国言葉で叫び、気がふれたように頭をかかえて歩き廻った。誰もなにも答えず、難題を解いている研究者のような顔つきで突っ立っていた。なかには薄日の射す空のあちこちを上目遣いで見ている者もいた。

敵にはこちらが見えていて、最も威力のある大砲の狙《ねら》いを定めて撃ってきたのではない。おそらく景気づけか脅しか、退屈しのぎかで撃ったのだ。その大砲の弾は風にうまく乗った。そうでなければここまで届くはずがない。

そうか、あの若者は敵のきまぐれでこの世から消えたのだ。なんと見事な消え方であろう。俺はそう思った。消えた、消えた。

なんだか笑いだしそうだったので、なおしつこく探しているふりをして、現場から五百メートル以上離れたところの土の上を這い廻った。そのうち、死体の破片をみつけてなにがどうなると思うようになった。

また砲弾が飛来してはいけないので、部隊は四キロ後退することになった。その後退途中で、俺は、死は怖いが消えるのは怖くないなと思った。死は、消えていくことなのだ。また次の舞台の準備が整えば、別の役どころで登場するかもしれない。それまで消える。うん、それならおそれることはない。楽屋で一服する時間も必要だ。

俺はあのとき本気でそう思ったのだ。いまもそう思っている。それはなにも格別な死生観ではない。戦場で戦友や上官や部下が死んでいくのを見ていた尋常一様な兵隊が等しく抱く覚悟のようなものだ。

生の世界と死の世界の境に一本の線があるとすれば、大場一等兵も加藤上等兵も若松伍長《ごちょう》も、俺よりも先にその線を越えていった。劇的に越えたのではない。息絶える瞬間はおごそかなほどに静かだった。若い将校はもっと静かに消えた。爆音はすさまじかったが、将校の死は無限の静寂に等しかった。

俺もいずれその線を越える。そのときは彼等に笑われないように静かでなければならない。決して取り乱してはならないのだ。

だがこの生死の一幕も、思いだすときの俺の精神状態によって細部が変わる。若い将校と馬と俺だけしか映像に出てこないときもある。冷たい風の吹く冬枯れた原野のときもある。消える寸前の将校が俺に笑顔で話しかけるときもある。いまとなっては、どれが真実なのかわからない。――

熊吾はこの稀有《けう》な体験を伸仁に話しておかなければならないと考えて、空になったコップを机に置いた。迎えに来た神田が河内モーターの社員と笑いながら話をしていた。最近観《み》た映画の話題らしかった。

熊吾は神田にシンエー・モータープールまで送ってくれと言って、車の助手席に乗った。

「田岡《たおか》さんがモータープールを辞めたそうですね」

と神田は千鳥橋の交差点を曲がりながら訊いた。熊吾がモータープールの二階で妻や息子と暮らしていないことを神田は知らない。

「なんで辞めたんじゃ。わしは理由を訊いとらんのお」

と熊吾は言った。

「ノブちゃんが大学生になって、田岡さんはやっぱり自分も大学に行きたいと本気でその気になったんやそうです。そやけど、モータープールに勤めてたら受験勉強なんかでけしません。それで天満《てんま》の叔母さんの家に戻って、受験勉強に打ち込みたいそうです。そやけど、田岡さんが辞めたら、夕方の忙しい時間帯に出入りする車でにっちもさっちもいかんようになります。そやから、田岡さんは夕方の五時から八時まで三時間だけ、これまでどおりシンエー・モータープールで働くことになったそうです。朝から午後三時まではノブちゃんが通ってた梅田の予備校に行ってます」

神田はそう説明した。

シンエー・モータープールに着くと、以前と同じように田岡が預かっている車を講堂の外に移動させたり、正門近くで待っている運転手たちに、ひとまずあそこに停めておいてくれと頼んだりしていた。

荘田敬三《しょうだけいぞう》は五時に帰ってしまっていた。

「あいつは役所にでも勤めちょる気か。夕方の五時からが忙しいっちゅうことは充分にわかっちょるじゃろう。判で捺《お》したように五時きっかりに帰ってしまいよる。車の運転ができるくせに、見て見ぬふりか」

熊吾は車から降りると、目の前を小走りで正門のほうに急いでいる田岡に言った。正門の近くで待っている梱包《こんぽう》用品店の社員が、早くしてくれと腹立たしそうにクラクションを鳴らした。

「あんたはなんでクラクションなんか鳴らすんじゃ。田岡さんがひとりで走り廻っちょるのが見えんのか。二、三分待つのがそんなにつらいか。意地の悪いことをして楽しいのか」

熊吾は若い男に言った。

「もうひとりかふたり人を雇うたらええやないか。忙しいのはそっちの事情やろ。こっちは月極めで金を払うて車を預けてるんや」

男は運転席の窓から顔を突きだして言い返してきた。

「あんたのとこは何台預けちょるんじゃ」

「二台や。もう何年も預けてるんやから、そんなこと訊かんでも知ってるやろ」

熊吾は車のドアをあけると若い男の襟首を摑《つか》んだ。

「あんたのとこの飯倉社長とはこのシンエー・モータープール創業以来のつきあいじゃが、きょう限り車は預からん。このままUターンして出て行ってくれ。飯倉社長にはわしから電話をしちょく。さっさと出ていけ。ここは道路やないぞ。シンエー・モータープールという私有地じゃ。他人の私有地で許可なくクラクションなんか鳴らすな」

あとからあとからシンエー・モータープールに帰ってくる車が正門前に並んで、Uターンなんかできなかった。

　騒ぎを起こすために、久しぶりに夕方のモータープールに帰ってきたようだなと思い、熊吾は青ざめてしまっている男の肩を叩《たた》きながら言った。

「あそこがあいたぞ。あそこに入れといてくれ。あとで田岡さんが移動させるじゃろう。あんたは若いんじゃ。なんぼ客じゃというても、えらそうにしちゃあいけん。お里が知れるぞ」

　田岡を手伝って何台かの車のキーを持って走り廻っている神田に、

「わしもすぐに手伝うけん」

と言って、熊吾は講堂のほうから二階へあがった。

　ムクはどこへ行ったのかと思った途端、

「ムクは死んだんじゃのお」

とつぶやいて、熊吾はしばらく部屋の前の廊下で立ち止まり、いつもムクが坐っていた場所を見つめた。シンエー・モータープールに来るたびに、ムクはどこへ行ったのかと思うのだ。

　それから、わざと足音をたてて部屋に入った。もう房江は多幸クラブの勤めを終えて帰っているはずだった。しかし、ハンドバッグは卓袱台《ちゃぶだい》の近くに置いてあるのに房江の姿はなかった。

そうか、帰るとすぐに着替えを持って銭湯へ行くのだったなと熊吾は思い、背広のポケットからチョコレートの入った封筒を出すと卓袱台の上に置き、階下へおりた。K塗料店のクワちゃんが自分の四トントラックをパブリカ大阪北の修理工場の近くに停めて、田岡を手伝っていた。

「お久しぶりです。大将の顔もノブちゃんの顔も見られへんようになって、田岡さんも夕方だけの勤務になって、このモータープールも寂しいなりました。ムクもおれへんようになったし。奥さんもよそで働くようになりはったし。そやけど毎週火曜日のカレーの日はつづけてくれてはりますねん」

笑うと皺《しわ》だらけになる顔で桑野は言った。

「クワちゃんは顔色がようなったのお。甲斐《かい》社長はお元気か」

熊吾は神田とクワちゃんがいれば、俺の出番はないと思い、事務所で電話番をすることにした。

「うちの社長、このごろ山歩きに凝ってはります。ということは元気やということですねえ」

そう言って、富士乃屋の箱形トラックを移動させてから、クワちゃんは事務所にやって来た。

「きょう、ノブちゃんに夏のアルバイトを頼んでみてくれと社長から言われました。軽トラックで註文の品を届けるだけの仕事です。ドラム缶なんて運びません。多くても一斗缶を三十個くらいのもんです」

伸仁は高校を卒業してすぐに運転免許証を取得してしまっていた。

「あいつは朝早うに起きて中央市場でアルバイトをしちょるけんのお。本人に訊いてみてくれ。それにしてもペンキやシンナーの入っちょる一斗缶三十個を運ぶのは重労働じゃのお」

事務所の上は松坂一家の住まいなので、熊吾は房江のものらしい足音が頭上で聞こえると二階にあがった。

風呂《ふろ》上がりの房江が洗濯物を畳んでいた。

熊吾は座敷にあがらず、立ったままチョコレートのいきさつを語り始めた。

「そんなとこに立ってないで、あがったら？」

と房江は言った。

「あがってもええのかのお」

「私がいてないときはあがってはるくせに」

「このごろ、伸仁はわしの顔を見てもいやそうにはせんけんのお」

そう言いながら、熊吾は座敷にあがって卓袱台の横に坐り、上着をぬいだ。房江はそれをハンガーに架けた。

「あの子もおとなになってきたんやね」

「十九ではおとなとは言えんのお。十九のときのわしはいやになるくらいの子供じゃった」

熊吾の言葉で、伸仁のことでちょっと相談があるのだと房江は言った。それもひとつやふたつではない、と。

「伸仁がどうしたんじゃ」

煙草《たばこ》を吸いながら、熊吾は房江が洗濯物を畳み終えるのを待った。

四日前、九条のなんとかという劇場から電話があり、楽屋を掃除していたら松坂伸仁さんの持ち物が出てきたという。ほとんどは参考書や小説類だが、衣類も混じっているので取りに来てほしい。もしもう要らないのなら捨ててしまうがかまわないだろうか。

中年の男はそう言った。そして、さらにこうつけ加えた。

「半年もうちで働いてくれて仕事も覚えて、みんなノブちゃんに戻ってきてもらいたがってまして。前よりもぎょうさんの時間給を払うので、うちの劇場でまたアルバイトをしてくれへんかと江藤が頼んでたと伝えてください」

荘田に訊いたら、それは九条のストリップ劇場だということだった。

受験浪人中にいったいどんなアルバイトをしていたのか。予備校で勉強をしていたのではないのか。ストリップ劇場でなにをしていたのか。

伸仁に詰問《きつもん》すると、ほんの一週間ほど友だちの代役で照明係をやっただけだと答えて、それ以上は語ろうとはしない。

それはどんな友だちなのか。照明係などという仕事が簡単にできるはずがない。予備校で受験勉強をしていると嘘《うそ》をついて親をだまして、お前はいったいどんな浪人生活をしていたのだ。あの江藤という人は、お前が半年もアルバイトをしていたと言ったではないか。たったの一週間などとお前は嘘をつくのか。

伸仁をそこに坐らせて、私は畳を叩いて叱《しか》った。すると伸仁は、

「お母ちゃんは心配せんでもええ。ぼくはなにひとつ悪いことはしてない」

と言う。

十八歳の浪人生がストリップ劇場で照明係として働いていていいのか。そんないかがわしいところに出入りしていいのか。雇うほうも雇うほうだ。

私はあきれかえって、珍しく伸仁をしつこく叱った。それ以来、伸仁の帰りが遅くなった。必ず夜の八時には帰宅して田岡さんと交代するのに、きのうは十時に帰ってきた。母親が叱っても馬耳東風だ。お父さんに叱ってもらわなければならない。

房江はそう言って熊吾に怒りの目を向けた。まるで、父親に似たのだと言われている気がして、

「ストリップ劇場の照明係……。そんな仕事があいつによう務まったのお」

と熊吾は房江から目をそらせて言った。西区九条の松島新地にはストリップ小屋があったなと熊吾は思った。いまでも松島新地には女が客をとる店がある。一階はおでん屋、二階は娼婦《しょうふ》の部屋。そういうのが新地のなかに軒を並べているのだ。

そうかあ、伸仁はあそこで半年もうろついていたのか。まあ蘭月ビルよりもましではないか。

熊吾はそれは口には出さず、

「それだけか？」

と房江に訊いた。

「それだけやあらへん」

房江はひとりで胸に溜《た》め込んでいたらしく、きつい目でつづけた。我が子がなさけなくてたまらないといった表情だった。

「高校二年生のときに、あの子は佐古田さんに貰《もろ》うた鋼鉄の板をグラインダーで削ってたやろ？　三年生になってから毎晩夜中に砥石《といし》で研ぐようになって……。二か月も三か月もかかって長い太いドスを完成させて……。それをどうしたと思う？」

まさかケンカをして相手に怪我《けが》をさせたのではあるまいなと熊吾はまた煙草に火をつけた。

その手製のドスの柄に包帯を巻いて鞄《かばん》に入れたのを見たので、そんなものを学校に持って行ってはいけないと取り上げようとしたが、友だちに見せるだけだという。

私はいちにち気になって仕方がなくて仕事をしていても心配でならなかった。多幸クラブから帰ってくると伸仁も帰っていて田岡さんを手伝っている。その隙《すき》に私は鞄をあけてドスを捨ててしまおうとした。しかし、ドスがない。その代りに、なにが入っていたと思うか。外国の雑誌だ。金髪の若い女の真っ裸のいやらしい写真だらけの雑誌だ。性器を隠すどころか、これでもかと見せつけている写真ばかりが載っている。

問いただすと、伸仁は勝手に鞄をあけたと言って怒った。そして、いつもぼくを目の敵にするやつがまた喧嘩《けんか》をふっかけてきたら、ドスで脅してやるつもりだったが、友だちがこの雑誌をこっそりと見せてくれて、ドスと交換しようともちかけてきた。ぼくは迷ったが、危険な刃物を持っているよりもそのほうがいいと考えて、交換したのだという。

私は言葉を失った。あのドスを作るのに、いったいどれほどの時間を費やしたのか。まるで憑《つ》かれたように夜中にグラインダーで削りつづけ、砥石で研ぎつづけて、やっと完成させたドスを、あっさりと女の裸の写真と交換するなんて、この子は変態か。私の息子はいったいどんな男に育とうとしているのか……。

熊吾は房江が話している途中から笑いだして、

「ちゃんとまっとうに育っちょるけん心配せんでもええ。そんな雑誌を入れたままの鞄を母親の目につく場所に放り出しちょるのがその証拠じゃ」

と言った。そして、まだほかにもあるのかと訊いた。

「高三のときから煙草を吸うようになってん」

と房江は言って、溜息をついた。

「わしも十八のときから吸うちょるぞ。その雑誌はどうしたんじゃ」

「見たいのん？」

とばっちりが飛んできそうで、熊吾は笑った。房江もやっと笑みを取り戻し、あの雑誌はすぐに取りあげて捨てたと言った。

「まあ、年頃の男の子のことは母親にはわからんことが多い。娘のことが父親にわからんのとおんなじじゃろう。お前、帰って来たら酒をコップに一杯だけ飲むんじゃろう。わしに遠慮せんと飲んだらええぞ」

話題を変えるために熊吾はそう言った。

「晩ご飯の用意をしてからや」

房江は、きのうから材料を用意しておいたらしい肉じゃがを作り始めて、ときおり手を止めて多幸クラブでの仕事を熊吾に語った。

社員をとても大切にする会社で、総務部の課長はいつも私のことを気にかけてくれる。若い社員たちもみな人柄がいい。地方から出てきた子が多くて、私の作る料理を喜んで食べてくれている。松坂のおばちゃんが来てくれてから社員食堂での食事が楽しみになったとこっそりと言ってくれる。

先輩の藤木美千代《ふじきみちよ》は、夫に先立たれてからずっと働いてきたので、つまり世ずれてはいるが気のいい女だ。テレビや週刊誌で仕入れた芸能界の話題ばかり口にしてわずらわしいときもあるが仲良くやっている。週にいちどの休みは藤木美千代がいつ休みたいかを優先するようにしている。

レストランの料理長は偏屈で、若い職人たちには厳しいが、私の料理の味つけをいつも褒めてくれる。私も手がすいたときはレストランの厨房《ちゅうぼう》をこっそり覗《のぞ》いて、料理長がソースを作るのを盗み見て、その技を幾つか覚えた。もっともっと盗んで覚えようと思っている。

去年の暮れのボーナスは二か月分も出た。ことしの夏も同じくらいのボーナスが貰えそうだ。

四年後に大阪で万国博覧会があるので、ホテル業界は烈《はげ》しい競争を始めた。外国からのバイヤーだけでなく国内の企業客の争奪戦が始まっているのだ。

多幸クラブでは年にいちど秋に社員たちの慰安旅行がある。ホテル業務に支障がでないように三班に別れての一泊旅行だ。去年は和歌山の勝浦温泉だった。洞窟のなかに温泉があり、そこからはのぼってくる朝日を見ることができた。温泉につかりながら朝日を見たのは初めてだ。

夏の家と称して、ホテルでは白浜と淡路島の洲本《すもと》の民宿を借りている。私は、おととしは白浜で、去年は淡路島で二泊三日で遊んだ。獲《と》れたての地元の魚料理がおいしかった。

ことしはお盆のころに淡路島に行くつもりだ。海水着を買って水泳を習おうと本気で思っていたが、伸仁に止められた。いちども泳いだことのない五十五歳のおばはんが海に飛び込んだら溺《おぼ》れて死んでしまうというのだ。もう泳ぎを覚えられる歳ではないと怖い顔で言われたので、それもそうだなと思い、泳ぎを習うのはあきらめた。

社員には一年に五日の有給休暇がある。私は去年は淡路島に行くためにいちにちだけ有給休暇を使った。ことしはまだ休暇を取っていないので合計で九日残っている。

仕事は忙しいし、火を使う社員食堂での仕事は冷房があるとはいえ汗だくになる。厨房は朝から夕方まで戦場のようなものだ。

週の初めに藤木さんと相談して七日間の献立を考える。決められた予算内で栄養が偏《かたよ》らないように若い社員たちの喜ぶ献立を組み立てるのは難しいので、ほとんど毎日、頭にはそのことしかない。

でも私は自分の仕事を楽しんでいる。いい会社に就職できたことをありがたく思っている。体も重労働で鍛えられたのか元気で、働き甲斐のある職場で得意の料理の腕を発揮しているので安心してくれ。

熊吾は、じゃがいもの皮を剝《む》き、玉葱《たまねぎ》を切り、牛肉を切りながら語る房江の姿を眺めながら、なんとまあよく喋るものだなと感心して、ただ聞き入っていた。

電気炊飯器のスウィッチを入れて、一升瓶とコップをふたつ持って卓袱台の前に坐り、

「ウィスキーもビールもないねん。お父さんも日本酒にする？」

と房江は訊《き》いた。

「いや、日本酒はやめたんじゃ。インシュリンが効かん体になったとあっては、小谷先生の言うことをきくしかないけんのお。ビールと日本酒が糖尿病には毒じゃというのは小谷先生の長年の経験による結論じゃけんのお。わしは小谷という医者は名医じゃと思うちょる」

と熊吾は言い、毎月渡している生活費を卓袱台の上に置いた。

礼を言ってそれを受け取り、あの酒屋に行くのは恥ずかしいので、申し訳ないが自分用のウィスキーを買って来てくれと房江は笑顔で熊吾を見た。

「いや、ちょっと田岡さんを手伝うてやらんといけん。神田をハゴロモに帰してやらにゃあいけんしのお」

熊吾が立ちあがると房江はハンガーに架けた上着を着せてくれて、毎月貰っているお金は一円も使わずに貯金してあると言った。

「河内に借りた金は、きょう全額返したぞ」

「あの日本刀で？」

「ああ、関孫六兼元。もうわしのところに舞い戻ってくることはないじゃろう。どんな人のもとに行ったのかのお。あの名刀は人助けをする業物じゃ。わしらは二回助けて貰うた」

熊吾は笑みを浮かべて言うと、階段をおりてシンエー・モータープールの事務所に行った。神田三郎とクワちゃんが笑いながら話をしていて、田岡勝己《かつみ》はこれから帰ってくる富士乃屋のトラックのための駐車場所を作っていた。

何年か前、このシンエー・モータープールが開業したころも、これと似た光景のなかにいたなと熊吾は思った。

佐古田はもう仕事を終えて帰ってしまっていた。

きょうはなんの予定もなかったので、ハゴロモに寄ってから久しぶりに丸忠で麻雀《マージャン》でもしようかと思い、神田の運転する車で福島西通りの交差点を北に行きかけたが、国鉄が高架になっても相変わらず「あかずの踏切」のまま渋滞しているので、

「モータープールに忘れ物をした。わしはきょうはハゴロモには戻らんけん」

と熊吾は言った。

車からおりると、交差点の北西の角にある本屋に入った。いつも店の奥の銭湯の番台

に似た定位置に坐《すわ》っている主人が、

「このごろノブちゃんはどうしてはりますねん？　ちょっとも立ち読みに来まへんなあ」

と話しかけてきた。

熊吾と歳が同じの主人は、伸仁が誰も買わないような小説本を買っていくので、こういう小説もいいものだが読んでみないかと声をかけて上林暁《かんばやしあかつき》の「野」という小説を貸してくれたことがある。

伸仁は、貸してくれたのだが売り物で新品なので読み終えたら買わなくてはならないのではないだろうかと熊吾に電話で相談してきたのだ。

おもしろいと感じたら買ったらいいではないかと答えると、伸仁はハゴロモまで本代を取りに来た。おもしろい小説ではないが、妙に心に残ったという。

その足で本代を払いに行くと、主人は、あれはあんたにあげたのだと言って金を受け取らなかったのだ。

熊吾は棚から適当に一冊を取り出して主人にその代金を払った。

「息子に本をくれましたなあ。お礼も言わんままで。息子は大学ではテニス部なんてもんに入って、もう小説を読まんようになりました」

「あの子は、高校生のときと浪人生のときにおとなでも読まんような本をぎょうさん読みまくったから、大学生になってからはちょっとは運動もせなあきません」

頷《うなず》き返しながら、そう言って主人は柔らかな笑みを浮かべた。

疲れたというのではなかったが、熊吾は静かなところでひとりになりたくなった。博美は聖天通りの店に行って、十一時過ぎまで戻ってこない。

アパートの隣りの部屋には赤ん坊がいて、ときにその泣き声が薄い壁越しに聞こえるときもあるが、誰にも邪魔されずひとりで横になれる場所といえばあそこしかないのだ。

熊吾はそう思い、国道二号線を西に歩きだした。

夜の小料理屋は儲《もう》からない。下ごしらえや仕入れに手間がかかるうえに、売れ残ったら損をするのだ。

昼、近辺の勤め人たちの昼食に力を入れるほうがいい。千鳥橋商店街にお好み焼きと焼きそばだけを出す店ができて繁盛《はんじょう》している。

夜は、博美に他の店よりも具の多い、少し贅沢《ぜいたく》なお好み焼きや焼きそばを作らせるのだ。

昼は、思い切って店内に冷蔵式のガラスのケースを設置して、玉子焼きや冷や奴《やっこ》や煮魚や肉じゃがなどの惣菜《そうざい》を並べるのがいい。

店の持ち主の沼津さち枝の生殺与奪は森井博美が握っているのだ。博美がいなければ沼津のばあさんは生きていけない。博美に店から出て行けとは言えない立場にある。

関孫六兼元を売った金の半分は博美の店に使おう。

熊吾はそう決めたが、それを後押しさせたのは、さっきの房江の溌剌《はつらつ》とした話しぶりには、もう松坂熊吾は無用の人間どころか、いないほうがいいのだと突き放すような響きが感じられたからだった。

「ヒモの生活の心構えをしちょかにゃあいけんのお」

熊吾は胸のなかで自嘲《じちょう》混じりに言って、日の落ちた国道を歩いていった。玉川町のあたりから福島西通りの交差点まで延々とつづいている車の大渋滞はまったく動きそうになかった。

第二章

盆休みに有給休暇を足して六日間の休みを取り、多幸クラブが借りた淡路島の民宿で二泊三日をすごすと、房江《ふさえ》は残りの三日間を使って溜《た》まっている衣類の洗濯やらモータープールの掃除やらを片づけた。

まだ三時だというのに伸仁《のぶひと》が帰って来た。日に焼けて全身が牛蒡《ごぼう》のようになっている。テニス部の夏の合宿から帰って来たのだと聞いて、房江は、ああそうだ、信州の白馬岳の麓《ふもと》に行くと言っていたなと思った。

伸仁はテニスシューズや着替えを入れたボストンバッグ以外に大きな手提げの紙袋を持っていた。大学受験のための参考書や三冊の小説本が入っていた。

これはなにか、テニス部の合宿にも本を持って行くのかと房江が訊《き》くと、大阪駅に着いて、ふと思いだして、九条の松島新地の劇場に忘れ物を取りに行っていたのだと伸仁は面倒臭そうに答えた。大糸線も、松本からの電車も、名古屋からのも、どれも満員で一度も坐《すわ》ることができなかったという。

とにかく眠い。今朝は七時前の大糸線に乗るために五時に起きたのだ。だがこんなに暑い部屋では眠れない。なにか食べるものを作ってくれ。日が沈んだら寝る。

仲仁はそう言うと半ズボンに穿《は》き替えた。

「なんやのん、そのえらそうな言い方。お父ちゃんみたいや。松島新地の劇場って、ストリップ劇場のことやろ？　お母ちゃんはそのことについてまだノブから説明してもろてないんやけど」

いい機会だと思い、房江は座敷に正座して、伸仁に坐るように促した。

「お母ちゃんが心配するようなことはなんにもないねん」

「それならちゃんと説明できるやろ？　十八歳の男の子がストリップ劇場でなにをしてお給料を貰《もろ》うてたん？」

よくもこれだけ日に焼けたものだなと思いながら、房江は目の前で正座している伸仁の膝《ひざ》を叩《たた》いた。

「照明係をしてたんや」

「照明係？　なんでお前がストリップ劇場で照明係をせなあかんの。なにを照らしてたん？」

「舞台とストリッパーに決まってるやろ？　最初は一晩だけっていう約束やったんやけど、初めてにしては上手《うま》過ぎるって言われて、そのまま専属の照明係に昇格したんや。踊り子さんはチップをくれるし、夜は出前を取ってくれるし、まあ居心地もええし、ずるずると半年もつづけてしもてん。ストリップ劇場の照明係って、大変な仕事やで。高度な反射能力と臨機応変の頭の働きがないと務まらへん」

「なんで松島新地のストリップ劇場でアルバイトを始めたん？　お前は大学受験のために浪人してたんやで。そんなことをしてる場合やなかったんやで」

「そのいきさつを説明してると長くなり過ぎるねん。お腹《なか》が減った。なにか作って」

「そのいきさつというのを聞こうやないの。長うなってもかめへん」

「アルバイト代がとんでもなくよかったし」

「そんなこと聞いてない。そのアルバイト代はどうしたん？」

「着るものを買《こ》うた。セーターを二枚、シャツを三枚、ズボンも三本。靴が三足」

「それだけ？」

「うーん、これ以上は言われへん」

母親の、あとには引かないという顔つきで、伸仁はストリップ劇場での稼ぎのほとんどは賭《か》け麻雀《マージャン》とパチンコで負けたと白状した。

「もうこりごりや。なあ、お母ちゃん、麻雀のプロって凄《すご》いでえ。丸忠にいてるプロの雀士なんてたかがしれてるねん。本物のプロには、逆立ちしても勝たれへん。パチンコも、台の裏側で玉の大きさを変えるねん。目で見ても指でつまんでもわからんくらいの差やけど、そのパチンコ玉はどれも釘《くぎ》に弾《はじ》かれて穴に入れへんねん。それがわかったのは収穫やろ？」

この子はいつかなにかで大きな失敗をするに違いない。なにをしでかすかわからない子だ。父親に似たのだ。まったくそっくりだ。

房江はそう思いながら、

「なにが収穫やのん。あほらしい」

と伸仁の目を見つめたまま言った。ストリップ劇場の件から話をそらそうとしているのに気づいていたからだ。

やがて観念したように、伸仁は話し始めた。

――予備校で知り合った学生が、夜の二時間だけ松島新地のストリップ劇場で清掃のアルバイトをしていた。

夜の部は八時から十時までだ。客がすべて劇場から出るのを待って、座席の下に散らばっている煙草《たばこ》の吸殻やピーナッツの殻などを箒《ほうき》で掃き集め、それを所定のごみ箱に捨てると、次にすべての座席を雑巾《ぞうきん》で拭《ふ》く。

それから便所にホースで水を撒《ま》き、柄の長いモップで洗う。

たったそれだけで千円くれる。

その学生は家が西区にあったので、松島新地からは歩いて帰れた。しかし、急遽《きゆうきよ》引っ越しをすることになった。引っ越し先は枚方《ひらかた》で、仕事を終えたら終電が出てしまうので辞めるしかなくなり、ぼくに十日間だけ代わりをやってくれないかと持ちかけてきた。

仕事は十時から十二時までだが、手早く済ませれば一時間半で片づくという。それなら市電はまだ動いている。

なぜ十日間かというと、すでに代わりを見つけていて、その人が夜の二時間だけのアルバイトにつけるのは十日先だったからだ。

十日だけなら手伝ってやってもいいと思い、引き受けてしまった。実質の労働時間が一時間半で千円ならありがたいアルバイトだ。中央市場での時給は一時間三百五十円なのだ。

三日目の夜は、時間のつぶしようがなくて一時間ほど早く劇場に行った。裏口から楽屋への通路に入ったが、楽屋では踊り子さんたちはみんな裸同然なので、便所近くの椅《い》子《す》に坐って待っていた。トリのスザンヌさんが舞台の袖《そで》に来たとき、劇場のマネージャーが、

「おい、そこの学生、お前、ライトさんを手伝《てつど》うてやってくれ」

と呼んだ。

照明室は舞台に向かって右側の二階にある。左側の二階にもライトが設置してあるが、それは舞台全体をつねに照らすためで固定してある。

呼ばれるままに照明室に上がると、ライトさんが切れた電球を取り替えながら、俺の言うとおりに色を替えてくれと頼んだ。

六個のライトがあり、ピンクや赤や紫や黄などのセルロイドのようなものが散らばっていた。だがセルロイドは引火しやすいので、塩化なんとかという色付きシートなのだ。

「おい、舞台で踊り子がお前に合図を送るたびに色を替えてやってくれ。なんでもええ。この色シートをライトの前にセットするんや」

とマネージャーは言って、幕をあけてしまったのだ。

鬘《かつら》をかぶって着物を着たスザンヌさんが、扇子をひらひらさせながら、照明室に笑みを向けた。ライトのフードのところに色シートの取り外しのためのフックがあった。ライトの方向は手で動かすらしかった。

スザンヌさんがこっちを見て笑みを浮かべるたびに、黄やピンクや紫の色シートに替えて、とにかくライトが当たるようにした。

そのときは必死だった。かぶりつきの席にいる客なんか見えていなかった。

スザンヌさんが曲に合わせて踊っているあいだに、ライトさんは切れた電球を取り替えて、自分は壁に凭《もた》れて煙草を吸いながら、黄に紫を重ねろとか、ピンクを三枚とか指示をした。

幕が降りると、ほっとして、しばらくそこから動けなかった。照明室は暑くて、汗だくになっていた。

客席の掃除を始めたとき、楽屋に呼ばれた。最後の山場での色使いが気にいらなかったとスザンヌさんに文句を言われた。スザンヌさんは、終了後の清掃係が今夜初めてライトを操作したとは知らなかったのだ。

「お前、未成年とちゃうか？」

とスザンヌさんの亭主に訊かれて、公演終了後の清掃に雇われたアルバイトだと説明したら、楽屋にいたたくさんの人たちが驚きの声をあげた。

「あんた、天才やで」

そう褒めてくれたのは錦小路さんというスザンヌさんの弟子だ。ニシキコウジではなく「にしき　こみち」という芸名なのだ。二十三歳ということになっているが本当は三十六歳だ。京都と名古屋と仙台と函館《はこだて》には、こみちさんの後援会がある。

こみちさんの、カウボーイ姿で着ているものを脱いでいく振付に人気があるのだ。

ライトさんには狭心症の持病があって、ひとりで照明係を務めるのがつらいので、お前、あしたから助手として働かないかとマネージャーに言われた。なんだか面白そうだったし、天才と言われて嬉《うれ》しかったからだ。館内の清掃と同じ時給をくれるならやってみてもいいと言うと了承してくれた。

夜の部の二時間で、清掃の仕事よりも早く帰れる。

その翌日からライトさんに特訓を受けたが、ライトさんはほとんどなにもせず、うしろで指示を出すだけになった。つまり、その劇場のライトさんは松坂《まつざか》伸仁になってしまったのだ。

踊り子さんたちにはそれぞれ見せ場というものがある。そのときには照明を暗くしておいて、ふいにピンクと紫の色シートを重ねた光を浴びせるとか、いろいろと要求が多い。

覚えてしまえば、あとは簡単だ。

音楽と照明とがうまく合ったときなどは、舞台がはねたあとに踊り子さんがチップをくれたり、出前で中華丼《どん》なんかを取ってくれたりする。

そのうち、踊り子さんたちや劇場の人たちからノブちゃんと呼ばれるようになった。

踊り子さんたちは全国を巡業している。ひとつのストリップ劇場に居つづけるのではない。スザンヌさんのグループが別の地に移っていくと入れ替わりに別の一座が来る。旅芸人と同じようなものだ。

客足が鈍ると呼ばれる一匹狼《おおかみ》の人気ストリッパーもいて、その女はギャラが高い。劇場で踊るよりも温泉旅館に呼ばれて少人数の客の前で踊るほうが実入りがいいのだ。

劇場は、松島新地から歩いて十分ほどのところにアパートを一軒持っている。そこが踊り子さんたちとその家族の仮の住まいになる。アパートの家主は劇場の経営者だ。

彼女たちのなかには、つつましい生活をして、いなかの両親にお金を送っている女もいるが、たいていはつまらない男に貢《みつ》ぐようになって荒れていく。舞台では化粧と照明とで派手な容貌《ようぼう》に見えるが、化粧を落として普段着に着替えると、こんなに不器量でいなか面《づら》だったのかと驚くような女も多い。亭主ではなく、ただのヒモとしか言いようのない男と全国を巡業しつづけている女もいる。子持ちの踊り子もいる。

世間は場末のストリッパーと蔑《さげす》むが、性格が悪い女は長つづきしない。あの世界からすぐに消えていく。

興行の世界が地元の暴力団とのつながりなしには成り立たないこともよくわかった。

いいアルバイトだったが、二階の狭い照明室は客席の煙草の煙が集まってくる場所で、あまり長くつづけると病気になりそうな気がして辞めた。——

房江は十九歳の我が息子の話を聞きながら、驚くやらあきれるやらで、何回も溜息をついた。伸仁はそうやって稼いだ金を賭け麻雀とパチンコですってしまったのだ。ストリップ劇場の楽屋というものを見たことはないが、若い男には刺激が多い光景ばかりであろう。そんなところにいたのに、伸仁の話し方は淡々としている。

この子は根っからの不良で、遊び人の血が流れているのではなかろうか。それは私の父から譲り受けたのではないだろうか。

父親からも母方の祖父からも悪いところだけ受け継いだ十九歳の伸仁は、いま私の前に正座して、このまま眠ってしまいそうな目をなんとか懸命にあけている。

房江はもういちどわざとらしく溜息をつき、

「起きたらすき焼きが食べれるようにしとくから寝なさい」

と言って、伸仁の部屋に蒲団《ふとん》を敷いた。伸仁は蒲団に横たわるとすぐに寝てしまった。

扇風機の風を弱くして、それを伸仁のほうに向けて、房江はボストンバッグに突っ込まれているテニスシューズや洗い物を出すと、裏門横の広い便所に置いてある洗濯機に入れた。

テニスシューズまでも一緒に洗濯機に放り込んだことに気づき、それを二階の物干しに持って行って干した。

帰り支度を始めた佐古田が便所の隅の洗い場に顔を洗いに来て、

「このモータープールの土地を売ってしまうことに決まったで」

と言った。

「えっ、いつです？」

「ちょうど三年後や。シンエー・モータープールは五年後には銀行のビルに変わるんや」

「この敷地全部が？　大きなビルですねえ」

「モータープールに車を預けてる客の都合もあるからなあ。この近くには駐車場があれへん。全部の車が新しい駐車場を見つけて移っていくには三年はかかるやろ。モータープールの契約書にはそういう条項も入ってるそうや。柳田社長は、二年としといたらよかったっちゅうて笑てはった。荘田はんはきのうから契約者との交渉を始めたそうや。シンエー・モータープールがなくなるっちゅうのは、このへんの商店主には事件や。車の置き場がなくなるんやからなあ。ここからいちばん近くのモータープールは堂島川の西に一軒、浪速区の北側に二軒。みんなせいぜい十台か十五台くらいしか車を置かれへん」

柳田元雄には、あと一年管理人として二階に住まわせてくれと頼んで了承を得ていたので、房江は来年の夏までに本気で引っ越し先を見つけなければならないと思った。

しかし、玉川町に風呂《ふろ》付水洗便所の一戸建てを見つけたときとは状況が異なってしまっている。夫と伸仁との三人で暮らす家ではないのだ。

ハゴロモは順調だが、関西中古車業連合会は出費が多くて、損はないが儲《もう》けもほとんどない。六月の末からは、伸仁が大阪中古車センターに毎月の生活費を受け取りに行くようになった。夫はそれまでは三万円をくれたが、先月からは二万円になった。関西中古車業連合会から三社が抜けていったのだ。

房江は、福島天満宮の近くの肉屋に行きながら、私の多幸クラブでの給料は手取り二万八千円、モータープールから貰う給料が一万二千円、夫から二万円、と計算した。

そのなかから、もしものときのために伸仁の大学の授業料として毎月一万円を貯金している。それは自分でアルバイトして貯《た》めると伸仁は言って中央市場で働いているが、あの子はあてにならない。ストリップ劇場で稼いだ金をすべて賭け事に使ってしまうような子だ。きょう、それがよくわかった。

モータープールの一万二千円に、光熱費も家賃も水道代も加えると、幾らになるのだろうか。

考えてみれば、富山から大阪に帰って来て以来、私はいちども水道代も電気代もガス代も払ったことがないのだ。船津橋のビルは水道も電気もガスも止められていたし、シンエー・モータープールではそれらは払う必要がなかった。

房江は、柳田元雄にいかに助けてもらっていたかに改めて感謝の思いを抱いた。

買い物から帰って、夕飯の支度をしていると、目を醒《さ》ました伸仁は水を一杯飲んで、田岡さんを手伝ってくると言って階段を駆け降りて行った。

階段の降り口からモータープールの敷地内を眺めると、荘田は自分のパプリカを運転して帰って行くところだった。

シンエー・モータープールはこれからがいちにちで最も忙しくなるということがわか

っていて、よく平気で帰れるものだと腹が立ったが、房江はモータープール内をあっちこっちと走り廻っている田岡と伸仁をしばらく目で追ったあと、台所に戻った。

「奥さん、いてはるかな」

柳田元雄の声が聞こえた。

もしいま手があけられるなら、ちょっと相談したいことがあると柳田は言った。房江は柳田のあまりの瘦《や》せ方に驚いたが、ゴルフ場の建設用地での夏は、胃潰瘍《かいよう》の手術をした体にはこたえたのかもしれないと思い、一緒に階段を降りて事務所へ行った。洗車場には黒塗りの社長車が待機していた。

房江が冷たい麦茶を用意しているあいだに、柳田はモータープール売却の話を始めて、

「ころころと話を変えて申し訳ないんやが、再来年の二月末まで、ここの二階で暮らしてくれんやろかなあ」

と言った。

たったの一年か一年半だけ夜の管理人として働いてくれる人間を探すのは難しい。それなら松坂さんにこのままつづけてもらうほうがいい。柳田はそう考えたのだという。

「ゴルフ場内の私道のことで松坂さんのご主人には世話になった。難しい一件やったけど、御主人は簡単に片づけてくれはった。シンエー・モータープールをここまでに育ててくれたのも松坂さんや。どうや？　再来年の二月末で、ここでの仕事を終えるっちゅ

うのは」

「そうしていただけるなら助かります。ありがとうございます」

房江は麦茶の入ったコップを柳田元雄の前に置いてから深くお辞儀をした。

「松坂さんが板金屋をつぶしたのはどうも合点がいかんなあ。なんでや？　板金塗装の仕事は、いまは引っぱりだこや。普通に経営してたら、どうにもつぶれようのない商売や」

と柳田は喉《のど》ぼとけが異様に突き出ているかに見える首を長く伸ばして麦茶を飲みながら言った。

「主人は中古車に専念することにして、あの会社を東尾さんに売ったんです。その東尾さんが社長になってしばらくしてから行方をくらましました」

房江の言葉に、柳田は首をかしげ、

「松坂さんが、あの東尾となんで組まなあかんかったのか、それがいちばん合点のいかんところやなあ。松坂熊吾《くまご》の人を見る目は一級やのになあ」

それから柳田は、モータープールの管理人の件は荘田に話しておいたので、もう奥さんには伝わっているものと思っていたと言い、

「荘田はどうしたんや？　こんなに忙しい時間に、なんで荘田はおらんのや？」

と訊いた。

かばうことはないが、告げ口もいやなので、房江は黙っていた。あと一年半もつきあうのだから、つまらない恨みを買いたくなかったのだ。

柳田は、富士乃屋のトラックを移動させている田岡勝己を呼んで、同じ質問をした。田岡はちらっと房江を見てから、

「きょうは帰られました」

と答えた。

「きみと伸仁くんにまかせてか？」

柳田はさらにそう訊いたが、田岡の返事を待たずに車に乗り、モータープールから出て行った。

「あの痩せ方、大丈夫やろか」

と房江は田岡に言った。

「胃を切ってから、いっぺんにぎょうさん食べられへんようになりはったんです。鳥が餌《えさ》をついばむように、ちょっとずつ、いちにちに七、八食やそうです。そやけど、ほとんど完成したゴルフコースを、コロッケを食べながら週に三回プレイしはるから見た目よりもお元気なはずやって支配人が言うてました」

と田岡は言った。

「支配人て、ゴルフ場の？」

「そうです。柳田社長が箱根のゴルフ場から引き抜きはったんです」

「ゴルフ場はいつオープンと決まったん？」

「コースの設計を変えたので、さらに遅れたそうで、再来年の四月と正式に決まりました。こないだ柳田商会の人たちと見学に行って来ましたけど、ものすごく広いところにきれいな芝生がびっしり植えてあって、もともとあった千本近い木を生かして、ところどころに花壇もあるし、ゴルフ場ってのはなんと贅沢《ぜいたく》なもんかと思いました」

北西側の屋根付き駐車場の奥に半月ほど停めたままだったライトバンのエンジンがかからないと伸仁が走って来ながら言ったので、田岡はバッテリーを接続させる太い配線を探すために講堂へと行った。

房江は二階の部屋に戻り、買ってきた焼き豆腐を切り、それを冷蔵庫にしまった。和紙に包まれて水引きが掛けられているチョコレートが冷蔵庫の奥にあった。

四月の末に夫が持って来た本物のチョコレートで、食後に伸仁と一緒に味見しようと思いながら、忘れてしまっていたのだ。

三か月半も冷蔵庫に入れっぱなしにしてしまって木俣敬二に申し訳のないことをしたと思い、房江は和紙に包んだまま、卓袱《ちゃぶ》台《だい》に置いた。かなり味は落ちてしまっているだろうが、今夜、すき焼きのあとのデザートとして食べようと思い、房江は銭湯へ行った。

久しぶりの伸仁との晩ご飯を、アメリカの連続テレビドラマを観《み》ながら食べ終わると、房江はチョコレートの包みを解いた。

「ぼくもうっかり忘れてしもてたなあ。なんぼなんでも味は落ちてしもてるやろなあ」

仲仁はそう言いながら、三センチほどのチョコレートをつまみ、匂《にお》いを嗅《か》いだ。冷蔵庫から出して一時間ほどたったので、硬くもなく軟らかくもないチョコレートには香りも甦《よみがえ》っていた。

仲仁は、この匂いはどこかで嗅いだ気がすると言った。大学の裏側には国道に通じる道があり、その途中の年寄りしか住んでいない集落でトマトや茄子《なす》や胡瓜《きゅうり》を作っている。

うちの畑の土は肥えていると農家のおじいさんが自慢して、黒くて粘り気のある土を嗅がせてくれた。土とはこんなにいい匂いなのかと思った。木俣さんのチョコレートは、あの土の匂いがする。

仲仁はそう言って、チョコレートをひとくちかじった。

房江は一合の日本酒を飲んですき焼きを食べたあとだったが、茶を飲んでから、チョコレートを口に入れた。

ふたりはチョコレートを口に含んだまま、顔を見合わせて、しばらく無言でいた。

「肥えた土が、とろーっとキャンディーに変わって、そのあとにナッツの香ばしさがつづくねん。お母ちゃん、これはものすごくおいしいで。ぼくがこれまで食べてきたチョコレートはいったいなんやってん？」

「三か月半も冷蔵庫に入れてあったのになあ」

「お父ちゃんが持って来た日に食べてたら、これよりもっとおいしかったんや」

このうっとりするほどのおいしさを言葉にはできない。世の中にこれほどおいしい菓子があったのかと茫然《ぼうぜん》となってしまいそうだ。

房江は口のなかで溶けていってしまうのが惜しくて、鼻から抜けるカカオの香りを楽しみつづけた。

「そやけど、これ、一個三百円やで」

と伸仁は言った。

朝の中央市場での時給が三百五十円。その一時間がどれほどの労働だと思うか。セリ場での戦争のような荷運び。買い手にも売り手にも、作業の段取りが悪いと容赦なく怒鳴られる。売れた商品をリヤカーで運ぶ際には、市場にひしめく他のリヤカーや台車との通路争いでケンカのようになる。ときには蹴《け》られたり、手鉤《てかぎ》で殴られたりもする。そうやって一時間も働いていると、ときに眩暈《めまい》に襲われる。それが四時間つづくのだ。四時間で千四百円。このチョコレート五個分以下。

伸仁は畳に横たわり、テレビを消してからそう話したあと、

「やっぱり松島新地のストリップ劇場のライトさんに戻ろうかなあ」

と天井を見ながらつぶやいた。

「もしそんなことをしたら、私はノブを勘当する。もう親でもない子でもない。これは口だけの脅しとはちがうで。若いときに汗水流して働いたことのない男はろくなもんになれへん。中央市場で眩暈がしたら、これも人間修行やと思いなさい」

房江は本気で怒った。

「お父ちゃんみたいなことを言うなあ。無意識下でお父ちゃんの代わりもせなあかんという心理が働いてるのかなあ」

「なにが無意識下や、なにが心理や。二度とストリップ劇場で働いたらあかん」

「冗談やがな。あそこはほんまに空気の悪いとこやねん。どんなに丈夫なやつでも長いことおったら結核になる。そんな気がしたから辞めたんや」

口のなかに残っているわずかなチョコレートを惜しそうに味わっている表情で隣りの部屋の蒲団に横になると、伸仁はまた眠ってしまった。

多幸クラブに勤めるようになってから、房江は部屋の板壁に大きなカレンダーを掛けるようになっていた。

そこには藤木美千代と相談して決める休みの日と、一週間の社員食堂の献立を書きこむようにしてある。

あしたは昭和四十一年の八月十九日。金曜日だ。昼の献立はちらし寿司《ずし》とワカメの味《み》噌汁《そしる》。夜は缶詰の鯖《さば》の水煮と豆腐の煮物。ほうれん草のおひたし。大根の味噌汁。

あしたは大変だ。出勤したらすぐに六十人分のちらし寿司の下ごしらえに取りかからねばならない。ことしはいつもの年よりも新入社員を多く採用したので、正確には六十八人分。四年後の大阪万国博覧会を睨《にら》んでの社員増員なのだ。

でも、この六日間の休みは楽しかった。淡路島の民宿での食事もおいしかった。新鮮な鯵《あじ》と鯛《たい》の刺身。鱧《はも》の天麩羅《てんぷら》。

蛸《たこ》のしゃぶしゃぶなどというものは初めてで、まだ動いている切り身を煮えている出し汁に浸すだけなのに、それだけでご飯が二膳《ぜん》食べられた。私がご飯をお替りするなんて滅多にないことなのだ。

松林の向こうの浜辺からの風は涼しくて、二日間とも長い昼寝をした。

夜は、同じ民宿に家族と来ていた調理部の飯田さんと花札をして千二百円まきあげた。帰りに船を待つあいだ、飯田一家に昼食をご馳走《ちそう》したので、三百円の赤字だが。

藤木美千代は六日間をひとりで社員食堂を切り盛りして疲れたことだろう。あしたからの六日間は私ひとりだ。

さあ働こう。ひとりで大変だなどという顔を一瞬でも見せてはいけない。松坂のおばちゃんはいつも微笑《ほほえ》んでいると若い社員に言われつづけなければならないのだ。

房江は、そう考えながら事務所へと降りた。田岡と交代してやらなければならなかった。

キーボックスのなかを点検して、田岡は天満の叔母さんの家へと帰っていった。

二十畳の柳田商会の寮には、いまは四人しか住んでいないが、その隣りの四十畳のパブリカ大阪北の寮には以前よりも増えて二十人が寝起きしている。裏門の鍵《かぎ》は寮長の責任として預けてある。

房江は事務所の床を掃き、机を雑巾で拭いてから、しばらく椅子に腰掛けていた。

二階のサーチライトに照らされている屋根付きガレージの奥で、ムクが遊んでいるような気がした。

房江は、多幸クラブの新館地下の社員食堂で働いている私の汗まみれの微笑を、夫に見てもらいたいなと思った。

国道二号線沿いにある尼崎市民会館で松坂明彦と北野喜代美の結婚式の仲人《なこうど》を務めると、同じ会館内にある貸衣装屋で房江は留袖の着物を、熊吾は燕尾服《えんびふく》を返して、普段着に着替えた。

今夜の夜行で九州へ新婚旅行に旅立つ新郎新婦は列車に間に合わせるために慌《あわ》ただしく貸衣装屋から出て行った。大阪駅には明彦の同僚が車で送ってくれるという。

明彦の妻となった喜代美は大阪府吹田市に両親とふたりの兄と住んでいた。父親は市役所に勤めていて、まだ独身の兄たちもさして大きくはないが堅実な事業内容の会社で働いているらしい。

新婦側の家族や親戚《しんせき》たちと挨拶《あいさつ》を交わして別れると、房江はタネと千佐子と一緒に国道二号線に沿って歩いて、蘭月ビルのタネの家で留守番役をしている伸仁を迎えに行った。

背が高くなって、びっくりするほど美しい娘に育ったと聞いてはいたが、房江は数年ぶりに逢《あ》った千佐子のあまりの美貌に驚いてしまった。

これは男からの誘惑も多いことだろう。千佐子も父《てて》無し子で、貧乏のなかで育ったし、年頃になると寺田権次が同居するようになり、母親と同じ蒲団で寝る日々が長くつづいたから、男にちやほやされるとすぐに崩れていってしまいかねない。

房江はそう案じたが、話してみると、千佐子は凜《りん》としていて、御堂筋に大きな自社ビルを持つ一流企業の女子社員らしい矜持《きょうじ》を漂わせていた。

しかし、身に着けているものは、高校を卒業して三年目の女子社員らしくなかった。身に着けている服もハンドバッグも千佐子の給料では手が出ないであろう高価なものだということは、多幸クラブで働く同年代の女子社員たちを見てきた房江にはすぐにわかった。

「風が冷とうなってきたねえ」

と千佐子は言って、熊吾のマフラーを自分の首に巻きつけた。

「まだ十月の半ばやのに、熊おじちゃんはもうマフラーをしてるのん？」

と千佐子は言った。披露宴で飲んだ安物のシャンパンで酔っているようだった。

「わしは暑さ寒さに弱いんじゃ」

低予算の結婚披露宴だとわかっていたし、そのうえ仲人なので、もっといい酒を出せとは言えず、熊吾は新婦の親戚が差し出す日本酒を猪口《ちょこ》で四、五杯受けただけだった。

――どの家庭にも人にはわからない苦労があるものですが、この松坂明彦ほど多くの悲しみを内に秘めて、しかもまっすぐに育った青年は稀《まれ》でありましょう。――

房江は、仲人の挨拶で熊吾がそう話しだしたときは、また余計なことを言わなければいいがと心配したが、熊吾は明彦の出自には一切触れず、新婦のふたりの兄に、明彦を自分たちの実の弟のように可愛《かわい》がってやってくれと挨拶を締めくくった。

映画館の横の道に曲がるとき、

「仲人さんの挨拶、よかったよ」

と房江は熊吾にささやいた。

「あんなお堅い一家やとは思わんかったけん緊張したぞ。親戚縁者も石部金吉ばっかりじゃ。揃《そろ》いも揃ってあんなに無口な一族も珍しい」

お好み焼き屋を閉めてもう数か月になるタネの家に入ると、伸仁が寺田権次と花札をしていた。晩ご飯は寺田が国道沿いの食堂から肉丼を出前で取ってくれたという。

寺田は、新郎新婦もいったん家に帰ってくるものと思っていたらしかった。

「明彦にお祝いを渡そうと思うてなあ。なんや、そのまま新婚旅行に行ってしもたんかいな。花嫁さんの顔をひとめみたかったなあ」

寺田は残念そうに言うと、タネに紅白の水引きを巻いた祝い袋を渡した。顔や手が腫《は》れぼったくて、体の動きも重そうだった。

大東市の新築のアパートとは話をつけておいた。いつでも引っ越しができる。明彦の新居からは歩いて二、三分だ。こんな化け物だらけの蘭月ビルからはいちにちも早くおさらばしてしまえ。家賃と敷金はこの前に電話で話したとおりだ。

寺田はそう言って、タネの家から出て行った。房江は、寺田が今夜ここでタネや明彦や千佐子と永遠の別れをするために待っていたような気がして、戸口のところに立ち、大阪中古車センターの日除《ひよ》け塀を造ってくれた礼を言った。寺田権次は熊吾から一銭も受け取ろうとはしなかったということを聞いていたのだ。

「ねえさん、わしもそろそろ年貢《ねんぐ》の納め時が近づいて来よりましたで。自分でちゃんとわかりまんねん。象みたいなもんですなあ。死期を悟ってぽつんと一頭だけで姿を消してしまいよる。わしは象ほどでかい人間やなかったし、この世になんにも残しまへんでしたけど、息子を一人前の大工に育てました。わしみたいな人間には、もうそれだけで立派なもんでっしゃろ」

寺田権次は、最後の言葉を映画館の横の道を国道二号線のほうへと曲がりながら言ったので、房江にはよく聞こえなかった。

暗がりの奥に吸い込まれるように消えた寺田のことが心配になり、房江は熊吾を呼んだ。

「おうちまで送ってあげたほうがええと思うねんけど。おうちは杭瀬《くいせ》やろ？　バスで三駅くらいや。ノブに送ってあげるように頼もうか……」

房江の言葉に、夜の十時近い杭瀬の路地を伸仁ひとりで歩かせるわけにはいかないと熊吾は言い、

「わしが送るけん、お前と伸仁はもう帰れ」

房江の耳元でそうささやいて、寺田権次のあとを追った。

房江はタネが淹《い》れてくれた熱い茶を飲むと、伸仁と一緒に阪神《はんしん》バスでシンエー・モータープールへと帰った。十二時前になっていたが、留守番を引き受けてくれた田岡は事務所で受験勉強をして待っていてくれた。

伸仁はパブリカ大阪北の寮長に車を貸してもらうと田岡を天満の叔母さんの家まで送り、帰ってくると正門を閉めて鍵をかけ、二階へあがって来た。

寝間着に着替えて待っていた房江は、千佐子があまりにきれいになっていたので、びっくりしてしばらく見惚《みと》れたと言った。

「背もぼくと変われへん。一緒に歩くのがいややねん。みんな振り返るしなあ。タネおばちゃん、よう見たら彫りの深い美人やから、千佐ちゃんは高校を卒業したころからお母さんに似てきたんやなあ」

「よう見んでも、タネさんは美人や。明彦も端正な男前やしね」

「兄妹《きょうだい》やのにお父ちゃんだけ熊《くま》と猪《いのしし》が混じったような顔やなあ」

「お前のお父さんこそ、よう見たら彫りの深い立派な顔立ちやで。若いころはクラーク・ゲーブルに似てるって言われたんや。南予にはそういう顔立ちの人が多いねん」

「えっ？　あのアメリカの美男俳優のクラーク・ゲーブル？　似てるかなあ。それは褒め過ぎやろ。贔屓《ひいき》の引き倒しっちゅうやつや。南予の人は、大昔、南方のどこかの国から黒潮に乗って丸木舟で渡って来た人たちやろか。腰に蓑《みの》を巻いて、斧《おの》を振り回して。そのなかにお父ちゃんの祖先もおったんや。ぼくのお父ちゃん、そんな顔やで」

房江は笑い、その祖先は、お前の祖先でもあるのだと言った。

伸仁はふいに話題を変え、千佐ちゃんはあんなにきれいで、いくらでもいい男が寄ってくるだろうに、どういうわけかおっさん臭い男とばかりつきあうのだと言ってテレビを点《つ》けたが、どの局も放送を終了していたのですぐに消した。

「おっさん臭い男って、どういう男？」

「歳《とし》はせいぜい二十二、三やのに、三十前後に見える。体ががっちりしてて、ハンサムではない。一見おとなっぽくて落ち着いて見えるけど、所詮《しょせん》は見せかけ。中身は薄い。そんなタイプや。これまで三人の男を紹介してくれたけど、三人とも見事におんなじタイプ。ぼくはそのたびに、こんな男のどこがええのかと不思議で、首をかしげてしまうねん」

千佐子も父親の味を知らないまま成人した。だから無意識のうちに、自分よりもはるかにおとなっぽい男に惹《ひ》かれるのかもしれない。

房江はそう考えながら、テレビの前に坐り柱時計を見て、もう一時になろうとしていると思ったとき、そうだ夫はここには帰って来ないのだと気づいた。あの女のアパートが夫の住まいなのだ。三年もそんな生活がつづいているのに、なぜ今夜は夫の帰りを待とうとしたのだろう。やっぱり帰ってこないほうがいい。あの人がいると疲れる。

房江は、伸仁が歯を磨きに行ったので、部屋の蛍光灯を消し、蒲団に入って枕元《まくらもと》のスタンドを点けた。寝てしまったら、いつも伸仁が消してくれるのだ。

部屋に戻ってきてパジャマに着替えると、伸仁は、房江の枕元にあぐらをかいて坐り、煙草に火をつけた。

「未成年者でスポーツの選手が煙草なんか吸うたらあかんやろ？」

「心を鎮《しず》めるために寝る前の一本は必要やねん」

なにをえらそうに。鎮めなければならないほど心が騒ぐことがあるというのか。そうだ、もうひとつ訊き糺《ただ》しておかなければならないことがあると思い、房江は寝返りをうって腹這《はらば》いになり、あのいやらしい雑誌と交換したドスでお前はいったいなにをするつもりだったのかと訊いた。あれを作るために、お前は一年半近くを費やしたのだ。毎夜、太い鋼《はがね》をグラインダーで削り、寒い夜に手を凍らせながら砥石《といし》で研ぎつづけて、鉈《なた》ほどもあるドスを完成させたのはなんのためだったのか、と。

伸仁はうんざりしたように溜息《ためいき》をついてから、隣りのクラスになぜかぼくにしょっちゅう絡《から》んでくるやつがいて、その絡み方があまりに執拗《しつよう》だったので、これはこのままでは終わらない、どこかで決着をつけなければならないと思ったのだと言った。

「決着？　相手をあのドスで刺すつもりやったんか？」

房江は驚いて上半身を起こし、蒲団の上に正座した。

「刺したら殺してしまうがな。そんなアホなことせえへん。そやけど、そいつはケンカが強いから素手では勝たれへん。そやから、いざとなったら指の二、三本を切り落としたろと。そのためには、あのくらいの重さのドスでないとあかんやろ？」

「指の二、三本を切り落としたら、お前、どうなるのん？　学校は辞めさせられて、少年院に何年か入れられるんやで」

「そんなこともわかってるよ。あのドスを出して、ぼくが本気やとわかっても、それでも殴りかかってくるような根性のやつなら降参するしかないがな。そういうやつかどうかを試すために、あのドスを作ったんや」

「お母ちゃん、お酒が飲みとうなってきたわ。脅すだけのつもりが相手を殺してしまうというのが刃物の怖さや。お前はそれがわかれへんのか？」

やっぱりこの子は危険なものを持っている。もはや笑い事ではない。房江はそう思ったとき、自分でも異様だと感じるほどの涙が溢《あふ》れてきて、声をあげて泣いた。

「一芝居打とうとしただけやねん。お前がその気なら、ぼくも捨て身で受けて立つぞということを相手にわからせる芝居やねん。そうせえへんかったら、相手はいつまでもやめへんからな。そういうやつやねん」

「それからどうなったん？」

あのアメリカの「プレイボーイ」という雑誌を持っていたやつが、それとドスとを交換したあと、どうしてこんなものを自分で作ったのかとしつこく訊《き》いた。それで、その理由を話した。すると、その話はたちまち広まって、相手の耳にも届いた。相手の名を仮にYとしておこう。

Yは遠くにいても絶えずぼくを睨みつけてはいたが、近づいてこようとはしなくなった。卒業式が終わったら、どこかで待ち伏せているかもしれないと怖かったが、茨木駅のホームで電車を待っていると、Yはなにかの映画で観たようなわざとらしい気障《きざ》な笑みを投げかけて、小さく手を振り、電車に乗らず仲間たちとどこかへ行ってしまった。

「あの雑誌を学校に持って来てた子に、感謝せなあかんなあ。お母ちゃん、逆恨みしてたわ」

房江はそう言って、寝間着の袖で涙を拭いた。

「結局、どこかで勝負をつけんと、災いは止《や》めへんから……」

さらになにか言いかけたが、伸仁はスタンドの明かりを消し、自分の蒲団にもぐり込んだ。

日曜日は中央市場は休みだし、モータープールの朝も暇なので起こさないでくれという伸仁の言葉に生返事をして、房江はしばらく蒲団の上に正座していた。

どこかで勝負をつけないと災いは止むことはない。

きっと伸仁がなにかの書物で覚えた言葉なのであろう。だが、それは真実だ。

房江はそう考えていると、伸仁が高校一年生のときの担任だった紀村晋一《きむらしんいち》という若い教師が言った言葉をふと思いだした。

――あの子は、好きなことをさせたらいいです。――

紀村晋一は大学院を修了してから教師になったので、去年、関西大倉学園を辞めて、母校の大学の教壇に立っていると伸仁から聞いていた。シェークスピアの研究では若手のなかでは群を抜いた存在だという。

いずれは大学の教授になる人なのであろう。

房江は、紀村晋一の言葉を胸のなかで反芻《はんすう》しながら、
「もうお母ちゃんはお前のことには口出しせえへん。好きなことをしなさい。道を誤っても親のせいにせんとってな」
と言った。伸仁からは寝息が返ってきた。

十一月三日の祝日に、タネと千佐子は大東市のアパートに引っ越すことになった。たいした荷物があるわけではなかったが、それでも引っ越しという作業は力仕事で、片づけにも時間がかかると思い、房江は多幸クラブを休んで手伝うことにして、伸仁と一緒に尼崎の蘭月ビルに行った。

K塗料店から借りた四トントラックをタネの家の前に停めると、伸仁は細い道を隔てた工務店の資材置き場に入って行き、遊んでいる子供たちのなかに立って長いこと蘭月ビルを眺めていた。

すでに母親のアパートの近くの二階屋で新婚生活を始めている明彦は、家の前に引っ越し荷物をまとめて出していた。喜代美は大東市のアパートの掃除をして待っているという。

「蘭月ビル。思い出の多い建物やなあ」
房江も工務店の資材置き場に入り、伸仁の横に立つと言った。

伸仁はなにも応じず、タネの家に入ると冷蔵庫や洗濯機や箪笥《たんす》類などの重いものを明彦とふたりでトラックの荷台に運び始めた。

「ノブちゃん、一回では無理やで。すまんけど、二回に分けて運んでくれよ」

と明彦は申し訳なさそうに言った。

「積み方が下手やねん。蒲団をもっとぎゅうぎゅうに圧縮したら、この机と五つの段ボール箱は載せられるで。ぼくは意地でも一回で全部の荷物を運ぶ。またこの蘭月ビルに戻ってくるのはいやや。蘭月ビルとは、きょうで永遠におさらばや」

伸仁は言って、すでにトラックの荷台に積んだ蒲団を降ろした。

西隣りに住む朴一家のおばあさんが、一升瓶を抱えて家から出て来て、これは手をかけて作ったドブロクで、国ではマッコリという酒だと言った。餞別《せんべつ》として用意しておいたという。

朴家は北朝鮮に行かず、ここに残った数少ない韓国人一家なのだ。

おばあさんは、大東市の住道《すみのどう》というところは、尼崎からはどう行くのかと訊いた。

タネはいつものののんびりとした悠長な話し方で説明を始めた。

――阪神尼崎から梅田に行き、そこから国鉄環状線の外回りというのに乗る。天満、桜ノ宮、そして京橋。

その京橋駅で別のホームの片町線に乗り換える。大阪の東のほうへまっすぐに奈良との境まで行く電車だ。

片町、京橋、鴫野《しぎの》、放出《はなてん》、徳庵《とくあん》、鴻池新田《こうのいけしんでん》、住道、野崎、四条畷《しじょうなわて》。

京橋から住道までは三十分くらい。駅前の商店街を抜けて、田圃《たんぼ》や畑のある地域を行くと踏切がある。それを渡り、さらに生駒山のほうへと歩くと小さな新興住宅地がある。アパートはそのなかだ。住道駅からアパートまでは歩いて二十五分くらい。

部屋は四つ。一階の奥が家主の住まい。その上は家主の妹が住んでいる。私が引っ越すのは家主の隣りの部屋だ。私の部屋の二階は空き家なので、もし引っ越すのならそこにしてはどうかと房江さんに勧めているのだ。——

「遠いなあ」

と朴家のおばあさんは言った。

「さあ、全部積めた。アキ坊、ロープをそっちから投げてくれ」

仲仁は薄手のセーターを脱いで、額の汗を手の甲でぬぐいながら言った。

四トントラックには三人しか乗れないので、房江と千佐子は電車で行くことになっていた。

仲仁の運転するトラックが行ってしまうと、房江は朴家のおばあさんに挨拶して阪神電車の尼崎駅まで千佐子と並んで歩いて行った。

駅のホームで梅田行きの電車を待ちながら、

「寺田さんは元気なんやろか。明彦の結婚式の日、えらい具合が悪そうやったから、熊おじちゃんが家まで送って行ったんやけど……」

と房江は千佐子に言った。千佐子は蘭月ビルの方向へと視線を向けたまま返事をしなかった。

「ならず者崩れの土建屋さんやけど、悪い人ではなかったなあ。千佐子が私立の女子高に通えたのは寺田さんのお陰やもんね」

途中で私は余計なことを口にしていると気づいたが、言葉はもう出てしまっていた。

「ええ人やろうが悪い人やろうが、そんなことがなんやのん？　房江おばちゃんは、私にもお兄ちゃんにも心はないと思うてんのん？　あの男は、私が小学二年生のときからずっとお母ちゃんと硝子《ガラス》障子一枚向こうで寝てたんや」

千佐子は蘭月ビルのほうへと向けた視線を動かさないまま言って、房江に一瞥《いちべつ》もくれずホームの階段を降りて行った。

房江は、深く考えないまま浅薄な言葉を口にしてしまったことを悔いたが、千佐子のあとを追わなかった。きっとあとから大東市住道のアパートにやって来ると思ったのだ。

晴れているのに太陽は歪《ゆが》んで見えたし、西の空は茶色とも灰色ともつかない霞《かすみ》がかかっていた。尼崎周辺から武庫川《むこがわ》のあたりは大気の汚染がひどくて、呼吸器を痛める子供や年寄りが増えていると新聞で読んだが、あれがその大気汚染というやつなのかと房江は思った。

　電車に乗ると座席に坐《すわ》り、房江は幼いころからの千佐子の、そのときどきの思い出を心に浮かべようとしたが、輪郭の鮮明な映像というものは少なかった。千佐子はいつも目立たない子だったのだ。

　兄の明彦は勉強がよくできたし、おとなしくて優しいので、南予の一本松村でも城辺町でも、まわりのおとなたちには好ましく思われていたが、千佐子にはこれといって特徴はなくて、優等生の兄の陰に隠れてしまったような存在だった。

　千佐子が遊んでいる映像が浮かんでこない。なぜだろう。房江はそのことを不思議に感じたが、考えてみれば、これまでいちども、千佐子にちなむ思い出そのものを胸に描いたこともなかったのだと気づいた。

　蘭月ビルで暮らすようになってからも、あの周辺で遊んでいる千佐子を目にした記憶がない。蘭月ビルの子供たちとそりが合わなかったので、どこか別の地域で遊んでいたのかもしれないが、それにしても千佐子はどんな小学生だったろうか。どんな中学生になっていただろうか。寺田権次の援助で高校は私立の女子高に進んだが、そのころは私たち一家は蘭月ビルを避けて、あえて行かないようにしていたのだ。

　その言動にも容姿にも、存在そのものにも、格別の特徴のなかった千佐子が、社会に出た途端に手品のように変貌して、御堂筋に並ぶ多くの有名企業に勤める女子社員のなかでも指折り数える美人として噂《うわさ》にのぼるようになった。

同年齢の男たちは臆《おく》して食事に誘うこともできない存在で、四十以上の男たちに、しょっちゅう高級レストランや値段を表示していない有名寿司店につれていってもらっているという。

伸仁が幼かったころ、「みにくいアヒルの子」という童話を読んでやったことがあったが、まさに千佐子はあのアヒルの子だった。いじめられもしない目立たないアヒルの子だ。

子供は自分が周りからどう評価されているかを敏感に知っている。とりわけ女の子は、それが容貌にまつわることであればあるほど、心の奥に傷を作っていく。

硝子障子一枚向こうで男と同じ蒲団に入っている母親を見てきたみにくいアヒルの子が、なにを感じ、なにを考え、それをどのように己のなかに納めてきたかを、誰も斟《しん》酌《しゃく》してやらなかったのだ。

だがいま千佐子は白鳥になった。それゆえに隠れていた傷から血が出てくるのはこれからだ。

房江はそんな思いに浸って、熊おじちゃんの出番が来たのではないかという気がした。

明彦が描いてくれた地図を頼りに、房江は国鉄環状線の外回りに乗って、京橋駅で片町線に乗り換えた。

電車が小さな工場や商店街が密集する町を東に進み、放出という駅に停まったとき、房江はそれが「ハナテン」と読むことを知った。「ホウシュツ」とは奇妙な駅名だなと思っていたのだ。

そうか、この片町線は野崎を通るのか。夫と結婚してすぐに松坂商会の社員たちと松《まつ》茸《たけ》狩りに行ったことがある。あのとき降りたのは野崎駅だった。松茸山の手前にきれいな川が流れていて、笠《かさ》をかぶって揃いの法被《はっぴ》を着た船頭たちが遊覧を楽しむ客に「野崎小唄《こうた》」を聴かせながら棹《さお》を操っていた。伸仁はまだこの世に姿も形もあらわしていなかった。

井草正之助もいた。海老原《えびはら》太一もいた。河内モーターの河内善助夫婦も一緒だった。

房江がそんなことを思いだしているうちに住道駅に着いた。

駅前に商店街が東へとつづいていた。引っ越し作業がすべて終わるのは夕方になるだろう。みんなお腹《なか》が減っているにちがいない。肉を買って行って、みんなですき焼き鍋《なべ》を囲みたい。

房江は、精肉店の前で立ち止まり、おととい会社から突然に全社員に配られた二万円のなかからすき焼きに必要な食材を買おうと決めた。

多幸クラブのことしの半期決算で予想以上の収益が出たということで、役職とは関係なく一律に二万円の臨時ボーナスが配られたのだ。

すき焼き用の牛肉、焼き豆腐、白菜、ねぎ、糸こんにゃく、椎茸《しいたけ》を買って、房江は商店街を抜けると踏切を渡った。

そこからは道の左右に畑がつづいた。遠くには大きな工場群と生駒山が見えた。

タネは勧めてくれるし、確かに家賃も敷金も安いが、ここはあまりに遠すぎる。多幸クラブの社員食堂での重労働を思うと、朝、住道駅までの二十五分の道のりは、仕事にこたえるかもしれない。それにこのあたりは、冬は「生駒おろし」と呼ばれる強い寒風が吹きつけるという。

大阪駅まで一時間と十五分くらい。大阪駅から多幸クラブまでは地下街を歩いて十五分。合わせて約一時間半。

シンエー・モータープールからならたったの二十分。

やっぱり再来年の二月までシンエー・モータープールの二階で暮らそう。

房江はそう決めて、畑のなかに最近できたのであろう新興住宅地への道を曲がった。

千佐子がやって来たのは、引っ越し作業が終わって一時間もたったころだった。

「無神経なことを口にしてしもて、ごめんな」

房江は千佐子にだけ聞こえるように耳元で言った。

「えっ？　なんのこと？」

笑顔で応じた千佐子は、三畳ほどの台所とその奥の四畳半、それに襖《ふすま》の向こうの六畳

を長い脚で行ったり来たりして、さらにその奥の狭い洗面場と便所を覗《のぞ》き、

「ここで私とお母ちゃんとでは狭すぎるわ。そのうえ、お風呂《ふろ》はあれへんし。銭湯まで往復で四十分もかかるなんて、私はいやや。私は大阪市内でひとりで暮らす」

と言った。

「そんな贅沢なことを。お前の給料で、大阪市内のアパートの家賃を払うてたら、服の一着も買われへんわ」

タネは困ったように言って房江を見た。

千佐子が本気で言っていることをわかっているのだと思ったが房江は口を挟むのをやめた。

「大阪市内って、どこや？」

と伸仁は訊いた。

「多幸クラブから東へ二分。三階建ての小さなビル。三階は使《つこ》うてないねん。物置になってるから、そこを千佐子の部屋にしてもええって持ち主が言うてくれてるねん」

「そのビルの持ち主は男か？　歳はいくつ？　もし女でも危険だらけやなあ。危険が舌なめずりしてる音が聞こえてきそうや」

「ノブ、たまに泊りに来てもええよ。しょっちゅうは迷惑やけど」

千佐子はそのビルの三階で暮らすことに決めてしまったようだった。

台所で、まだあけていない段ボール箱からすき焼き鍋を探し出すと、明彦はそれを洗剤で洗いながら、

「家賃はなんぼや？」

と訊いた。

「家賃も敷金もいらんそうやねん」

「そんな話には裏があるわ。千佐子、お母ちゃんは許さへんで」

タネは顔色を変えて言ったが、喋《しゃべ》り方が穏やかなので、本気で怒っているようには見えなかった。

そのビルは、一階は喫茶店、二階は夜だけ営業するラウンジで、客のほとんどは近くの広告スタジオのデザイナーやテレビ局の人たちだ。オーナーは延岡トキ子という四十前の女性で、私が所属するモデルクラブの経営者と仲が良くて、それで知り合ったのだ。

千佐子はそう言った。

房江は、千佐子が半年ほど前から会社での仕事以外にモデルとしても働いていることを知った。

いまはアルバイトという立場だが、会社を辞めてモデルを本業にしないかと誘われていると千佐子は房江に言った。

「ラウンジて、なに？」

と房江はすき焼きの用意をしながら訊いた。

「バーやけど料理も出すお店。ちゃんとした料理人がいてるねん。ビーフシチューとかグラタンとか、フランスの内臓料理とか」

「内臓料理？　フランス料理にそんなんがあるの？」

「うん、おいしいよ」

千佐子はそう言って、ハンドバッグを持つとアパートの部屋から出て行った。

「すき焼きは一緒に食べへんのん？」

房江は訊いた。

住宅地を入ったところにある理髪店の前に車が待っていて、運転席には男が坐っていたが顔は見えなかった。千佐子はその助手席のドアをあけながら、

「房江おばちゃん、引っ越しの手伝い、ありがとう。ノブにも私からのお礼を伝えといて」

そう言って、わざと茶目っ気を装《よそお》った笑顔を向けて車に乗った。

房江は、千佐子の父親の顔を思い浮かべた。千佐子が生まれて三年目に結核で死んだのだ。生きていればいまは五十代半ばだが、房江はその妻も子もある自転車屋の、まだ三十代の、どこか茶目っ気のある笑顔しか知らなかった。

タネのアパートから長い夜道を片町線の住道駅まで歩きながら、真冬のような冷たく

て強い風に身を縮めて、

「タネさんはあのアパートに引っ越してこいって誘うんやけど、ノブはどう思う？」

と房江は訊いた。

「あそこへ引っ越したら、ぼくは中央市場でのアルバイトがでけへんようになる。シンエー・モータープールに住んでられるのは再来年の二月末までやろ？　それまでは引っ越す必要はないんやろ？　慌てて引っ越すことはないと思うなあ」

仲仁はセーターの下に着ているシャツの襟を立てて、ズボンのポケットに両手を突っ込んだまま、そう言った。

すき焼きを食べている途中に、タネは三十年近くも大事に使ってきた鏡台を蘭月ビルに忘れてきたことに気づき、明彦がK塗料店から借りた四トントラックで取りに戻ったのだ。明彦は運転免許証を取得してまだ二週間もたっていないし、勤め先の会社では二トントラック以上の大きな車は運転したことがなかった。経理部なので会社の車を運転する機会はほとんどないのだ。

仲仁は、すき焼きの牛肉を口一杯に頬張りながら、ぼくが行くと言ったが明彦は二トン車も四トン車もさして変わるまいと、キーを持つとアパートから出て行ってしまった。

仲仁があとを追ったがトラックは出てしまっていた。

仲仁は、明彦の運転が心配らしく、住道駅の近くまで来ると、

「四トン車は大きいでえ。二トン車の倍やからなあ。単純に計算したら十トントラックの半分ほどや」

と言った。

大東市の住道と野崎の境あたりのアパートから尼崎まで行き、蘭月ビルのタネの住まいだった家の南隣りの、大関さんの家に預かってもらっている鏡台を荷台に載せて、また住道に戻っていたら九時近くになる。

それから四トントラックをまた運転して福島区のシンエー・モータープールに返しに来て、電車で住道へと戻るのだ。明彦が家に帰り着くのは十二時近くになるだろう。片町線の終電に間に合わなかったら、アキ坊は今夜は家に帰れない。

伸仁はそう説明して、

「ぼくが運転して行ったほうが早いのに、アキ坊は気を使い過ぎるねん」

と機嫌悪そうに言った。

「タネさんにとったら大事な大事な思い出の鏡台やねん。引っ越し作業で傷つけたらあかんと思うて、お隣りに預かってもろたんや。大関さんの家は六畳一間で、鏡台ひとつでも邪魔になるねん」

「思い出の鏡台って、どんな思い出？」

伸仁の問いに答えるには、明彦の父親である野沢政夫について話さねばならなかった。

熊吾はときおりタネを話題にするときは、必ず明彦と千佐子を身ごもった際の顚末《てんまつ》を口にして己の妹の愚かさをなじるので、それを幼いころから傍らで耳にしてきた伸仁もおよその事情を知っているはずだった。

四条畷発の電車が住道駅に着き、房江は伸仁と並んで座席に坐ると、城辺町のダンスホールを覚えているかと訊いた。夫が妹一家のためにダンスホールを建ててやったのは伸仁が四歳のときなので覚えてはいまいと思ったが、伸仁は覚えていた。

「学校の先生が踊りに来てたやろ？　きれいな女の先生や」

房江は驚き、それならば明彦のお父さんも覚えているかと訊いた。

「なんとなくおぼろげに顔が浮かぶ程度やな。あのダンスホールの二階から落ちて死にはったんや」

「そうや、よう覚えてるなあ。二階にあったレコードをかける部屋の窓から落ちたんや。劇場の二階にある仕事場はゲンが悪い」

「また蒸し返すのん？　ぼくはもうストリップ劇場の照明さんは辞めたって何回も言うてるやろ。しつこいなあ」

——あんな小さないなかの町で、妻子持ちの男とタネが深い関係になったことは、たちまちひろまり、野沢政夫の妻と子は身の置きどころがなくなり、隣り町の御荘《みしょう》のはずれに引っ越した。

政夫は百姓をやってもつづかない。漁師をするには体力がない。明彦が生まれると、宇和島にある船舶用エンジンの販売店に勤めて、まじめに働きだした。二年間、無駄遣いをせずに貯《た》めた金で、タネのために上等の鏡台を買い、自分で担《かつ》いでバスに乗り、一本松村の松坂家まで運んできた。そのころは、熊吾の母ヒサもタネも一本松村の広見という集落に住んでいたのだ。

タネは、ウォールナットという木で作られた鏡台を野沢政夫が持って来たことで、政夫が妻子と別れて自分と結婚すると決めたのだと思い込んだ。ひょっとしたら、政夫はそのつもりだったのかもしれない。

しかし、政夫は妻と離婚しなかった。妻もその実家も意地になって離婚に承諾しなかったのだ。だからずっと別居状態がつづいた。

そのあたりの詳しいいきさつは知らない。私はまだ松坂熊吾と結婚していなかったからだ。――

房江は話し終えると、

「政夫さんといつか正式な夫婦になれるという希望のしるしのようなもんが、タネさんにとってはあの鏡台やったからや。思い出の鏡台というのは、私がそう思てるだけやねん」

と言った。

仲仁は、足元に目を落としたまま、なにか考え込んでいたが、千佐ちゃんは、その政夫という人が生きているときに生まれたのだ、千佐ちゃんのお父さんは誰なのかと訊いた。

「政夫さんとは別の人や。千佐子が三歳のときに死にはった。千佐子はそのお父さんとそっくりや。作り笑いした顔が生き写しやったから、びっくりしたわ」

仲仁は再び視線を足元に向けて考え込み、くすっと笑って、

「タネおばちゃんはのんびりしてるから、先のことはあんまり考えへんのやなあ。相手の男が奥さんと別れへんかったらどうなるのかなんて心配はせえへんねん。男が私を好きかどうか。それしかないねん」

と言った。

房江は、自分が気づかないうちに、仲仁がいつのまにか酸《す》いも甘いもわかるようになっていたことに驚きと幾分かの頼もしさを感じた。

「大学には、きれいな女の子もぎょうさんいてるのん？」

と房江は訊いてみた。

「うちの大学は、女子学生の数と比例すると、きれいな子が多いと思うな。A、B、C、Dとランク分けしていったら、Aが五人。AとBのあいだが十人。Bが二十人。Cが三十人。Dも三十人という割合かな。ほかの大学と比べても、きれいな子が多いそうや。

ぼくは中学も高校も男子ばっかりで、おんなじ年頃の女の子に慣れてないから、最初は緊張して、ろくに口もきかれへんかった。土曜日の一時限目は生物学概論や。教養課程の選択科目やから、受講生は二十人くらい。そのうちの十八人が女子学生や。男はぼくともうひとり芝浦というやつだけ。授業をさぼったら、すぐにわかってしまうねん。こんな女臭い教室に入れるかっちゅうて、芝浦は講義を受けるのを放棄してしまいよった。そやから、いまは生物学概論の講義に出てる男子学生はぼくだけ。八木沼先生は教室に入ってくるたびに、ぼくを見て『頑張ってるなあ』って笑うねん」

伸仁の言葉に、房江は笑いながら、

「ノブはその授業の放棄は考えてないんか？」

と訊いた。

「八木沼先生は、蜘蛛《くも》の研究では日本でも有数の学者やねん。いまは女郎蜘蛛の一生についての講義がつづいてるけど、それがおもしろいねん。女郎蜘蛛には女郎蜘蛛の生き方がある。女郎蜘蛛だけの苦労がある。女郎蜘蛛だけの摂理もルールもある。女郎蜘蛛には女郎蜘蛛の事情がある。ドブ板の下の巣からちらっと流し目を送って『寄ってらっしゃいよ』と客を引いてるだけやないねん」

房江は女郎蜘蛛が流し目で媚《こび》を込めて『寄ってらっしゃいよ』と客を引いている姿を想像して声をあげて笑った。

「蜘蛛の一生を聞いてると、いろんな人間が、いろんな生き方をするのは当たり前やなあって納得してしまうねん。なあ、お母ちゃん、蜘蛛ってこの地球上に何種類いてると思う？　日本だけで一二〇〇種。世界中に三五〇〇〇種や。三五〇〇〇通りの蜘蛛の、それぞれの生態が、いまのこの瞬間も営まれてるねん。一匹一匹に命がある。生きてる。なんか気が遠くなりそうやろ？」

仲仁の話を聞きながら、房江は愛媛県南宇和郡一本松村広見の法眼寺の墓地で見た女郎蜘蛛の、美しいとしか言い様のない黄色い縞《しま》模様と放射状の大きな巣のきらめきを思いだしていた。

京橋駅で大阪環状線に乗り換えて、福島駅に着くまで、房江は一本松の法眼寺にある松坂家の墓を思い浮かべていた。あそこには夫の父・亀造の墓がある。夫の姉で、十七歳で死んだおキクの墓もある。おキクは、暴れ者だった十代の熊吾が決してさからわず従順に言うことを聞いたたったひとりの女性なのだ。香川の山奥で無縁仏として葬《ほうむ》られるところだったヒサは、中村音吉の骨折りで亀造の墓に納められた。

夫が巨大な土俵と形容した一本松の田園の北側に、それらのつつましい墓碑が並んでいるのだ。

私は必ずいつかあそこに行かねばならない。墓の周りをきれいにして、それから御荘の唐沢家に行くのだ。私は必ず行く。

房江はそう思った。

明彦がK塗料店の四トントラックをシンエー・モータープールに返しに来たのは十時過ぎだった。伸仁はそのトラックで明彦を京橋駅まで送っていった。終電になんとか間に合いそうだった。


翌日、社員たちが昼食を終えて、多幸クラブ新館の地下にある社員食堂につかのまの休憩時間がやってくると、房江は藤木美千代と遅い昼食をとり、インスタントコーヒーを飲んだ。

週刊誌で仕入れた芸能人のゴシップなるものを藤木から聞かされる時間でもあった。

さっきまで若い社員たちで混み合っていた食堂の椅子《いす》に坐り、房江は温めた牛乳をコーヒーに入れた。砂糖も入れようとすると、

「私はブラックや。松坂さん、コーヒーはブラックで飲むのが通というもんやで」

藤木は、目をへの字にして言った。

機嫌が悪いと吊《つ》り上がる藤木の目は、笑うとおたふくのようになる。

社員食堂の館内電話が鳴ったので房江が出ると、人事部の日吉《ひよし》課長からで、相談したいことがあるので藤木さんと人事部まで来てくれという。

「また社員が増えて、七十五人分に増やしてくれなんて言うんとちゃうやろなあ。いま

の六十八人分でも、私らふたりで死にそうな目に遭《お》うてるっちゅうのに」

と藤木美千代は言い、コーヒーを残したままエプロンを外した。

この会社は簡単には社員を増やさない。景気が良くて人手が足りなくなっても、年間の事業計画に沿った雇用数を変えたりはしないのだと房江は思った。

日吉課長は、房江と藤木に椅子に坐るように勧めて、

「稲田《いなだ》課長に、いまの社員食堂をふたりで担当するのはいくらなんでも酷だと抗議されましてね。支店長とも相談して、もうひとり補充しようということになりました。しかし、正社員ではなくてパートです。交通費はお出ししますが、いろんな保険のことについては、いまのところ保留ということで。そこで、おふたりに心当たりはないかと思いまして。真面目《まじめ》に勤めてくれる女性のお知り合いはおりませんか。年齢はおふたりと同じくらいのほうがいいと思います」

房江はすぐにタネがいいと思ったが、藤木が口を開くまで待った。

藤木は房江を見ながら、

「私の知り合いで、いま働きに出なあかんという人は、すぐには思い浮かびませんけど」

と言った。

「私には、ひとり心当たりがあります。主人の妹で、私と同い年やから五十五歳です。

こないだまでお好み焼き屋を営んでました」

と房江は言った。

「ほう、食べ物商売をなさってたのなら、社員食堂での仕事も朝飯前ですね」

「ただ、本人に働く気があるかどうか……。いま電話で訊いてみましょうか」

日吉課長は、ぜひお願いすると言った。

房江は日吉の前では話しにくかったので、時間給は幾らかを訊き、社員食堂へと降りた。

タネの住まいには電話がない。アパートの家主に取り次いでもらうしかなかった。交換手に頼んで電話をかけてもらうと、アパートの家主は、

「あんまりしょっちゅうはかけてこんといてほしいんですけど」

と迷惑そうに言って、隣りのタネを呼んでくれた。

「私に務まるやろか」

房江の説明を聞くと、タネはそう言ったが、雇ってくれるならあしたからでも働きたいということだった。

「よしよし、多幸クラブに私の子分ができた」

と房江はつぶやき、十分後に電話をくれとタネに言った。

社員食堂の働き手が増えるのは一日でも早いほうがいいので、今日中に面接を受けさ

せようと考えたのだ。

日吉課長は、履歴書はあとからでもいいから、きょう面接したいと言って、

「とにかく稲田課長がうるさいんですよ。日吉さんも六十八人分の食事をふたりで作ってみたらいいってね。過剰労働を強いるのは労働基準法違反ですって、この三日ほど責めつづけられまして。私も社員食堂のことは気になってたんですが、なにやかやと雑用に追われて」

と声を落として弁解した。

房江は、社員食堂をふたりで切り盛りするのはあまりに辛《つら》いと、自分たちが稲田課長に訴えたのではないと言いかけたが、そういうことは口にするべきではないと考えて黙っていた。

「私も松坂さんも不満を言うたことはないんですけど」

と藤木は言った。

「はい、わかってます。稲田課長は、よくもあのふたりは文句も言わずに頑張ってくれているものだと感心してました」

日吉課長はそう言い、机の上の書類を読み始めた。

たぶん、四時か五時には面接を受けに来られるはずだと言って、房江は藤木と社員食堂に戻り、夕食の準備を始めた。きょうの献立は肉団子と千切りキャベツ、それにワカ

メと豆腐の味噌汁《みそしる》だった。

房江が働き始めるまで、社員食堂で肉団子という料理は出されたことがなかったので、社員たちに好評で、週に一度は松坂さんの肉団子が食べたいという要望が多くなったのだ。

藤木美千代にとってはおもしろくない事態だが、肉団子は松坂さんが作るほうがおいしいのだからと、その日は手伝いのほうにまわってしまう。メンツが傷ついても、らくができるならそのほうがいいと考えるたちなのだ。

大量の鶏《とり》の挽《ひ》き肉を大鍋四つに分けてこねていると房江の指がつってきた。

「あっ、つってきたわ」

房江がそう言ったときだけ、藤木は挽き肉をこねてくれる。

レンコンとネギを細かく刻み、生姜《しょうが》のおろし汁と一緒に挽き肉に混ぜたら、下ごしらえは完了だった。

白い仕事着のポケットによじれた煙草《たばこ》の箱が入っていた。地下の奥にある調理部の誰かが忘れていったものだった。箱には煙草が三本入っていた。

房江は手を洗い、壁に掛けてある時計に目をやって椅子に坐り、煙草をくわえて火をつけた。

「あれ？　あんた煙草吸うのん？」

と藤木は意外そうに訊いた。

「戦争中、町内で週に一回煙草の配給があって、この家では誰も煙草を吸いませんと言うても、一家にひと箱と決まってるからって置いていきはるねん。食べるもんもないし、口寂しいから、姪《めい》とふたりでふかしてるうちに吸うようになったけど、その配給もなくなって、それきり吸えへんようになってん。吸いとうて吸うてたんやないからねえ。昭和十九年の暮れから煙草なんか吸うてないねん。いま、ほっと一息で、ちょっと吸うてみようかなという気になって……」

房江は言って、煙草を吸いつづけ、煙を肺に入れてみた。軽い眩暈《めまい》がしたが不快とは感じなかった。一仕事終えて一服するというのはこういうことなのかと思った。

四時前になると、肉団子を揚げる用意をしておいて、房江は多幸クラブの新館横の道に出た。タネが道に迷わずにここまで辿《たど》り着けるかどうか心配だったのだ。

タネは、とにかくなにをするにも時間がかかる。生まれてこのかた外での勤めというものを経験したことがないのだ。生活に困ると兄の熊吾に頼った。熊吾はそのたびに金を送ってやった。

城辺の土地と家を売り、老いた母とふたりの子をつれて、なんのあてもなく大阪に出て来たときも、熊吾に頼るばかりで、そのうち寺田権次という男と尼崎の蘭月ビルで暮らすようになった。子供相手の駄菓子屋とお好み焼き屋を営んだが、それで生活ができるわけではなかった。寺田権次が月々の生活費の足りない分を持って来てくれていたのだ。

房江は、タネはひょっとしたら運のいい女なのかもしれないと思った。

考えてみれば、たいした苦労はしていないのだ。世間では苦労とされることでも、タネにはたいしたことではなかったのだ。いなかでなくても目立つ美貌《びぼう》で、妻子のある男の子をふたり産んだ。それも相手は別々の男だ。

だがそれによって身を隠すように生きてきたのではない。人の目などまるで気にせずに、一本松や城辺町で笑みを絶やさずに子供たちを育てたのだ。

南予の女は強いというが、タネはあるいは典型的な南予の女なのかもしれない。

そう考えながら、新館の横と地下の社員食堂を行ったり来たりしていると、タネの歩いてくる姿が見えた。

「地下街って、凄《すご》いなあ。人に酔うてしもたわ」

とタネは笑顔で言った。

人事部のドアをあけ、日吉課長にタネを紹介すると、房江は下で待っていると言って自分の職場に戻った。

タネは十五分ほどで社員食堂に降りてきた。

「雇うてくれはるそうやねん」

タネは嬉《うれ》しそうに言って、仕事着にはどこで着替えるのかと訊いた。

「えっ？　もういまから仕事をするのん？」

「課長さんが、きょうこれから仕事をしてもええんなら、そうしてくれって」

小柄な稲田課長がビニールに包まれた新しい仕事着を持って階段を降りてきて、タネを藤木美千代に紹介した。

「なんでも松坂さんに訊いてください。あとで定期券購入の用紙ときょうの交通費を渡します。履歴書は今週中で結構です」

稲田智子《ともこ》は丁寧にタネにお辞儀をして階段をのぼっていった。

一階の更衣室で着替えてくると、タネは藤木美千代に挨拶《あいさつ》をしてから、自分はなにをすればいいのかと房江に訊いた。

洗浄機に入っている食器類を出し、食堂と厨房《ちゅうぼう》とのあいだに並べて、それが終わったら味噌汁用の豆腐を賽《さい》の目よりも少し大きく切ってくれと指示して、房江はよくこねた挽き肉の塊を親指と人差し指で挟んでスプーンで団子状にしていった。

房江がそれを次から次へと鍋に入れると、それを揚げるのは藤木の役目だった。

「あの人も松坂さんやなあ。ご主人の妹やのに姓はおんなじ？」

「死んだご主人は松坂家に養子に来はってん」

と房江は咄嗟《とっさ》に嘘《うそ》をついた。

「ああ、そうかあ。私は、どう呼んだらええの？　どっちも松坂さんやからなあ」

「タネさんと呼んだらええわ」

ホテルは五時前くらいから忙しくなる。宿泊客のチェックインが始まるからだ。だから、社員は早い者は四時半くらいから夕食をとりに来る。時間との戦いだ。

藤木もそれは心得ていて、味噌汁を作るために別の場所へと移り、タネに、あれを取ってくれとか、これをこっちにとか指示を出し始めた。

手早く作業を進めながら、

「肉団子、十個ほど貰《もろ》うて帰ってもええかなあ」

と藤木は房江に訊《き》いた。

「ええよ。三十個くらい余るように作ってるから。私も十個貰うつもりやねん。息子の夜食」

タネは大鍋で戻したワカメを切りながら、

「私も貰える？」

と訊いた。

「いま働きだしたのに、あつかましい。新入りのくせに」

と房江も肉団子を揚げつづけながら言った。

「あんた、ご亭主の妹にきついなあ」

藤木は驚き顔で言った。

「ええねん。わたしとタネちゃんは姉妹以上の仲やねん。疎開《そかい》中は一緒に暮らしたようなもんやしね」

事務職の社員たちがやって来て、食堂は賑《にぎ》やかになった。タネがワカメと豆腐を入れて、味噌汁は出来あがった。ひとり八個だなと目見当で房江は肉団子を皿に入れた。藤木がそこに千切りキャベツを盛った。

それから五升炊《だ》きの炊飯器の鍋を食堂の台に置いた。ガス炊飯器は五つある。重いのでタネにも持ってもらった。

「あ、忘れてた。タネちゃん、和辛子を練って」

「どのくらい練るのん？　私、見当がつけへんわ」

「二缶。急いで」

経理部の若い社員が、きょうは九時前には帰れそうにないと別の部署の社員に言ってから、タネを見た。

「あれ？　新しい人が入ったんですか？」

「きょうから来てくれたんです。松坂タネさんです。よろしくね」

その藤木の言葉で、タネは和辛子を練っていた手を止めて、十二、三人の社員に挨拶を始めた。

松坂房江の義理の妹であること。歳《とし》は五十五歳で息子と娘がいること。会社というところで働くのは生まれて初めてであること。尼崎に住んでいたが最近大東市に引っ越ししたこと。大阪駅からここまで地下街を使ったので、どこがどこなのかわからなくて曾根崎警察署の前に出てしまい、ちょうどいいと思い、玄関に立っていた警官に道を教えてもらったこと……。

藤木が横目で房江を見ていた。

放っておけば、戦中戦前の話まで始めかねないと思い、房江は挽き肉まみれの両手を胸のあたりに掲げるようにしてタネのいるところに行き、早く肉団子を皿に入れろと耳元で言った。

「私の主人の妹です。きょうからここで働くことになりました。みなさん、よろしくお願いしますね」

房江の言葉に、社員たちはいっせいに、

「こちらこそよろしく」

と応じた。

「みんな若いのに礼儀正しいなあ」

とタネは練った和辛子を食堂のテーブルに置いてから、房江にささやいた。

「ちゃんとしたホテルの社員やからね。しつけが行き届いてるねん。こういうホテルは、まず最初に丁寧な言葉遣いから教えるねん」

事務職の社員たちが持ち場に戻って行くと、すぐに客室係の女子社員が三人とフロント係がふたりやって来た。ページジュ色の制服を着たページボーイもふたりいる。

女の客室係は客に茶を運んだり、和室に蒲団《ふとん》を敷いたりするのが仕事で、旅館の仲居と同じような役割を担《にな》っている。本館を担当するときは薄桃色の着物で、新館担当の日は薄紫色のワンピースを着ることになっている。平均年齢は二十五歳くらいだ。昼間は部屋の掃除で忙しい。

ページボーイはフロントにつねに待機して、チェックインを済ませた客の荷物を持ち、部屋に案内するのが仕事だ。ボーイだから男で、チーフボーイは三十歳の真面目だが口うるさい青年で、若い女子社員たちから煙たがられている。

いまは忙しい時間帯だが、無理をしてでも夕食をとらなければ交代の順序が狂って食いはぐれかねないので、最初に社員食堂にやって来る客室係もページボーイも十五分ほどで夕食を済ませて慌《あわ》てて持ち場に帰っていかなければならない。

六十人ほどが夕食を終えるころに定時の五時半になる。どうしても持ち場を離れられなかった七、八人のためにテーブルに食事を並べ、食器を洗い、火の元を点検して、房江たちの仕事は終わる。

「ご馳走《ちそう》さま。おいしかったでーす」

と客室係の江波すずねが言って、藤木の顔色をうかがった。食べ終わると、大きな流しで自分が使った食器を洗わなければならないのだが、決められた時間に持ち場に戻らなければ先輩に叱《しか》られるのだ。

「あんた、いっつも食器を洗えへんなあ。あんたの食べ方、ゆっくり過ぎるねん」

と藤木はきつい言い方で江波すずねを睨《にら》んだ。

私が洗っておくから仕事に戻ればいいと房江が小声で言おうとしたとき、

「はいはい、食べるのが遅い子に、早う食べるようにせかしても無理やもんね。おばちゃんが洗うといてあげる」

とタネは笑顔で言った。江波は礼を言って階段を駆け上がっていった。

藤木は気を悪くしたらしく無言で更衣室へと行ってしまった。

「私、悪いこと言うたんやろか」

とタネは房江に訊いた。

「かめへん、かめへん。藤木さんはいつまでも根に持つ人やないねん。あしたになったらケロッとしてるわ」

房江は、俎板《まないた》に熱湯をかけながら言い、食べるのが遅い子に早く食べろとせかせても無理だと、なぜ知っているのかと訊いた。

「ノブちゃんのことやがな。あの子に早う食べなさいとせかせたら、食べたもんを吐いてしまうねん。うちで預かってたころ、ノブちゃんに食べ方をせかせたらあかんでって明彦に言われてん。口のなかが小さいうえに喉《のど》が狭いんやろか。熊兄さんが大事に育て過ぎたんやろか」

タネは言って、まだ藤木がいるであろう更衣室に上がって行った。

房江は、タネを大阪駅まで送ると、環状線で福島駅へ戻り、シンエー・モータープールの裏の道を歩いて銭湯へ行った。

まさかタネと同じ職場で働くことになろうとは。それも突然に決まってしまったのだ。そう思うとおかしかった。

あの調子でタネはすぐに藤木美千代と仲良くなってしまうであろう。タネには裏がなく、人の悪口は言わない。機敏ではないという点さえ大目に見れば、他人に嫌われる要素はタネにはないのだ。

夫が昔、「三人いれば派閥ができる」という言葉を教えてくれた。私は派閥の頭になろうなどと思う人間ではないが、多幸クラブの社員食堂の賄《まかな》い婦は三人になってしまった。私のやり方で社員食堂を動かしていけるというわけだ。タネちゃんは私の子分なのだから。

これまでのやり方を変えたいと感じる部分が幾つかある。仕事の段取りもだが、若い社員たちの食事をもう一品増やしてやりたい。タネという人手が増えたのだから出入りの業者と相談すれば可能だ。

藤木美千代は鶏卵の卸し屋に値引きさせようと言っているが、一個売って一円か二円ほどの儲《もう》けしかない鶏卵屋をいじめてはいけない。私は、出入り業者に値引きを要求するのは嫌いだ。みんなぎりぎりのところで商売をしているのだ。

さあ、どんな名案があるだろうか。

夕食時なので、銭湯の女湯につかっているのは房江ひとりだった。のぼせるのを用心して大きなタイル張りの湯船から出ると、房江はゆっくりといちにちの汗を洗い流していった。

第三章

正月といってもホテルは営業をしている。多幸クラブは主に商用で大阪にやってくる人たちが宿泊するのだが、正月はそれらの客はいない代わりに、地方から大阪天満宮とか西宮のえびす神社に参詣《さんけい》する客でほぼ満室だ。だから、お母ちゃんも元日は出勤だ。休めるのは二日か三日になるらしい。

熊吾《くまご》は十二月の初旬に関西中古車業連合会の会報を作るために大阪中古車センターにやって来た伸仁《のぶひと》からそう聞いていた。

さすがに大学のテニス部の練習も元日は休みだが、かつての関西の大学における名選手たちによる大会が甲子園テニス倶楽部《クラブ》で行われる。現役の学生たちは、審判をしたりボールボーイを務めなければならない。うちの大学のテニス部からは三名行くことになり、あみだくじで自分もそのひとりに選ばれてしまった。朝の八時に阪神電車の甲子園駅に集合だ。

田岡さんは大学の入学試験の追い込みの時期で、シンエー・モータープールを手伝う余裕はない。

だから、元日はお父ちゃんがモータープールにいてくれなくては困る。去年の元日も、松坂熊吾さんに年始の挨拶《あいさつ》をと訪れる人が多かった。元日にいない理由を作るのは難しい。みんな松坂熊吾さんが寺や神社に初詣《はつもう》でに行くような人ではないと知っているのだ。

伸仁にそう言われると、熊吾は承諾するしかなかった。

昭和四十二年の元日の朝六時に起きると、熊吾は薄い掛布団《かけぶとん》を二枚かぶって寝ている博美を起こさないように足音を忍ばせて服に着替え、アパートの部屋から出ると郵便受けに突っ込まれている新聞から十数枚ものチラシを抜き、それを国道二号線沿いの道にあるごみ箱に捨てて、シンエー・モータープールへと向かった。

「雨の元日じゃのお」

傘をひろげて熊吾は言った。梅田方面へのバスにも市電にも晴れ着を着ている女の姿があった。雨がこれ以上強くなったら、せっかくの晴れ着が濡《ぬ》れてしまうなと熊吾は思った。

モータープールの事務所で房江《ふさえ》が待っていた。富士乃屋のトラックが数台、出て行こうとしている。

「元日から弁当の配達か？」

熊吾は事務所のガスストーブに手をかざしながら訊《き》いた。

「天満の天神さんに持って行くんやて。アルバイトの巫女《みこ》さんとか、警備員とかのお昼用らしいわ。正月三が日だけで、そういうアルバイトを五十人くらい雇うんやて」

まだ七時前だったが、伸仁は出かけてしまっていた。

「雨でテニスの試合なんかできんじゃろう」

熊吾の言葉に、たぶん中止になるだろうが甲子園駅には集合しなければならないそうだと言って房江は笑みを浮かべた。

便所の掃除を済ませると、房江は二階の部屋で朝ご飯を食べてから通勤用の服に着替え、お昼には六十八人分のお雑煮を作るのだと言いながら、傘をさしてモータープールから急ぎ足で出て行った。

「わしの朝飯はどうなっちょるのかのお」

そうひとりごちながら、熊吾は二階にあがった。卓袱台《ちゃぶだい》にはなにもなかった。

女のアパートで済ませてくると思ったのであろう。もういまや俺はこの家では、たまに訪れる親戚《しんせき》のおっさんのようなものなのだ。

そう思って、自分でもおかしくなり、熊吾は冷蔵庫をあけた。有田焼の蓋《ふた》付き中鉢があった。懐《なつ》かしい絵柄の有田焼は、房江との結婚の祝いに貰《もら》ったものだったが、誰から貰ったのか思いだせなかった。

なかには熊吾の好物の鰆《さわら》のきずしが入っていた。炊飯器には、朝炊《た》いたのであろう御飯がある。

富士乃屋の社員が呼んだので、熊吾は事務所へ降りた。

「松坂さんご一家に差し上げてくれとうちの社長から預かってきました」

と雨合羽を着た社員は言って、大きな手提げ袋を事務所の机に置いた。清酒が入っているガラスの一合瓶が三本と、それぞれに紅白の水引きが掛けられた弁当だった。

「元日早々からお手間をかけて申し訳ないと社長がお伝えしてくれとのことでした」

そう言って、中年の社員は箱型のトラックに乗って大阪天満宮へと向かった。

木箱の蓋をあけると、出し巻き玉子、蒲鉾《かまぼこ》、昆布《こぶ》巻き、数の子、八幡《やわた》巻き、黒豆、それに鯛《たい》の尾頭付きなどのおせち料理が丁寧に詰められてあった。黒胡麻《ごま》を散らしたご飯は別の木箱に分けられている。

これは大阪天満宮のアルバイトたち用に作ったものではない。松坂家三人のために特別に作らせたに違いない。

富士乃屋も大きくなった。追手門学院大学だけでなく、他の関西の大学数校の学生食堂も富士乃屋がまかされているそうだと伸仁が言っていたが、あの社長はやはりそれだけの器をまだ駆け出しの弁当屋だった時代にすでに見せていた。

あの人が偉いのは、必ず自分が仕事の現場にいるということだ。そこが俺との大きな違いだが、いまさら反省してもどうなるものでもあるまい。

熊吾はそう思い、二階にあがると房江と伸仁の分を冷蔵庫にしまった。ご飯は硬くなるので台所に置いて、事務所に戻ると富士乃屋の弁当を食べた。ガラスの一合瓶に入った酒は飲まなかった。起きたときから頭がふらふらするような感じがつづいていて、また血圧が高くなっているような気がしたからだ。

もし房江が雑煮を用意してくれていたら、前歯だけで食べるしかない。入れ歯は餅《もち》にくっついて、下手をしたら部分入れ歯を飲み込んでしまう。クリスマスの日に大阪中古車センターに遊びにきた佐竹善国のふたりの子がチューイングガムをくれたので、幼い子のせっかくの好意を無にするわけにもいかず口に入れて奥歯で嚙《か》み始めて難儀をした。部分入れ歯にへばりついたガムをすべて剝《は》がすために歯ブラシを買いに行かねばならないはめになった。入れ歯にガムは大敵だと知ったのだ。餅もきっと同じであろう。

どこの歯医者も歯を抜きたがる。健康保険で安く入れ歯を作れるようになったので、痛い歯を我慢するよりも、さっさと抜いて入れ歯にしろと勧める。房江が歯が悪くなったら、きっと歯医者にとっては入れ歯はいい儲《もう》けになるのだろう。

絶対に抜くなと止めなければならない。

熊吾はそう考えながら、時間をかけておせちをおかずにご飯を食べた。

「蒲鉾っちゅうやつは歯にこたえるのお」

そうひとりごとを言いながら、熊吾は洗車場の水道で入れ歯を口から出して洗い、口のなかをすすいだ。

二階の部屋の押し入れから枕《まくら》と毛布を出すと、事務所の長椅子《いす》に横になった。枕からは房江の匂《にお》いがたちこめた。熊吾は毛布にくるまり、昭和四十二年一月一日付けの新聞を開いた。元日特別号で、何部にも分かれていて、そのなかに去年を回顧する論評が載っていた。国際的には、ほとんどがベトナム戦争と中国の文化大革命を大きく取り上げている。

河内佳男から中国で起こっていることを聞いたのは去年の四月末で、あれから八か月しかたっていない。それなのに、中国ではプロレタリア文化大革命と名づけられた騒乱が世界中で報じられるほどに大きくなっていた。

紅衛兵、毛語録、壁新聞という字を新聞で見ない日はない。そのなかに「造反有理」というスローガンもある。

この文化大革命は国内にはびこる走資派への造反であるが、それには確かな理《ことわり》がある。理あっての造反ゆえに、そこには誰人《たれびと》にも異を唱えさせないだけの大義がある。

たったの漢字四文字のスローガンは、いまや中国の都市部だけでなく辺鄙《へんぴ》な農村にまで行き渡ってしまった。

十五、六歳から二十四、五歳くらいまでの青年たちが赤い腕章を付けて、知識層と呼ばれる人々やかつての地主たちを公衆の面前にひきずりだして執拗《しつよう》に吊《つ》るし上げるのだ。殴ったり蹴《け》ったりという暴行も行われている。

店を持つ商売人も、その家族たちも同じらしい。辱《はずかし》められ、罵《ののし》られ、精神に異常をきたして自殺する者が出てきた。もう誰も手がつけられない。

そのようなことはあからさまに新聞では報じていなかったが、熊吾は去年の秋くらいから河内佳男が得る情報として聞いていた。

それらは香港の中古車部品業者が、月にいちどくらい送ってくる手紙に書かれてあるのだ。

英語や仏語を喋《しゃべ》れる者も粛清の対象で、西洋の楽器を使える者たちも走資派とみなされるという。文学者、画家、演劇家も同じだ。

壁新聞には、糾弾されるべき人物の名が列記されて、それぞれの罪状が書かれている。そしてそこには必ず「造反有理」という四文字と「毛沢東万歳」の文字がある。

熊吾は、エスタブリッシュメントという言葉の意味を伸仁に教えてもらったが、そのとき、いい意味でのインテリが中国から消えていくと思った。人民公社の失敗で毛沢東に恥をかかせて失脚させたのは、広義の分類ではこのインテリ層であり、革命後にも残った中国のエスタブリッシュメントたちだったと言える。

そんな連中は必要がない。若者たちを扇動して、彼等彼女等に掃除させるのだ。米や野菜を作れる農民がいればいい。中国の民を養う米を自分たちで作れなくて、なんの共産主義か。インテリどもが米を作れるのか。

毛沢東の怒りは、そこへとつながっていくのであろう。

熊吾はそう考えながら、さして深く考察したのではなさそうな新聞の論評を読み終えた。

日本の各新聞社は北京に駐在員を派遣しているが、中国共産党が出してくる情報以外は書くことができないのだということも理解できた。もしそれ以外のことを書いたり、文化大革命への批判的記事を載せたりしたら、記者は国外退去となるどころか、命の危険にさらされるであろう。

「百姓ばっかりが残って、その子や孫らが地方の役人に取り立てられていったら、中国はそれから先はどうするんじゃ。公衆道徳なんか教えてもろうたことのない文盲だらけの国になるぞ。目先のことしか考えん付和雷同の輩《やから》の国にする気か。毛沢東もきりのえところで鉾を収めにゃあいけんがのお」

熊吾はそうつぶやいて、ベトナム戦争についての論評に目を通そうとしたが、眠気に襲われて新聞を足元に投げた。

うとうとしかけたとき、電話が鳴った。

「シンエー・モータープールも元日は休みじゃ」

と言いながら、熊吾は起きあがって受話器を取った。丸尾千代麿《ちよまろ》だった。

「じっとしとられへん大将でも、元旦《がんたん》は家にいてはるやろと思いまして」

と千代麿は言って、新年の挨拶を述べた。

「わしのほうこそ去年はいろいろとお世話になった。ことしもよろしゅうにな」

「なんかお世話しましたか？　初めてお目にかかって以来、わしばっかり大将のお世話になりっぱなしで、なんの恩返しもしてまへん」

「いまは家か？　奥さんにも新年の挨拶をしたいけん代わってくれ」

「いえ、西宮えびすに来てます。この雨やのにぎょうさんの初詣で客で身動きできまへんねん。家内と美恵と正澄も一緒に来たんですけど先に電車で帰らしました。敬ちゃんに電話したら、大将に新年の挨拶に行こうということになりまして、ご都合を訊いてみようと思うて電話したんです」

千代麿は木俣敬二を「敬ちゃん」と呼ぶ。木俣は千代麿を「マロちゃん」と呼ぶ。図体《ずうたい》が大きくて骨格は頑丈そうで、ドラム缶のような体つきの丸尾千代麿と、背が高くて意外に骨組が太い木俣敬二は、逢《あ》えば子犬の兄弟みたいにじゃれあっている。

滅多に冗談を口にしない神田三郎が、

「あのふたりの仲は誰も裂けません」

と言うくらいなのだ。

「わしはきょうは夜までずーっとモータープールの留守番じゃ。いつ来てもええぞ」

「敬ちゃんが大将の喜ぶ話を持って行きます」

千代麿はそう言って電話を切った。

ふたりがやって来たのは昼前だった。熊吾が仕事を終えたあと大阪中古車センターで飲むジョニ黒を買ってきてくれていたので、熊吾はみっつのコップを机に並べた。

「千代麿、生のままで飲むなよ。十二指腸にこたえるけんのお」

そう熊吾は言い、いい話とはどんな話なのだと木俣に訊いた。

木俣は笑うと目尻《めじり》が大きく下がる表情を崩して、背広のポケットからクラッカー入りのセルロイドの袋を出した。片面に塗っているコーティング・チョコレートが赤かった。

「これはコーティング・チョコレートやおまへんねん。新製品です。これが大ヒット。売れに売れまくって、製造が追いつきまへん。阪神電車の沿線から火がつきまして、尼崎、大物《だいもつ》、杭瀬、御幣島《みてじま》、野田阪神前。次に南海沿線。暮れには近鉄沿線の菓子屋や飲み屋からの註文で、三十日の夜まで作りまくっても足りませんでした。これに火がつくと、ちょっと右肩下がりがつづいてたコーティング・チョコレート塗りのまでが右肩上がりへと急カーブを切りました」

熊吾は歯をかばいながらその薄い赤色のクラッカーを食べた。唐辛子入りの醤油《しょうゆ》が塗ってある。ウィスキーの薄い水割りによく合った。ビールや酒のあてにも合うだろうと熊吾は思った。醤油と唐辛子の塩梅《あんばい》もいい。唐辛子嫌いの熊吾にも苦にならない。

「なるほど、これはうまいな」

「考案者はノリコちゃんです。大将がお世話してくれた佐竹ノリコちゃんは、キマタ製菓に大ヒット作をもたらすだけでなく、自分で阪神沿線、南海沿線、近鉄沿線に販路を開拓したんです。私は事務所に坐《すわ》ってただけ。ノリコちゃんに暮れのボーナスをなんぼ渡したと思います？」

「なんぼじゃ」

「手取りで十万円」

「けち！　五十万円払《はろ》うても罰はあたらんじゃろう」

「会社には経営計画っちゅうもんがおます。それよりももっと大将が喜ぶ話がありますねん。ボーナスを渡したあくる日、ノリコちゃんは佐竹理沙子《りさこ》と佐竹清太《せいた》の貯金通帳を持ってきて、私に見せてくれたんです。五万円ずつ貯金されてました。キマタ製菓で働くようになってからの給料は、全部ふたりの子の通帳に入ってました。他人の貯金通帳を全部見るなんてできまへんけど、善国さんが大阪中古車センターで働くようになって以後は、中央市場での給料も、魚屋での給料も、ほとんど理沙子ちゃんと清太ちゃんの通帳に入れて、一円も引き出されてないんです。関西中古車業連合会からの給料だけで毎月の生活をつづけてきたんですなあ」

熊吾は涙が溢《あふ》れてきて、それを抑えることができなかった。

「そおかあ、あの夫婦はわしとの約束を守ってきたんじゃのお。えらいやつらじゃ。そうしようと思うても、なかなかできることやないぞ。そおかあ、えらいやつらじゃ。子供の教育のために少ない給料のなかから金を貯《た》めるっちゅうのは簡単にできることやないけんのお」

どんなにふたりの子が勉強嫌いでも、力ずくでも机に坐らせて、進学塾へも通わせて、いい大学へ進ませるのだとノリコが言ったということまで木俣は話してくれた。

「理沙子も清太も勉強嫌いなのか？」

熊吾の問いに、

「いや、理沙子ちゃんは成績がええんです。問題は清太です。あいつ、小さいときのノブちゃんにいろんなとこが似てまんねん」

と千代麿は言った。

熊吾は笑い、新製品はいま月に何袋売れているのかを木俣に訊いた。信じられないほどの註文量だった。

「こういう物は特許は取れんのか。クラッカーメーカーが横取りを企《たくら》む前に手を打っとかにゃあいけんぞ。他の菓子メーカーも真似《まね》を始めるかもしれん。大きな波は大きく曳《ひ》くけん、クラッカーに塗るもんも五種類ほどに増やしといたらどうじゃ。いまの得意先とは社長みずからが人間的なつながりを持っとくことじゃ。木俣、事務所で坐っちょっちゃあいけんぞ。菓子屋や飲み屋を一軒一軒訪ねて、そこの主人に挨拶をしとけよ。あの最高のチョコレートを三個ずつ差し上げて廻れ。キマタ製菓では、こんな凄《すご》いチョコレートも作るんじゃと知ったら、クラッカーメーカーだけやない、大手の菓子メーカーも一目置きよる。それに、あの世界最高のチョコレートの宣伝にもなる。お前が直接訪ねて行って、丁寧に挨拶して、あのチョコレートを手渡すんじゃ。口づてに伝わる。もしあのチョコレートの註文があっても、これは非売品じゃと言え。まだ売るなよ」

熊吾の言葉に、木俣は手帳になにか書いて考えていたが、

「得意先が五百店として、あのチョコレートが一五〇〇個……」

とつぶやいた。

「一店一店に九百円のお中元とお歳暮を贈ると考えたらええんやろ？　その代わりに、あの最高のチョコレートや。あんなうまいチョコレートがこの世にあったのかっちゅう噂《うわさ》は広まるわ、得意先とのつながりは深まるわ……。敬ちゃん、儲かってるときにしかでけへんことは、儲かってるときにやっとけ。どんな商売にも浮き沈みは付き物やで」

酒の飲めない木俣は自分で茶を淹《い》れながら、

「ベルギー製の原板もヘーゼルナッツも手に入れやすうなったしなあ、三月末に、あのチョコレートを一五〇〇個作ってみるか。よし、マロちゃん、ぼくはやってみるわ」

と言った。

「マロちゃんちゅうのはなにかの甘いお菓子みたいじゃのお。千代麿、お前はマロちゃんちゅう顔やないぞ」

熊吾は笑いながら言って、洟《はな》をかんだ。ふたりに潤《うる》んだ目を見せたことが恥ずかしかったのだ。

千代麿も木俣も、熊吾が森井博美という女のアパートで暮らしていることを知らないはずだった。

「家内は、きょうは神戸の親戚のとこに行っちょるけん、お前らにご馳走《ちそう》できるもんがないんじゃ。うちは昔から正月やからっちゅうて改まっておせち料理は作らんけんのお」

「そんなお気遣いをさせるために元日から大将のとこに押しかけたんやおまへん。私はこのピリッと辛いクラッカーで充分です。朝、雑煮をぎょうさん食べて、ちょっと胃がもたれぎみですねん」

と言って、千代麿はウィスキーの水割りを飲み干し、コップをさかさまにして机に置いた。

それから三十分ほど雑談してから、千代麿と木俣は帰って行った。梅田に出て、パチンコをするか映画を観《み》るか、難波に足を向けて寄席《よせ》に行くか、さあどうしようと相談しあいながらシンエー・モータープールの正門を出ていくふたりのうしろ姿を見て、熊吾はソファに坐って煙草《たばこ》を吸った。

二階からは物音ひとつ聞こえなかった。樋《とい》からこぼれる雨の音だけだ。柳田商会の寮にはいまは四人しかいないが、全員故郷に帰省しているそうだし、パブリカ大阪北の寮も、帰省しなかった若者二、三人が蒲団《ふとん》にくるまってテレビを観るしかないのであろうと熊吾は思った。

腕時計を見ると一時で、房江が帰ってくるまでまだ五時間はここで留守番を務めなければならない。といって、雨の元日にどこへ行こうとも思わない。博美のアパートは隣りの部屋の赤ん坊の泣き声でいらいらするだけだ。退屈しのぎに博美に昼日中から身をすりよせられて求められたらたまったものではない。あいつの色好みにはすでに辟易《へきえき》としているどころの話ではない。もうじき七十の体がへとへとになっている。あれの最中に入れ歯が外れたら、俺はそれを喉《のど》に詰めて死ぬだろう。

熊吾は本気でそう考えながら、事務所の窓と戸をあけて煙草の煙を外へ出した。正門からやって来る伸仁が見えた。

「おお、やっぱり試合は中止か」

なんだかほっとして熊吾は笑顔で言った。

「初めから中止とわかってて、なんで甲子園駅に集合させるかなあ」

伸仁は怒ったように言って、大きなボストンバッグを持って二階への階段をのぼり始めた。熊吾は講堂のなかに行き、冷蔵庫に富士乃屋の社長が差し入れてくれたおせち弁当があるから、それを事務所で食べたらどうかと言った。

「お腹《なか》が減って死にそうや。朝、お母ちゃんがお雑煮を作ってくれたけど、時間がのうて食べられへんかってん」

すぐに富士乃屋の弁当を持って事務所に来ると、伸仁はそれを食べ始めた。

さあ、これで俺はお役御免だ。友だちとどこかに遊びに行かずに、よくぞ帰ってきてくれたものだ。きっと小遣いがないからであろう。

熊吾はそう思い、きのうの夜に用意しておいたお年玉を伸仁に渡し、

「千円札を三枚と思うたが五枚にしといた。あとはよろしゅう頼む」

と言った。

「そんなにあの人のアパートに帰りたいのん?」

「いやな言い方じゃなあ。阪神裏の『ラッキー』にでも行こうかと思うたんじゃ。あそこは立ち退《の》きが決まったっちゅう噂を耳にしたけんのお。磯辺《いそべ》は正月もビリヤード場をあけちょる。去年もそうじゃったけん、ことしも元日から営業しちょるじゃろう」

「あそこの住人は立ち退きになるんとちゃうねん。阪神裏全体が何軒もの大きなビルになって、これまでの住人は全部そのビルのなかに店舗を貰うねん」

「貰う? ただでか?」

熊吾の問いに、そこのところは詳しくは知らないが、ビルの仮称は駅前第一ビルとか第二ビルとかになって、三年後の完成を目指しているそうだと伸仁はご飯を頬張ったまま言った。

「お前はなんでそんなことを知っちょるんじゃ。新聞に載っとったのか？　わしは新聞は隈《くま》なく読むが、気がつかんかったのぉ」

「あそこで生まれ育った女の子が、うちの大学の同期生やねん。阪神裏の、旭屋書店の裏あたりで昭和二十一年からずっと中華料理屋をやってきたそうやねん。そいつが教えてくれてん。お父さんは中国の広州出身や。お母さんは日本人。阪神裏全体がビル街になることはもう五、六年前から計画が持ち上がってたけど、それがわかると居座る連中ばっかりになるから、阪神裏の主要な人しか知らんかったらしいで。主要な人というのは『トウシツ会』のメンバーや」

「トウシツ？　コオロギの喧嘩《けんか》か？」

伸仁は驚き顔で、なぜそれを知っているのかと訊いた。

熊吾は机の上にあるボールペンでメモ用紙に『闘蟋』と書いた。

「そうや、こんな漢字や。その女子学生が書いてくれるまで、コオロギを闘わす遊びがあるなんて知らんかったわ」

――俺は若いころ上海《シャンハイ》で五年ほど暮らした。近くに日本人が経営する内山書店という本屋があった。そこから半町ほど東の四合院造りの建物のひとつを借りて住んでいた。その後、家主とのいざこざでロシア風の建物の二階に移った。

闘蟋で家屋敷を取られ、娘を売らなければならなくなった中国の男は多い。俺もそんな闘蟋狂いの男たちを何十人も見た。そのなかに鄧可一《とうかいち》という客家《ハッカ》出身の両替屋がいた。

当時の上海には、イギリス人、ロシア人、フランス人が多かった。ポンド、ルーブル、フランといった西洋貨幣と元を交換する両替屋だが、鄧可一の本業は質屋だった。若いころパリ大学に留学していたからフランス語が堪能《たんのう》で、英語もロシア語も日本語も上手だった。

麻衣子《まいこ》の父である周栄文は、俺と一緒に中古車部品の商売を始めるまでの三年間、その鄧可一の店で働いていたのだ。だから、鄧可一は、俺と周栄文を結びつけてくれた人ということになる。

俺が住んでいた家から、さらに東に五分ほど歩くと「桃里園」という茶館があって、そこにはじつにさまざまな中国人が集まって、自分が交配して育てたコオロギの、羽を震わせて生じるあの美しい鳴き声を楽しんでいた。

「桃里園」では、月に一度か二度、店を閉めてから夜の十時くらいに『闘蟋』が行なわれる。いわゆる胴元というやつが主催者で、こいつがいなければ『闘蟋』は正式なものとはならない。

考えられる方法のすべてを駆使して、それぞれが強いオスのコオロギを育てる。その強いコオロギを闘わせるのだ。勿論《もちろん》、大金が賭《か》けられる。

胴元はまずコオロギの重さを量る。コオロギの重さを量る秤《はかり》も『闘蟋』のためだけに作られている。体重だけではなく、体格も考慮されて対戦相手を胴元が決める。これを配闘という。

闘うのはオスだが、飼い主はメスも籠《かご》に入れて「桃里園」に集まる。対戦相手が決まって、さあこれからだというときにメスのコオロギと交尾をさせる。興奮させてオスの闘志をあおるためだ。

そのころには金を張った連中のほうが興奮してしまって、この配闘は不公平だとか、胴元が儲けようとして秤を調節してるとかの文句が飛び交っている。

陶器か磁器で作られた闘いの場、土俵とかリングと思えばいいのだが、二十センチ幅の楕円《だえん》形の容器に二匹のコオロギが入れられると、間を板で仕切る。

そこで初めて紙幣が卓上に飛び交う。張り客が張り終わると、仕切りが外される。

コオロギはすぐには闘いを開始しない。交尾のあとで、その余韻に酔っている場合もある。胴元は特別に作った触角に似た道具で二匹のコオロギの触角を刺激する。これが下手だと闘いにならないのだ。

手練《てだ》れな刺激者がいたが名前は忘れた。

触角を刺激され、闘いが始まるが、勝負はあっけないほど早く終わる。勝ったコオロギが羽をこすりあわせて勝利の音を奏《かな》でる。

その音色は周りの人間を恍惚《こうこつ》とさせるほどに澄んでいて美しい。この世にこれほど美しい音があるだろうかと、心が痺《しび》れそうになるほどだ。勝ったコオロギの持ち主は、観客よりももっと深い陶酔の世界にひたることだろう。

賭けた金なんかどうでもいい、俺が産ませて育てたコオロギが勝利に酔って奏でるこの音色を、みんな静かに聴け。世界一の音色に聴き入れ。

実際にそう叫んだ男もいる。

俺は『闘蟋』に三回招かれて、いまの日本円に換算すると七万円ほど負けた。一度も勝てなかった。

だが、正式な『闘蟋』の場でコオロギの闘いを見ていると、中国、あるいは中国人というものがわかってくる気がした。彼等はすべてを小宇宙化する。小さな物を巨大化するのではない。途轍《とてつ》もなく巨大な物を極小化する。いや、それは物だけではない。思想、宗教、哲学、芸術、学問。すべてを美しい人工的な器のなかに納めようとするのだ。

極小化、小宇宙化。これが中華民族の美と陶酔の結晶だ。コオロギもそのための道具であり生贄《いけにえ》なのだ。――

熊吾の話を聞き終わると、

「それで終わり？　お父ちゃんが見た中国はそれだけ？」

と伸仁は言って、自分で茶を淹れた。

こんな機会は滅多にない。俺が中国で見たものを、いま伸仁にすべて語っておこうと熊吾は思った。さてなにから話そうかと思案し、幾人かの忘れがたい中国人たちの顔や名を思い浮かべた。

すると仲のよかった友人たちではなく、孟賢達《もうけんたつ》という茶の卸し屋の顔が浮かび、上海のバンド地区にあった海州園という茶館のざわめきが一気に甦《よみがえ》ってきた。黄浦江《こうほこう》の下流西岸はバンドと呼ばれていた。バンド地区は租界で、ロシア、アメリカ、イギリス、フランス、日本、オランダ、ベルギーの、主に銀行が並んでいる。事務所の窓から富士乃屋の箱形のトラックが見えていて、孟が富士乃屋の社長と風貌《ふうぼう》が似ていたことで、孟とのなれそめから海州園での小さないざこざをまず先に話そうと思ったのだ。

「他人の国で王となるなかれ」

上海から西へ千里も離れた異国の言葉を書いた紙をフランスの外交官の額に貼《は》りつけた孟が次に熊吾の額にも同じことをした数日後、見事に寸法の合った上等の支那《しな》服を贈ってきたこと。

孟主催の船上での宴会に招かれたが、所用でいけなかったこと。

孟は宴会の途中で迎えに来た船で上海から姿を消したこと。それ以来逢っていないこと。

　伸仁は、それはお父ちゃんが何歳のときなのかと訊いた。

「三十五じゃ。三十年以上前っちゅうことになるのお」

　と熊吾は答えた。

　ことしの二月に俺は七十になる。昔ならかぞえの歳を自分の正式な年齢としたから七十一なのだなと熊吾は思った。

　――その海州園にもさまざまな中国人が集った。印象深く記憶から消えないのは、王《おう》乙龍《おつりゆう》という男色家と呂祖慈《ろそじ》という仕立て屋との恋だ。

　呂祖慈は三十二歳で妻も子もあったが、彼が自分の強い男色傾向に気づいたのは結婚して妻がみごもってからだった。

　ふたりは初めて出会った瞬間から惹《ひ》かれ合ったのだ。王乙龍が男色家だということは海州園の常連たちはみな知っていたが、呂も同じだとは誰も気づかなかった。呂はそんな気配を決して悟られたくなかったのであろう。

　イギリスで仕立て屋の修業をした呂は、いつも背広に蝶《ちよう》ネクタイ姿で、一羽の画眉鳥《がびちよう》を飼っていた。じつに美しい小鳥だ。全体は薄い茶色だが、その茶色の羽の奥に薄緑色の柔毛《にこげ》が隠れているように見える。薄緑色はどうかした拍子に藍色《あいいろ》に変わる。だから光の当たり方で薄茶色になったり薄緑色になったり藍色になったりする。鳴き声も優美で、小鳥を飼う中国人が最も好む品種だ。

呂は海州園には自慢の竹製の鳥籠にその画眉鳥を入れてきて、壁にしつらえてある棒に吊り下げる。

海州園の店内にも池がある。天井の大部分が円形にあいていて蓮《はす》が植えられている。その円形の天窓には長い鉤《かぎ》のついた棒で開け閉めできる戸がついている。雨の日は円形の天窓は閉められるが、天気のいい日は太陽の光が池を輝かせる。池の蓮のために作られた天窓なのだ。

夕方には下女の手で閉められるが、バンド地区は黄浦江の下流西岸にあるので、夜や早朝は深い霧に包まれるからだ。

バンド地区の北のはずれに海州園はあったが、さらに北へ少し行ったところには煉瓦《れんが》造りの家や店舗がひしめく区域がある。

黄浦江から遊覧船で見る夜のバンド地区はじつに美しいが、その北側の煉瓦造りの建物が並ぶ地域は上海中の汚濁が寄せ集まったような混沌《こんとん》の世界だ。

ロシア人や日本人や、どこの国の女なのかわからない娼婦《しょうふ》が客を引いている。乞食《こじき》たちが石畳の道に横たわり、果物と肉の匂いが混ざり合って、吐き気がするような悪臭に満ちている。

豚肉屋には解体された豚が店先に吊るされているし、魚屋では頭を落とされた川魚がぶらさがっている。そんな店舗に挟まれるようにして蒸し風呂《ぶろ》屋があり、煉瓦の建物から絶えず蒸気が噴き出ている。ひとりずつで入る蒸気風呂では女が体を洗ってくれる。洗ったあと何をするかはだいたい想像がつくだろう。日本人の女は、日本人の経営する蒸し風呂屋で働き、ロシア人の女はロシア人の経営する店で働く。

海州園という茶館は、この一角とバンドのちょうど境目にあるということになる。開店は清《しん》王朝の初期で、菓子のうまさで知られていた。羅一族によって営まれて来た。羅家は大家族だった。上海の茶館は羅家の本家の親戚筋に過ぎない。羅家の先祖は鄭《てい》という杭州《こうしゅう》の塩商人に請われて養子《こ》となり、上海に根城を移して以後は、代々「鄭」一族として繁栄してきた。だから、本家は鄭家となるのだ。

羅家も鄭家も姓は違うが同じ一族だ。両家の家族たちが暮らすふたつの四合院造りの家は、海州園と桃里園のちょうど中間にあった。杭州の塩商人は莫大《ばくだい》な富を築いている。鄭家は茶館を営む羅家よりもはるかに金持ちということになるが、両家はふたつに区分されている大きな家のなかで仲良く暮らしていた。

あるとき、店で茶道具を運んだり雑用をする十四、五の女の子が、客が持参した茶碗《ちゃわん》を割ってしまった。客が茶碗をテーブルのへりに置いていたので、女の子の服の袖《そで》がわずかに当たったただけで床に落ちてしまったのだ。

客は怒って女の子を杖《つえ》で何度も打ち、弁償しろと店主に迫った。その殴り方は目をそむけるほどに容赦がなかった。

小鳥を鳴かせようと指先で嘴《くちばし》をそっとつついていた呂祖慈が、見るに見かねて茶碗の持ち主をたしなめた。

気が弱くて人見知りする呂が口を挟むくらいだから、よほどひどい仕打ちだったのだ。

俺は外国人なので、滅多なことでは中華人には口出ししないと決めていた。

中国人という言い方は当時は使わなかった。シナは満王朝の清国であり、中華民国という国名は日本の明治四十五年に生まれた。だから俺はいまは便宜的に中国と呼ぶが、当時は中華人と呼んでいた。シナというのは欧米の、フランス語ではシーヌであり、英語ではチャイナを、日本風に発音したものだ。

「華」という字は、夷《い》とか戎《じゅう》とかの蛮族と比べてはるかに優れた文化を持つ国であることを示すためのものだ。中国にとっては、中華圏以外に国はない。どこもみな「夷」であり、「戎」であって、中華は地球の中心どころか宇宙の中心でもある。だから国家という概念はないことになる。中華圏以外の人間はみな蛮族で、幼稚で拙劣な文化しか持たない劣等民族なのだ。

アヘン戦争でイギリスにあれほどひどい目に遭わされ、侵略され搾取《さくしゅ》されても、その考え方は変わらない。

そんなことはこの四千年間、中華圏ではつねに起こってきたことで、なにもそう慌《あわ》てたり悩んだりするほどのことではない。いずれ、中華が勝ち、奪われた土地は返ってくる。中国人の多くはそう考えている。彼らの「いずれ」は二十年や三十年ではない。二百年、三百年という単位なのだ。

かつて中国には春秋戦国時代というのがあった。中華圏以外の蛮族に支配された時代が長くつづいた。

北西の匈奴《きょうど》、北の蒙古《もうこ》、西のアラビア世界からの侵略がつづいた。

しかし、中華は不動だった。

その思想は、いったいどこからどこまでが中華圏なのか皆目わからないという広大さから発生しているのではないかと俺は思った。

いまは領土は線引きされて明確になっているが、昔はどこまでが中華圏なのか、誰にもわからなかったのだ。時の帝《みかど》が、ここまでは俺の支配地だと言えばそうなった。

とにかく途轍もなく大きな国なのだ。日本人には想像もできないほどに大きい。いちにち汽車に乗っていても窓外の景色はまったく変わらないと説明しても、日本人は信用しない。しないのではなく、できないのだ。

俺は揚子江を初めて見たとき、騙《だま》されているのだと思った。これが河だと？　冗談ではない。これは海だ。対岸なんかないではないか。波がしらのあの立ち方を見ろ。こいつらは海を河と間違えているのだ。「白髪三千丈」の国柄だ。なんでも大袈裟《おおげさ》に言うのだ。

俺は本気でそう思ったのだ。伸仁、いつか必ず中国へ行き、自分の目で見てこい。日本はいつかきっと中国と国交を結ぶ日がくる。行って、あの国の大きさを見てこい。

話が横道に逸《そ》れた。

呂が海州園で年若な下女をかばって、顔を真っ青にさせながら、許してやってほしいと茶碗の持ち主や茶館の主人に頼んでいるとき、王乙龍がやってきた。俺が知るかぎり、呂と王乙龍が初めて逢ったのは、その日だったはずだ。

呂はバンド地区の南のはずれに小さな仕立て屋兼住居を持っていたが、客はその店には行かず、自分の会社とか家に呼んで背広などを作らせていた。寸法を測るのも仮縫いをするのも、呂は自分の店を使うことは少なかった。

王乙龍は闘蟋が好きだった。闘蟋を趣味とする者たちは、海州園から東へ一キロほどの桃里園に行く。海州園には小鳥を飼う者たちが来る。そんなふうに色分けされていたのだ。だから、近くに住んではいたが、王と呂は顔を合わせたことはなかったのだろう。

王が海州園に来たのは、昼間は鄧可一という両替屋兼質屋で働き、夜はフランス語の家庭教師をしている周栄文という上海人を俺に雇ってもらいたかったからだ。周がフランス語の家庭教師をしていたことは、あとで知った。

王は、俺を見ると急ぎ足で近づいてきた。すると店内に険悪な空気が流れている。王は、どうしたのか、なにがあったのかと俺に訊いた。日本語が堪能な馴染《なじ》み客が俺に代わって説明した。

「ちぇっ、またあいつか。あいつはわざと自分の茶碗をテーブルから落ちやすいところに置くんだ。誰かがそれを落としたら、ねちねちと文句をつける。弁償金が欲しいんじゃないんだ。弱みを握って相手をいじめるのが楽しいんだ。ここに持ってくる茶碗は見た目は上等のようだが、みな偽物《にせもの》だ」

と王は言った。

他にも腹にすえかねることがあったのだろう。王の声は大きかった。茶碗の持ち主が池の向こうで振り返った。呂は助け舟があらわれたと思ったらしく、泣いている下女をかばうようにして王乙龍を見た。

俺はその瞬間の王の顔を忘れることができない。人が人に恋をした瞬間とはこのようなものかと思うのだ。王は呂祖慈から視線を外さずに、頷《うなず》いた。呂に向かって頷いたのだが、何を意味する頷きなのか、居合わせた客のほとんどはわからなかったはずだ。

ちょっと潤んだような、霞《かすみ》がかかっているような、恥じらいとわずかな媚《こび》と、逢いたかった人にやっと逢えたという幸福感を隠し切れない王乙龍の目を、俺は忘れない。

王乙龍が男色家なのは俺も知っていた。だが、その日が呂祖慈と王乙龍の長く苦しい恋の始まりになったとは気づかなかった。

ふたりが肉体的に結ばれるのに二年かかった。俺は折に触れて、男同士の切ないまでのプラトニックな恋を傍らで見つめつづけたことになる。

俺が周栄文をつれて日本に帰ってすぐに、呂の妻は子を道連れに黄浦江に身を投げて死んだ。

王に紹介された周栄文は、俺の会社で働くようになった。信用のできる上海人を雇いたいと思っていることを何人かに口にしていて、王はそれを覚えていたのだ。周ほどの青年が長く希望する仕事につけなかったのは、最初に勤めた材木貿易の会社の社長に憎まれたからだが、その理由は詳しくは知らない。周は、のちに俺の出資で華南公司という会社を興《おこ》すことになる。

材木貿易の社長はフィリピン人だった。黄浦江の港には、フィリピンやインドシナからの材木が運ばれてくる。黄浦江は東シナ海から上海、天津《てんしん》へとつながる航路でもある。だから、バンドの港近辺にはフィリピン人の苦力《クーリー》も多い。それを仕切るのは港湾を縄張りとする上海のやくざだが、周の勤めた会社の社長は、やくざを出し抜いて、自分で苦力の賃金をピンハネしていたらしい。周はなにかの事情で巻き込まれたのだ。社員だから、巻き込まれざるを得なかったのだろう。

周は、中国に自動車の時代が来たときの商売の大きさを考えて、まず初めに中古車と中古車部品から学ぼうと、王乙龍に松坂熊吾さんを紹介してくれと頼んだ。

中国人は簡単には人を信用しない。他の国の人間から見れば病的なほどに信用しない。しかし、いったん信用したら、それは生涯のものとなる。いや、子や孫の代までも信用しつづける。中国では信用がすべてなのだ。日本の政治家は、そのことを知っておかなければならない。

俺は仕事の合間に、よく桃里園や海州園に行って茶を飲んだが、自分が外国人であるという心構えだけは崩さなかった。中国には中国のやり方がある。そのなかで、上海には上海のやり方があり、北京《ペキン》には北京のやり方がある。俺は外国人として、その国のやり方、その地方のやり方に口出ししてはならないのだ。やり方が気にいらなければ自分の国に帰るべきだ。

俺はそれを肝に銘じて、地元の人たちと仲良くなろうと努力した。語学の才能は皆無らしく、上海語は片言しか喋れなかったが、日本語はできるだけ使わないようにした。商談には日本語が上手な上海人に同行してもらった。その通訳に払う金は当時の俺には辛《つら》かったが、言葉の微妙な齟齬《そご》が大きな誤解を呼ぶと思ったのだ。

俺の上海語はじつに奇妙なものだったらしく、周りの見知らぬ人までが腹をかかえて笑い、舌の動き、口の筋肉の動き、言葉の抑揚のつけ方を懇切に教えてくれたりしたが、ついに「アイヤー」とあきれ顔で、あきらめてしまう。

海州園の東隣りには百二十年つづく仕立て屋があった。高級な支那服の仕立て屋だったが外国の租界地となってからは洋服も扱うようになった。

その跡取り息子はイギリスで仕立ての修業をして帰国したばかりだった。名は孫志明《そんしめい》という。呂が修業したロンドンのテーラーと、孫が修業したテーラーが長年にわたる友人だったというよしみで、呂と孫は、同じバンド地区における商売敵ではあったが、仲良くなった。孫志明は、呂祖慈という極めて腕のいい仕立て屋を尊敬したし、呂は自分のテーラーとしての技術を孫に惜しげもなく教えた。

孫はロンドンから帰国してすぐに結婚した。二十七歳で、日本語が堪能だ。イギリスに行く前に、日本語を学んだのだ。

この孫志明は、どういうわけか日本人の松坂熊吾を慕ってくれた。黄浦江の西岸の道で俺の姿を目にすると忙しい手を止めて、店から走り出て遠くからでも話しかけてくる。俺と話をすることが楽しいのだという。

背広の生地を売るイギリス人商人の悪辣《あくらつ》さを語り、バンド地区で起こっているさまざまな事柄を話し、妻の父や母への不満を正直に語る。孫が俺に語らないのは、十九の若妻との寝屋話だけだったかもしれない。

茶碗騒ぎの十日ほどあと、俺はバンド地区のアメリカ人貿易商の事務所で商談をしてから、はしけが行き交う黄浦江の畔《ほとり》を歩いて孫の店に行った。同行してくれた英語の通訳は帰した。孫の店には日本人の客が三人いた。

孫志明の店では、カフスやネッカチーフなどの小物も売っていた。俺は店の奥にある小物類のなかのイギリス製の蝙蝠傘《こうもり》が気にいっていたが、高くて手が出なかった。いまの日本円で二万円くらいだったのではないかと思う。当時、蝙蝠傘は日本製でも高価だったのだ。

客が出ていくと、孫志明は、もうじき雨が降りますよ、と日本語で言った。

「こんなにええ天気じゃ。雨なんか降るもんか。志明はそうやってこの傘を買わせるつもりじゃな」

「お金はいつでもいいよ。十回払いでもいい。雨はきょう降らなくても、あした降るね。あした降らなかったら、あさって降るよ。私は熊さんが傘を持ってないことを知ってるね。この傘に、ミルクティーを一杯つけてあげます。大事に使ったら、熊さんの子供も一生使える傘です。ロンドンのフォックス社製」

「この帽子も、志明の口車に乗って十回払いで買わされて、まだ三回しか払うちょらせん」

「じゃあ、熊さんが日本に帰ってから払ってくれたらいいね」

「ミルクティーをご馳走してもらおうか」

俺は蝙蝠傘の柄を握り、日本刀のように袈裟懸けに振って、いまの日本人はどういう連中かと訊《き》いた。三人とも人相が悪いな、と。

あの人たちとは関わらないほうがいいと孫志明は言って、紅茶を淹れてくれた。

背広やタキシードを着せられたマネキンが並ぶところに細い通路があって、そこを通り抜けると作業場がある。志明が生まれるずっと前から勤めている仕立て職人が裁ち鋏《ばさみ》で生地を切っていた。

さらにその奥に広い事務所がある。イギリス製のマホガニーのソファセットは磨き込まれて、その肘掛椅子《ひじかけいす》は男ふたりでも運べない重さだ。

俺と志明は、その事務所で煙草を吸いながら紅茶を飲んだ。

「祖慈さんは女でもできたかな。最近、おかしいね」

「どうおかしいんじゃ」

「なんか、こそこそしてるよ。私に隠し事があるね」

「誰にでも隠し事はあるじゃろう。俺にも、人には言えんことが二つや三つはあるぞ」

俺は、王乙龍のことは口にはしなかった。王は男が好きだが、呂にその気がなければ、それまでのことなのだ。

「祖慈さんは、私と逢いたがらないね。逢うと、裸を見られた女のようになるよ」

孫志明は、ひょっとしたらと勘づいて、かまをかけているなと思ったが、なぜ俺にかまをかけるのかがわからなかった。

「熊さんはどうして上海で妾《めかけ》を持ちませんか？　一年の契約で妾になる上海の女はたく

さんいるよ。気に入ったら契約延長。妊娠しても、すぐに堕《お》ろしてくれる。さっきの日本人は上海に来て五日目に妾を買ったね」

「俺はそんなことは嫌いじゃ。上海の女を買《こ》うたりはせん。俺は中華民国という国への礼儀というものを知っちょる。どうしても女が欲しかったら日本人を買う。上海の女に本気で惚《ほ》れたら話は別じゃがのお」

　そう言っているうちに、あ、志明は俺が男を好きなのではないかと誤解しているのだと気づいた。俺と呂祖慈とを疑っているのだ、と。こんな疑いは晴らしておかなければならない。

「あんたはなにか勘違いしちょるのお。俺は男には興味がない。ええ女には目がない。助平か、そうではないかのどっちかと訊かれたら、胸を張って助平じゃと答える」

「でも、祖慈さんは熊さんを好きになったよ。生娘のように遠くからちらちらと見てるよ」

「お前は考え過ぎじゃ。祖慈には女房も子もあるんじゃぞ。はっきり言うとくが、俺にその気《け》はない」

「熊さんは男色家にもてるよ。わたしにはわかるね」

「なんぼもてても、こっちにその気がないなら、この道だけはどうにもならんじゃろう」

惚れたのは王乙龍で、相手は松坂熊吾ではなく呂祖慈だが、呂には妻子がある。見た目は可愛《かわい》らしい童顔で、性格も優しいが、だからといって男色へと途中転向するとは思えない。

俺は、孫志明にそう言いかけたが、呂祖慈に対して失礼な気がして黙っていた。いま思えば、あのとき孫志明に、俺が海州園での王と呂の最初の出会いで感じたものを正直に話しておけばよかったのかもしれない。

孫志明は若かったが、いろんな世事に長《た》けていた。驚くほどの知恵もあった。酸《す》いも甘いも嚙《か》み分けられて、それらの対処法にも、いわゆる「大人」の風格を感じさせるときがあった。

孫志明は呂のためにはできるかぎりの手を尽くしただろうから、王と呂が引くに引けないところへと歩いていくまでに、友だちを思って策をめぐらしたに違いない。友だちというのは、呂の妻である蔡宇春《さいうしゅん》で、孫とは子供のころからの友だちだったのだ。

中国では、結婚しても妻の姓は変わらない。蔡は蔡のままだ。しかし、夫婦のあいだに生まれた子は父親の姓となる。だから、妻の親や兄妹《きょうだい》が同居しないかぎり、家のなかでは妻だけが夫や子とは異なる姓を名乗ることになる。

呂の妻は、マーマーとかアーマーとかの愛称で呼ばれていた。宇春なので正しくはマーチュエだが、親しく呼ぶときは宇を二回重ねる。宇宇でマーマー。阿をつける呼び方もある。阿宇でアーマーだ。これは多くは女の場合で、男は、年下の場合は名前の一字に小をつけ、年上の場合は老をつける。俺が祖慈を呼ぶときは小祖で、小祖の父親である慈平を呼ぶときは老慈となる。

俺は、中国の農村の百姓のことは知らない。しかし、上海で知り合った商人たちから聞いたところでは、かつての日本の身分制度よりも厳格かもしれないほどに差別されていた。百姓は永遠に百姓で、地主にこき使われて、ときには牛馬以下の扱いを受ける。

地方の百姓が北京や上海や天津へと出て来ることはない。出て来ても、どこも雇ってくれない。信頼できる人から、山東省の百姓の娘を洗濯女として雇ってはくれないかと頼まれても、たいていは断る。洗濯や子守をするための下女は、都会にも山ほどいる。字も読めず、なんの躾《しつけ》も受けていない地方の百姓娘を雇っても役に立たない。気の利《き》かなさは驚くほどで、味噌《みそ》も糞《くそ》もいっしょくたで、物事を筋道だてて考えることができない。男の子もおんなじだ。

それは、ひとえに教育のせいだと俺は思う。地方における百姓は、親も子も一切の教育を受けていない。受けたくても受けられない。百姓の子が学校に行って読み書き算盤《そろばん》を学ぶなどとは中国ではあり得ないことなのだ。

彼等彼女等にも学校を与えたらどうかなどと考える人間もいない。百姓は地主の奴婢《ぬひ》であり、米や麦や野菜を作って、それを自分の主人に差し出し、わずかな分配にあずかる。

少なくとも四千年と言われる中華思想では、百姓とはそういうものなのだ。四千年にわたって教育を受けず、牛馬と等しき扱いを受けて今日に至った百姓たちは、ただ地主のお情けにすがって生きるしかない。

これは中国だけではない。インドにはもっと苛烈《かれつ》なカースト制度がある。革命以前のロシアも同じだった。きっとローマ帝国でもギリシャでもエジプトでも似たようなものだったはずだ。

百姓がどれほど中国で長く人間扱いされなかったかも、日本人は頭に入れておかなければならない。

数千年にわたって教育を受けられなかったら、人はどうなるのかを、俺は上海で知った。

字どころか公衆道徳も知らない。社会の最低限のルールも知らない。知る必要がないのだ。ルールは地主が作る。地主のための掟《おきて》さえ守っていれば、なんとか食う物を得られる。それ以上のルールはない。約束は守らない。自分の地主の言うことさえ聞いていればいいからだ。つまり、生まれたときから社会というものがない。社会とは地主であり、村であり、それ以上のものはない。欲しいものがあれば力で手に入れるしかないのだ。他人のことを斟酌《しんしゃく》していれば、自分の分が奪われる。横取りしてでも自分の分を奪わなければならない。

父の父。そのまた父。そのまた父の父……。みんなそうやって生きてきた。

そんな人々の子孫の血のなかには、なんとか苦学して、せめて俺だけは百姓から身を起こして、町で一旗あげようという不屈の闘魂は消え失《う》せてしまっている。

だが、そのなかにも図抜けた頭脳と闘魂の持ち主も出る。

俺の上海時代にも、ひとりいた。張邦徳《ちょうほうとく》だ。彼を俺に引き合わせたのは周栄文だ。

俺とおない年の張邦徳は長く自分の出生地を明かさなかった。明かさないというよりも、ひたすら隠しつづけたというほうが正しい。

俺が王乙龍のことを口にしないまま、孫志明の店を出て、海州園の前を通って事務所へと歩いているとき、周栄文がよく太った男とやって来た。

周はその日から俺の会社で働き始めたばかりだったが、母親の体調が悪くて、病院につれて行かなければならず、アメリカ人の貿易商との商談には同行できなかったのだ。

周が俺を探して道を歩いて来たことは表情でわかった。並んで歩いている男も、俺が松坂熊吾という日本人だとすぐにわかったようだった。

そのころ、うずら売りのじいさんも、数十羽のうずらと卵を入れた笊《ざる》を天秤棒《てんびんぼう》で担《かつ》いで行商しながら、俺を探していたようだった。

俺が、この日のことを鮮明に記憶しているのは、なるほど中華とはこのような国かと思い知る事態に巻き込まれた日だったからだ。——

熊吾は、シンエー・モータープールの事務所の椅子に坐《すわ》って父親の話に聞き入っている伸仁が、ほとんど視線を逸らさずに、背筋をまっすぐに伸ばしている姿が凛々《りり》しかったので、そこでいったん話を止めた。喋《しゃべ》り過ぎて喉も渇いていた。

この虚弱な子は幼いころから猫背で、それをいつも叱《しか》ってきたが、いつのまにか姿勢がよくなったな。

それがいやに嬉《うれ》しくて、熊吾はガスストーブの上で沸いているヤカンを持つと、急須《きゅうす》に注いだ。

「ぼくが淹れるわ。茶葉を新しいのに替えよう」

伸仁は言って、洗車場の洗い場で古い茶葉を捨てると、それを新聞紙に包んで事務所に戻ってきた。窓のガラスのすべてが、湯気なのか外との気温差による結露なのかわからない水の流れを作っていた。

「お前を相手にこんなに喋るのは何年振りかのお」

と熊吾は言った。伸仁の肩幅も胸幅も逞《たくま》しくなっているのがセーター越しにもわかった。

「テニス部で重たいラケットを振っちょるけん、筋肉がついたんかのお」

「うん、コートでの練習以外に、腕立て伏せ三百回、腹筋二百回、ラケットの素振り千回、ランニング八キロ。古タイヤをロープで腰に縛りつけての坂道ダッシュを十往復。それを雨の日以外はまいにちやってるからなあ。寝る前には、本気で雨乞《あまご》いしてるねん」

「姿勢もようなったぞ」

「うん、背筋をしっかり伸ばしてラケットを振らんと正確にボールを芯《しん》で捕まえられへんねん」

熊吾は煙草に火をつけた。伸仁が一本貰《もら》ってもいいかと訊いた。

「スポーツの選手に煙草は厳禁じゃぞ」

そう言いながらも、熊吾は伸仁がくわえた煙草に火をつけてやった。

熱い茶を二杯飲み終えると、近くの文具用品の卸し屋がやって来て、いまから初詣《はつもう》でに行くので車を出させてくれと頼んだ。酒臭かった。

「だいぶ飲んじょるのお。車のキーを渡しとうはないがのお」

と熊吾は本気で言った。

「大将がいてるとは思わんかったなあ。匂《にお》いまっか?」

「あんたの鼻の穴のところでマッチを擦ったら、ぼっと火がつきそうじゃ。飲酒運転で捕まるのはええが、事故をやったら取り返しがつかん。初詣でが死出の旅になるぞ。そんなことになったら、車のキーを渡したわしも同罪ということになるけんのぉ。あしたに延ばしたほうがええと思うが」

偏屈で短気な男だったが、その文具店主は、

「滅多に逢《あ》わん大将がそう言うんやから、きょうはやめときまっさ」

と言って、また強くなった雨のなかを帰って行った。

熊吾は事務所の窓をあけて空気を入れ替えてから話をつづけた。遠い思い出だったが、話すうちに映像は鮮明になっていった。若い周栄文や張邦徳の笑顔とよく光る眼が映像のなかでめまぐるしく動いた。

熊吾も含めて、みな若者らしい野望を抱いて生きていた。まさかその五年後に盧溝橋《ろこうきょう》事件が起こり、ノモンハン事件から真珠湾攻撃へと一気に進んでいこうとは、熊吾も周栄文も張邦徳も考えもしなかったのだ。

――中国人は「老朋友《ろうほうゆう》」という言葉をよく使う。老朋友であるか否《いな》かは、彼らの社会では極めて重要だ。もし俺が張邦徳と老朋友であるならば、お互いは実生活でも商売においても親身に助け合う。

しかし、老朋友でないならば、そして肉親でもなく親戚《しんせき》縁者でもない赤の他人ならば、いま自分の目の前で死にかけていても歯牙《しが》にもかけず通り過ぎる。それは人間ではなく

物だと思っているからだ。

肉親と、老朋友と、自分に得をもたらしてくれる者と、その地域で権力を持つ人間以外は、視野の外だ。

あの日、バンド地区から少し西へ行った商店や食堂などが並ぶ通りには、人力車を引く車夫たちが客を探して四つ辻《つじ》にたむろしていた。その四つ辻の角に立つ食堂は、乾隆《けんりゅう》帝《てい》の時代から大鍋《おおなべ》ひとつで商売をつづけてきた。大鍋は創業のときから火が絶えたことがない。

なかには食べられるものならなんでも入っている。鶏のトサカや手羽、豚の頭や豚足、牛の大腿骨《だいたいこつ》。腸や胃袋。

この鍋のごった煮を椀《わん》に一杯幾らで売る店は、中国にはあちこちにある。上海にも北京にも天津にも広州にもある。西安には有名な店がある。

そのときの運次第で、なにが自分の椀に入ってくるかわからない。おととい入れた鶏の脚かもしれないし、百年前の豚の脚かもしれない。

しかし、どんなゲテモノともしれない食材が入っているのではない。その店その店の約束事がある。野菜は入れない店が多い。煮崩れてスープがどろどろになるからだ。生姜《しょうが》、大蒜《にんにく》、牛、羊、豚、鶏、あひる、うずら、胡椒《こしょう》、塩。これ以外は大鍋には入っていませんと看板に書かれた店もある。鍋の大きさは人間が五、六人入れるほどの、厚さ三センチもある銅製で、使用人が船の櫂《かい》に似た柄杓《ひしやく》でつねに搔《か》き混ぜている。鍋の下には、薪《まき》や石炭がおこっているが、その火加減は別の使用人が調節する。このふたりの使用人の呼吸が難しいらしい。

金がなくて、栄養をつけたいときは、この大鍋のごった煮ほどありがたいものはない。細長い揚げパンを一本買って、椀に一杯のごった煮のなかにちぎってひたし、箸《はし》でかきこむ。揚げパンはいまの日本円で五円ほどだ。このなかには百年前の牛の骨髄《こつずい》から染《し》み出ごった煮はその日によって味が変わるが、このなかには百年前の牛の骨髄から染み出たエキスがあるのかもと想像するだけで、体が滋養で満たされる気がしてくる。

周栄文は、俺に張邦徳を紹介し、フランスの貿易商につながりが多くて今後の印華貿易公司に役に立つと思うと言った。印華貿易公司とは上海での俺の会社の名だ。インカ帝国から取って、印華とした。

うずら売りの爺《じい》さんは、俺が月に二、三度、うずら料理を食べることを知っていて、よく肥えたうずらが手に入ると持って来る。俺はいつも三羽買う。

俺は賄《まかな》い女を雇っていた。近所の漢方薬店に勤める男の女房で、掃除や洗濯だけでなく、頼むと夕食も作ってくれる。俺はその五十歳の女を宇香《イーシイアン》と呼んでいた。不愛想で、いつも機嫌が悪いが、仕事に手抜きはしないし、料理が上手だった。とくに宇香のうずら料理が俺は好きだった。

宇香の作るうずら料理は、羽をむしったうずらを土鍋で蒸すという一品だけだった。うずらの腹に刻んだ干し椎茸《しいたけ》と松の実を詰める。土鍋には白湯《パイタン》スープと筍《たけのこ》や茸《きのこ》や卵白が入っている。うずらを土鍋に移して蒸す。卵白がうずらの灰汁《あく》を吸い取る。蒸し終えると、卵白だけを取り除く。

うずらは肉もうまいが、いちばんの目当ては脳味噌だ。スプーンの底で半熟卵の殻を割るようにして、うずらの薄い頭の骨を割って、脳味噌を食べるのだ。

俺はうずら売りの爺さんに、九羽買うから宇香に届けておいてくれと頼んだ。周と張との三人で食べるつもりだった。

いつもは愛想良く届けてくれるのに、その日、爺さんはなんだか大儀そうだった。生きているうずらは専用の笊に閉じ込めて家に届けるのだが、その笊を扱う手つきもいつものようではなかった。

俺たち三人は、海州園に向かって歩きだした。すると界隈《かいわい》では胡大旦那《こおおだんな》と呼ばれている老人が人力車に乗ってやって来た。上海のバンド地区を牛耳る酒の問屋で、ロシアのウオッカやイギリスのウィスキーも一手に扱う大店《おおだな》だ。杭州の塩商人ともつながりが深く、いわばバンド地区周辺に住む中国人のボスといってもいい。上海を縄張りとするやくざの親分とは義兄弟の仲だという噂《うわさ》もあった。

大旦那の世話をする小間使いたちは人力車を取り囲むように歩いていた。

張邦徳は控えめな性格で、喋り方や態度にどことなく卑屈なものを感じさせたが、松坂熊吾という日本人と朋友、それも老朋友になりたいと思っていることを顔を真っ赤にして喋りつづけた。

「邦徳は、あがってますね。松坂さんにやっと逢えて、あがってます」

と周は笑いながら言った。

取り巻きが多くて、人力車に乗っている胡大旦那に気づかないまま雑踏のなかを歩いていた張邦徳は、自分を呼ぶ声に立ち止まった。

呼んだのが胡大旦那だとわかって、張はとまどったように拱手《きょうしゅ》した。拱手というのは、中国人の挨拶《あいさつ》で、右の拳《こぶし》を左の掌《てのひら》で覆《おお》うようにして撫《な》で合わせることだ。忠誠と恭順をあらわすそうだ。

胡大旦那はひどく怒っているようだった。玉虫色の支那服の光沢が丸顔を朱色にしていたが、俺には怒りで顔を真っ赤にしているかに見えた。

「俺が三回呼んでも知らぬ振りか。やっぱりどん百姓だったな。身分を忘れると礼儀知らずの恩知らずになるらしい。みんな、こいつの親父《おやじ》とお袋は米を食べたことのないどん百姓だぞ」

胡大旦那は芝居がかった大きな声で、周りに聞こえるように言った。

「いまこの人と話しながら歩いていて、胡大旦那に気づきませんでした。無礼なことでございました。お許し下さい」

張邦徳は、かなり薄くなっている頭を地面にこすりつけそうなくらいに下げて謝罪したが、胡大旦那は道端の石でも見るような目で車夫の肩をステッキで軽く突いて行ってしまった。張は些細《ささい》なことで胡大旦那から仕事を貰えるかもしれないチャンスを失ったのだ。

それはなぜか。胡大旦那の面子《メンツ》をつぶしたからだ。立場も身分も雲泥《うんでい》の差の胡大旦那が、大勢の人の行き来するなかで百姓出身の張邦徳に声をかけた。聞こえなかったのだなと思い、二度、三度と呼んだ。胡大旦那は、張が、わかっていて無視をしたと受け止めた。

多くの人々の前で恥をかかされた。いままで目をかけてやったが、胡大旦那としての面子をつぶされたのだから、その報いは受けさせてやる。張が最も隠したがっている出自を公衆の面前でばらしてやる。

それだけではない。つきあいはこれで終わりだ。

俺は、中国人における「面子」については幾つかの事例を見てきたが、この胡大旦那の理不尽としか思えない怒り方が、最もわかりやすいと思った。

俺も気をつけなければならない。日本人の考える面子と、中国人のそれとは違う。どんなひとことが、どんな行動が中国人の面子をつぶしているかはわからないのだ。

面子というものへの基準が異なるのだから、気のつけようがないと言えば言える。それならば、どうすることが相手の面子を立てることになるかを考えよう。俺はそう思った。

その日は張邦徳にとってはまったく厄日としかいいようがなかった。百姓の子として育った男が都会の商人のなかで犯してしまう小さな失敗のつけがことごとく押し寄せてきたのだ。

海州園で茶を飲みながら、俺たちは改めて初対面の挨拶をして名刺を交わした。張は、上海に来て六年目にやっと自分の会社を持てたこと、商いは西洋の食料品から雑貨品といった小物類の輸入で、最近は化粧品がよく売れていることなどを話して、以前から中古車に目をつけていたのだと説明した。

自動車は中国ではまだまだ一般的ではない。運転をできる者は、軍隊で習ったか、西洋人の運転手に教えてもらったか、いずれにしても軍関係に限られている。これとても人が足りなくて、せっかく動く自動車が雨ざらしになっている。

そこで張は、なによりも運転手の養成が先だと考えて、上海の競馬場の西側に一万坪の土地を見つけた。そこを借りて、いまでいう自動車教習所を設立し、中国人に運転技術を教えるというのだ。

運転を習いたい者たちがすぐにたくさん集まるだろうと目論《もくろ》んでいたが、あちこちに宣伝ビラを撒《ま》いたり張ったりしても、いっこうに反応がない。人力車の若い車夫がふたり来ただけだ。

ハバロフスクでバスの運転をしていたロシア人と、デリーで英語学校のスクールバスの運転手だったインド人を教師として雇ったが、こいつらはせっかくいい仕事につきながらクビになっただけあって、酒浸りで、他人の財布の中身をくすねることしか考えていない。

こいつらを辞めさせることにしたが、そうなると運転の教師はいなくなる。松坂さんに知恵を授けてもらいたくて、周栄文に頼んだ。

ここまで張邦徳が勢い込んで喋ったとき、穏やかな周栄文が表情を険しくさせてたしなめた。

「初めて逢った松坂さんに、お前の頼み事ばかり一方的にお願いするのは無礼ではないか。お前がどんな人間なのか、松坂さんはまだ知らない。どうしてお前はいつもそうなのだ。紹介した俺に恥をかかせてくれるな。商人はまず昵懇《じっこん》になってから商売の話をするのが順序だ。朋友になるには時間がかかる。老朋友になるには、もっとかかる。『一回生　二回熟　三回四回是朋友』という言葉を知らないのか」

「栄文、お前まで俺をどん百姓呼ばわりするのか」

俺は、まあまあと間に入った。張邦徳が悪意のない正直な男で、少々せっかちなのが玉に瑕《きず》なのだと思ったのだ。

しかし、周栄文に言わせれば、これが百姓あがりの人間の限界なのだということだった。私は張にその意味を知ってもらいたくて、何度も助言してきたが、いくら教えてもわからない。欲しいものにすぐに手を伸ばすのは猿だ。同じ失敗を繰り返すのなら、私は張邦徳を松坂社長に紹介できない、と。

テーブルふたつ分離れた席で自分が飼っているメジロの鳴き声を楽しんでいた男が、椅子に坐ったまま振り返って、

「邦徳、俺もお前にひとこと言いたいことがある」

と言った。

上海一の海運会社に勤めていた老人で、大型船の運用計画をたてるのを専門としていた。品物を効率良く船に積むために、この木箱五百個はここ、あの木箱三百個はあそこ、と事前に予定表を作る仕事だ。その仕事を二十五年間つづけてきて、去年引退した老人だ。西洋各国の貿易に従事する者たちはみな一目置いている。

「お前はいい男だ。お前はいつも一生懸命で、いつも率先して動き、疲れを顔に出さない。そして嘘《うそ》をつかない。頭も切れる。だが、最も大事なところで驚くような雑な失敗をする。仁義礼智信《じんぎれいちしん》のなかで最も重要な仁と礼を知らない。俺に大事な頼み事をするときに、お前はその依頼状を自分で持参せず、若い社員を使いによこした。まだ二十代の

若造をだ。あの若造がどんなに優秀だろうと、どんなに礼儀正しかろうとそんなことは関係ない。五十六歳の、上海一の海運会社の荷物責任者である俺を安く見たのか。上海一とは中華一だぞ。日本には『親しき仲にも礼儀あり』という言葉があるそうだ。俺はあのとき、お前の無理な頼みをきいてやらなければよかったと後悔している。いま小耳に挟んだ話も結局は張邦徳が根本的に足りないもののあらわれなのだ。どうしてわからないのだ。邦徳、都会の者なら、学校に行かなかった者でもすぐにわかるぞ」

これは困ったことになったと俺は思ったが、飲みたくもない中国茶を飲み、煙草《たばこ》を吸っているしかなかった。

静かな昼下がりの茶館では、周栄文の言葉も老人の言葉も店主や店員や五組ほどの客たちに聞こえていたはずだが、誰も関心を示さなかった。もっと烈《はげ》しい怒号が飛び交えば、何事かと見つめたかも知れない。声が大きいのは中国人の習性のようなものだ。そして、他人のことはどうでもいいのも中国人の習性かもしれない。

中国語は同じ音の連なりでも声調でまったく意味が異なるので、その抑揚を明確にするために、どうしても声が大きくなるのだ。

張邦徳はしばらく顔を赤くさせて視線を落とし、無言で考えにふけっていたが、やがて立ちあがると老人の前に立った。俺は張が老人を殴るのではないかと思い、その動きがあれば止めようと身構えた。

「大老、私は努力に努力を重ねて勉強して、やっと上海で自分の会社を興すことができました。しかし、やっぱり百姓ですね。仁と礼を知りません。言葉の意味は知っています。ですが、それをどう日々の生活にあらわすのかがわからないのです。三年前の私の失態をどうかお許しください」

張はそう言って、頭を下げ、長く拱手を解かなかった。それから俺の前に立ち、老朋友どころか朋友でもないのに、虫のいい相談事をして申し訳なかったと謝罪した。

「これで張邦徳と松坂熊吾は朋友になりましたのぉ」

そう言って握手を交わしながら、俺は張邦徳という男の己との闘いに凄《すご》さを感じた。こいつはえらくなる。なにがあっても這《は》い上がってくると思ったのだ。

たぶん、ちょうどそのころだったろう。うずら売りの爺さんは、俺の部屋に行き、宇香に九羽のうずらを渡して、そのまま帰路について、バンドからかなり離れた狭い路地の手前で死んだのだ。

倒れたまま起きてこないのに、周りの住人たちが爺さんの死に気づいたのは夕刻だったそうだ。誰も爺さんの名前を知らないし、住んでいるところも知らない。子供たちは倒れている爺さんをまたいで走り廻って遊び、誰も声すらかけようとしない。他人だからだ。

これらの小さなエピソードは、中国に限らないかもしれない。日本でも似たようなことで行き違いが生じているのかもしれない。だが俺は、やはりどうにもこうにもこれが中華だと思う。それがいいとか悪いとかを論じているのではない。中国という巨大な国土に住む人々が長年月のうちにつちかってきた価値観の基礎となるものの事例をあげただけだ。

彼等も富を求める。しかし、富と地位のどちらを選ぶかと問われれば地位を選ぶ。権威を選ぶ。自分の面子を立ててくれるほうを選ぶ。

王乙龍と呂祖慈の恋については、また次の機会に語ろう。俺がなぜ男同士の恋にこれほど強い印象を抱いたのか。それは、人間というものの底深さを感じたからだ。

規範や風俗からいささか逸脱しているからといって忌《い》み嫌い排除することは間違っていると知ったからだ。俺と周栄文との結びつきについても後日話そう。あのころ周栄文は妻もいたし、ふたりの子もあった。それなのに、日本で日本人と夫婦同然の仲になり麻衣子が生まれた。そのいきさつも後日にしよう。――

なんとなく釈然としない顔つきで父親の話を聞き終えた伸仁は、ガラス窓の結露を雑巾《ぞうきん》で拭《ふ》いた。

「歳《とし》の若い人を大事な用件の使いに出したらあかんのん？」

「中国では、それは無礼なことなんじゃ」

伸仁は指で顎《あご》のあたりを撫でながら、事務所の天井に目をやって考え込んでしまった。まだ四時過ぎだったが、雨のせいで事務所のなかは暗くて、熊吾は蛍光灯をつけた。

電話が鳴って、受話器を取ると、

「お母ちゃんや」

伸仁は小声で教えた。そして母親に、富士乃屋の社長からのおせち弁当があると伝えて電話を切った。

「きょうは元日やから、いつもよりも早く帰るようにって課長さんが言うてくれたんやて。なにか買って帰ろうと思たけど、どの店も休みらしいねん」

「そりゃそうじゃ。元日やけんのお」

熊吾は事務所から出て、傘をさし、無言で博美のアパートへと歩きだした。疲れて帰って来て、俺がいたら、房江はくつろげないだろうと思ったのだ。

いったん、玉川町のほうへと向かったが、隣りの部屋の赤ん坊の泣き声を聞きたくないという気持ちがあって、熊吾はやって来た市電に乗り、逆方向の桜橋の停留所で降りた。

阪神裏と呼ばれてきたこの迷路のような闇市《やみいち》の跡にビルが数棟建つのか。磯辺、余計な商売に手を出さず、ここでじっと我慢してきてよかったな。

熊吾は磯辺富雄《とみお》の小柄な体と剽軽《ひょうきん》な顔つきを思い浮かべて、そうつぶやいた。

北朝鮮帰還の騒動も終わった。地上の楽園に帰ったはずの者たちからは、同胞人が忘れたころに「拝啓」と「前略」に書き分けられた手紙が届いたそうだが、もはや誰もそれを信じないという。

水溜《た》まりを避けながら、ラッキーの前に立つと、二階のビリヤード場に明かりがついていて、窓辺で動く客たちの姿が見えた。

磯辺と新年の挨拶を交わし、熊吾は若者たちがエイトボールという新しいゲームをやっているポケットテーブルの近くに坐った。

「四つ玉の台が減ったな」

熊吾の言葉に、

「このごろは勝負の早いローテーションばっかりです。四つ玉とかスリークッションの技を磨こうなんて客は、この私の店でも時代遅れのじじぃ扱いで」

と磯辺は苦笑を浮かべて言った。

「ここにビルが建つそうじゃが、お国が建てるのか？」

「いちおう大阪府が建てるんですけど、お国とおんなじですなあ」

「戦後処理じゃな。府が建てるビルになんか入らん、立ち退《の》き料をよこせっちゅう連中も多いじゃろう」

「へえ、長いことそれで揉《も》めました。ゴネ得っちゅうやつです。勝手にここにバラックを建てて、勝手に居ついたのに、居住権を主張するなんてねえ。そやけどお陰で私もそのおこぼれにあずかります」

そう言ってから、磯辺はおしぼりや茶を客に運んでいる若い女を指差し、

「みんな高校生です。正月三が日だけのアルバイトで。暮れの三日間はノブちゃんに頼んで、大学のテニス部の仲間を紹介してもらいまして。三人がアルバイトに来てくれました」

「あいつはどこにでも絡《から》んできよるのお。わしにはそんな話はせんじゃったぞ」

「あ、そうや、お父ちゃんには内緒やったんや」

「なんで、伸仁がアルバイトの斡旋《あっせん》をしたんじゃ」

「お腹《なか》が減ったから、なんか出前を頼んでもええかっちゅうて、ここへ来たもんやから、暮れの三日間だけアルバイトをしてくれる友だちはおらんやろかって私が相談しましてん。そしたら、すぐに三人揃《そろ》えてくれまして助かりました」

「あいつは腹が減ったら、ここへ来るのか。ちゃんと金は払《はろ》うちょるのか？」

「へえ、お父さんのつけということで」

「なんぼじゃ」

熊吾は上着のポケットから紙幣を出した。私の奢《おご》りだからいいのだと言って、磯辺は受け取ろうとはしなかった。

「こんなことでもないとノブちゃんとの縁が切れまんがな。天津飯と餃子《ギョーザ》なんて安いもんです。私が戦後の闇市の時代から今日まで松坂の大将にどれだけお世話になったことか」

「あいつは月に何回くらいここで天津飯と餃子を食うんじゃ」

「月に一回くらいでっせ。二月に一回というときもあるし。忘れたころにひょこっと来ますねん。そういやあノブちゃんは最近どうしてるんやろとふっと考えたときに、うまいこと来よりますねん。まあ腹が減って、小遣いのないときですけど」

客のなんにんかがラーメンや丼物《どんぶりもの》の出前を頼んだが、どの店も休んでいるのでお茶で我慢してくれとアルバイトの女の子が断っていた。

「あの子ら、ほんまに高校生か？　商売女に見えるぞ」

と熊吾は小声で言った。

「正真正銘の女子高生です。お化粧してるから派手に見えますな」

「お化粧のせいだけやないぞ。三人とももう男を知っちょる」

「わかりまっか？　大将のそういう眼力は外れませんからねえ」

「世も末じゃ。おい、まさかあの三人の女子高生も伸仁がこのラッキーに斡旋したんじゃあるまいな」

あいつならやりかねんと思い、熊吾は真顔で磯辺を見やった。

「そんなアホな。大学一年生の女衒《ぜげん》なんて聞いたことおまへんで。あの子ら、私がスカウトしてきたんです。曾根崎商店街で暇そうに三人でたむろしてたから、うちで簡単なアルバイトをしてくれっちゅうて誘うたら、気安うについてきたんです。よう働きまんねん。働きだしてまだ五時間ほどですけど」

料金を精算するカウンターで電話が鳴って、アルバイトの高校生が出ると、すぐに磯辺を呼んだ。

磯辺は、誰かと新年の挨拶をして受話器を熊吾に向けた。

「上野《うえの》さんです。大将がいてはるとは思わんかった、ご挨拶をしたいから替わってくれと言うてます」

熊吾は電話を替わり、

「久しぶりじゃのお」

と上野栄吉《えいきち》に言った。

「きょうは船場のビリヤード場に新年の挨拶に来まして、ラッキーへ寄ろうかどうか迷うてたんです。大将がいてはるんやったら、いまから行きます」

なにも元日にわざわざ俺と逢うこともあるまいと思い、熊吾は、きょう逢わなければならない理由でもあるのかと上野に訊いた。

「あさって、家族と一緒に福岡へ行くんです。ひょんなことから福岡で自分のビリヤード場を持つことができまして。拠点を福岡に移して、新しい出発です。女房の両親は福岡出身で、女房も福岡で生まれ育ったんです。故郷に帰れるのを喜んでます。たぶん、私は福岡に骨を埋めることになるやろなあと思うんです。これからもしょっちゅう関西には来ますけど、ちゃんと大将にはお別れのご挨拶をさせていただきたいんです」

と上野栄吉はいつになく大きな声で言った。

そういうわけならばラッキーで待っていると言い、電話を切ると熊吾は腕時計を見た。六時半だった。

馴染《なじ》みの店はどこも休みだが、博美の作る料理は口には合わない。曾根崎やお初天神の周辺には元日でも営業している店があるだろう。

熊吾はそう思い、磯辺に上野の福岡行きを話した。磯辺は詳しく知っていた。

「瓢簞《ひょうたん》から駒《こま》みたいな話でねえ。スポンサーは福岡の不動産屋さんで、貸しビルや土地をぎょうさん持ってて、上野栄吉プロのタニマチみたいな存在です。ご本人もかなりの腕ですけど、上野プロの教え子として関西選手権に出るのを目標に練習をつづけてはります。ビリヤード台が十台置ける店舗が売りに出て、ここに上野栄吉プロの拠点を作りたいと考えはったんです。ただ上野栄吉は関西の雄で、まさか福岡に移るはずはないと思うてはったんですけど、奥さんが、福岡に帰れるんなら、その話をお受けしたらどうやと勧めたんです」

磯辺の説明を聞きながら、熊吾は初めて逢ったころの上野栄吉のたたずまいを思いだしていた。抑留されていたシベリアから帰国したばかりだったなと熊吾は思った。

ラッキーにやって来た上野栄吉の傘は濡《ぬ》れていなかった。元日の雨はやんだようだった。

すぐにふたりでラッキーを出て、国道二号線を梅田新道へと歩き、お初天神横の路地に並ぶ飲食店街の、たった一軒だけ営業している焼き鳥屋に入った。

「ここの焼き鳥、うまいんですよ」

カウンター席に腰掛けるなり、上野は言った。

「磯辺から聞いたが、めでたいのお。自分のビリヤード場を持てるなんて、たいしたもんじゃ」

熊吾の言葉に、

「スポンサーあってのことでして。月々、払っていくんです。土地は二十年でぼくのもんになるように返済方法を組んでくれました。降って湧《わ》いたような話です」

と上野は言った。

それから何種類かの焼き鳥を註文して、

「松坂の大将のお陰で、シベリアから帰って以後を生きることができました」

とつづけた。

「わしは上野さんになんもしちょらんがのお」

「ええ、大将はそう思うてはりますやろけど、あの手紙を私に預けてくれはりました」

「手紙？」

上野の顔を見ながら、ああ、海老原太一への手紙かと熊吾は考えたが、それが上野にどう絡んでいるのだと怪訝《けげん》な思いに包まれた。

「あの手紙の受取主が自殺しはったのを新聞で知ったとき、松坂熊吾という人がこの事件の導火線に火をつけたんやとわかりました。私のつまらん邪推ですが、たぶん松坂の大将は、あの手紙を私に名古屋駅のポストに投函《とうかん》させたとき、まさかこれが原因で、人が自殺するなんて考えもしてはらへんかったと思うんです。私もそうです。私は郵便物をポストに投函しただけです。そやけどひとりの人間を死なせた。私は、自分が見たこともない縁《ゆかり》も所縁もない人の生き死ににかかわったんです。俺が投函した手紙が人を自殺させた……。どう説明したらええのかわからんのですけど、新聞の記事を読みながら、私は、これで生きられると思いました。私は、甦《よみがえ》ったんです。なんでかわかりません。大将のお陰です」

おそらく上野栄吉にもこれ以上は言葉にすることはできないのであろうと熊吾は思った。言葉にするには不可能な心の不思議なのであろうから、他人が補足する言葉を弄《ろう》するわけにはいかないのだ、と。

熊吾は話題をビリヤードに変えて、ウィスキーの水割りを飲み、焼き鳥を食べた。上野も二度と海老原太一への手紙には触れず、箸をキューに見立てて、汚れたカウンターの上で熊吾にビリヤードを教えた。

第四章

三月六日が近づくにつれて、房江《ふさえ》は多幸クラブで仕事に追われているときも、シンエー・モータープールの自分たち一家の住まいで掃除や洗濯をしているときも、妙な心のざわめきと、ぼんやりと遠い過去に思いを傾ける幸福とも言っていい時間に浸ることが多くなった。

ことしの誕生日に伸仁《のぶひと》は二十歳になるのだ。あの神戸市灘《なだ》区の石屋川畔の家で、生まれたばかりの伸仁の全身を天眼鏡でつぶさに調べながら、俺はこの子が二十歳になるまで生きていられるだろうかとつぶやいた夫の声が甦《よみがえ》ってくる。

人生五十年と言われた時代に、夫は五十歳にして初めて我が子を得た。そのことが夫の心にいかなるものをもたらしたかを、房江は五十六歳になったいま、やっと理解できるようになった。

俺はこの子が二十歳になるまでは絶対に死なん。

これまで何度も夫が口にしてきた言葉には、二十代や三十代に父になった男には無縁の、悲壮と言ってもいいほどの深い覚悟が隠されていたのであろう。

その日がついにやって来る。なにを大袈裟《おおげさ》なと他人は笑うであろうが、夫はあと三日で己への誓いを果たすのだ。

ことしの仲仁の誕生日は、同時に夫の大願成就《じょうじゅ》の日でもある。なにか特別なお祝いをしたい。夫にも記念の品を贈ろうか。なにがいいだろう。上海《シャンハイ》で買ったという中折れ帽はもう古くなって、夫の頭の上で歪《ゆが》んでひしゃげている。新しい中折れ帽を買ってあげようか。

だがあれはイタリア製だ。ボルサリーノという銘柄で、日本では手に入り難《にく》いらしい。それにとても高価なのだ。

戦前の上海で買った帽子には多くの思い出があって、外出先で他のなにを忘れても、あのボルサリーノだけは忘れてきたことはない。どんなに型崩れして汚れていても、夫にとっては他のどんな帽子にも勝る逸品なのだから、新しいのを贈られても、やはり古いボルサリーノを愛用しつづけるだろう。使ってくれないものを贈っても甲斐《かい》がない。

房江は晩ご飯の用意を済ませて、いつもどおりに一合の日本酒を専用の湯《ゆ》呑《の》み茶碗《ぢゃわん》に入れ、テレビをつけて卓袱台《ちゃぶだい》の前に坐《すわ》った。そして煙草《たばこ》に火をつけた。

いつのまにか一日に十数本吸うようになっていた。朝、出かける前に一本。多幸クラブに着いて仕事着に着替え、社員食堂の椅子《いす》に腰掛けて一本。昼食を作り始める前に一本。若い社員たちのあらかたが昼食を終えて持ち場に戻って行ってから一本。夕食を作り始める前に一本。後片づけを終え、厨房《ちゅうぼう》の掃除をしてから一本。シンエー・モータープールに戻り、銭湯で体を洗ってから一本。一合の酒を飲む前に一本。

房江は指を折って計算し、これだけで八本だと思った。ああ、午後三時に二十分ほど休憩するが、そのときにも一本吸うな。銭湯の籐《とう》椅子に腰掛けて二本吸うときもある。

これから夕食を終えて一本。シンエー・モータープールの事務所で留守番をしながら一、二本。寝る前に一、二本。

「あれ？　一箱吸うてるわ」

房江がつぶやいたとき、

「奥さん、いてはりますか？」

と田岡勝己が廊下から声をかけた。

田岡はことしの二月に東大阪市にある私立大学に合格して、再びシンエー・モータープールでアルバイトとして働くようになっていた。

「夕刊のなかに混じってて、これに気づきませんでした」

田岡はそう言って一通の手紙を手渡すと階段を駆け降りて行った。シンエー・モータープールの最も忙しい時間だった。

万年筆で書かれたハネに特徴のある字を見て、それが中村音吉からのものだとすぐにわかった。流麗な崩し文字の達筆なのだ。

――熊《くま》のおじさんも奥様も伸仁くんもお元気でおすごしだろうか。小生はこの十年間、まったくマラリアの発作は出ず、先日、松山市内の設備の整った大きな病院で検査してもらったところマラリア原虫は完全に消滅しているとわかった。以前にも検査してもらっていたが、今回最新の検査でも同じ診断が出た。長年苦しんだマラリアから解放されて、小生の戦後も終わったという感慨にふけった。

さて、このたび娘の縁談が決まった。相手は今治《いまばり》のタオル工場の次男で、長男と協力しあって父親が経営する工場を手伝っている。

いま今治のタオルはその品質を高く評価されて、全国に出荷しているが、それに合わせて、娘の夫となる青年は大阪の出張所をまかされることになった。新所帯は大阪で始めようということになり、結婚式を終えたらすぐにふたりで大阪へ行くらしい。

すでに出張所の近くに借家も借りた。小生にとってはひとり娘で、いざ結婚が決まってしまうと寂しさがつのって、娘がどんなところで新生活を始めるのかを見届けておきたくなった。

さいわい、熊のおじさんに勧められて始めた自転車屋も繁盛《はんじょう》していて、店をさらに大きくすることができた。妻も一緒にと誘ったが、数年前から腰痛《ようつう》持ちになってしまって長旅は無理なようなので、小生ひとりで上阪する。せっかく大阪に行くのだから、京都見物もしてみたい。

三月十日の早朝に城辺を発《た》ち、宇和島から今治経由で船に乗り換え、尾道から山陽本線で大阪へという切符をすでに購入した。大阪駅に着くのは翌日の朝だ。予定に縛られてはいないので、ひさしぶりにのんびりと乗り物に揺られて、ひとり旅を楽しみたいと思っている。

京都の宿はすぐに取れたのだが、大阪市内ではどんなところに泊まればいいのかわからない。もし、宿屋を知っているならご紹介いただければありがたい。あまり高くもなく安くもないというのが希望だ。大阪には二泊の予定だ。

そして熊のおじさんや奥様や仲仁くんのご都合がよければ、一夕、お食事でもいかがだろうか。ご返信をお待ちしている。——

読み終えるなり、

「多幸クラブがええわ」

と房江は声に出して言った。

湯呑み茶碗のなかの清酒を一滴も飲まないまま、房江はモータープールの事務所に行った。荘田敬三は、以前は夕方の五時になるとまるで逃げるように帰っていたが、柳田社長に注意されたらしく七時まで残るようになっていた。

房江は十円玉を机に置き、多幸クラブに電話をかけた。予約係の女子社員に替わってもらい事情を話して、

「ちょっと安くしてもらえたらありがたいねんけど」

と頼んだ。

「社員の家族割引がありますよ。それを使いましょう。和室がいいですか？　洋室？」

音吉はベッドで寝たことはないにちがいないと思い、和室を予約してもらった。

「家族割引のクーポン券は私が日吉課長に頼んでおきます。松坂のおばちゃんは、もうなにもしなくていいですよ」

礼を言って電話を切り、この子は声と気立てはいいのだが……、と房江は思った。多崎美和子というのだが、この子の声を聞きたくてひやかしの電話をかけてくる男が多いと房江は日吉課長から聞いていた。

「うちの女子社員をなんだと思ってるんですかね」

と本気で怒っている日吉課長の顔を思いだしながら二階へあがり、房江は熊吾《くまご》に買ってもらった万年筆を桐《きり》の簞笥《たんす》から出した。

中村音吉への返書をしたため、それを封筒に入れると、房江はやっと晩酌に口をつけた。マラリアの発作が起こった音吉が家の屋根で踊っている黒い影が甦ってきた。

ビルマから骸骨《がいこつ》のように瘦《や》せて帰還してきた音吉は、私を殴っている熊のおじさんをうしろからはがいじめにして、

「殺すんなら、わしを殺してやんなはれ」

と言ってくれた。

「みんなが、わしを殺しに来よる。どうせ殺されるんなら、熊のおじさんに殺されたほうがましじゃ。ビルマで死んだやつらが、わしを殺しに来よった。わしは、もう逃げられやせんけん、熊のおじさん、わしをいま殺してやんなはれ」

あのとき伸仁は四歳だった。殴られている母を助けようとして、意味もわからず土下座して、震えながら、ごめんなさい、ごめんなさいと父親に謝りつづけていた。

二度目だったか三度目だったか、その後再三の発作を起こした音吉は、屋根に上って奇妙な踊りをつづけた。

音吉、早う降りてこいと呼びかける熊吾に、

「中村音吉は、もう上官殿の命令はきかんであります」

と直立不動の姿勢で言い返した声も房江は思いだした。

音吉の手紙にあった「長年苦しんだマラリアから解放されて、小生の戦後も終わったという感慨にふけった」という一文を思い、房江は多幸クラブの近くの魚屋で買った好物の鯨のコロを酢味噌《すみそ》で食べた。

いまは昭和四十二年。敗戦で無条件降伏してから二十二年もたっている。しかし、徴兵されて銃弾の雨をくぐり、戦地で栄養失調や病気で苦しんだ元一兵卒たちは、いまだに戦争の後遺症から立ち直っていないのだと房江は思った。

二十歳の誕生日は、伸仁の希望で、梅田の明洋軒での食事となった。六時半に待ち合わせたが、房江と伸仁が明洋軒に行くと、熊吾は先に来てウィスキーの水割りを飲んでいた。

親子三人で食事をするのは何年ぶりだろうと思い、房江は心斎橋の帽子専門店で買った上等の鳥打帽が入っている箱を足元に置いた。

大阪ではボルサリーノ社の中折れ帽を扱っている店はそこだけだと聞いて、きのう仕事が終わってから心斎橋まで足を延ばしたのだが、あまりに高くて、品のいいイギリス製の鳥打帽にしたのだ。それでも五千二百円もした。

房江は、明洋軒に日本酒は置いていないと思ったが、ウィスキーを飲む気にはなれなくて、自分は水でいいと熊吾に言った。

「伸仁の二十歳の祝いじゃ。きょうも多幸クラブの仕事は忙しかったんじゃろう。一杯くらい飲め」

熊吾にそう勧められて、

「ウィスキーはもうこりごりやねん。ウィスキーとかブランデーとかジンとかの西洋のお酒は私には合えへんねん」

と房江は言い、リボンのかかった箱をテーブルに置いた。熊吾が明洋軒の主人に、きょうは息子の二十歳の祝いなのだと説明して、日本酒はないかと訊《き》いた。

「すぐそこに酒屋があります。シンゾウに買いに行かせましょう」

その主人の言葉が終わらないうちに、シンゾウくんは店から出て行った。

「これはお父ちゃんへのお祝いやねん」

房江は箱を熊吾に渡した。

「わしに？　なんの祝いじゃ」

「ノブが二十歳になるまで生きてくれはったお祝い。お父ちゃん、誓いを果たしはったねえ。おめでとう」

箱を両手で掲げるように持って、熊吾はしばらく無言でいたが、やがて両目から涙を溢《あふ》れさせた。それは房江も伸仁も呆気《あっけ》にとられて見入るほどの量となって箱の上に落ちた。

「わしは己への誓いを果たしたことは一度もないが、これだけは果たし終えたのお。伸仁が二十歳まで生きてくれたからこそ果たせた誓いじゃ」

泣くのをこらえようとして、熊吾の唇は歪んだ。

映画や芝居を観《み》て泣く場面は見てきたが、それ以外のときに大粒の涙を流している夫を見るのは初めてで、房江も涙を止められなくなった。

シンゾウくんが一升瓶をかかえて帰って来て厨房に姿を消したが、すぐにコップに清酒を注いだ主人がやって来た。

「はい、二十歳のお誕生日、おめでとうございます。うちには徳利《とつくり》も猪口《ちよこ》もないのでコップ酒です」

そう言って、主人はコップを伸仁の前に置いた。

「飲むのは息子やないんじゃ。家内じゃ」

熊吾の言葉で、伸仁はコップを房江の前に置き替えた。

「ぼくは食べて食べて食べまくるほうがええねん。ポタージュスープとタンシチューとビフテキ」

と伸仁は註文した。

「ノブちゃん、鶏《とり》のレバーのテリーヌがお勧めやけど、どうや？」

主人に勧められて、伸仁は熊吾を見やった。

「腹も身の内じゃぞ。タンシチューはあきらめるんじゃな」

熊吾は二杯目のウィスキーの水割りを註文してから、リボンを外して箱をあけた。灰色に藍色《あいいろ》が混じったツイード地の鳥打帽は熊吾によく似合った。

房江は、この人はなぜこんなにも帽子が似合うのだろうと熊吾を見つめた。

「お父ちゃんは帽子をかぶったら優しい顔になるねん」

と伸仁は言った。

「サイズはぴったりじゃ。大きからず小さからず。五月の半ばくらいまではかぶれるのぉ」

そう言って、熊吾はタンシチューを頼み、鳥打帽をかぶったままウィスキーの水割りを飲んだ。房江はポタージュスープとビフテキとフランスパンを註文した。

「歳《とし》を取ったら、冬は帽子をかぶらなあかんて新聞に載ってたわ。暖かい部屋から寒い外に出たときに、血圧が急に上がるんやて。きょうは寒いのに、あのソフト帽は？」

「千鳥橋の事務所に忘れてきたんじゃ。市電の停留所で気がついたが、置いてきた場所がわかっちょるけん、まあええかと思うて、そのまま市電に乗って、ここまで来たんじゃ」

「これからは外出するときは帽子をかぶること。この鳥打帽やったら折り畳んで上着のポケットに入るよ」

「ああ、大事に使うぞ」

それから熊吾は、神田三郎が三月の末で辞めることが決まったと言った。

「淀屋橋《よどやばし》の大きな会計税理事務所に勤めることになったんじゃ。昼間仕事をして夜学で勉強をつづけるなんてことはそう簡単にできるもんやないぞ。小さいときから苦労したからこそつづけられたんじゃ。ハゴロモも関西中古車業連合会も、あいつがおらんと困るんじゃが、こっちの都合だけで神田三郎の未来を閉ざしてしまうわけにはいかん。あいつには公認会計士になるという夢がある」

「去年に決まってた会計事務所とは違うのん？」

と房江はコップの酒を飲んでから訊いた。

「ああ、去年に決まっとった会計事務所よりもっと規模の大きなところじゃ。就職を一年延ばしたことが吉と出たのお。神田三郎にも春が来た」

熊吾はかぶっていた帽子を取り、掌《てのひら》であちこちを撫《な》でてから上着のポケットに入れた。

それから話題は伸仁の幼いころの幾つかの忘れがたい出来事に移った。主に南宇和の時代のことだった。

「野壺《のつぼ》に落ちたのお。覚えちょるか？　手がにゅっと突き出んかったら、お前は糞尿《ふんにょう》の底に沈んで死んじょったぞ」

「落ちたときのことは覚えてないけど、そのあと井戸の水で体を洗われて、日向《ひなた》に立たされてたときのことは断片的に覚えてるで」

伸仁は鶏レバーのテリーヌを食べながら言った。

「和田茂十という網元がおってのお、あの人が四つのお前に言うた言葉がおもしろかった。『坊は、野壺にはまったかなァし。まあ、男は一遍は野壺にはまっといたほうがええ。あそこは、いろんな経験が溜《た》まっちょるとこやけん』。それからしばらく、わしは思いだし笑いをしながら茂十のその言葉を胸のなかでつぶやいたもんじゃ」

熊吾は、房江が僧都川《そうずがわ》で泳いでいる鮎《あゆ》を手づかみにすることを話したが、伸仁は信じなかった。

「誰も信じんじゃろうが、これはほんまじゃ。自分の目で見んことには信じられん話じゃ。お前の母さんは、並外れた運動神経を隠し持っちょる」

房江は珍しく顔が赤くなっているのを感じて、まだ少し酒が残っているコップをテーブルの脇《わき》に移した。親子三人での久しぶりの外食で興奮しているのかも知れないと思い、酒は控えることにしたのだ。

そして房江は、熊吾が和田茂十の闘牛用の牛を熊撃ち銃で一発で殺した事件を、遠い昔の夢のような出来事として伸仁に話した。その現場に居合わせたわけではないが、目撃していた数名の人たちからつぶさに聞いていたので、その光景は房江のなかで出来上がっていた。

「あのときは泡を食ったぞ。弾は眉間《みけん》を射抜いたはずやのに、血は耳から噴き出たんじゃ。それやのに牛はわしに突進してきた。わしは咄嗟《とっさ》に横に飛んだ。牛は上大道《わうどう》の伊佐《いさ》男《お》っちゅうならず者まであと五尺ほどのところで事切れた。その上大道の伊佐男っちゅうのは」

房江は驚いて、足で熊吾の靴先を強く踏んだ。熊吾も危うく口を滑らしかけたことに気づいたらしく、

「どんないなかにもやくざはおるっちゅう話じゃが、もっと楽しい話題を探したほうがええのお」

と誤魔化した。

仲仁が闘牛の牛を異常なほどに怖がったこと。タネの経営するダンスホールで、若い女たちと踊っていたこと。虫捕り網をやたら振り廻すだけなので、トンボも蝶々《ちょうちょう》もほんの数匹しか、捕まえられないまま網を破いて帰ってきたこと。

房江も記憶を辿《たど》って南宇和での仲仁にちなむ思い出を語っているうちに、熊吾が「巨大な土俵」と表現した一本松の田園が胸一杯に拡《ひろ》がってきた。

幼い仲仁の姿が浮かんだことで、我が子が朝から夕方まで虫捕り網を持って走り廻っていた田園の光景までが鮮明に心に甦ったのかもしれなかった。

しかし、房江のなかに浮かんだ「巨大な土俵」は、稲の緑が風に揺れる田園ではなかった。田に水を引く前の、春の野だった。

灌漑《かんがい》用の水路が田園を縫って幾筋もの光の流れを作っている。牛や馬が水田を耕すようになるにはまだ間がある。

春の訪れは、まだ水を引く前の田圃《たんぼ》に夥《おびただ》しいれんげの花を咲かせる。その時期が済むと菜の花の黄色が目に沁《し》みるほどに咲きつづける。

夫の荒い気性と暴力に泣いていて、あの当時は「巨大な土俵」までもが春夏秋冬荒れ地にしか見えなかったが、私も伸仁もじつは豊かな円形の広大な野に住んでいたのだ。

蝶やトンボ、蟬《せみ》、蟋蟀《こおろぎ》、キリギリス、てんとう虫、青光りする甲虫《かぶとむし》。色とりどりの名前のわからぬ青虫たち。なにもしなければ決して人を刺さない蜜蜂《みつばち》。小川にはタニシやアメンボウや魚たち。梨《なし》の木、ざくろの木。桜、竹林。季節ごとにやって来て巣を作り、子育てをして去っていく鳥たち。

いま、私にとっては、あそこは「巨大な土俵」ではなく、花と虫と鳥とが遊び戯《たわむ》れる丸い大きな野だ。

平原でもなく原野でもない。私の乏しい言葉では「野」しか浮かばない。いつもいつも春だけの野だ。

房江はそう思った。思った途端、房江は熊吾に言った。

「お父ちゃん、私、春真っ盛りの一本松に行きたいわ。三人で一度は行っとかなあかんわ。ノブにふるさとを見せておかなあかんわ」

熊吾は微笑《ほほえ》み、

「伸仁は神戸の御影《みかげ》で生まれたんやぞ。愛媛県南宇和郡一本松村が伸仁のふるさとと言うのか？」

と訊いた。

「松坂家の実家の地は、松坂伸仁の本当のふるさとや。松坂家の血が眠ってるところや。

あそこには、松坂熊吾の世話になって今日があるという人たちが、いったいどれだけいてると思うのん？」

「お前、わしのふるさとが嫌いやったんやないのか」

「若かったから、あの巨大な土俵の美しさが見えへんかってん。いま見えるようになってん」

「一合の酒も飲み切らずに見えるようになったか。お前はどんどん成長しちょるのお。わしはどんどん衰えつづけちょる。そんなわしも一緒に行ってええのか？」

「三人で行きたいわ」

「いつ行くんじゃ」

「来年の春。れんげの花で真っ赤になる時期に」

「来年の三月末くらいかな」

「行く？」

「ああ、行こう。わしは自分のふるさとを見ることはもうないと思うちょったがのお。しかし、あそこまでは遠いぞ。往復するだけで四日かかる」

すでに中村音吉の件は電話で話しておいたのだが、房江はハンドバッグから手紙を出し、それを熊吾に見せた。

「十一日の夜は千日前の『銀二郎』でふぐ鍋《なべ》をご馳走《ちそう》しようと思うねんけど」

「寿司《すし》のほうがええのお。ふぐは城辺や御荘《みしょう》のほうがうまい。あのあたりの連中には、ふぐは珍しい料理やないんじゃ」

そう言いながら、熊吾は音吉からの手紙を読んだ。

「ぼくは十日から春の合宿や。淡路島の民宿に泊まって一週間の特訓合宿やから、音吉さんとは逢《あ》われへん」

伸仁は二皿目のライスをたいらげてから言った。

テニス部の合宿は去年に決まっていたので、それは仕方がない。四歳のころしか知らないので、音吉は二十歳の大学生になった伸仁を見たいだろうが。

房江は残念そうに言って、そうだ、田岡にカメラで伸仁を撮ってもらい、それを音吉に見せようと思った。

熊吾は、九時に徳沢邦之《とくざわくにゆき》と逢うのだと言った。なにかゴルフ場の件で相談に乗ってもらいたいということだが、徳沢が副支配人のゴルフ場は柳田元雄のゴルフ場とは隣接していて、いわば商売仇《がたき》で、会員募集でも争い合っている。徳沢のゴルフ場のほうがオープンは早くて、もうそれだけで柳田のゴルフ場は遅れを取っているのだ。

俺が徳沢に協力することは、柳田に対して不義理で、本心は相談に乗りたくないが、こちらもいろいろと世話になったので、逢うだけは逢わねばならない。ゴルフのことなんかまったくわからない松坂熊吾になにを相談したいというのだろう。

そう言って、熊吾は勘定を払い、先に明洋軒から出て行った。

厨房が一段落したらしく、シンゾウくんは主人の許可を得て、テーブルの横にやって来た。

仲仁と近況を話し合っているシンゾウくんは、背も高くなり、まだ見習いとはいえ白いコック用の服と丸くて高い帽子が似合っていた。

今夜は事情を話して、田岡にシンエー・モータープールの留守番をしてもらっている。だが、もう八時半だ。私も帰らなければならない。

房江は、なんだか楽しそうにシンゾウくんと小声で語り合っている仲仁を明洋軒に残して、東通り商店街に出ると、地下街を通って国鉄大阪駅から環状線に乗った。

ドアが閉まるなり、

「松坂のおばさんではありませんか？」

とうしろから声をかけられた。

見覚えのある青年だったが、房江は名前を思いだせなかった。

青年は、平華楼のあった船津橋のビルの近くに住んでいた酒井誠だと笑顔で言った。

「ああ、お母さんとふたり暮らしやった？　小学生の仲仁に将棋を教えてくれはったマコトちゃん？」

「はい、あのマコトです」

「まあ、何年ぶりですやろ？　お母さんはお元気ですか？」

そう言ったものの、酒井母子とはさしてつきあいもなかったので、房江は会話をつづけられなかった。

電車はすぐに福島駅に着いたので、房江は一礼して電車から降りた。すると酒井誠も降りて、

「おじさんもノブちゃんもお元気ですか」

と並んで歩きながら話しかけてきた。

降りる駅も同じだったのかと思ったが、房江は、青年がなにか話したくて一緒に福島駅で降りたのではないかという気がした。

「まさか電車のなかでお逢いするとは思いませんでしたので、思わず声をかけてしまいました。五分ほどお時間を頂戴《ちょうだい》できますか？」

青年はそう言って、ホームのベンチを指差した。目鼻立ちの整った、凜々《りり》しさを感じさせる態度に安心して、房江はベンチに腰を降ろした。

——覚えていらっしゃるかどうかわからないが、私の父親は戦死して、その公報は戦後三年たってから届いた。寡婦《かふ》となった母親は、私を親戚《しんせき》に預けて、九条の料理屋で仲居として働きつづけた。

船津橋の土佐堀川の畔に家賃の安い掘っ立て小屋のような家を借りて引っ越してきた

のは昭和二十七年だ。

それと同じころに、空きビルだった川沿いのビルに松坂さん一家も引っ越してきて、中華料理店と雀荘《ジャンそう》を開いた。

まだ幼稚園児くらいのノブちゃんが、よく家に遊びにきて、たぶんそのころに将棋を教えたのだと思う。

それから三、四年後に松坂さんたちは富山に引っ越して行った。

だが、富山から再び大阪に戻って、その後またどこかに移られたあと、おじさんが訪ねてきた。平華楼のあったビルに用があったそうだ。そのとき、福島区の学校の跡地にモータープールを作って、そこで暮らしているから、なにか相談事があればいつでも遠慮せずに訪ねて来るようにと言ってくれた。私は高校二年生だったと思う。

私は、小学生のときから勉強が好きで、成績も良かったので大学に進みたかったが、母親の稼ぎでは到底無理な望みで、進路に迷って、ちょっとぐれかけていた。貧乏ゆえに学校に行けないことで卑屈になってしまっていたのだ。

そのとき、松坂のおじさんのことを思い出し、福島西通りのシンエー・モータープールへ行った。おじさんは事務所でひとりで大工仕事をしていた。

私は自分の家の事情を話して、どんな進路を選んだらいいだろうかと訊いた。

おじさんはこう答えた。

「マコトのお母さんの戦後は、きょうまでただ苦労だけだったはずだ。あまり体が丈夫そうではないから仲居の仕事もつらいであろう。成績がとびぬけて良いなら奨学金で大学に進むという考えもあるが、マコトはひとり息子だ。まずなによりも母親を大切にすることだ。お母さんを早くらくにさせてあげるのだ。

そのためには進学をあきらめろ。安定した職場に就職するのだ。それには消防署か警察か役所だ。俺は警察にならロをきいてやれる。だから警察官になれ。高卒なら出世には限界がある。それも覚悟のうえで、マコトの人生に警察という国家権力の後ろ盾を得るのだ。そうすると決めたら電話をしてこい。警察官の試験に通れるように頼んでやる。しかし、そんなことは必要ではないと思う。マコトなら、コネなしでも試験に合格するはずだ」

そのときのおじさんは、私に否《いや》も応《おう》もないぞと言っているような厳しい目を向けていた。

私は母とも相談して警察官への道を選んだ。いまは大正警察署の交通課に所属している。確かに学歴の差は警察では日々いやというほど思い知らされるが、もし病気をしたときとか、退職後の生活などを考えれば、警察というところは福利厚生の面でも行き届いた職場だとわかった。

私は去年結婚し、母はおととし仕事を辞めた。いまは一歳の孫の世話をする生活を楽しんでいる。

警察学校で訓練を受けているときは、ときどき松坂のおじさんを恨んだものだ。大学へ行きたいという思いが捨て切れなかったのだ。

だが、いまはおじさんの、ほとんど命令と言ってもいい助言に感謝している。

結婚したとき、おじさんに報告しようとシンエー・モータープールに行ったがお留守で、モータープールは忙しそうで、誰にもことづてもせず帰ってしまった。

もうじき、ほんの少し昇進して大阪府警寝屋川署に転勤になる。どうか松坂のおじさんにマコトが深く感謝していることをお伝え願いたい。――

これから勤務らしく酒井誠は、腕時計を見て、大阪駅からやって来た電車に乗り、ドアの向こうから何度もお辞儀をつづけた。


多幸クラブのチェックインは午後五時からだったが、房江はフロント係の青年に頼んで、中村音吉が三時に部屋に入ってくつろげるようにした。

だが時折社員食堂から出て、本館のロビーを覗《のぞ》いてみたが、五時を過ぎても音吉はホテルにやってこなかった。

きょうは間違いなく三月十一日だ。予定を変更したのなら多幸クラブに電話をかけてくるはずだ。私からの返信にはシンエー・モータープールと多幸クラブ、それに大阪中古車センターの電話番号も書いておいた。音吉は今朝大阪駅に着いているのだから、きっとのんびりとひとりで大阪見物をしているのかもしれないが、それならそうと連絡をしてくれればいいのに。

そう思いながら、房江は地下の社員食堂から階段を何度も昇り降りして力が入らなくなった太腿《ふともも》の筋肉をさすると、また階段をのぼって、道ひとつ隔てた煙草屋の店先に行き、置いてある赤電話で大阪中古車センターに電話をかけた。

「道に迷うたんやろか」

と房江は熊吾に言った。

「死にかけちょったのに、ビルマからちゃんと南宇和の城辺まで帰って来た男じゃぞ。そんなに心配せんでもええ。銀二郎には八時までには行くと言うてあるけん。お前はやっぱり行けんのか？」

元気そうな声で熊吾は訊いた。

ほんとうは自分も音吉と一緒に銀二郎で寿司を食べたかったのだが、伸仁に逢えないとなると、中村音吉が話したい相手は熊のおじさんなのだと思い、今夜は田岡さんに用事があって七時までにはモータープールに戻らなければならないと嘘《うそ》をついたのだ。

「わしはここで待っちょるけん、音吉が着いたら、また電話をくれ」

そう言ってから、熊吾は、ついいましがた寺田権次が死んだというしらせを息子から貰《もら》ったとつづけた。

「えっ。いつ亡《な》くなりはったん？」

「三月の七日じゃそうで、もう葬式も終えて、お骨と位牌《いはい》だけが仏壇に並んじょるそうじゃ」

「タネちゃんにはなんのしらせもないけど……」

「当たり前じゃ。寺田の女房や息子にしたら、松坂タネにしらせにゃあならん義理はなかろう。腎臓《じんぞう》が働かんようになって、体が風船みたいに膨れあがって、この人はいったい誰なんじゃという顔で死んだそうじゃ」

もう勤務時間は終わって、藤木美千代は帰ってしまっていた。タネは、中村音吉に逢いたいと言って、服を着替えてからずっと社員食堂で待っていた。

房江も更衣室で仕事着を脱ぎ、服を着てから、しばらくロッカーの前の椅子に腰をおろすと、寺田権次の死をタネにどう伝えようかと考えた。

もう半年近くも寺田からはなんの連絡もない。こちらは体のことを心配しているのに、別れたとなると薄情なものだ。おおっぴらに人に話せる関係ではないが、足掛け十四年も一緒に暮らした間柄なのに、このへんでもう終わろうとだけ言って奥さんのもとに帰ってしまった。いやになって別れたのではない。工務店の跡を継いだ息子さんから、親父《おやじ》、もうそろそろ帰って来いと言われて、いまが潮時だと帰っていったのだ。

まったく一方的で、この私の気持ちなどどうでもいいのだ。

タネは藤木美千代のいないときに、寂しそうに房江に愚痴を言うのだが、そのたびに房江は諌《いさ》めてきた。

──たしかにいい潮時ではないか。タネちゃんが南宇和の城辺の土地を売って尼崎で暮らすようになってから、充分ではなかったにせよ寺田権次に生活のほとんどの世話を受けてきたのだ。明彦や千佐子も高校を卒業できたが、それも寺田権次という男がいたからではないか。いい歳をして、未練がましいことを言うものではない。奥さんにお返ししたのだからときっぱり忘れてしまうことだ。──

房江は、タネにしらせるのは音吉に逢ってからにしようと決めて更衣室から出た。

通用口に小走りでやってきたページボーイが、親戚のかたがお着きになりましたよと教えてくれたので、房江は社員食堂に降りて、

「来たよ」

とタネに言い、ふたりで本館の玄関へ行った。

そこが持ち場でない社員は玄関からロビーへは出入りしてはならない決まりになっていたので、ドアのところから音吉に目配せして表に出て来てもらおうと思ったのだが、チェックイン・カウンターにはとびぬけて巨体の外国人たちがいて、音吉がどこにいるのかわからなかった。

房江は、ボーイのひとりに、この外人さんたちはなんなのか、これほど大きな体の外人さんが十人近くも泊まるのかと訊いた。

「アメリカのプロレスラーです。あの人らの荷物なんて、ぼくらには運べません。台車が要ります」

「本物のプロレスラー？」

「本物です。あのいちばんでかい人がいちばん有名です。テレビでよう見るでしょう？リングではマスクを付けてますから素顔はわからへんのです。ぼくも素顔を初めて見ましたけど、可愛《かわい》らしい愛嬌《あいきよう》のある顔をしてますよね。そやけどリングでは悪役中の悪役です」

「多幸クラブのベッドで寝れるのん？」

「たぶん無理でしょうね。間違いで和室を予約しはったんで、いま新館の洋室に替えてはずをしてて時間がかかってるんです。新館はきょうは満室でして」

そのプロレスラーたちに応対していたフロント係の青年が、そっと手招きをして、ロビーのソファを指差した。

中村音吉らしき男が、驚き顔で外人プロレスラーたちを見ていた。十五年前に別れたきりいちども逢っていないうえに、胡麻《ごま》塩頭《しお》を角刈りにして、頬紅を塗ったように頬が桃色だったので、房江もタネも、それが中村音吉だとは気づかなかったのだ。

まず先にタネに気づいた音吉はソファから立ち上がり、それから房江にも気づいて、

「なんとなんとお久しぶりでなァし」

と笑顔で言った。

フロント係の青年は、そこで話をしてもいいですよというように頷《うなず》いて、ソファのほうを見たので、房江は目で礼を言ってタネと一緒に音吉の隣りに坐った。

「外人さんちゅうのは巨漢が多いのは知っちょりますが、わしはあんなにでかい外人を見たのは初めてでなァし」

と音吉は小声で言った。

房江が、有名なプロレスラーだそうだと言うと、

「大阪に来てよかったけん。本物のプロレスラーが見れるんじゃけんのお」

音吉は感に堪えないといったふうにつぶやいた。

「いつもいつもプロレスラーがいてるわけやないよ」

笑いながら言ってから、房江はロビーの赤電話で、音吉が無事に着いたと熊吾にしらせた。

「いま六時半じゃ。八時に銀二郎に着くようにと伝えてくれ」

熊吾はそう言って、わかりやすい地図は描いておいたかと訊いた。

地下鉄の難波駅から千日前の銀二郎までの地図は、きのうの夜に房江が描いたのだ。

電話を切りソファに戻ると、音吉は、タネと親しい一本松や城辺や御荘の人々の近況を話していた。

――一本松の宮崎猪吉《いのきち》巡査は警察官を定年退職したあと、警察のほうからの斡旋《あっせん》で海産物加工会社の守衛となったが、田圃での米作り以外にも、ひいおじいさんの代から持っている蜜柑《みかん》山の経営に本腰を入れるようになった。

こぢんまりとした蜜柑山なので、夫婦ふたりでのんびりと蜜柑を栽培しているが、収入はたかがしれている。だが、長年警察に勤めたことによる年金が一般の会社よりも多くて、いまは悠々自適の生活だ。熊やんの忠告どおりに警察官になってよかったと感謝していると伝えてくれとのことだった。

一本松の名路集落に住んでいた長八じいさんは十年ほど前に死んだが、息子の嫁のリキは苦労しながらも四人の子を育てあげた。

リキの末っ子はついに戦地から帰ってこなかった。そして役場からは昭和二十七年に戦死公報が届いた。長男は横浜で就職して、元気に暮らしているそうだ。真ん中のふたりはどちらも娘だが、ひとりは宇和島に嫁いだ。下の娘は、群馬の高崎というところで看護婦をしている。

だからいまリキは名路の大きな百姓家でひとり住まいだ。田圃が三枚と畑が二反。朝から晩まで草むしりをして、すこぶる元気だ。孫はたしか六人のはずだ。熊兄さんによろしく伝えてくれとのことだった。――

音吉の話は終わりそうになかった。房江は自分が描いた地図を渡し、もう行かないと八時には着かないとせかした。

朝に大阪駅に着くと、その足で娘夫婦の新居へと向かった。大阪港の近くだった。それから通天閣にのぼり、新世界という繁華街をぶらぶらしたあと、道頓堀界隈《どうとんぼりかいわい》を見物して梅田へと来たが、地下街で迷ってしまった。

音吉がのんびりとした口調で話しつづけるので、房江はフロント係からチェックイン・カードというのを貰ってきて宿泊手続きを済ませてやった。

音吉が自分の部屋に荷物を置いてロビーに戻って来たとき、房江は伸仁の写真を見せていないことに気づいた。

地下鉄の梅田駅へと急ぎながら、房江はハンドバッグから二枚の写真の入っている封筒を出し、

「これ、五日前に写したノブの写真。あとでゆっくり見て」

と音吉に言った。

それなのに、音吉は雑踏を歩きながら封筒のなかから二枚の写真を出し、

「おお、ほんまに大きいになりましたなァし」

と大声で言った。

伸仁ひとりだけの写真と、背丈の見当がつくように房江と並んで立っている写真も田岡に写してもらったのだ。

「房江おばさんは明治の終わりに生まれた日本人の女としては背が高いけん、ノブちゃんは五尺六、七寸くらいかのお。熊のおじさんは明治の男としては平均で、五尺五寸くらいかのお。ノブちゃんは、どこから見てもお母さんに似ちょる。熊のおじさんにはぜんぜん似ちょらん。熊のおじさんにすりゃあ、ほんまにわしの子かと疑いとうもなりますでなァし」

うしろから人に押されようとも、振り返って舌打ちをされようとも、音吉はまったく意に介さなかった。

中村音吉が地下鉄の改札口を通っていくのを見届けると、房江とタネは国鉄の大阪駅への階段をのぼった。

「音やんは、あんなに悠長なのんびりとした人やったやろか。あれでは大阪で生きていかれへんわ」

疲れた表情でタネは言った。

タネにそう言われたら、音吉は憮然《ぶぜん》とするしかあるまいと思いながら、

「三月七日に寺田さんが亡くなりはってん」

と房江は言った。

えっ、と訊き返し、地下鉄の階段をのぼりきったところで立ち止まったタネは、目を瞠《みは》るようにして房江を見つめた。

あ、タネは松坂熊吾にそっくりではないかと房江は驚いて見つめ返した。タネと夫が似ていると感じたのは初めてだったのだ。

「さっき、うちの人に電話したときに教えられてん。息子さんから電話があったそうやねん」

「三月の七日……。私、明彦の結婚式の夜に、この人はもうあんまり長うないという気がしてん」

そうつぶやくとタネはハンドバッグから定期入れを出し、改札を抜けて環状線のホームのほうへと消えていった。ひとりにさせておこうという気はなかったが、房江は大阪駅の構内の隅に移って雑踏を避けてから環状線のホームへと上がった。

蘭月ビルの夏の暑さと冬の冷たさとともに、あのアパートで暮らしていた人々の顔がすさまじい勢いで心をよぎったが、それは一瞬のことで、房江は、なにもかもが変わりつづけているのだ、変わらないものなどなにひとつないのだという感慨のなかに入っていった。それは不安やよるべなさとはまったく異質の、勇気を伴った覚悟を房江にもたらしてきた。

京都観光のあと、神戸で異人館見物をして、南京町《ナンキン》で本格的な中華料理を食べたという中村音吉からの手紙を受け取ったのは三月三十日だった。

その翌日、小谷医師の妻の死を知らされて、四月三日には、房江は靭《うつぼ》公園に近い葬儀場での葬式に参列するために勤めを休んだ。葬儀には伸仁も参列した。

すでに、医院は息子が継ぎ、小谷医師は引退はしたものの、月の半分は熊本県の水俣《みなまた》で生活しながら水俣病の患者の診療に当たっていた。国とチッソという会社を訴える原告団を医師として支える役目も買って出たということだった。

房江と伸仁が焼香を終えて葬儀場から出ようとするとタクシーから熊吾が降りてきた。

「喪服を借りに行っちょって遅うなった。まだ焼香はできるかのお」

そう言って熊吾は受付で香典を渡し、軍隊の行進のような姿勢で祭壇のほうへと向かった。

あの歩き方をしているあいだは夫は元気なのだと思い、房江と伸仁は出棺を見送る人々の列に並んだ。

伸仁は濃紺のブレザージャケットを着て、友だちに借りた黒いネクタイを締めていた。きのうの夕刻から雨だったが、出棺のときだけやんだ。

「小谷先生の奥さんにもお世話になった。伸仁に打つ注射器のなかに十何種類もの薬をカルテどおりに調合してくれたのは奥さんじゃ。お陰で、お前は元気に成人したんじゃ。

心を込めてお送りせにゃあいけんぞ」

熊吾にそう言われて、伸仁は遺体を乗せた車が見えなくなるまで頭を下げていた。きょうは四時限目に必須《ひっす》科目の講義があると言って、伸仁は喪服用のネクタイを外し、それをジャケットの内ポケットに突っ込むと環状線の福島駅のほうへと向かった。そのときまた雨が強くなった。

房江は傘をさし、夫が濡《ぬ》れないようにとさしかけた。夫と相合傘で雨のなかを歩くときがこようとは、と房江は思い、

「来年の二月にシンエー・モータープールを出ていくことになるけど、そのためにはせめて一月には家を決めとかなあかんやろ？　タネさんは大東市の自分のアパートに引っ越して来たらどうやって勧めるけど、私は大阪市内で借家を探したいねん。お風呂《ふろ》がついてたらありがたいわ。お父ちゃん、そのとき、私のところへ帰っておいで」

熊吾はなにわ筋を北へと歩きながら、

「お前は、わしがおらんほうがらくじゃぞ。女房にとって、わしほど手のかかる亭主はおらんけん」

と言った。

「うん、私もそう思うけど、私ら三人は一緒に暮らさなあかん。三人でワンセットや」

熊吾は笑い、

「お前が英語を使うか。世の中、変わったもんじゃ」

そう言って立ち止まり、よろしく頼むとお辞儀をした。

「あの女の人とは、完全に切れといてな」

「ああ、わしは早う切れたいんじゃ。しかし、あいつのあとのことも考えといてやらんとなあ。自分ではなんにも出来ん女なんじゃ」

「そんなこと聞きとうもないわ」

また腹が立ってきたが、房江はもう少し話しておきたいことがあるからと、熊吾を浄正橋《じょうしょうばし》の交差点の角にある喫茶店に誘った。

「三時から、わしは上の歯を全部抜くんじゃ。そやけん、きょうはまだなんにも食うちょらん。食事をせずに来てくれと歯医者が言いよったけんのお」

コーヒーが運ばれてくると、熊吾は煙草《たばこ》をくわえながら言った。

「全部？」

「入れ歯を引っ掛けるためだけの歯は残して、あとは全部じゃ。というても、この何年かで一本、二本、三本と抜いてきて、きょう抜くのは二本じゃ。入れ歯のための歯が四本残る。正確には総入れ歯やないが、似たようなもんじゃ。入れ歯が出来るまでは、なさけない顔のままで仕事をせにゃあならん」

三時といえば、あと三十分しかないではないか。房江はそう思い、熊吾に伝えておきたいことを話した。

「私は働けるあいだは働きたいねん。多幸クラブでも、松坂さんが働けるあいだは働いてくれと言うてくれはるし」

「うん、体がしんどうなったら辞めりゃあええ」

「お父ちゃんは、ハゴロモだけに専念して、大阪中古車センターからも関西中古車業連合会からも手を引いてほしいねん。もう数えで七十一やで。展望が開けるのに時間がかかる仕事をつづけてたら消耗してしまう。河内さんに譲ってしもたほうがええ。ハゴロモだけで充分やと私は思うねん。松坂熊吾にいちばん適した仕事は人助け業や。身銭を切れへん人助け業」

「一銭も使わずに人が助けられるか?」

「助言だけする経営コンサルタントや。松坂熊吾さんは、これまでずっとそれをやってきはったんや。どの助言も人を助けてきはった。外れはなかったんや」

「お前の口からコンサルタントなんて言葉が飛び出るようになった。恐ろしい世の中じゃ。業とつくかぎりは報酬を貰わにゃあいけんぞ。あんたは赤よりも黒が似合う、なんて助言に金を払うやつがおるか?」

「お金はハゴロモで稼ぎはったらええねん」

熊吾は腕時計を見て、

「河内とも話はしちょる。関西中古車業連合会も大阪中古車センターも、河内モーターやダテ自動車販売にまかせることに決めちょる。あいつらはあいつらで、ええようにするじゃろう。神田が辞めて、代わりを補充しようと考えたときに、いや新しく人を雇うのは辞めようと決めて、それならこの際に、連合会も中古車センターも、河内らに下駄《げた》を預けてしまおうと決めたんじゃ。あいつらも同意した」

と言った。

そして手帳に電話番号を書いた。

「アパートに電話を引いたんじゃ。お前には必要のないもんじゃろうが、急用ができるっちゅうこともある」

熊吾はそれを手帳からちぎって房江に渡し、喫茶店から出た。

停留所で夫が市電に乗るのを見届けてから、房江は徒歩でシンエー・モータープールに帰った。

私があの女のアパートに電話をかけることなんかあるものかと思ったが、房江は紙切れを四つに折って財布に入れた。

雨はあがったようだった。喪服から普段着に着替えて煙草を一本吸うと、朝に洗濯したまま籠《かご》に入れてあった衣類を物干し台に干したが、まだ三時半だったので、房江はいまごろ藤木もタネも忙しいことであろうと思った。

きょうの夕食は肉じゃがだ。若い社員たちは、松坂のおばちゃんが作る肉じゃがが好きなのだ。藤木美千代のは甘すぎて、じゃがいもも煮崩れているという。

いまから多幸クラブへ行けば四時には着く。藤木もタネも喜ぶであろう。なによりも社員たちが喜んでくれる。

房江はそう思い、また急いで外出用の服に着替えた。

多幸クラブの社員食堂では、藤木美千代とタネが椅子《いす》に坐《すわ》ってじゃがいもの皮をむいていた。

「まだそんなことをやってるの？」

仕事着に着替えて厨房《ちゅうぼう》に降りてくると、房江は呆《あき》れ顔で言った。

「じゃがいも百五十個、いま届いてん」

と藤木は言った。出入りの八百屋の手違いだという。

「きょうはお葬式で休みとちゃうのん？」

とタネはいつもの口調で訊《き》いた。

いまからなら夕食の調理に間に合うと思って来たのだと言いながら、房江は手早く玉葱《たまねぎ》を切った。牛肉も切り、じゃがいもの皮向きも手伝うと、大鍋四つに分けて肉じゃがを作ってしまった。

その間、藤木はいちおう手は動かしていたが、何冊かの週刊誌で仕入れた芸能人のゴシップ話をタネに喋《しゃべ》っていた。

客用のレストランの副料理長がやって来て、ことしの淡路島はどうするかと房江に訊いた。もうそろそろ日にちを決めて予約の届けを総務部に出しておかなければならないという。

「松坂さんは、ことしは息子さんもつれて行きたいて言うてたやろ？」

房江は、副料理長とレストラン用の厨房へと行き、「夏の家」行きの打ち合わせをしているふりをして、肉料理にかけるグレービーソースの作り方を盗み見た。

何種類かのソース作りは、調理部のベテランが三日にいちど担当する。房江はその日は、なにかを探しているような顔つきで持ち場を離れ、いくつかの金属製の棚の隙間《すきま》から、ソースの作り方を覗き見るのだ。

ベシャメルソース、デミグラスソース、トマトソース、オレンジソース、オランデーズソース……。

房江はすでにその五種類のソースの作り方を盗み見るだけで覚えてしまった。

そうか、ああやって最初にウイスキーをフランベするのか。そこへ月桂樹《げっけいじゅ》の葉を入れて、それからフォンドボーとウスターソースと……。

頭のなかの手帳に刻み込むように順番やそれぞれの量を見ていると、

「またソースを覚えようとしてるな。ここで作るソースが正しいとはかぎらんのやで。

基本は一緒やけど、それぞれのコックの工夫が入るからなあ。おーい、お前ら、また松坂のおばちゃんがソースの作り方を盗みに来たぞお」

副料理長はそう大声で言って、機嫌の悪そうな料理長の側に戻って行った。

トマトソースは生のトマトだけでは酸味が勝ちすぎる。缶詰のホールトマトというのが必要なのだ。それさえ手に入れれば簡単においしいトマトソースを作れる。レストランに食材を卸す会社にはあるのだが、一般の食料品店では見たことがない。きょう、帰りに阪神百貨店の地下で探してみようか。

そう思いながら、房江はステンレス製の大きな道具入れに挟まれている狭い隙間を通って社員食堂用の厨房へと戻りかけた。料理長のきつい目を背中に感じたからだった。

その料理長は、意固地なほどに職人気質《かたぎ》で、機嫌のいいときは別人のように愛想がいいのだが、そうでないときは、房江に対してだけいやに冷淡で、こっそりと調理部の仕事を見ているると声を荒げて怒るのだ。

料理長にまだ睨《にら》みつけられている気がして、房江は、人ひとりが通れるほどの棚のあいだにある左右のでっぱりに手をついて足が床につかないところまで体を持ち上げた。そして子供が公園で遊ぶように、腕で体を支えながら前後にぶらぶらと揺らした。

五十六になったが運動神経は衰えていない。食堂の力仕事で腕の力も強くなったようだ。子供のころから身が軽くて、跳び箱はクラスでいちばんだったのだ。

房江はそう思い、反動をつけて前方の床に姿勢良く着地した。

「なにをやってるのん？」

タネが来て訊いた。

「あんた、こんなことでけへんやろ？　足は短いし、運動神経はないし」

そう言って、房江は同じことをもういっぺんやってみせた。

「そんなことくらい簡単や」

「へえ、ほな、やってみ」

「いまはあかんわ。高下駄やから。昼から床磨きをしたから高下駄のままやねん」

「高下駄は危ないから、やめとき」

房江は厨房に戻り、六十八個の皿を出し、そのひとつひとつに肉じゃがを盛っていった。藤木美千代は豆腐とワカメの味噌《みそ》汁《しる》を作りながら、休みを取っていたのに夕方から来てくれてありがたかったと房江に言った。

房江が勤め始めたころは、先輩として立てられることを言動で求めたりしたが、いま藤木美千代は房江の指示どおりに動くほうがらくだと悟ったらしく、名より実を取るといった様子で、もう何十年も一緒に働いている気心の知れた朋輩《ほうばい》として接するようになっていた。

肉じゃがを皿に盛り、大釜《おおがま》で炊《た》きあがったご飯を杓子《しゃくし》で切っていると、

「タネさんはどこに行ったんやろ」

と藤木は訊いた。

社員食堂の厨房とレストランの厨房を見渡し、

「さあ、トイレやろ。なにをやっても悠長やねん。ようあれだけのんびりと生きてこられたと感心するわ」

もういつ社員たちが来てもいいと用意ができたころになってもタネは戻ってこなかったので、房江は更衣室の隣りのトイレを探した。

どこへ行ってしまったのかと通用口から通りを見ていると、藤木が階段の下から房江を呼んだ。

「タネさんが倒れてるねん」

慌《あわ》てて階段を降り、社員食堂へ行くと、さっき房江がぶらさがって遊んでいた棚と棚とのあいだに調理部の男たちが集まっていた。

タネは床に倒れたままだったが、目をあけていて、房江に気づくと、

「手が滑って、落ちてしもてん」

と言った。

動かさないほうがいいとか、救急車を呼ぼうとかの声が調理部の男たちから起こったが、タネは、大丈夫だ、少し頭を打っただけだと言って起き上がり、社員食堂の椅子に

自力で歩いて行って坐った。

「あのぶらんぶらんをやったん？　高下駄のまま？」

房江が訊くと、タネは焦点の定まっていないような目で頷いた。

「頭のどこを打ったん？」

藤木の問いに、タネは後頭部を手で撫《な》でた。

「誰も見てなかったからなあ。後頭部をどの程度うちつけたかわかれへん。うちの山本が見つけたときは、まだ気絶してたんや。やっぱり救急車を呼べ」

と料理長は言った。

房江もそのほうがいいと思い、すぐに更衣室で服に着替えた。

日吉課長と稲田課長も社員食堂に降りてきて、いったいなぜこんなことになったのかと房江に訊いた。房江はどう説明したらいいのかわからず黙っていた。

救急車は十分ほどで到着して、隊員は、自分で歩けるというタネを制して担架に乗せた。誰か一緒に来てくれというので、房江も救急車に乗った。

「大丈夫です。私、ひとりで家に帰れます。たいしたことはないと思います」

というタネの言葉に、救急隊員は左耳を指差して、黄色い液体が耳から流れ出てきたので病院に行かなければ駄目だと答えた。

確かにタネの左耳から黄色い膿《うみ》のようなものが流れ出てきたので、房江はよほど強く後頭部を打ちつけて、脳味噌の一部がつぶれてしまったのではないかと思った。

若い救急隊員がガーゼでタネの耳を覆《おお》っているうちに、無線に応答していたもうひとりの隊員が、指示された病院名を告げた。

病院は扇町公園の東側にあって、その少し東側の丸尾運送店の看板が見えていた。

救急患者用の診察室の前にある長椅子に坐り、房江は、なぜ休みを取っていたのに出勤なんかしたのだろうと後悔した。きょう、あのまま休んでいたら、調理部の厨房に行くことはなかったし、棚と棚に手を突いて体をぶらんぶらんと揺らしてみせたりもしなかったのだ。

人生、こんなことばかりだ。あのときあんなことを言わなければ、とか、あんなことをしなければよかった、とか……。

そんな些細《ささい》なことで取り返しのつかない事態を招き寄せて、人は不幸のどん底に落ちたり、死んだりもするのだ。なんとよるべない世界に生きていることだろう。

タネの怪我《けが》が悪化して死んだり、体が不自由になって寝たきりにでもなったら、私はどう償えばいいのだろう。

あの背の低い、ちんちくりんのタネが私の真似《まね》をするとは思わなかった。それも高下駄を履いたままで。

「あんた、こんなことでけへんやろ？　足は短いし、運動神経はないし」とからかって、煽《あお》って……。まるで子供ではないか。さすがのタネも、ちょっとむっとして、そのくらいなら私にも出来ると試してみたくなったのであろう。そして見事に後頭部から落ちたのだ。

別の救急車のサイレンの音が近づいて来て、救急外来の前で止まり、側頭部から血を流している五、六歳の男の子が抱かれて運ばれて来た。血が廊下に滴《したた》り落ちた。救急患者用の診察室は三つあるようだった。

房江は廊下の奥の喫煙所に移り、気を静めようと煙草を吸った。

四十分くらいたったとき、看護婦が房江を呼んだ。別のドアから病室へと移動したらしくタネは診察室にはいなかった。

房江とおない年くらいの医師が、二枚のレントゲン写真を見せた。後頭部と左側頭部からの写真だった。

「頭蓋骨《ずがいこつ》に損傷はありません。脳挫傷《のうざしょう》もないと思います。硬膜、くも膜にも異常なし。軽い脳震盪《のうしんとう》ですが、気になるのは、これです」

医師はボールペンの先で左側頭部の耳と首との境あたりを示した。

「ここに白くぼんやりとした影があります。あした、もっと詳しく検査しますが、これは出血とは思えません。つまり、後頭部を固い床にぶつけて出来たもんではないということです。場所は内耳のさらに下側でしょうね。袋状の嚢胞《のうほう》やないかという気がしますが、この写真では断定出来ません。形状はぼんやりとしてますが、他の部分との境がはっきりしてます。腫瘍《しゅよう》ではないと思いますねえ」

医師は自分の左耳の下を指で押しながら言った。

「耳から黄色いものが出てましたけど」

と房江は言った。

「あれは膿です。本人に言わせると、子供のときに中耳炎にかかって、それが慢性化して、しょっちゅう左耳から膿が出たそうです。そういうときは熱も出たと言うてました。この三十年くらいはおさまってたということでしたが。しかし、この嚢胞みたいなものが慢性の中耳炎によるものとは思えません。なぜかと言いますとねぇ、この嚢胞は骨の向こう側にあるんです。つまり、脳と接してるわけです。このあたりの構造は複雑でして、あした耳鼻科の専門医に診察してもらいます。脳にも頭蓋骨にも損傷がないんですから、とりあえずは安心してもええということになるんですが、あしたの検査が終わるまでは入院してもらいましょう」

房江は、明彦に知らせなければならないと思ったが、家に電話はなかった。だが、勤め先の会社名はわかっていたので、受付のところにある公衆電話で電話局にかけて調べてもらった。

七時前だったが、明彦はまだ会社にいた。

母親のアパートに寄って、着替えを持って行くので九時くらいになる。房江おばさんは付き添っていなくてもいいから、心配せずに帰ってくれ。

明彦にそう言われて、房江はタネの病室に行った。

六人部屋の真ん中のベッドでタネは仰向《あおむ》けに横になって天井を見つめていた。呆《ほう》けたような表情だった。感情というものがどこにもない顔つきだった。房江は医師から説明を受けていたのに心配になってきた。

「私があんなアホな焚《た》きつけたから、こんなことになってしもたんやねえ。ごめんね」

と房江はタネの額を撫でながら言った。

「アホなことて、どんなこと？」

「体を手で支えて、ぶらんぶらんとして」

タネは怪訝《けげん》な表情で、いったいなんのことを言っているのかと訊いた。

「覚えてないのん？」

「私は肉じゃがを作ってたんや。それは覚えてるけど……」

「それからあとは？」

「また耳から膿が出て来てなあ。それで房江さんに病院について来てもろたんや」

これは駄目だ。タネは痴呆と化してしまった。大変なことになってしまった。

そう思ったとき、看護婦が来て、しばらく安静にさせておきたいと言ったので、あとで息子さんが来ると伝えて房江は徒歩で多幸クラブに戻った。

藤木美千代は帰ってしまっていたし、調理部は最も忙しい時間で、料理長が怒鳴り声をあげていて、誰も房江に気づいていないようだった。

総務部に行くと、稲田智子課長が待っていた。房江は、医師の説明を伝えてから、タネが後頭部から床に落ちた理由を正直に話した。

稲田課長は、しばらく絶句して、あきれたように房江を見てから、

「ふたりとも子供ですね。まるで幼稚園児ですよ。それじゃあ仕事中の怪我として、会社が治療費を負担できないじゃありませんか」

と言った。

そうなのか、稲田課長は正社員ではない松坂タネに特別に会社から治療費を出せるようにと考えてくれていたのかと思い、

「申し訳ありません」

と房江は謝罪した。

「床磨きのために高下駄を履いてて、それで滑って転んだことにしとくんですよ。そうじゃないと会社から治療費を出せませんからね。タネさんにも、ちゃんとそう言い含め

ておくんですよ。それから、今後は床磨きのときは高下駄禁止です。ゴム長を履いてください」

稲田課長は軽く茶色に染めた髪をボールペンで梳《す》きながら事務所から出て更衣室に行き、仕立てのいいツーピースに着替えて戻ってくると、

「私、あしたから二週間お休みをいただきます。私もタネさんとおんなじ病院に入院して手術するんです」

そう言って、自分の喉《のど》を指差した。教えられなくても、房江はその喉の腫《は》れに以前から気づいていた。

「バセドー氏病なんですよ。目玉まで飛び出してきて……。いろんな症状が出るようになりましてね。それで手術することにしました」

東京の目黒に生まれ、多幸クラブ東京店に長く勤めて五年前に大阪店に転勤してきたので、稲田智子の言葉はメリハリのいい江戸弁なのだ。

房江は、稲田課長と一緒に多幸クラブの社員用の通用口から出た。阪急電車で通勤している稲田課長とは多幸クラブの横で別れて、房江は市電の停留所へと歩いた。

敗戦の日、疎開《そかい》先の山梨で二十五歳の誕生日を迎えたと稲田課長はなにかの折に語ったことがあったなと房江は市電を待ちながら思った。

ということはいまは四十六歳だ。その年代の女には独身者が多い。いまはどうなのか

知らないが、昔は結婚適齢期というものがあった。戦前、戦中、戦後にかけては、たぶん女の結婚適齢期は二十歳から二十二、三歳とされていた。それを過ぎて独身でいると「売れ残り」と陰で言われる時代だった。

稲田課長の年代の女は、その適齢期に若い男たちが兵隊に徴《と》られて満州や南方に行き、その多くが生きて帰らなかった。

つまり当時の適齢期の女たちは、ふさわしい年頃の伴侶《はんりょ》を得る機会を失ったことになる。

たとえ結婚していても、将来を誓い合った相手がいても、召集されて戦死した者は多かった。

同時に、若い女たちは、戦後の物のない時代に両親や兄妹《きょうだい》たちのために闇市《やみいち》を駆けずり廻り、地方の農村や漁村に食料の買い出しに出かけて、疲れ切って帰って来るという生活がつづいた。

やっと世の中が落ち着きを取り戻したころには彼女たちは三十を超えてしまっていたのだ。

誰かが世話してくれる縁談といえば、妻に先立たれた子連れの中年男か、女房の成り手のなかったくすんだ男ばかりなのだ。

それならば、いっそ一生ひとりで生きていくと決めた女が多い世代。それがいまの四

十四、五歳から五十歳くらいの女たちなのだ。そして、そのような選択をした女には賢い人が多い。頭が良くて仕事も出来る。

結婚をあきらめてひとりで生きていくとなれば、安定した仕事を得るために男と伍《ど》して働かなければならないので、自分を職場で鍛えるしかないのだ。

戦争は、ありとあらゆるものを残酷に破壊するだけだ。若い平凡な女たちのささやかな恋や夢すら奪い取る。

房江は、市電に乗っているあいだ、ずっとそう考えつづけて、妥協のない仕事ぶりのなかに細やかな気遣いを垣間見《かいまみ》せる稲田智子課長の、確かに最近飛び出したようになってきた眼球の光を思った。

「タネは子供のときからずーっとアホなんじゃ。いまに始まったことやあらせん。お前のせいじゃないんじゃ。あの悪い頭を床にぶつけたショックで、前よりも良うなるかもしれんぞ」

熊吾の笑い混じりの言葉が電話口から聞こえた。

翌日には退院できると医師は言ったが、耳鼻科の医師が退院を延ばしたので、房江は仕事を終えてタネを見舞ったあと、病院の公衆電話で大阪中古車センターに電話をかけて、きのうからの顚末《てんまつ》を熊吾に話したのだ。

「耳から膿が出つづけてるねん。ちょっとずつやけど、きのうからお猪口《ちょこ》に三杯分くらいは出たやろって看護婦さんも不思議そうにしてはるねん。きょうの夕方に膿は止まったそうやけど」

「猪口に三杯？　子供のころからずーっと脳のどこかにその膿を溜《た》めちょったんじゃ。そやけん、あいつはずーっとアホのままやったんじゃ。これで松坂家であいつだけがアホと間抜けじゃったという謎《なぞ》が解けたぞ」

「もっと真面目《まじめ》に心配してあげなあかんわ。お父ちゃんには、たったひとり残った妹ですやろ？」

「真面目に心配せえ？　耳慣れん日本語じゃのお」

熊吾の言い方がおかしくて、房江は笑った。

「耳のことは耳鼻科の先生も首をかしげてはるんやけど、思わぬ病気も見つかってん。タネさんも糖尿病やねん。それもだいぶ前からのものやろって」

「酒は一滴も飲まんし、飯も雀《すずめ》がついばむほどしか食べんのに糖尿病か？　あいつは大《だい》福餅《ふくもち》とか最中《もなか》とか団子が好きで、おやつとは言えんほどぎょうさん食いよる。原因は大好物の菓子じゃぞ」

それは医師の指摘とまったく同じだった。

「耳からの膿は止まったんじゃな？」

「うん。いまだけかもしれへんから、もういちにち様子を見るそうやねん」

そう言ってから、房江は最も伝えたかったことを熊吾に話した。

「レントゲン写真に写ってた脳のなかの袋が消えてしもてん。跡形もあれへんねん。こんな症例は初めてやって、お医者さんが言うてはるわ」

「とにかく、あしたかあさってには、わしも病院に見舞うけん。どんなにアホでも尻軽《しりがる》でも、わしの妹やけんのお」

電話を切り、房江は別の階に入院している稲田智子の病室へ行った。きょうの午後に入院したばかりなので、髪もまだ整えたままだし、口紅も落としていないだろうから、見舞うにはちょうどいいときだと思ったのだ。入院中の女は、よほど近しい人以外の見舞いは嫌うことを知っていたのだ。

「手術の前には食べたらあかんもんがあるかもと思て、お見舞いを持たずに手ぶらで来てしまいました」

寝間着に着替えてベッドに横になり、月刊の婦人雑誌を見ていた稲田課長にそう言うと、房江は小さな丸椅子に坐った。

「あしたは検査で、手術はあさっての午後からに決まりました。全身麻酔をかけられるって、どんな気持ちなんでしょうね。なんだか怖いわね。死ぬよりも怖い気がするんですよ」

稲田課長は意外に血色のいい顔で言った。

「すーっと意識がなくなって、気がつくと、手術終わりましたようって看護婦さんの声が聞こえるんやそうです。七時間も手術をして、そのあいだのことは一瞬よりも早かったって、主人の知り合いが言うてはりました」

「一瞬よりも早いって、なんだか凄《すご》い言い方ね。私の場合は甲状腺《こうじょうせん》を切除するだけだから手術時間は約二時間だそうです。一瞬よりも早いよりも、まだ早いのね。なんだか安心しました。気がらくになっちゃった」

笑顔でそう言ってから、

「タネさんはいかがですか？」

と稲田課長は訊いた。

房江は、医師に聞いたことを伝えたが、糖尿病のことは黙っていた。

「そういえば、社員食堂の厨房で話しかけても返事をしないときがあったわねえ。左の耳が聞こえにくかったのかもしれませんよ」

「若いころからでしたから、私は、タネさんはこういう人なんや、ぼーんやりとしてて、人が話しかけても気がつけへんのやと思てました。さっき話をしてたら、もっと小さな声で喋ってくれって言うんです。そんな大きな声で話されたらうるさいって」

「じゃあ、たくさん膿が出て、よく聞こえるようになったんじゃないの？」

「そんなことがあるでしょうか。主人も似たようなことを言うてました」

房江は熊吾が電話で言った言葉を稲田課長に話して聞かせた。

稲田課長はなにかが転がっていくような笑い声をあげて、

「松坂さんのご主人から何回アホという言葉が出たんでしょうねえ。でも、もしそうなら、絵に描いたような『災い転じて福と為《な》す』ですよ」

と言った。

病人の見舞いで長居は禁物だと思い、房江が病室から出ようとすると、稲田課長は、松坂さんのご主人は中古車販売のお仕事をなさっているそうだが、私の甥《おい》にいい中古車を世話してやってくれないかと言った。姉の息子なのだという。

房江はハゴロモの電話番号を書いて渡した。

タネは翌日に退院した。

だが、そのあくる日に房江が多幸クラブに出勤すると、タネも仕事に来ていて、就労開始時間まで十五分もあるのに昼食用のひじきの五目煮をひとりで作っていた。藤木美千代はまだ来ていなかった。

「あと二、三日は休んでたほうがええのに」

房江の言葉に、タネは菜箸《さいばし》を動かすのをやめて、

「私、おかしいねん。自分でないみたいやねん」

と言ったが、その笑顔にはこれまで見たこともないような晴れやかさがあった。

「どうおかしいのん？　慣れた道に迷うとか？　明彦やお嫁さんの名前を忘れたとか？」

房江は本気でそう訊いた。

「その反対やねん。なにもかもがすっきりしてるねん。風邪を引いて詰まってた鼻が、すーっと通った感じ。私という煙突から全部の煤《すす》が出てしもたって言うたらええのか……。長いこと頭痛持ちやってたんけど、その頭痛も消えてしもてん。駅の階段を走ってのぼっても、たいして息が切れへんねん。私になにが起こったんやろ」

――猪口に三杯？　子供のころからずーっと脳のどこかにその膿を溜めちょったんじゃ。そやけん、あいつはずーっとアホのままやったんじゃ。これで松坂家であいつだけがアホと間抜けじゃったという謎が解けたぞ。――

房江は熊吾の言葉を思い出して、夫の言ったことは正しかったのだという驚きにひたった。しかしすぐに、松坂家でアホで間抜けなのはタネだけではないのだと思った。日曜日に病院へ行くと嘘《うそ》をついて、若い女のアパートにいそいそと急ぐ男のほうがアホで間抜けだ、と。

それから三日間ほどは、房江はタネの動向に気を配りつづけたが、確かに身のこなしも以前よりも機敏で、なにかにつけて緩慢だった反応も人が変わったようにメリハリのあるものになっていくのを感じた。

昔、タネの狸憑き《たぬきつ》は、中耳炎による「耳だれ」のせいだと熊吾が話してくれたことがあったなと房江は思った。

南宇和の一本松村の名路集落で生まれ育ったタネは、六歳のときに突然跳びはねるようになり、それからしばらくして行方をくらました。村の人たち総出で探して、僧都川の畔《ほとり》の雑木林に坐り込んでいるところを見つけた。

「タネに狸が憑きよったぞ」

と村の男が吹聴したので、「狸憑きのタネ」と陰口を叩《たた》く子供たちが増えて、怒った熊吾はその子たちを天秤棒《てんびんぼう》で片っ端から殴ったという。

しかし、熊吾もやがて幼い妹に狸が憑いていると認めざるを得なくなった。

理由もなく虚《うつ》ろな目をして、話しかけても応《こた》えない。田圃《たんぼ》仕事を手伝っていても、目に見えないなにかを追いかけるようにしてどこかへさまよい歩いて行く。ときには、畑でも家のなかでも、突然倒れてしまうが意識を失っているのではない。その証拠に、目はあけているし、まばたきもしているのだ。

そんなことが何回も起こると、

「こいつには狸が憑いてしまったのだ」

と熊吾も納得するしかなかった。

タネが中耳炎にかかったのは三歳のときで、一本松や城辺や御荘には獣医も兼ねる内科医がひとりいるだけだった。耳鼻科の専門医は宇和島の町にもいなくて松山まで行かねばならない。

当時は、南宇和郡一本松村から松山市までは丸二日かかったという。高知県の宿毛《すくも》に行くほうが近かった。それでも一日仕事だ。

中耳炎は、治まったかと思うと再発して、そのうち耳から膿が出るようになった。高い熱も出て、三日も四日も寝ていなければならなかったらしい。薬は、炎症を抑える効果があるという薬草を煎《せん》じたのを飲むだけだった。宿毛の医者が処方してくれたのだ。

年に四、五回、中耳炎が再発するということを繰り返したが、十歳のころからその頻度は減っていき、初潮があった歳《とし》からは三、四年にいちどになった。

だが、狸憑きまでが治ったのではない。子供のころよりもさらに動作が緩慢になり、口数が少なくなり、優しい穏やかな性分は輪をかけて、その美貌《びぼう》と相まって、とびきり美しいおうなのようになってしまったという。

それらは熊吾から聞いたり、タネの幼馴染《おさななじみ》から教えられたりした話だった。

房江は、四月の半ばに、あした退院予定の稲田課長をタネと一緒に見舞ってから、阪神百貨店の食料品売り場へ行った。タネもついてきた。

「稲田課長の飛び出してるようになってた目が、だいぶ引っ込んでたなあ」

鮮魚店で安売りの刺身を選びながらタネは言った。

「私には、手術前と変わってないように見えたわ」

房江は鰆《さわら》の昆布《こぶ》締めをレジへと持って行き、勘定を払ってから言った。

「そんなことあれへん。ほんのわずかやけど目玉は引っ込んでたで。もうあと一週間もしたら元に戻ると思うわ」

「タネちゃん、最近頭が冴《さ》えてるから、眼力も鋭くなったんやね」

房江は買い物客で混雑する百貨店から早く出たくて、タネの服の袖《そで》を引っぱりながら言った。

「私の頭は元に戻ったらあかんなあ」

どんなに安売りの刺身でも住道駅前の商店街にある魚屋のほうが安いと言って、なにも買わずに地下街に出たタネが他人事《ひとごと》のようにつぶやいたので、房江は声をあげて笑った。

「不思議なことが起こるもんやなあ。耳鼻科の先生も、あれだけの量の膿がどういう道を通って耳の穴から出てきたのかがさっぱりわからんて言うてはった」

房江は曾根崎警察署の前に出る階段へと人混みを縫って歩きながら言った。

「ほんまやなあ。房江さんが、あのとき、ぶらんぶらんをしてみせへんかったら、私は脳に膿をぎょうさん貯《た》めたまま一生を送っていったんや」

房江は階段の前で歩を止めて、

「えっ！　あのぶらんぶらんを思いだしたん？」

と訊いた。

「うん。私、ちょっと腹が立って、こんなこと子供でも出来るわと思て、だーれも見てないのを確かめてから、やってみてん。そしたら、つるっと両手が滑って、頭から落ちてしもてん。脳のなかでぐわーんと大きな鐘が鳴って、きな臭い匂《にお》いが鼻とか目の廻りに立ち込めて……。そこから病院までのことは、どうしても思い出されへんねん」

「元の頭に戻らんといてね。戻ったりしたら、私、タネちゃんに償いようがないわ」

タネはおかしそうに笑みを浮かべ、国鉄大阪駅のほうへとゆっくりと踵《きびす》を返した。

警察署の前の御堂筋を梅田新道のほうへ歩きだし、タネの中耳や内耳や脳のなかで、いったいなにが起こったのだろうと考えていると、テニスのラケットを二本とボストンバッグを持った伸仁が曾根崎商店街からの細道を出て来て、同じ年頃の女の子と肩を並べて房江の四、五メートル前を歩きだした。

女の子はときおり顔を伸仁に向けて笑いながら話しかけていた。

白いブラウスの上に春物の薄手のカーディガンを着て、水色のスカートを穿《は》き、肩からはショルダーバッグを下げて、片方の手には数冊の教科書とノートを持っている。

同じ大学の女友だちなのだな。最近の若い娘は体格が良くなったが、あの子は踵《かかと》の低い靴を履いていても伸仁と三センチほどしか違わない。並んだら、私はあの子を見あげる格好になるだろう。

髪にはきれいなカールがかかっている。清潔そうで汚れたところがどこにもない。いいところのお嬢様なのかもしれない。

房江は、いささか動揺しながらも、女子学生の横顔とうしろ姿だけでそう考えた。

少し間隔をあけるために歩く速度を落としたが、ふたりの歩き方も遅くて、このままだと追い越してしまいかねなかった。

有名な貴金属店の前で歩を止め、伸仁はボストンバッグをあけて、そこに二本のラケットを突っ込むと、あいた手で女の子の手を握った。

「手ぇなんか握って。ただのガールフレンドと違うわ」

胸の内で言って、房江は銀杏並木《いちょう》のほうに寄った。

その貴金属店を中心とした数軒の店舗は、元松坂商会の土地に建っているのだ。お前を丈夫な子に育てるために売り払ってしまった土地だ。

房江は、銀杏の木の陰に隠れたまま、伸仁に無言で教えるかのように心のなかでつぶやいた。

伸仁と女子学生は御堂筋を南へと歩きだし、梅田新道の交差点を渡って中之島のほうへと消えて行った。

房江は市電に乗り、福島西通りの停留所からまっすぐ銭湯へ行くと、手早く髪と体を洗い、シンエー・モータープールの事務所を覗《のぞ》いた。八時半だった。

田岡勝己は誰かと電話で楽しそうに話をしていた。

房江は、二階の座敷に入ると普段着に着替え、畳の上に長々と横たわって思い切り伸びをした。欠伸《あくび》がたてつづけに出て、三日も四日も働きづめだったような疲れを感じたが、心のなかには幸福感と言っていいようなものがあった。

可愛《かわい》らしい娘だったな。手を握り合うのだから、あの子も伸仁を好きなのであろう。

それにしても、よりにもよって元松坂商会の前で手を握り合うとは。

松坂熊吾は、闇市でひしめく松坂商会の前から去ったとき、ここで息子が十八年後に品のいい可愛らしい女子大生と手を握り合うとは想像もできなかったことだろう。

しかし、今夜、伸仁が帰って来ても、私は知らんふりをしていなければならない。ノブが女の子と手をつなぎ合うのを見たとは言ってはならない。

そう思いながら、房江は起きあがって台所に行き、いつもの湯飲み茶碗《ぢゃわん》に酒をついだ。そして、卓袱台《ちゃぶだい》の前に坐って酒を飲んだ。急に空腹を感じた。

鰆の昆布締めはご飯のおかずに取っておこう。今夜は一杯半のお酒を飲もう。タネが生まれ変わったお祝いだ。まったく生まれ変わったとしか言いようがないではないか。医学では説明のつかないことが人間の体や心では起こるのだ。

房江はそんな思いを抱き、そのような事態は、いずれきっと自分にも起こるだろうという気さえしてきた。

田岡が廊下から声をかけた。

「カレーを食べようかと思いまして」

房江は、きのうの夜にカレーを作って、朝もういちど火を入れて冷蔵庫に入れておいたことを忘れていた。

保温式の炊飯器を田岡とクワちゃんがお金を出し合って買ってくれたので、「カレーの日」を復活することにしたのだ。

だが、それを忘れてしまうくらい、きょうはいろんなことがあった。といって、たいしたことがあったわけではない。それでも、伸仁と女子大生が手をつなぎ合っているのを目にしたのは、いささか衝撃ではあったが。母親にとっては初めての出来事だったから。

房江はそう思い、田岡を部屋に招き入れて、カレーを温めた。

「クワちゃんは？」

「いまドラム缶をトラックから降ろしてます。手を洗うてから来ると思います」

「田岡さんは、いまは朝の七時から二時間と、夕方五時から八時までの三時間がシンエー・モータープールでの勤務時間やろ？　もう九時や。私の帰りが遅うなったからや

「いや、今月から夜は五時から九時までにしてくれって頼まれたんです。これからずっとそうなります」

田岡はそう言って卓袱台の前に坐り、テレビのスウィッチを入れるとプロ野球中継に見入った。

「そしたら、朝の一時限目の講義は受けられへんね」

「はい。その皺《しわ》寄せが来年あたりから押し寄せそうで」

クワちゃんが、タオルで手と顔を拭《ふ》きながらやって来て、

「カレーの日の復活、おめでとうございます」

と笑うと皺だらけになる顔を房江に向けた。

房江が一杯半の日本酒を飲み、晩御飯も食べ終え、田岡もクワちゃんも二杯目のカレーライスをたいらげたころ、伸仁が帰ってきた。

「あ、きょうはカレー復活の日やったんやなあ。忘れてた」

と言って、伸仁はラケットを突っ込んだボストンバッグを畳の上に置くと田岡とクワちゃんのあいだに割り込んできた。

「遅うまで練習やねんなあ。毎日毎日、日が暮れても練習か？」

とクワちゃんは訊いた。

「日が暮れてもランニングはできるからな」

カレーを温め直しながら、なにがランニングだ、嘘つきめと房江はそっと唇を突きだして小声で言った。

第五章

軽度の脳血管障害だったが、手すりを使えばなんとかひとりで便所にも行けるし、簡単な食事も作れていた沼津さち枝は六月に入ったころから衰弱が目立ってきて、ほとんど一日中横になっていることが多くなった。

もともと階段から落ちたときの膝《ひざ》の怪我《けが》で歩行が不自由だったのだから、左半身の軽い麻痺《まひ》が加わると、手すり伝いでも歩きにくいのだが、森井博美の、肉親でもここまでは出来ないだろうと感心する介抱でなんとか生活してきたのだ。

それが梅雨に入ると同時に、手すりにつかまっても立ち上がれなくなり、便所にもひとりで行けなくなってしまった。

「私ももう終わりやわ。身の振り方を決めなあかんわ。聖天通りの店を博美ちゃんに売りたいけど、あんたにそれだけの甲斐性《かいしよう》はあるか？」

安ければ博美にも買えるとわかっていて、そう持ちかけたのだから、少しでも高く売りつけたい魂胆が見えていて、博美は返事をせずに話を持ち帰り、熊吾《くまご》に相談したのだ。

「あのあたりの土地の相場がわからん。昔からの商店街で、環状線の駅の近くじゃ。不動産屋に訊いたらわかるじゃろうが、沼津のばあさんは、その金を持って棺桶に入るつもりか？　森井博美っちゅう親切な女に身の周りの世話をしてもらう代わりに、あの土地を博美のもんにしてやるとは考えんのかのお」

「もうお金しか頼りになれへんねん。お金があったら、充分な世話をしてくれる養老院に入れるから、そうしたいそうやねん」


「有料の養老院がどこまで信用できるんじゃ。入ってしもうたら、なかでなにが起こるかわからんぞ。よほどの金持ち用の豪華な養老院もあるそうじゃが、そんなとこに入るには家を一軒買うほどの金が要るぞ」

「そんな怖いこと……。そしたら身寄りのない年寄りはどこを頼りにしたらええのん？」

　沼津のばあさんと話し合うときが来たと思い、熊吾は出入橋の北側の、国鉄の操車場に隣接した貸倉庫の並ぶ一角にある沼津さち枝の借家を初めて訪ねた。

　借家の前から操車場を眺めると、いったいどれほどの広さがあるのかと驚くほどだが、いまは操車場としてはほとんど機能していないように見えた。

　沼津さち枝は風通しのいい奥の八畳で臥《ふ》していて、博美が下の世話をしているあいだ、熊吾は隣りの六畳の色褪《あ》せた畳に坐《すわ》って待っていた。

　博美に呼ばれて沼津の枕元《まくらもと》へ行き、寝間着の襟元から突き出た沼津の鎖骨を目にするなり、これはもう立てないなと熊吾は思った。

「こんなふうになってしもた。身の振り方はひとつや。有料の養老院に入ることや。そのためにはお金が要るねん。聖天通りの土地を売ることにきめたさかいに、博美ちゃんにはあそこから出て行ってもらいます。冷たいようやけど、それしか方法がないねん」

「あそこはなんぼで売れますかのお。沼津さんの老後に充分なだけの金で売れるなら、それは結構なことじゃが、あんたと森井博美の双方にとっていちばんええ方法がほかにあると思いますがのお」

沼津さち枝は薄い蒲団《ふとん》に横臥《おうが》したまま横目で熊吾を見ていた。

「養老院というところは、入ってしもうたら、もう相手まかせじゃ。こんな不親切なひどい扱いは約束が違うと文句をつけても、それなら出て行ってくれと放り出されるだけじゃ。わしは知人の親がそんなめにあった例を何件か聞いちょります。それよりも、このままの生活をつづけたほうがええ。聖天通りの土地を森井博美に譲ってやるんです。ただでやってしまう。その代り、沼津さんは博美が仕事でここに来られんときのために介助婦を雇う。夜中だけでええんじゃ。沼津さんが蓄えてきた金はそのためのもんじゃから、そのために使う。博美は、沼津さんから貰《もら》ったあの土地でこれからも商売をつづけて、手のすいたときにここに来て、これまでどおり沼津さんの世話をする。もう介助婦や博美の手に負えんというときが来るまで、そうする。わしは、これがいちばんええ方法やと思いますがのお」

　熊吾は来年二月に博美とは終わると決めていた。そうなれば、博美は玉川町のアパートを引き払って、この沼津さち枝の借家に移ればいい。介助婦に辞めてもらうのも、そのままつづけてもらうのも沼津と博美とで決めればいい。俺とはもう無関係の事柄だ。

　そう思っていたのだが、熊吾はそのことは口にしなかった。

　騙《だま》されないぞ。お前たちの企《たくら》みに、そうやすやすと乗せられてたまるか。

　沼津さち枝はこめかみに青筋を立てて天井を見つめていたが、その心のなかの猜疑心《さいぎしん》は気の毒なほどに目元に浮き出ていた。

「わしを信用せえとは言わんが、この森井博美は信用できるじゃろう。沼津さんが倒れてからずっと誰が体の不自由な老人の世話をしてきたんじゃ。聖天通りの店を我が物にしたいためか？　あそこはいまは二十万か三十万が相場じゃろう。いざ売るとなると、買い叩《たた》かれて、十五万くらいかもしれん。そのくらいならいますぐにでも払えるが、わしはそうはせんほうがええと思うて、自分の案を沼津さんに持ちかけたんじゃ。博美は土地が自分のもんになったら、あんたの世話をする必要はなくなるんじゃ。博美にしてみたら、そのほうがらくじゃろう。しかし、人には縁というもんがある。博美も沼津さんも似たような人間じゃ。身寄りのない天涯孤独な女じゃ。のお、沼津さん、この森井博美に頼って残りの人生を生きたらどうかのお。博美は善良な女じゃぞ。あんたの大事な命金《いのちがね》を一銭たりともネコババなんかせん女じゃ。博美も、いつまでもこんな宙ぶらりんのまま、聖天通りの店で商売をつづけられん。いつ出ていけと言われるか、沼津さんの裁量ひとつなんじゃけんのお。あの店を博美に譲って、余生を預けてしまうか、有料の養老院に入るか、そのどっちかしかありゃせんと思いますがのお」

沼津さち枝は目だけ左右に動かしつづけたが、なにひとつ言葉を発しなかった。

決心がつきかねるのは無理からぬことだと思い、ひとりやふたりは血の繋《つな》がっている親戚《しんせき》がいるのではないかと訊いてみた。しかし、沼津さち枝は言葉を発しなかった。

「ゆっくり考えておいてくれと言いたいが、博美にしても、そうゆっくりと待っちょられん。お互い、もう結論を出すときじゃ。ええですかのお。わしの意見は、沼津さんが聖天通りの店を森井博美に譲り与えて、その代わりとして、博美は寝たきりの沼津さんの面倒をこれまでどおりに見る。それがどうしてもいやと言うなら、沼津さんは土地を誰かに売って、その金とこれまでに蓄えた金とで有料の養老院に入る。どっちにするかは、沼津さんの自由じゃ。沼津さんにとっては賭《か》けみたいなもんじゃろうが」

熊吾はそう言うと、博美を残して沼津さち枝の枕元から離れ、暗い玄関を出て操車場の前に出た。博美が聖天通りの土地を買えば、それで済む話ではあったが、そうまでしてでも博美に食堂経営をつづけさせようとは思わなかったのだ。

森井博美という女には、まったく商才というものがない。いまここにあるものだけを売る。客が喜びそうなものを新たに作ろうなどとは考えない。子供のころから出来合いの食べ物しか食べてこなかったのではないのか。それも安物の食堂の冷めた出前品ばかりを。

そうとしか思えないほど、博美の味覚は粗雑で、うまいものをうまいと感じないようだったのだ。

博美の舌は鍛えようがないのだとわかってから、熊吾は聖天通りの店を買うことをやめた。だが、沼津さち枝が土地を博美に譲るとなれば、また別のさいころを転がせるとも考えていた。

熊吾は、操車場を取り囲む錆《さ》びた有刺鉄線を見渡しながら貸倉庫の並ぶ一角を西へと歩きだし、博美がなんとか食っていける道を作ってやりたいと思った。

あいつに一人前にできることがあるだろうか。洋裁もものにならなかった。スカートやズボンの寸法直し程度では食っていけない。それがわかっていても、それ以上の技術を習得しようとはしない。博美という女は寸法直しと綻《ほころ》びの修理を黙々とやりつづけるだけなのだ。

聖天通りの食堂でも、大皿に茄子《なす》の煮浸しとひじきの五目煮と肉じゃがとレンコンの天麩羅《てんぷら》を盛っているだけで、それらは沼津さち枝が考案した惣菜《そうざい》料理だ。

いかに贔屓《ひいき》にしてくれる客といえども、飽きてしまって、週に一度くらいしか来てくれなくなる。

うまい味噌汁《みそしる》も作れ。出し巻き玉子焼きとか豚の角煮も品書きに加えろ。イカゲソのバター炒めなんか簡単ではないか。作り方は俺が教えてやると促しても、私はそんな凝った料理は作れないと、すぐに投げ出してしまう。

それならばお前になにができるのかと訊くと、首をかしげながらうなだれて、

「ダンス以外、なんにもでけへんわ」

と答えるばかりなのだ。

お前のダンスはストリップにそれらしいステップを取り入れただけのもので、三十五歳を過ぎたら舞台では通用しない。それに東京でも大阪でもミュージックホールというものは姿を消してしまった。もはやあの程度の露出では客は観《み》に来ないのだ。

博美、お前は幾つになると思うのだ。来年四十になるのだぞ。ダンス以外、なんにもできないなどと愚かなことは言うな。

熊吾は喉元《のどもと》まで出かかるその言葉をいつも我慢して、聖天通りの食堂に本気で取り組めと根気よくさとすのだが、沼津さち枝の世話も四年もつづくと、さすがに丈夫な博美にもこたえてきて、食堂経営のほうがおろそかにならざるをえないというのもわかるのだ。

老後のために爪《つめ》に火を灯《とも》すようにして貯《た》めた金だ。沼津さち枝はそれを老後のために

使うであろう。その老後を有料の養老院に託すか、他人の森井博美に託すか。

「うん、やっぱり俺なら養老院じゃの。似たような歳《とし》の、似たような境遇のじいさんやばあさんがおって、看護婦も何人かおる。夜中でもおむつを替えてくれる。養老院もそれが商売なんじゃけん、なんの気がねもいらん」

熊吾は小声でそうひとりごとを言いながら、大阪駅の北口から福島区の鷺洲《さぎす》へとつづく道を歩いてハゴロモへ行った。雨がいまにも降って来そうで、ズボンが膝にへばりつくほどに蒸し暑かった。

「大将、お久しぶりですなあ」

ハゴロモの事務所で佐田雄二郎を相手に暇つぶしをしていた荒物店の川井浩が、首に巻きつけたタオルで額の汗を拭《ふ》きながら元気な声で言った。

「おお、元気そうじゃな。胆石の手術のあとが良うないと聞いて心配しちょったんじゃ。その顔と声なら、もう大丈夫じゃ」

そう言って、熊吾は自分で冷たい麦茶をコップについだ。神田三郎なら、黙っていてもすぐに麦茶を用意してくれるが、この佐田雄二郎は俺が冷蔵庫の前に立ってコップを探していても椅子《いす》に坐ったままだ。気が利《き》かないというのも持って生まれた才能で、どうしようもない。それは誰でもできるようなつまらない雑用をさせてみればわかる。雑用が満足にできない人間は、どんないい大学を優秀な成績で卒業していても使い道がないのだ。

熊吾は麦茶を二杯飲み、川井と向かい合って坐った。

「医者は反対しよったんですけど、私は大将の勧める温泉治療をしましたんや。大将が肉離れを治した有馬《ありま》温泉の北端にある湯治場です。一週間の予定でしたけど、どんどん体の調子が良うなっていくもんやさかい二週間に延ばしまして」

と川井は言ってシャツの裾《すそ》をめくった。右の横腹に二十センチほどの手術跡があった。

「医者はなんで反対しよったんじゃ」

「まだ傷口が熱を持ってるっちゅうてねぇ。胆嚢《たんのう》のなかから大きな石が七つも出て来よりまして。こまめに働いても金はぜんぜん溜《た》まれへんのに、胆嚢に石だけ溜まっていくっちゅうのは、なんででんねん？」

「けちじゃからじゃ」

と熊吾は柱時計を見ながら言った。三時だった。四時に「ヤカンのホンギ」こと洪弘《ほんほん》基《ぎ》と桜橋の鶏《とり》すき屋で待ち合わせをしていた。ホンギはことし一杯でカメイ機工を退職するという。会社は慰留してくれているのだが、なんとか人並みに余生というものを楽しむだけの蓄えができたし、退職金も貰える。退職後の年金もわずかであっても支給される。

きのうの昼、そのことで大将に相談がある。ホンギから大阪中古車センターに電話があったのだ。

「けち？　けちな人間が胆石にかかりまんのか？」

　と川井は顎《あご》を突き出して、憮然《ぶぜん》とした表情で訊いた。

「いまから四十年くらい前に、上海《シャンハイ》の高名な中医が、はっきりとそう言うのを、わしはこの耳で確かに聞いた」

「チュウイて、なんです？」

「中国医術の医者じゃ。中国漢方の名人じゃ。理由は聞かなんだが、わしはそれは本当じゃと感じた。けちというのは金銭に関してだけやあらせんぞ。人間の営みには、金だけに限らず、ありとあらゆるところで『けち』な人間というのがおる。例えばこういう人間じゃと具体的な説明はできんが、川井さんのまわりにもおるじゃろう」

　なるほど思い当たるといった表情でうなずいたが、

「そやけど、私は自分をけちやとは思えんけどなあ」

　と川井は不満そうに言った。

　広い道の向こう側の川井荒物店で女房が商売物の蒲団叩きを左右に振っていた。川井に電話がかかっているらしかった。

　慌《あわ》てて店に戻って行きかけた川井に、

「信号を渡れよ」

　と大声で言い、この言葉をこれまでいったい何度口にしたことだろうと思って熊吾は笑った。

「社長、これからお出かけですか？」

と佐田雄二郎が訊いた。

「ああ、人と逢《あ》う約束をしちょるが」

「突然で申し訳ないんですが、今月の二十日でハゴロモを退社させていただきたいんです」

佐田は、親戚のおじさんの商売を手伝うことになったと説明したが、それが嘘《うそ》であることは熊吾にはすぐにわかった。

中古車売買の商売を覚えるのに時間はかかったが、佐田は最近ではディーラーとしての経験も積んで、ハゴロモには必要な社員に育っていた。関西中古車業連合会の会員以外のディーラーで佐田雄二郎に声をかけてきた者がいて、そこへ移ろうと決めたのであろう。

熊吾はそう思い、

「やっとハゴロモをまかせられるようになったのに残念じゃのお。今月の二十日付か。鈴原にハゴロモに移ってもらわにゃあならんのお」

これで鈴原清の給料を少し上げてやれると思いながら、平野康夫《やすお》さんの件はどうなったかと熊吾は訊いた。房江の多幸クラブの上司である稲田智子に頼まれた中古車探しだけは佐田に最後まで責任を持ってもらいたかったのだ。

「ニッサンのええのが見つかって、平野さんも気に入ってくれました。そやけど、型も新しいし、傷ひとつないし、まだ八千五百キロしか走ってないから、平野さんの予算からかなりはみ出るんです」

「予算オーバーはどのくらいじゃ」

「名義変更料なんかも入れて三万円くらいです」

「平野さんは、そのことは知っちょるのか？」

「はい、それで迷うてはるんやと思います。返事が遅れてますから。サラリーマンに三万円は大きいですから」

「平野康夫さんの予算通りの値で売ってあげてくれ」

「え？　三万円の値引きですか？　新車と変わらんような中古車ですよ」

「わしの家内が世話になっちょる人の甥《おい》っ子じゃ。ああそうじゃ、家内だけやあらせんのお。わしの妹も世話になっちょる。そんな人にけちなことをしたら、わしも胆石になる」

佐田はあきれたような笑みを浮かべて、大阪中古車センターの事務所にいる黒木に電話をかけた。稲田智子の甥っ子が気に入ったという中古車は黒木経由でハゴロモに廻ってきたのだなと熊吾は思った。それならば、ハゴロモが黒木博光から買うという道筋を経なければ黒木の取り分が減ってしまう。

「その車はわしが買うけん、あしたここへ運んでくれと黒木に言うといてくれ。書類一切は佐田にまかせたぞ」

そう言って、熊吾は環状線の福島駅まで歩いたが、あまりの蒸し暑さで、通りかかったタクシーに乗った。

歩け、歩け、歩くのが糖尿病にいちばんいいのだ。なんにんの医者にそう言われたか知れなかったし、熊吾も可能な限り、医者の忠告を守ろうとするのだが、寒さと暑さと雨には勝てなくて、手近な乗り物を使ってしまう。

まだひとりの客も訪れていない桜橋の鶏すき屋の二階座敷で、ヤカンのホンギは正座をして背筋をまっすぐに伸ばして待っていた。出された茶にも手をつけてはいなかった。

「相変わらず怖い顔をしちょるのお。店の主人も怖がって調理場に隠れてしもうちょるぞ」

熊吾は笑って言い、徳沢邦之と初めて来て以来、いったい何回この店で鶏すきを食べたことだろうと思った。

たしか、仲仁《のぶひと》を蘭月ビルのタネに預けて、さあどうやって生きる糧《かて》を得ようかと頭をかかえていたころに、徳沢とばったり出くわしたのだ。

あのころ、仲仁が小学五年生とすれば、もう十年がたつ。この鶏すき屋は値段も手頃だが、妙に居心地が良くて、主人とも気が合って、年に三、四回は使ってきた。ということは、三、四十回はここで鶏すきを食べたことになるが、俺の歯はついにこの店の鶏を嚙《か》み切れなくなった。

還暦から古稀《こき》までの十年は、人間の肉体に明確な老化というものを与えるらしい。

熊吾がそう考えているうちに、やっと焙《ほう》じ茶を飲み始めたホンギは、

「松坂の大将のお陰で、私は身に余るしあわせな九年を送らせてもらいました。そのうえ、これからの余生に目途もたちました。大将、ありがとうございました。なにもかも大将のお陰です」

ホンギはそう言い終わったあと、

「自殺した娘がいちばん喜んでると思います」

とつづけながら膝に手を突き、顔を伏せて泣いた。喜んでると思います、という言葉は吠《ほ》え声のように鶏すき屋の二階に響いた。

白い割烹着《かっぽうぎ》を着た主人が階段の中途から二階を覗《のぞ》いた。

「わしはウィスキーの水割りじゃ。この人は下戸じゃけん、水か茶じゃな」

熊吾は笑みを主人に向けた。

「大将、歯はどないです？　つくね鍋《なべ》を大将に食べてもらおうと思うて、いちおう用意してまんねん」

「おお、つくねか。それはありがたいのお。こっちの人には、この店の鶏すきじゃぞ。ホンギ、ここの鶏は昨今のブロイラーやあれせんぞ。放し飼いにして飼うちょる地鶏で、歯ごたえがあって、味がええ」

ホンギは、先週の金曜日に総務部へ退職の話をし、日曜日に宝塚市の亀井さんのお墓に参って来たと言った。

「そうか、お前はえらいやつじゃ。カメイ機工でのホンギの仕事については、わしはほんのちょっと口をきいただけで、雇うてくれたのは当時の社長の亀井周一郎さんじゃ。亀井さんは、次の社長になる人にも、洪弘基をくれぐれもよろしく頼むと言い残して行ってくれたそうじゃ」

ホンギは膝を崩してあぐらをかき、辞めるにあたって、総務担当の重役から、次のホンギさんを見つけておいてくれと頼まれたのだと言った。その相談で、きょうは時間を取ってもらったのだ、と。

「私が推薦する人間なら、カメイ機工としてはなんの文句も言わずに引き受けると言ってくれました。松坂の大将、誰かを推薦してください。私には推薦できるような知り合いはないです。誰とも友だちづきあいもないですし」

熊吾はウィスキーの水割りをひとくち飲んだが、きょうくらいは冷たいビールの一本くらいはいいだろうと思い、ビールを註文した。

「わしが自信を持ってカメイ機工の守衛に推薦できる男がひとりおるが、右腕がない。しかし、両腕を使えるやつよりも力は強いし、一本しかない左腕の使い方はじつに器用じゃ。人柄も働きぶりも申し分ない。この四年間、わしの大阪中古車センターで夜中の守衛をしちょる。一度も事故はない。女房と小学生の子供がふたりおる。歳はことし四十六になるはずじゃ。子煩悩《こぼんのう》で酒は飲まん」

これはさすがにホンギも二の足を踏むであろうと半ばあきらめながら持ちかけたのだが、ホンギは運ばれて来たビールを熊吾のコップにつぎながら、

「わかりました、その人に次のホンギになってもらいます」

と睨《にら》みつけるような目で熊吾を見つめながら言った。

熊吾は頭を下げて礼を言い、佐竹善国について知っていることを話したが、それらのほとんどは丹下《たんげ》甲治《こうじ》から聞いたことばかりだった。

その間、ホンギはときおり小さく頷《うなず》くだけで、熊吾から視線を外さなかった。

「どうもお前と話しちょると、警察の取調室で刑事に尋問されちょるような気になってくるのお。ホンギ、お前、その怖い顔を、ちょっとでも優しくすることに努力せえ。お前の老後の課題はそれじゃ」

専用の小型の七輪が運ばれて、陶器の小鍋がふたつ置かれた。

「私の顔は、もうどうにもなりません。優しくはなりません。これでご容赦願います」

そのホンギの言葉に驚いて、

「そんな日本語をいつ覚えた？　ご容赦願いますなんて言葉は、ホンギの口から出たことはないぞ」

と熊吾は言った。

「日本の茶の湯の本を読んでいます。近所の大学生に教えてもらいながらですが、私はハングルも読めないので、耳で覚えるだけです。利休の時代の茶人の書いたものばかりで、堅苦しい言い方が多いです。『侘《わ》び数寄《すき》常住に候《そうろう》　茶の湯肝要に候』。この意味がどうしてもわかりません。考えても考えてもわからないので、もう考えるのをやめました。やめたら、茶を点《た》てて飲むしかなくなりました。『茶の湯肝要』になりました。侘びも数寄も道楽者の凝った遊びのような気がしてきました。それなのに、なぜ常住なのか。利休はその答えを言いません。深読みをさせる言葉だけを与えます。それはつまり利休にもわかっていなかったからです。大将、それを禅問答というのじゃありませんか？」

ホンギはそう言って初めて笑みを浮かべた。

「わしは茶のことはわからんが、いまホンギが言うたことが、たぶん正しいぞ。利休は、茶道という宗教を作ろうとしたのかもしれんな」

店の仲居が煮加減を見ながら鶏すきにネギや椎茸《しいたけ》を入れてくれた。熊吾は、ホンギの文の里の借家を訪ねた日の、作為的なものの一切ない、悠揚で大きなものを感じさせる点前《てまえ》を思いだした。

小鍋のなかの鶏肉も椎茸もにんじんもネギも豆腐も、ひとかけらも残さず食べて、仲居が汁に生卵を入れて丁寧に作ってくれた雑炊も見事にたいらげ、夏物の上着からタオル地のハンカチを出すと、ホンギは額や首筋の汗を拭いた。上着を脱ぐようにと熊吾が促しても、ホンギは脱がなかった。

そして、いまほどしあわせを感じているときはないと言った。贅沢《ぜいたく》などできないが、切り詰めれば、あと十年は食っていけるだろう。自分の体は粗食に慣れきっている。娘が死んでからはずっと自炊生活で、外食などしたことがない。こうやって料理屋で夕食を食べるなどというのは何十年振りかだ。

自分のような者に、きょうの糧を案ずることなく生きられる日が訪れようとは思わなかった。松坂の大将のお陰だが、その大将と引き合わせてくれたノブちゃんにも感謝している。尼崎のあの蘭月ビルで暮らしていたことで、大将親子と巡り合ったのだ。

ホンギの言葉に、

「おお、伸仁も大学生で、ことし二十になったぞ」

と熊吾は言った。

すると、ホンギは不意に話題を変えた。

「アメリカはベトナム中を焼き尽くすまで空爆をやめないつもりでしょうか」

熊吾はホンギの話はまだつづくのだろうと、ベトナム戦争について聞く心構えをして、デザートのイチゴを食べ始めたが、ホンギはそれきりなにも語らなかった。

——大阪中古車センターにはみたび野良《のら》犬がうろつくようになり、それを退治するために佐竹善国の仲間たちの登場となったが、思わぬところから邪魔が入って、いまは中古車センターでは好き放題に大きな野良犬が昼といわず夜といわず跋扈《ばっこ》している。

動物愛護団体という民間の有志たちで、たとえ野良犬といえども、残酷な殺し方で処理するのは時代に逆行している。野良犬処理は行政の手で法律にのっとって行われるべきだと分厚い文書で抗議してきたのだ。

ところが、役所は、なにやかやと理由をつけて野良犬狩りから逃げようとする。

大阪中古車センターを中心とする地域のまとめ役だった丹下甲治という男は、あの界隈《かいわい》にやがて建設される公共団地に地元民を優先入居させてもらいたくて、これまでずっと骨を折ってきた。

しかし、団地が建つとなると、莫大《ばくだい》な利権が生じて、その甘い蜜《みつ》を吸おうとする連中にとっては丹下甲治が目の上のたんこぶになった。

熾烈《しれつ》な攻防戦があったようだが、丹下には私腹を肥やそうという魂胆はない。心労から痔疾《じしつ》が悪化して手術をしたが、それ以来、気力も体力も失《な》くしてしまい、月のうちの半分は家で臥している状態になってしまった。

団地建設は予定よりも早く着工されそうな勢いだ。推進派の議員たちのごり押しが功を奏したのだ。電線メーカーにとっても、あそこを大阪府と住宅公団が購入してくれれば、これほどありがたいことはない。

となると、大阪中古車センターも他の場所に移らなければならなくなった。いま大阪市内を探しまわっているが、二千二百坪もの空き地があるわけがない。

そこで関西中古車業連合会は、会を持続したまま開店休業すると決めた。みたび、捲《けん》土重来《どじゆうらい》を期すというわけだ。

そう決めて、残務処理を始めたら、千鳥橋の大阪中古車センターはことしの十二月に立ち退《の》いてくれればいいということになった。

お陰で、ことし末までは関西中古車業連合会からの収入がある。来年から、俺はハゴロモという中古車屋の親父《おやじ》に戻る。鳥は塒《ねぐら》に帰った、というやつであろう。自分の境涯に適した塒に帰れと、やっと気づいたのだ。――

熊吾は、大阪中古車センターも関西中古車業連合会もまったく知らないホンギに、いったいなぜこんなことを話しているのだろうと思った。

無表情で寡黙《かもく》で相手を真っ向から睨みつけるようにする角ばった頑丈な体のホンギと向かい合うと、なぜか寄りかかって行きたくなるような、吸い込まれていきそうな気分に誘われるのかもしれないと熊吾は思った。

ホンギが時間を気にしはじめた。文の里のカメイ機工までは四十分ほどかかるだろう。そう思い、きょうだけはどうあっても私に払わせてくれというホンギを制して勘定を済ませると、熊吾は四つ橋筋から一本西側の筋を国道二号線のほうへと歩いた。そして、さっき自分の仕事の説明をしているときにホンギに感じたものを話して聞かせた。

ホンギは立ち止まり、当惑したように熊吾を見つめて、

「私は、大将と話をしておりますと……」

と言って、次の言葉を頭のなかで組み立てているような表情をつづけた。

「私は、たっとばれているという気がします。とうとばれる、が正しいですか？　たっとばれる、ですか？　大将は私をたっとんでくれたたったひとりの人です」

熊吾は思いがけないホンギの言葉にすぐに反応できなくて、手帳を出すと『尊ぶ』と書き、たっとぶ、とうとぶ、というふたつの振り仮名を添えて渡した。

梅雨が明けると猛暑の日々がつづいた。佐竹善国のカメイ機工への就職については、ホンギからはまったく連絡がなかったので、さすがに雇う側も躊躇《ちゅうちょ》しているのであろうと思い、熊吾は自分からホンギに経過を訊くのを遠慮して、ただ待つだけにした。

八月に入ってすぐに、千鳥橋の大阪中古車センターに木俣敬二がクーラーボックスという大きな箱を肩に吊《つ》るしてやって来て、

「大将、ことしのお歳暮用に作ったショコラです。味見してください」

と言った。

「おお、やっと出来たか。最高級のチョコレートをただで配るのは惜しいと、今年のお歳暮もいつものありきたりの品にすることにしよったたんじゃなと思うちょったんじゃ。ショコラっちゅうのはチョコレートのことじゃな?」

と熊吾は言った。

「そうです、日本一のショコラティエ・木俣敬二の最高傑作が、このなかに三十個入ってます。みなさんで食べてください。というても、ここには大将と野良犬しかいてまへんなあ」

「鈴原はハゴロモ専任にしたんじゃ。佐田が辞めたけん、わしは佐竹が五時に来るまで、ここでひとりで野良犬軍団と対峙《たいじ》しちょる。命懸けじゃ」

熊吾は机の上に並べてある数十個の小石のひとつを木俣に向かって指で弾《はじ》いた。

「なんでんねん、この石は」

「あいつらが三十メートル以内に近づいたら、これをパチンコで撃つんじゃ。特製のパチンコで、シンエー・モータープールでボロ車の解体をしちょる男に作ってもろうたんじゃ。ゴムが強すぎて最初はちゃんと石を飛ばせなんだが、いまは百発百中。野良犬の目を狙《ねろ》うたら、十発のうち六発は命中させるぞ」

熊吾は太い一本の鉄を曲げて作った頑丈なパチンコを木俣に見せて、遠くのダンプカーの下にいる三匹と、敷地の北側の中古車の下で腹這《はらば》いになっている二匹を指差した。

「でかい野良犬ですなあ。ここに入ってくるときに気がついてたら、私は足がすくんでこの事務所まで辿《たど》り着けまへんでしたでえ」

熊吾は野良犬狩りができなくなったいきさつを木俣に説明して、ダンプカーの下から出ようと立ちあがった一匹を佐古田特製のパチンコで撃った。親指大の小石は犬の胸に当たった。野良犬のすべてが唸《うな》り声をあげて牙《きば》を剝《む》きだしながら逃げて行った。

「おっそろしいところで商売をつづけてまんねんなあ。大将、あいつらがいっせいに襲いかかってきたらどないしまんねん。他に打つ手はおまっしゃろ。なんぼ強力なパチンコでも、機関銃やおまへんねんで。あいつらも世ずれしてますから、そのうちなにか作戦を立てて、大将を襲いまっせ」

「ちゃんと手は打っちょる。わしよりも、夜警をする佐竹の身が心配で、あいつの仲間が夜中に二匹ずつ殺すことにしたんじゃ。四日前からじゃけん八匹が消えた。きょうも夜中に二匹殺す。そうすると残り三匹になる。たいていの野良犬は、仲間が三匹に減ったら、ここからどこかへ移っていくそうじゃ。針金の先に輪っかを作って、そこにおんなじ針金の尻《しり》のほうを通して、大きな輪にして、それで犬の首を絞めるんじゃが、慣れた手つきの早わざで、見事なもんじゃぞ」

木俣は顔をしかめて、

「動物愛護なんとかっちゅう団体から文句は出まへんのか？」

と訊いた。本気で怯《おび》えていた。

「あいつらは夜中まで見張っちょらせん。いつのまにかどこかに消えてしもうたと言うたら、それ以上は突っ込んでこんのじゃ」

熊吾は釣り人が使うクーラーボックスをあけた。上下に氷を包んだタオルがあって、チョコレートはそのあいだに挟むように丁寧に並べられていた。

「ノリコはちゃんと働いちょるか」

と熊吾は木俣を見据えて訊いた。

その熊吾の目つきに何事かといった表情をして椅子に坐り、

「相変わらず、ノリコちゃんはよう働いてくれます。その代わり、どんなに遅うなっても夜の七時には千鳥橋の家に帰れるようにしてあげてますねん」

と木俣敬二は答えた。

「そうか、お前は優しいやつやけんのお。しかし木俣、どんなはずみで心が動かされようとも、ノリコと深い仲になったりしたら、わしはお前のあばら骨の五、六本はへし折るぞ。それだけは許さんぞ。わしは木俣を信用しちょらんのじゃないんじゃ。ノリコは男の気を惹《ひ》くところがある。あるどころか、触れなば落ちん、というところが全身から漂うちょる。いままで貧乏に貧乏を重ねて、片腕のない、小学校も出ちょらん、見た目はどこにも男としての長所のない善国と所帯を持って、朝早うから夜遅うまで働いて、きれいな服の一着も着られずに生きてきたんじゃ。キマタ製菓で雇うてもろて、仕事の面白さを知って、自分の能力に自信も持てて、ノリコの環境は途轍《とてつ》もなく変わった。ノリコの世界は一変したんじゃ。取引先には、言い寄る男もおるじゃろう。営業職じゃけん、喫茶店でコーヒーでも飲みながらの商談もあるじゃろう。そんなときに、ふっと魔がさす。それがノリコという女を破滅させるんじゃ。木俣、お前はきょうからノリコを守る父親になってくれ。これだけは約束してくれ。それが佐竹家のふたりの子供を守ることになるんじゃ。頼んだぞ」

熊吾が言い終わると、緊張を解くように、木俣は椅子の背凭《せもた》れに上半身をあずけた。

「キマタ製菓が存続するかぎりは、私は大将の言いつけどおりノリコちゃんの父親という立場で監督しつづけます。そやけど、大将、女に火がついたら、親でも兄弟でも消せまへん。人間には宿命みたいなもんがあるんですなあ。たぶんそれは持って生まれてきたもんやと思います。それが一生のうちのどこかで、ドカンと出て来よる。出てこなんだ人間はひとりもいてないと、私は思います」

木俣はさらに言いたいことがあるようだったが、それきり黙ってしまって、しきりに煙草《たばこ》を吸った。

「宿命か。いろんな宿命があるが、どれも手強《てごわ》いのお。貧乏も宿命。病気も宿命。『ビンボーという棒は重い』と言うた人がおるそうじゃが、ほんまの貧乏を長いこと味わった人間でないと、その重さはわからんのじゃ。善国もノリコも幼いときから、どれほどの貧乏に耐えてきたか。想像するだけで、わしは胸が詰まってくる。木俣、ノリコを頼んだぞ。危ういものを感じたら、ノリコのなかの魔を切り殺すほどに叱《しか》れ。お前の全生命力を振り絞って叱るんじゃ」

「魔を切り殺すほどに叱る……。私にそんなことができますやろか。私、人を叱ったことがおまへんのです」

野良犬が一匹、熊吾を窺《うかが》うような目つきで戻って来た。舌を長く垂らし、涎《よだれ》が糸のようにつながって地面に落ちていた。

熊吾がパチンコに小石を装着してゴムを引き絞ると、犬は牙を剥いて逃げて行った。

木俣は自分で魔法瓶から冷たい麦茶をコップに注ぎ、一度だけノリコのほうから子供時代の思い出話を始めたことがあると言った。

「詳しくは話しませんでしたけど、私には想像もつかんような不幸な家に生まれ育ったことだけはわかりました。思いだすと、心臓がどきどきしてくるから、思いださんようにしてる事柄がぎょうさんあると言うてました。大将、ノリコちゃんは心配いりません。彼女は小さいときから『どん底』っちゅうもんを見てきたんです。見てきたどころか、その渦中《かちゅう》で育ったんです。どんな失敗が人をどん底に落とすか。どんな感情や行動が人をどん底につれて行くか。ノリコちゃんは幼いときから山ほど見てきたんです。学校に行かれへんかったけど、彼女は頭がええんです。経理事務も、私が教えたことはちゃんと理解できて、最近は帳簿のつけ方も覚えました。商売上の敬語もすぐに覚えました。ええ男ぶった生臭い男がどんなに上手に言い寄ってきても、ぐらつくような芯《しん》の弱い女とは違います」

「そうやとええんじゃが、魔はじつに巧妙に忍び込んでくるけんのお」

クーラーボックスを持って、佐竹の家に行こうと熊吾はパチンコを木俣に渡した。

「私ひとりで留守番でっか？　なんぼ頑丈で威力があるパチンコでも、私が撃ったら犬に舐《な》められまっせ」

「当たらんでも、威嚇《いかく》にはなるけん」

「大将、それは堪忍《かんにん》して下さい。私、帰ります。一緒に停留所まで行きまひょ」

「ここを無人にするわけにはいかんのじゃ。八十台の中古車を窃盗団が狙うちょるけんのお」

「そっちも怖いでんがな」

「このチョコレートを佐竹一家にも食わせてやりたい。四人じゃからひとり二個ずつで渡してくる。この暑さじゃ。クーラーボックスに入れたままでないと溶けてしまう」

木俣が椅子から立ち上がろうとするのを熊吾が押さえつけていると鉄パイプを持った佐竹善国がやって来た。まだ四時だった。

「あ、佐竹はん、よう来てくれはりました。地獄に仏です」

木俣の言葉の意味がわからなくて、佐竹善国は熊吾を見た。熊吾がクーラーボックスの中身について説明すると、

「へえ、日本一のチョコレートですか。ぼくが家に持って行きます。理沙子も清太も塾に行ってますけど五時には帰ってきます」

と佐竹は言った。

「ノリコのぶんも残しとけよ。全部食うてしもうたら、このクマのおじちゃんは二度と理沙子と清太に洋食をご馳走《ちそう》してやらんぞと言うとけよ。お父さんとお母さんのぶんも入れて、ひとり二個ずつじゃ」

佐竹は木俣に礼を言って、もと来た道へと戻りながら、ダンプカーのうしろに並べてあるライトバンのタイヤの陰に隠れている犬を鉄パイプで示した。

「今晩、残りの五匹を始末します。その前に、北側の塀の穴をふさいどきますので、きょうはちょっと早めに来たんです」

「あ、私も一緒に千鳥橋の停留所まで行きまっさ」

木俣が椅子から立ち上がると同時に電話が鳴った。

ホンギの声が聞こえた瞬間、熊吾は佐竹を呼び止めて、事務所に来いと身振りで示した。

「佐竹さんを雇ってくれることに決まりました。ただ、面接だけはしたいそうです」

とホンギはいつもの口調で言った。

「そうか、ホンギが築いてきた信用のお陰じゃ。礼を言うぞ」

そう言い返した熊吾は、自分の声に幾分かの震えが混じっているのを感じた。夜だけの守衛といっても、右腕のない男を雇ってはくれないだろうと、ほとんどあきらめてしまっていたからだった。

「急なことですが、あしたの昼に、佐竹さんに文の里のカメイ機工まで来てもらいたいんです。履歴書も持ってきて下さい。人事部長が面接するそうです」

熊吾は、まだカメイ機工への転職のことは佐竹に話していなかった。

「ホンギ、いまお前はどこから電話をかけちょるんじゃ」

「会社に来てます。人事部にいます」

熊吾は電話番号を訊《き》き、二、三十分後にかけ直すと言い、電話を切った。

それから佐竹を事務所の椅子に坐《すわ》らせ、相談もせずに勝手に新しい働き先を探したことを詫《わ》びた。

「あしたの昼に面接をしてくれる。履歴書持参で文の里まで行けるか？」

こいつが無言で椅子に腰掛けていると路傍の道祖神みたいだなと思いながら、熊吾は早口で説明した。

「女房とも相談せにゃあならんじゃろうが、カメイ機工の人事部長にも都合があるんじゃろう。こういうことはなあ、早いほうがええんじゃ。この大阪中古車センターも、ことしの十二月で持ち主に返すし、関西中古車業連合会も河内らに譲って、時を待って捲土重来じゃ。それで、わしはお前の新しい職場を探しちょった」

佐竹は、本当にこんな人間を雇ってくれるのかと訊いた。

「履歴書に書くようなもんはなんにもありません。小学校も出てないんです。父親の名前の欄も空白です。どこの誰が父親か、わからんのです」

「堂々と私生児と書いたらええ。そのホンギという朝鮮人はええ加減なことは言わん男じゃ」

「ノリコは喜ぶと思います」

「よし、すぐに家に帰って、せめてネクタイだけは締めて、履歴書用の顔写真を撮ってこい。文房具屋で履歴書も買うんじゃぞ。お前、ネクタイは持っちょるか？」

佐竹が首を横に振ったので、

「おい、お前のネクタイを外せ」

と熊吾は木俣に言った。きょうは商売上の相手と逢う予定はなかったので、開襟《かいきん》シャツを着て、上着は持たずに出て来たのだ。

「これ、おととい女房がデパートで選んで買《こ》うてきたんで、どこかへ忘れてきたなんてことになったら厄介なことになりますねん。五時半までに返してくださいね」

そう言いながらネクタイを外している木俣の横で、熊吾はホンギに電話をかけた。

面接は十分ほどで済みます。一時に来てください。私がカメイ機工の玄関で待っています、とホンギは言った。

「ホンギ、この恩は忘れんぞ。ところでじゃなあ、ホンギはいつまでカメイ機工に勤めるんじゃ？」

「十二月二十日までです」

「ということは、佐竹善国は十二月二十一日から勤務するっちゅうことか？」

「それも、あした相談します。佐竹さんにも都合があるかもしれません」

「ホンギが予定を変更して、もっと早よう退職するということになったら、ちょっと困るところじゃった」

ホンギの声が遠くなり、しばらくすると、

「ことしの冬のボーナスの支給日が十二月十日です」

とホンギはささやくように言った。

なるほど、そういうことかと思い、熊吾は、佐竹をせかせて家に帰らせた。

「あした佐竹さんの就職が正式に決まったらよろしおますのになあ」

ネクタイが戻ってくるまで中古車センターにいつづけなければならなくなった木俣は言った。

熊吾は机の抽斗《ひきだし》から大阪市の地図を出し、佐竹にわかりやすいようにカメイ機工までの道順をノートに描いた。

面接を受けてから一週間たっても採用を知らせる連絡がなかったので、これはやはり腕のことで不採用にせざるをえなかったのだと熊吾があきらめたころ、採用通知が封書で佐竹の家に届いた。八月十八日だった。

熊吾が朝の八時過ぎに大阪中古車センターに行くと、カメイ機工株式会社人事部からの手紙を持った佐竹が、いつもどおりに伏し目がちに熊吾を見ながら、

「採用してもらえました」

と妙におどおどした口調で言った。

「そうか、雇うてくれたか。よかったのお」

「家には誰もおれへんかったから、郵便配達は手紙を隣りの人に渡したんです。そやから、ノリコが帰ってくるまでわかりませんでした」

神田も佐田もいなくなって、これまで大阪中古車センター専従だった鈴原はハゴロモ

勤務なので、佐竹は熊吾がやって来るまで家に帰れない。売り物の中古車六十台を置いて中古車センターを無人にできないからだ。

佐竹が言ったとおり、仲間たちは野良犬をすべて始末して、塀の穴を修理したので、身を護《まも》るための鉄パイプも必要がなくなったし、佐古田特製の強力なパチンコも机の抽斗にしまったままだった。

「家に帰って、朝飯を食うて、ゆっくり寝たらええ。きょうは河内モーターが十二台の中古車をよそに移動させに来るんじゃ」

「新しい土地が見つかったんですか？」

「大国町に百二十坪の空地があって、三年間だけという条件付きで貸してくれたそうじゃ。まあそうやって他の会員もここにある中古車をちょっとずつ移すじゃろう。物事はどう動くかわからん。そのときそのときの最善の方法を模索しちょるあいだに世のなかは変化していきよる。関西中古車業連合会の七人は脱会したが、河内を中心とした八人は組織の重要性をこの何年間かの連合会の運営で思い知ったんじゃ。あと二年で一九六〇年代が終わる。一九七〇年代に入ったら、世の中は大きく変わるぞ。日本人全体の低劣化が本格化するんじゃ」

佐竹の新しい就職先が決まったことの歓《よろこ》びが、熊吾をいささか高揚させていて、持論の「日本人骨抜き計画」を佐竹にも聞かせたくなったのだが、熊吾は佐竹のいつもよりも暗い表情が気になって、話を途中で切りあげると、その理由を訊いた。

「カメイ機工っちゅう会社が、立派な工場や社屋や倉庫を持ってて、ぼくがこれまで働いたところとはあまりに違うので、ぼくに勤まるやろかと不安になってきて、きのうは嬉《うれ》しいのに寝られへんかったんです」

　と佐竹は言った。

「あの銭湯は、朝風呂《ぶろ》は五時から十時までじゃろう。いまから銭湯につかって、不安なんか洗い落とせ。勤まらんと思うたら、わしは佐竹善国をホンギに推薦したりせん」

「ホンギさんにちゃんとしたお礼の手紙を書きたいんですけど、ぼくは手紙なんて書いたことはないし、漢字はほとんど知らんのです」

「ホンギも日本語はほとんど読めんが、お前からの礼状は、わしが代筆しとくけん安心せえ」

　佐竹が帰ってしまうと、熊吾はさっそく礼状をしたためて、手紙の最後に「佐竹善国拝　松坂熊吾代筆」と書いた。

　夕方、ハゴロモを閉めた鈴原が来て、きょうは午前中に三台も売れたと報告し、

「黒木さんの体の具合が悪いそうです。さっき、ハゴロモに奥さんから電話がありました。ちょっと気になるところがあるから検査入院するようにと医者に言われて、きょうの午後に入院したそうです」

と言った。

そういえば黒木とは長いこと逢っていないな。ハゴロモに行っても、この中古車センターでも、いつもすれちがいで、黒木が売った中古車のマージンも滞っている。滞っていることが理由で俺を避けているのだろうか。

熊吾はそう思っていたので、

「どこがどう具合が悪いのか、奥さんは言わんかったか？」

と訊いた。

「はい、ぼくが奥さんに訊くのも憚《はばか》られましたので」

「病院はどこじゃ？」

「家の近くに新しく建った市立の大きな病院やそうです」

朝とは別人のように血色の良くなった佐竹がやって来たので、熊吾は机の抽斗からウイスキーの壜《びん》を出し、いつもの水割りを作って飲み始めた。

「この事務所の暑さは地獄じゃな。麦茶を何杯飲んだか。建物を隠すように高い板塀を寺田権次が建ててくれなんだら、わしはきょう死んじょったぞ」

熊吾は本気で言い、ウィスキーを飲み干すと、鈴原に車でシンエー・モータープールまで送ってくれと頼んだ。木俣がクーラーボックスに入れて持って来てくれたチョコレートは佐竹一家に八個分けた。そのあと博美のアパートに寄り、五個を冷蔵庫に移し、残りを房江に預けた。

房江《ふさえ》と伸仁は五個食べて、いま十個ほど残っている。熊吾はそれを日頃世話になっているカンベ病院の院長と小谷医師に試食してもらいたかったのだ。

小谷医師が熊本の水俣に行って留守ならば息子に渡してもいい。ビニール袋に入れて冷蔵庫に保存してあるといっても、早く食べないと味や香りは落ちてしまう。

残りのうち五個をクーラーボックスに入れて、北浜の大阪証券取引所の近くに見つけたフランス料理店の料理長に試食してもらうつもりだった。

熊吾も一個食べたが、前のヘーゼルナッツ入りよりもさらに奥深いチョコレートになっていて、熊吾は、木俣敬二は本当に日本では指折りのショコラティエというやつかもしれないと思うようになっていたのだ。

「ラ・フィエット」という小さなフランス料理店は、高価なコース料理も頼めるが一品だけでも註文できる。

一週間前に道修町の和菓子屋の跡取り息子がハゴロモで中古車を買ってくれた。鈴原に急ぎの仕事があったので、名義変更などの手続きを済まして、その中古車を熊吾が和菓子屋の店先まで届けて、歩いて御堂筋の淀屋橋まで行く途中で、開店したばかりの「ラ・フィエット」の看板を見た。看板の下に、フルコースからスープ一杯までご註文に応じますと書かれた別の板が吊られていた。

その板材と手書きの文字は洗練されていて、入れ歯の金具が歯茎に当たって、なにを食べるにも苦労する俺には、スープと柔らかいパンがありがたいと思い、熊吾は玄関のドアをあけて、自分の要望を店員に伝えた。

すると、料理長を兼ねる店主が応対に出てきて、あなたがお客さんとしてこのドアをあけた最初の人ですと店内に迎え入れてくれて、メニューを持って来た。

勧めてくれたのはクリームポタージュスープと焼きたての丸いパン一個だった。

本当にこれだけでいいのか。もしそうなら、こんなに立派なフランス料理店でスープと丸パン一個というのは、あまりに失礼だと承知しつつも、それを註文したい。

熊吾はそう言って、入口近くの席に坐ったのだ。

明洋軒のとは格の違うポタージュスープだったし、丸い小さなパンはバターの香りをはなっていた。

店から出るとき、こんどは友人たちをつれてくると約束したのだが、熊吾は木俣の作ったチョコレートを「ラ・フィエット」の料理長に食べてもらい、感想を聞きたかった。

あのチョコレートの風味もきょうあたりで限界だと思うと、なんとしても今夜中に「ラ・フィエット」に持って行きたくなったのだ。

熊吾は鈴原の運転する車でシンエー・モータープールに行き、二階の部屋の冷蔵庫からチョコレートをクーラーボックスに移し、製氷皿のすべての氷を入れて、北浜へ向かかった。

「ラ・フィエット」には三組の客がいた。テーブルは五卓しかなかった。

中年の店員は熊吾を覚えていて、前と同じ席を勧めながら、

「釣りですか？」

と笑顔で訊いた。

「いや、このなかには、こないだのお礼が入っちょる。私みたいな客が一つのテーブルを独り占めしてもよろしいかのお」

「先日と同じものですね？」

「そのつもりですが、忙しいようなら、これだけを置いていきますけん、みなさんで食べてみてください」

店員はクーラーボックスの中身を魚だと思ったらしかった。

店の横の細道に面したテーブルで食事をしている女が、振り返って熊吾を見ていた。

店員はクーラーボックスを持って厨房《ちゅうぼう》に入って行った。

食べたらびっくりするだろう。そして、このチョコレートはどこで誰が作ったのかと教えてもらいたがるだろう。

きっとそうなるという自信が熊吾にはあった。

だが、この店は今夜は忙しそうだ。いくらなんでもテーブルをひとりで独占してスー

プとパンだけ食べるほど俺はあつかましい人間ではない。

熊吾はそう思い、店から出ようとドアをあけた。うしろから呼び止められた。

「松坂さん。松坂さんでしょう？」

振り返ると金糸で衿《えり》を縁取りした品のいいツーピースの女が食事を中断して席から立ち上がり、熊吾を見ていた。その中年の女よりも、一緒に食事をしている六十歳ぐらいの痩身《そうしん》の男に見覚えがあった。

女はドアをあけたまま立っている熊吾のところまでやって来て、

「ああ、ほんとに松坂さんだった。びっくりして心臓がどきどきしてるわ」

と言った。

「美根子か？　えらい太って貫禄《かんろく》も出たのお。その声と気風《きっぷ》のええ江戸弁を聞かんじゃったら、誰かわからんところじゃった」

「お元気？」

「ことし古稀じゃ。歳《とし》を取った。ご一緒の殿方は片桐善太郎さんじゃな。生きて祖国に帰ってこられたんじゃなあ。わしは、片桐善太郎は必ずどこかで生きちょると思うちょったんじゃ」

「昭和二十六年にシベリアから帰還したのよ。いまは私の亭主。ねえ、片桐に紹介したいから、あの席に座ってよ」

昭和二十三年に片桐が日本に帰っていたことを、熊吾は辻堂忠《つじどうただし》から聞いていたし、美根子も知っていたはずだったので、昭和二十六年というのは、ふたりが男と女として再会した年のことなのであろうと察した。

「わしを片桐さんにどう紹介するんじゃ。わしは見え透いた芝居は得意じゃが、さすがに元新橋芸者・春菊のご亭主の前には坐れんぞ。そんな失礼なことはしちゃあいけん」

　その熊吾の言葉で、

「そうね。片桐に失礼よね」

　園田美根子はそうつぶやき、私はとてもしあわせに生きている、あなたに助けてもらったことは忘れていないと声を小さくさせて言った。

「あの戦後の貧乏な時代に、一年間、飼ってもらったんだもの」

「悪い過去はみんな消えたな」

　熊吾はそう言って、怜悧《れいり》に見えるが『買いの天才』と呼ばれた相場師の懐《ふところ》の深さをも漂わせている片桐善太郎に笑顔で丁寧にお辞儀をして「ラ・フィエット」を出た。

　新橋芸者の春菊と再会したのは伸仁が生まれた翌年の昭和二十三年だった。有馬温泉の旅館で女を呼んでくれと頼むと旧知の春菊が部屋にやって来たのだ。

　それから俺たち一家が南予に移り住むまでの一年ほど、春菊は俺の囲い者として生きた。しかし、春菊こと園田美根子は片桐善太郎のことを忘れたことはなかった。美根子は、満州とシベリアとの国境近くで終戦を迎えたという片桐が生きて帰ってくる確率は一割もないと思っていたのだ。

あれからどんないきさつがあったのか知る由《よし》もないが、片桐は帰還して相場の世界に復帰した。いま北浜のレストランで食事をしていたことでそれは推し量れるし、まがうことのない相場師の目だった。

片桐の妻が死んだのか、それとも離婚したのか。いずれにしても、春菊は思い焦《こ》がれつづけた男と結ばれたのだ。

私はとてもしあわせに生きている、という言葉には虚栄のかけらもなかった。

熊吾は、そう考えながら淀屋橋を北へと渡り、御堂筋を歩いているうちに、自分がなんのために「ラ・フィエット」に行ったのかがわからなくなった。

「俺はなにかを持っちょったぞ。なにを持っちょったんじゃ？」

そうひとりごとを言いつづけて、木俣の作ったチョコレートが氷と一緒に入っているクーラーボックスだと思いだした瞬間、両頬に粟粒《あわつぶ》のようなものが生じて、同時に胸から背にかけて総毛立つのを感じた。この一瞬というには長過ぎる記憶の喪失は歳のせいではないと思ったのだ。

熊吾は行き交う人混みのなかで立ち止まり、両手を開いたり閉じたりしてみた。どこかに痺《しび》れはないかと手の甲を爪《つめ》で掻《か》いたりもした。

「度忘れっちゅうのは、人間、誰でもあるもんじゃ」

と声に出して言い、熊吾はラッキーに行って、もし伸仁が親父のつけで出前物を食べていたら払っておこうと思った。


昼間の日盛りのアスファルト道は、汗かきの熊吾には耐えられないほどだったが、朝晩の気温は秋のものだった。

九月の十日に、再び入院した丹下甲治を見舞うために阪大付属病院に行くと、看護婦は面会させるのを躊躇する表情を見せたので、

「そんなに悪いんですかのお？」

と訊いた。

痔の手術の後がそんなに悪くなるものだろうかと思いながら、熊吾は看護婦が担当医に相談に行っているあいだ、看護婦詰め所の前に置いてある椅子《いす》に腰掛けて待っていた。

丹下の家を訪ねたのはおとといで、不愛想な娘は、病状は説明せずに、また入院してますと教えてくれただけだったのだ。

「梅田や道頓堀ではコーヒーは百円やで。いつのまにそんなに高うなったんやろ」

「あんた、いまごろなにを言うてんの。喫茶店のコーヒーが百円になってもう二年ほどたつわ。このへんの喫茶店ではまだ八十円やけどな」

付添婦用の割烹着《かっぽうぎ》を着た中年の女が近くで話していた。

「ラーメンも百二十円や。ついこないだまで三十円とか四十円やったのに」

「あんたの暦は十年前から止まってるんやろ」

さっきの看護婦が担当医と戻って来た。担当医は熊吾の姓名を訊き、丹下の病室に入って行ったが、すぐに熊吾を呼んだ。

「十分ということにしてください」

そんなに悪いのなら面会謝絶の札を掛けておけばいいのにと思いながら、熊吾は二人部屋に入った。二人部屋だったが、ドアに近いベッドは空いていた。

点滴の針は丹下の肘《ひじ》だけでなく足首にも刺さっていた。

丹下は熊吾に微笑《ほほえ》みながら、

「わざわざありがとうございます」

とかすれ声で言った。

「長年の痔は治って、元気になられたとばかり思うちょりました」

熊吾は見舞金を入れた紙袋をベッド脇《わき》の小さなテーブルに置きながら言って、椅子に坐った。

「痔は治りました。二十代のときから悩まされた痔です。もっと早うに手術してたらよかったと思いました。そやけど、手術が無事に終わって退院しても、どうも体調が良うなりません。それでいろいろと検査してたら膵臓《すいぞう》に腫瘍《しゅよう》が見つかったんです。医者は私にははっきりと病名は言いませんが、膵臓癌《がん》です。これは癌のなかでも厄介なやつで、治らん癌らしいです。医者は、手術のことは口にしよりません。しても無駄やからでしょう。八月の終わりごろに、黒に赤を混ぜたような尿が出るようになって、娘に無理矢理入院させられました。あの電線工場の跡地と隣りのパルプ工場の土地買収に関わってる連中が、私から権利書を取ろうとしてこの病室に来よります。パルプ工場の先代社長は、私と相談のうえでないと土地の売却はせんという証書を作ってくれまして。それは厳密には法的効力があるそうで、連中は慌《あわ》ててます。裏の世界で生きてる連中が、この病室にしょっちゅう来よって、他の患者や見舞客が怖がりまして」

それだけを喋《しゃべ》るのに、丹下は何度か息をついで、そのたびに目をつむった。

なるほど、それで面会の相手を看護婦は選別しているのだなと熊吾は思った。

「喋ると疲れますけん、私は失礼しましょう。医者からも面会は十分と言われました」

熊吾はそう言って腕時計を見た。すでに病室に入ってから十分以上たっているようだった。

熊吾が立ち上がりかけると看護婦がドアのところに立っていた。

「もうちょっとだけ話させて下さい。この人に私の遺言を伝えとかなあきませんねん」

丹下の言葉に、

「遺言なんて、そんなことを口にしたらほんまに死ぬよ」

と笑顔で言って、看護婦はドアのところから消えた。

丹下は大きく息を吸ったり吐いたりしてから、

「善国とノリコのこと、ありがとうございます」

と言った。

「私は、あのあたりに住む子供らがまっとうに世の中で生きていけるようにと骨を折ってきました。戦前のあのあたりには、子供のころから力仕事で金を稼ぐ以外にない家庭が多かったんです。そやから、そんな親に育てられた子も、おんなじ生き方しかできません。港湾での労働がいやで、くりから紋々の世界へと入って行く子も多かったんです。私は自分の一生を、そんな子を正業につかせるために使いました。それでも曲がっていく子は曲がっていきます。ああ、あのとき、もっと違う言葉で諭しておけばよかったと後悔することも多いですが、私は私がそのときできることは、すべてやりました。丹下甲治に悔いなし、です」

「曲がっていった子も丹下さんのことは忘れちゃあおらんでしょう」

「あれだけ不幸な家庭に育ったら、たいていの子が曲がっていきます」

丹下はそこで喋るのをやめた。

遺言は確かに聞いた。熊吾はそう思い、目を閉じてしまった丹下に声をかけずに病室から出て、看護婦に礼を言うと、エレベーターで病院の一階に降りた。

――不幸な家庭に育った子供たちが正業につけるように、そのときできることはすべてやった。丹下甲治に悔いなし。――

熊吾は、どうしてそんな遺言をこの俺に伝えておきたかったのかと考えながら、出入橋まで歩いて、市電で千鳥橋まで行くと、大阪中古車センターへと急いだ。

留守番は鈴原清に頼んだが、その間、ハゴロモは無人になるのだ。早く交代してやらねばならなかった。

「森井という女の人から三回も電話がありました。大将と連絡がついたら、ここへ電話をかけてくれと伝えてほしいということでした」

鈴原は電話番号を書いたメモ用紙を熊吾に渡した。

博美が大阪中古車センターに電話をかけてくることはほとんどない。これが二回目か三回目で、熊吾はいやな予感がして、ハゴロモに帰ろうとした鈴原に少し待ってくれと言い、メモ用紙に控えている電話番号にかけた。

どこかの喫茶店のようだったので、客の森井さんを呼んでくれと頼むと、すぐに博美に代わった。

「沼津さんの遠縁の者やという夫婦が来てるねん。他人の私が、沼津さち枝の店から貯金からなにからなにまでを取ろうとしてるが、そんなことが出来るとでも思てるのかって、凄《すご》い見幕でまくしたてて」

　と博美は小声で言った。

「遠縁？　その証拠はあるのか？」

「証拠はないけど、夫婦がそう言うたら、ああ、そうですかと答えるしかあれへんやろ？」

「沼津のばあさんは認めちょるのか？」

「まだ沼津さんには逢《あ》わせてないねん。お父ちゃんに相談してからにしようと思うて」

「よし、いまから行くけん、沼津のばあさんの家で待っちょれ」

「逢わせてもええやろか」

「ほんまに遠縁の者なら、沼津さち枝の持っちょるもんは、その夫婦に相続の権利がある。それが法律というもんじゃ」

　電話を切ると、親戚《しんせき》に厄介事が起きたのでいますぐ行かねばならない、もう一時間ほど留守番を頼むと熊吾は鈴原に言った。

「ハゴロモはお向かいの荒物店さんにお願いしてきたんです。もう一時間ほどお願いすると電話をしときます」

　鈴原はそう言って受話器を持った。

　市電の停留所に行くと、ちょうど空のタクシーが信号で停まっていたので、熊吾はそれに乗った。

沼津さち枝は、博美が手続きのすべてを代行して、すでに堺市にある有料の養老院への入居が決まり、九月十六日にそこから迎えの車が来る手はずになっていた。失語症の症状は急激に進んで、もう自分の意思を言葉で伝えることはできなくなっていた。

養老院の事務長は、まったく身寄りのない老人を預かるには、年ごとに必要な経費を支払えるという証明をしてもらわなければならないと言って、財産目録のようなものの提出を求めた。博美はいまそれを作成している最中だった。

他の五軒の有料養老院からは、すでに寝たきりになってしまって、自分で食事も排便もできない老人は預かれないと断られたのだ。

熊吾が沼津さち枝の借家の玄関をあけると、華奢《きゃしゃ》な体つきの四十代と思える男と、太り過ぎの同年配の女が枕辺《まくらべ》に坐っていた。

熊吾は自分の名刺を渡し、

「御親戚の人があらわれて安心しました。この森井さんも、どうやって沼津さんの血縁者を探したらええのか途方に暮れちょったんです。おふたりは沼津さんとどういうご関係ですか」

と訊いた。

男も名刺を出して熊吾に渡した。沼津徳男という名で住所は和歌山県田辺市と印刷されていたが、職業は記されていなかった。

「さち枝さんは、私の甥《おい》の従兄《いとこ》と結婚して沼津姓になりました。その甥の従兄は早うに亡《な》くなりまして。まだ二十八でした。沼津さち枝さんは籍を抜かんまま、大阪でひとり暮らしを始めたんです」

熊吾は、甥の従兄というのは、どういう係累《けいるい》になるのかと考えたが、よくわからなかった。

「甥とは、沼津徳男さんの兄弟の子ですなあ。その子の従兄となると、沼津さち枝さんの夫じゃった男は、まだ二十代か三十代くらいということになりますが」

沼津徳男は、

「ああ、私の一字違いの言い間違いです。甥ではなく叔父です。そやけど、それがどないしたというんです。それぞれの家にはいろんな事情があって、他人が養子に入るということもあります。それより、おたくさんらはどういうご関係です？」

「愛人関係というのがいちばん正しいでしょうな」

熊吾は男がなにか言おうとしたのを制して、

「森井さんは沼津さち枝さんに長いあいだお世話になりました。なんのお返しもできんので、沼津さんがこういう体になってからは、ずっと家で看病してきました。しかし、困ったのは、沼津さち枝さんに、たったひとりの身寄りもないということです。つき合いが途絶えてしもうていても、血の繫《つな》がった人がひとりもおらんはずはないですから、その人を教えてくれと何度も訊きました。しかし、おらんと答えるだけです。それでは困る。沼津さん所有の店舗も、どれほどあるのかわからん貯金も宙に浮いてしまう。有料の養老院に入っても、誰かが後見役を務めにゃあ、いろいろと困ることが起こる。あんたら夫婦があらわれてくれて、こっちは大助かりで、森井さんは寝たきりの老人の世話から解放されるんじゃが、よかったよかった、あとはおふたりでこの沼津さんをよろしゅう頼むっちゅうわけにはいかんのじゃ」

熊吾はわざと言葉を乱暴にしていきながら、沼津徳男と称する男と、その女房を見据えた。

「ここから先は、法律に則《のっと》って進めるしかないですな。私らは弁護士に依頼して、沼津さち枝さんと縁戚《えんせき》関係にあることを証明します」

と沼津徳男は言った。

「おお、それがいちばんええ方法です。そうしてください」

熊吾は言って、臥《ふ》したままの沼津さち枝を見た。首を小さく横に振っていたが、それがなにをあらわすものかはわからなかった。

「このご夫婦を知っちょりますか？　この人の叔父さんの従兄は、沼津さんの御亭主やったんですか？」

と熊吾は訊いたが、沼津さち枝は首を細かく横に振るばかりだった。振っているのか、ただの震えなのかも判別がつかなかった。

「それよりももっと大事なことがあります」

と男は言った。

「なんで、私らが沼津さち枝さんの遠縁やということを、おたくさんらに証明せんとあかんのですか？　そんな権限が、おたくさんらにあるとは思えませんが」

「そのとおりです。各地域には民生委員という役目を担《にな》った人がおります。私どもは、区役所か市役所に行って、その民生委員に仲立ちしてもらうことにしましょう。そちらは弁護士に依頼する。こちらは民生委員に入ってもらう。私どもは、この問題から無関係になれる。これが最良の方法ですな」

熊吾は夫婦と争う気はなかった。聖天通り商店街の店舗を沼津さち枝から貰《もら》うことはできなくなったが、あの商店街には二軒の空き店舗がある。それを博美への餞別《せんべつ》として買ってやって、後腐れなく別れるというやり方のほうがいいかも知れないと思ったのだ。

「じゃあ、きょうはこのへんで」

と男が言って、畳の上に置いていた煙草を背広のポケットに入れたとき、沼津さち枝は呻《うめ》き声とも喚《わめ》き声ともつかない声をあげた。

「ち、ち、ち」

そう言っているのは誰にもわかったが、その意味は皆目解しかねた。血と言っているのかもと熊吾は思った。体のどこかから血が出ていると訴えているのか、と。

　熊吾は博美を促して家から出た。

「血って言うてたよ」

「お前がもう世話をせんでもええ。あの婆《ばあ》さんがさっさと決断せんから、こういうことになったんじゃ。いまさら後悔しても遅い。けちのついた店舗で商売をして客が来るわけがない。お前に食べ物商売をやる気があるなら、聖天通りに空き店舗を買うか借りるかしてやる。お好み焼き屋でもやれ。大鍋《おおなべ》におでんもことこと炊《た》いちょいたら、女ひとりくらいは食うていける。ビール、日本酒、焼酎《しょうちゅう》、ウィスキーをずらっと並べちょけ」

　熊吾はタクシーを停めて、大阪中古車センターに帰らなければならない理由を博美に説明した。

　国道二号線を西に走りだすと、熊吾は運転手に、公衆電話のあるところで停めてくれと頼んだ。タクシーはすぐに停まった。

　善国が来るまでそこにいてくれ。俺はハゴロモに行く。そう鈴原に伝えて、熊吾は鷺洲のほうへと行き先を変えた。聖天通りにある不動産周旋屋に行き、空き店舗の価格を訊いてみようと思ったのだ。ハゴロモにも熊吾が見なければならない帳簿や仕入れたばかりの中古車がある。

荒物店の川井浩は事務所の椅子に腰掛けて夕刊を読んでいた。

「ここに坐ってるとね、自分の店の留守番も一緒にでけまんねん」

と川井は言った。

「留守番をさせて申し訳ないのお」

「五人から電話がありました。みんな中古車を探してるお客さんです。名前はここに書いときました」

川井は机の上のノートを指差して、自分の店に帰ろうと立ちあがった。

熊吾は川井が意外に世間を知っていることにいつも感心していたので、沼津さち枝のことと、その遠縁の夫婦と名乗る者が突然あらわれたことを話して聞かせて、

「あれほど怪しい親戚はおらんのじゃが、わしが不思議なのは、どうやって沼津さち枝というばあさんの存在を知り、その持ち物を知ったのかということじゃ。ひとりも身寄りのないことも、かなりの蓄えがあることも、商売ができる店舗を所有しちょることも知っちょる。そやけん、やっぱり本物の親戚かと思うて、ふたりに年寄りをまかせて、帰って来たんじゃ」

川井は、なるほど、なるほどと言いながら聞いていたが、熊吾の説明が終わると、

「養老院には、そういう入所者の情報を流すやつがおるんです。小金を貯《た》めこんで、少々の財産がある。身寄りはない。寝たきりで口もきけん。おあつらえ向きのカモが入

って来たら、それを専門とする詐欺師《さぎ》に教えるんです。養老院の事務職なら、その年寄りのすべての情報が丸わかりです。うまいことといったら、あとでそれなりのペイバックを払《はろ》うてもらう。年寄りが養老院に入所してしまうと、持ち物は養老院の管理下におかれて手がだせまへん。そやから、急いでるはずでっせ」

熊吾は川井の言葉を聞きながら、沼津さち枝が呻くように懸命に言った「ち」という言葉は、「違う」ではなかったかと考えた。

「違う、違う、違う。こいつらは遠縁でもなんでもない。知らない人だ。私の身寄りでもなんでもないいかさま師だ」

そう言いたかったのだが、最初の「ち」というひとことしか喋れなかった。

「もうわしは詐欺師とは関わりとうない。ばあさんは欲をかきすぎて、信用できる人間を信用せなんだ。ずっと世話をしてくれた人が区役所に行って事情を話して、民生委員に立ち会《お》うてもろうたらええ」

と熊吾は言った。

沼津さち枝の一件はこれで終わりだ。店も預貯金も、すべてあの夫婦に盗られてしまえばいいと思った。

「そのばあさんはどこに住んでるんです？」

と川井は訊いた。

「住んじょるのは大阪駅の北側の操車場の近くじゃが、住民票は聖天通りの店舗のはずじゃ」

「ああ、貨物列車の引き込み線があるとこですか。そやけど住民票は福島区。私の幼馴《おさなな》染《じみ》が福島区の民生委員をやってます。相談してみまひょか？」

「このまま詐欺師の餌食《えじき》にさせてしまうのも気の毒じゃ。頼んでみてくれるか。しかし、わしは関わらんぞ」

熊吾は博美との関係が川井に知られてしまうなと思ったが、それはべつにたいしたことではなかった。

「熊谷《くまがい》洋子ちゃんは、亭主が戦死して、戦後は三人の子を女手ひとつで育てたんです。昭和二十五年から民生委員になったからベテランです。なにを隠そう、私、洋子ちゃんに惚《ほ》れてましてん。片思いですが」

「よろしゅう頼む」

川井は信号のところまで歩いて行き、広い道の向こうへと渡ると川井荒物店へ入っていった。

夫婦の弁護士と熊谷洋子という民生委員が逢って話し合いの場を持つことになったが、沼津徳男も女房も、沼津さち枝の家にはやってこなかった。だが、民生委員が訪ねて行ったことで有料養老院の態度が変わった。

この老人の症状から判断すれば、養老院ではなく病院に行くべきで、うちの養老院では預かれないと断られたのだ。

入所のための契約金は全額返してくれたが、別の養老院にはすでに断られていたので、沼津さち枝には行き場がなくなってしまった。仕方なく、博美はしばらく食堂を閉めることにして介護に専念せざるを得なくなった。

博美ひとりでは民生委員との話し合いができず、結局は熊吾が出なければならなくなってしまった。

熊谷洋子は大開町で煙草屋《たばこや》を営んでいる。娘が店番をして、息子ふたりは郵便局に勤めている。三人の子はまだ独身だった。

「沼津さんのようなお年寄りは多いんです。こんな言い方は酷かもしれませんが、家で介護する家族のほうはまいってしまいます。寝たきりの老人専門の公共施設を作ってくれるようにと運動を始めたんですが、お役所の腰は重くて」

鶏卵を混ぜた粥《かゆ》を一椀《ひとわん》食べるのに四、五十分かかる沼津さち枝の枕辺で熊谷洋子は言った。

熊吾は他人のために骨身を惜しまず民生委員の務めを果たそうとしている中年の婦人に好感を抱いていたので、沼津がまだこれほど言葉が不自由になる前にこちらから持ちかけた幾つかの提案を話した。

「森井さんは、沼津さんの持ち物を甘言を弄《ろう》して横取りしようなんて、これっぽっちも考えておりません。沼津さんが看病を受けて、これからも生きていくには、森井さんは商売をつづけていくしかない。ふたりの生活費は、なんとしても稼がにゃあなりません。そのためには、あの聖天通りの店舗を森井さんに譲れと私は言うたんです。沼津さんが死んだら、あの店は宙に浮いてしまう。店も預貯金もみんな棺桶《かんおけ》に入れて焼いてくれとでもいうのかと言いたいところでしたが、さすがにそこまでは言えません」

熊吾は沼津さち枝が相手の話していることは理解できているのを念頭に置いて、民生委員にそう言った。

「そうするのがいちばんいいですよ。沼津さん、自分の財産を森井さんに譲渡して、森井さんにこれからもずっとお世話になっていきなさい。譲渡の条件として、森井さんに看護を怠らないことを約束する証書に署名捺印《なついん》してもらうんです。それ以外にどんな方法があるんです？　これほど親身に世話をしてくれつづけた人なんですよ。他の誰がこんなに長く世話をしてくれたっていうんですか？」

返事がないことを承知で熊谷洋子は沼津さち枝に話しかけた。

すると、沼津さち枝は大きく目を見開いて、頷《うなず》き返した。

「えっ？　そうするんですか。承諾したということですか？」

熊谷の言葉に、沼津は何度も首を縦に振った。目からは涙が、口からは涎《よだれ》が出ていたが、鷹《たか》のように鋭く光る目をさらに大きく見開いて、沼津さち枝は自分の意思を伝えつづけた。

「これはすぐに弁護士さんに立ち会ってもらいましょう。こういう案件を専門にする弁護士さんの何人かとお付き合いがあります。すぐに連絡を取ります」

熊谷洋子は、太り気味の体を敏捷《びんしょう》に動かして、沼津さち枝の借家から小走りで出て行った。

法律というものは、イエスと応じる頷きだけで、それを承諾と認めるのであろうか。

自分の姓名も書けず、言葉も発せない老人の、首を縦に振るか横に振るかだけで財産贈与というものは成立するのだろうか。

熊吾はそう案じながらも、沼津さち枝が意思を伝えられるだけの生命力を保ちつづけることを願った。

弁護士と第三者として同席する区役所の職員が、熊谷洋子と一緒にやって来たのは夕刻だった。

熊吾は自分はいないほうがいい、この三人にまかせてしまうほうがいい、と思い、席を外して沼津の家から出た。追いかけてきた博美に、

「お前はおらにゃあいけん。当事者じゃ」

と言い、大阪駅の北口のほうへと歩いた。喉《のど》が渇いて、水を飲みたかったが、その渇き方は糖尿病の悪化に伴うものだとわかっていた。

ひょっとしたら阪神裏の「牛ちゃん」も立ち退《の》いてしまっているかもしれないと思ったが、店の前には屋号を書いた大きな提灯《ちょうちん》が下がっていて、客の笑い声も聞こえた。

「お久しぶりですなあ」

と主人は笑顔で迎えてくれた。

「水をくれ。氷なんかいらんのじゃ。水道の水でええけん」

熊吾はカウンターの前に立ったまま、たてつづけに水をコップで三杯飲んでから固い椅子に坐《すわ》った。客は四人で、みんなどこかの会社員のようだった。

「あの仲良しトリオはどうしちょる」

と熊吾は訊《き》いた。

「貿易会社に勤めてた人は、おとといフィリピンのマニラに行きよりました。会社がマニラ支社を作って、そこの初代マニラ支社長として赴任するそうで、挨拶《あいさつ》に寄ってくれましたでなァし」

熊吾と話しているとすぐに南予の言葉になる主人は、七輪に炭をつぎながら言った。

「そうか、頭のええ男じゃったな。この店も立ち退きじゃろうが、阪神裏が取り壊されるのはいつじゃ」

「この店は十月半ばには立ち退かにゃあいけんのです。三年後に桜橋の北東の角に第一号のビルが建ちます。しばらく遅れて、その東隣りに第二号のビル、そのまた東に第三号というふうに建設がつづくそうです。私がここに店を出したのは十年前で、敗戦後の闇市《やみいち》の時代からバラックを建てて商売をつづけてきた『先住民』やないけん、ビルのなかの一店舗を貰う条件からは外れてるそうでなァし。わしもそんな店舗で商売をする気はありませんで。こういうぼろ小屋みたいな店で時代遅れの七輪で肉やホルモンを焼くけん、お客は気楽に戸をあけて入ってくれよります。立ち退き料で、べつのところに店を出すことにしましたわい」

「これから新しい場所で新しい客を作っていかにゃあならんのじゃなあ」

熊吾はそう言って、歯が悪くて肉を噛《か》むのに難儀をするので、まず牛レバーを焼いてくれと頼んだ。

「牛すじをとろとろに煮込んだのがありますけん、食べてやんなはれ。あれなら噛まんでもええけん」

「おお、それも頼む。ウィスキーの水割りも頼む」

「牛のしっぽのとこの肉で取ったスープもお勧めです。欧米でいうところのオックステールスープっちゅうやつやけん、大将の口に合いますでなァし」

「そんなものも出すようになったのか。よし、それも頼む。我儘《わがまま》を言うようじゃが、そのスープでおじやを作ってくれるとありがたいがのお」

「へえ、作りまっせ」

そう言って、主人は新しい名刺を熊吾に渡した。もう店舗は見つけていて、名刺の裏には地図も印刷してあった。国鉄環状線の西九条駅の北側だった。

「大将、わしがここで商売をするようになっても、贔屓《ひいき》にしてやんなはれ」

と主人は言った。

この店に行くようになったら、俺は西九条という地によほど縁があることになるなと熊吾は思った。大阪中古車センターを明け渡したら、佐竹善国は文の里の勤務先の近くに借家かアパートを探すことになっている。佐竹一家は生まれ育った此花《このはな》区千鳥橋から別の地へと移るのだ。丹下甲治も長くはあるまい。これで西九条界隈《かいわい》に足を向ける理由がなくなったと熊吾は思っていたのだ。

ひとつの時代が終わった。昭和初期から太平洋戦争へと突き進んで行くまでの時代。それから戦前の五年間も含めて、戦争を挟んでの三十年間の時代。

戦前と戦後というふうに時代の変遷《へんせん》を語る者が多いが、俺には時代はこのふたつに分けられると思ってきた。

厳密に言えば、ノモンハン事件までがひとつの時代。それ以後が、もうひとつの時代なのだ。そのもうひとつの時代が終わりつつある。

俺流の勝手な解釈だが、科学技術の驚異的発達や、敗戦で焦土となり無条件降伏をしたということではなく、連綿とつづいてきた日本人の精神性が終わりを告げようとしているのだ。

いまは昭和四十二年。一九六七年だ。さて、次はどんな時代となるのだろう。日本人はどんな精神性で依《よ》って立つ民族となるのであろうか。

第三次世界大戦を予言する者たちがいる。能天気で無責任な予言だ。そんなことが起こったら、この地球は破滅する。一発の原爆が、たちまち数百発の原爆や水爆を招き集める。地球上からはありとあらゆる生き物が消える。もう決して戦争を起こしてはならないのだ。核ミサイルを作ったのも人間。その発射ボタンを押すのも人間ではないか。

熊吾はウィスキーの水割りを飲みながら、油煙で汚れた「牛ちゃん」の板壁や天井をみやって、そう考えつづけた。

熊吾は自分が考える次の時代を生きねばならないのは伸仁なのだと思った。

ふたくち飲んだだけで、熊吾はウィスキーをカウンターに置いて、主人のほうに押し戻し、

「悪いが、おじやだけにしといてくれ。体調があんまり良うない。ウィスキーが苦いんじゃ。ここのウィスキーが悪いんじゃあらせんぞ。わしの体調が悪いんじゃ」

と言った。

「そういう日は飲まんのがいちばんでなァし」

と笑顔で応じて、主人はウィスキーのグラスを流しに置き、冷蔵庫から出したレバーを元に戻すと、テールスープでおじやを作り始めた。

第六章

十一月十五日の水曜日に休みを貰《もら》って、房江《ふさえ》は梅田の地下街にある寿司《すし》屋に伸仁《のぶひと》と大谷冴子《さえこ》という十九歳の女子学生を招いて昼食をともにした。

伸仁にどうしても逢《あ》ってくれと何度も頼まれたし、房江も息子が好きになった娘と直接話がしてみたかったのだ。

その寿司屋には上司の稲田課長に誘われていちど行ったことがあり、だいたいの値段は見当がついていたが、カウンター席に坐《すわ》って目の前の冷蔵ケースに並んでいる鮪《まぐろ》の塊を見た瞬間、いまの自分の持ち金では足りなくなりそうな気がして、房江はトイレに行くふりをして銀行に急ぎ、一万円を下ろして寿司屋に戻ったのだ。

なにもそんなに高い店ではなく、喫茶店でもよかったのだが、自分が二十五歳になったら結婚するという約束を交わしたと伸仁が打ち明けたので、房江は妙に慌《あわ》ててしまった。そんな娘と初めて顔を合わせるというのに喫茶店でコーヒーとケーキでは松坂家の名折れだと思い、休みまで取って冬物のなかではいちばんいい服を着て、午前中に美容院に行き、白髪染めもして、約束の時間の二十分前にその寿司屋の近くでふたりを待った。

ああ、この子だ。いつぞやの夕方、かつての松坂商会の前を伸仁と手をつないで歩いていた娘だ。もし、あのときの子ではなかったら喫茶店でよかったのだ。

房江はそんな理屈に合わない思いを抱きながら、大谷冴子という女子大生の、きっといつもよりも化粧に気を遣ってきたのであろう上気した顔を見た。

「お酒はあかんで」

カウンター席に坐るときに、伸仁が耳元で言ったので、

「そんなこと、わかってる」

と房江は少し腹を立てながら小声で応じ返した。

話といっても、とりたててなかった。

冴子は、私の父は伸仁さんの従姉《いとこ》をよく知っているそうだと言った。冴子の父親は、千佐子が受付係として働くリノリュームの大手メーカーの伊丹《いたみ》工場に勤めているのだ。

「モデルみたいにきれいな子やって父が言ってました」

と冴子は寿司を頰張りながら笑みを向けた。小学校も中学校も高校も追手門学院だという。

房江は、遠慮なく好きなネタを握ってもらうようにと言ったあとは、話題に窮して、茶ばかり飲んだ。

寿司屋を出てふたりと別れ、房江は国鉄環状線で福島駅まで戻ると、そのすぐ北側にある聖天通りへと向かった。せっかくの休みなのだから、きょうはカレーの日にしようと思った。聖天通りにある精肉店のほうが福島天神近くの精肉店よりも安いのだ。

商店街の真ん中あたりにある精肉店でカレー用の肉を買い、その隣りの八百屋で玉葱《たまねぎ》とにんじんを買っていると、鷺洲《さぎす》のほうに歩いて行く熊吾《くまご》のうしろ姿が見えた。伸仁の二十歳の誕生日に房江が贈った鳥打帽をかぶっていた。

房江は呼び止めようとしたが、出かかった声を抑えて、しばらく夫を見ていた。まったく別人としか思えないうしろ姿だったのだ。

胸を張ってはいるし、歩幅も大きくて速いが、踵《かかと》が上がっていない。だから、ときおり前のめりにつんのめって脚がもつれてしまう。

夫は歳《とし》を取ってしまった。房江は、そう思いながら、八百屋に代金を払い、お釣りを受け取ると、あとを追った。

「どうした？　きょうは休みか？」

房江に気づくと、熊吾は訊《き》いた。

「きょうは伸仁のことで休みを取ってん」

「伸仁がどうしたんじゃ」

立ち話で終わる内容ではないので、どこかの喫茶店に入ろうと誘い、房江はあみだ池筋の角に昔からある喫茶店のドアをあけた。

「二十歳と十九の子供が言うことなんか、本気にするやつがあるか。二、三か月もたったら、どっちも別の相手と手を握っちょるぞ」

房江の話を聞き終えると、熊吾は笑いながらそう言ったのに、どんな娘だったかと訊いた。

「ふくよかな上品な娘さんや」

「ほお、伸仁は年増《としま》の色好みにパクッとつまみ食いされそうなところがあるがのお。まぁこれからどうなるかわかりゃあせん」

と笑って、熊吾は腕時計を見た。

「なんか急ぎの用事があるのん？」

房江の問いに、熊吾は、これから大阪中古車センターに行って、あそこに置いてある二十五台の中古車を新しい駐車場に移さねばならないと言った。

――解体中の車が五台あって、それはそのまま千鳥橋で作業をつづける。五台のうちの三台が大型トラックだから、解体を終えるのは十二月になるだろう。

全部の解体が終わったら、その時点であそこを元の持ち主である電線メーカーに返して関西中古車業連合会は解散する。佐竹善国は十二月五日からカメイ機工で働き始める。だから、解体作業がもし一週間ほど延びると困ったことになる。夜の警備をする人間がいなくなるからだ。

もう売り物の中古車もなくなっているのだから、窃盗団も来ないだろうが、といって無人にするわけにはいかない。ひょっとしたら、伸仁に夜だけ大阪中古車センターの事務所で寝てもらうかもしれないが、お前から頼んでおいてくれ。なにかあったら大変なので、伸仁ひとりにはさせない。俺も一緒に泊まる。

関西中古車業連合会は別の名をつけて河内佳男たちが新たに組合を立ち上げるが、俺は身を退《ひ》く。ハゴロモに専念するというわけだ。以前のお前の進言どおりになった。あのとき、お前の言うとおりにしておけば、余計な苦労をせずに済んだのだ。——

その熊吾の珍しく気力を感じさせない言葉つきに、

「そのときそのときの流れっていうもんがあるから、お父ちゃんはあのときはああするしかなかったんや。世の中って、そういうもんやろ？」

と房江は言った。

「そのときはそうするしかなかったと言いつづけて、わしは戦後を生きてきて、作っては壊し、作っては壊し……。とうとう小さな中古車屋一軒になっしもた。そのハゴロモも、この一、二か月で売り上げがはっきりと落ちた。海老江《えびえ》のほうに大きな中古車ディーラーが開店したんじゃ。阪神間だけでも新しい中古車屋が二、三十軒増えた。これからもっと増えて、過当競争になる。わしひとりじゃあええ中古車の仕入れができん。黒木は腎臓《じんぞう》を患《わずろ》うて病院通いじゃ」

「また新しい道が開けるわ」

「うん、道というほどのもんになるかどうかわからんがのお、キマタ製菓に光が差し込んできたぞ」

熊吾は、あの高級チョコレートを北浜にある「ラ・フィエット」というフランス料理店の店主や調理師に味見をしてもらった話を始めた。

「食後のデザートにコーヒーと一緒に出したら、えらい好評で、これを十個ほどきれいな箱に入れてくれんかという客が多いので、もっと大量に、一日に百個ほど作ってくれんかと註文があったんじゃ」

「へえ、木俣さんは喜んだやろねえ」

「ところがのお、木俣は自分のチョコレートが『ラ・フィエット』の箱と包装紙で売れることが気にいらんのじゃ。ＫＩＭＡＴＡという名を入れたいそうじゃ。頑としてそう言い張る。やっぱりこいつは職人じゃったなぁと感心はしたが、『ラ・フィエット』の主人は、それではうちでは売るわけにいかんと、これもまた頑固なんじゃ。頑固と頑固のあいだに挟まって、わしはいまその周旋で苦労しちょる」

その言い方がおかしくて、房江は笑ったが、そうだ、いま気づいた、松坂熊吾という人は頑固とは無縁だったと思った。妻に対してはつねに暴君でありつづけたが、私の夫が頑固であったことはいちどもないのだ、と。

納得すれば、従順過ぎるほどに自分の考えややり方を改める人だった。ただ、失敗してやっと従順になるので、改めたときには手遅れだったという場合が多かったのだ。

房江はそう思って笑顔で夫を見つめた。

古い喫茶店の壁は色褪《あ》せていて、汚れたガラス窓から差し込んで夫の顔を照らしている光にも力がなかった。そのために、剃《そ》り残した髭《ひげ》の白い部分が灰色に淀《よど》んで、松坂熊吾という七十歳の男をひどく年老いて見せていた。

「瘦《や》せたねぇ。入れ歯のせいで食べられへんて言うてたけど、食べ過ぎたら糖尿病によないしねぇ」

「入れ歯の金具が奥の歯茎に当たって、いらいらする。それに癇癪《かんしゃく》を起こして道で石を蹴《け》ったら、爪《つめ》がはがれそうになったぞ」

熊吾はそう言って煙草《たばこ》に火をつけたが、煙にむせて、咳《せき》をしながらすぐに揉《も》み消してしまった。

「そのフランス料理店は、銀座に本店があるんじゃ。まあつまり、その本店の暖簾《のれん》を分けてもろうて、主人は独立したことになる。本店の経営者も料理人も、木俣敬二の作るチョコレートは、いまの日本では一番じゃと感心しちょる。それで木俣は、わしにキマタ製菓の高級チョコレート部門を預けたいと言うんじゃ」

「預けるって、なにを？」

「経営をじゃ。ことと目星をつけたレストランにあのチョコレートを売り込んだり、宣伝用の店を開店したり……。その判断も含めて、全部をわしにまかせたいそうじゃ。わしは木俣に雇われることになるけん断ったが、給料ではなく利益の二割という出来高払いでどうかと持ちかけてきよった」

「私はお父ちゃんが身銭を切らんでもええのやったら、やってもええと思う。たとえ一円でもお父ちゃんが融通せなあかんのやったら、絶対に反対や。お父ちゃんの木俣さんへのいろいろな助言が当たったのは、お金が絡《から》んでなかったからやと思うねん。木俣さんとお父ちゃんのあいだにお金が絡んだら、思いもかけんところで破綻《はたん》していくって気がするわ」

　と房江は言った。

「いまキマタ製菓は金繰りはうまくいっちょる。クラッカーは新しい製品を出してからまた売り上げが伸びたけんのお」

　熊吾はまた腕時計を見たが、

「お前の言うとおりかもしれん。わしも、もう金策金策で右往左往するのはこりごりじゃ。『ラ・フィエット』から話があったとき値段を訊かれたが、わしは三百円と即答せずに、木俣の作業所であのチョコレートに必要な材料の値段を見せてもろうたが、一個三百円では売れれば売れるほど損をする。あれは商品見本としての値段じゃ。算盤《そろばん》を細かく弾《はじ》くと、一個作るのに原材料だけで百八十円かかる。鰻重《うなじゅう》にしてもチョコレートにしても、千円の値段をつけたら、元手は三百円くらいに押さえにゃあいけん。そうでないと商売にはならん。ということは、木俣の作るチョコレートは、人件費や諸経費も入れて、一個六百円で売らにゃあならん」

房江は、いつも思いつくと丼《どんぶり》勘定で走りだす夫が、細かい原価計算をやってみたということに安心感を抱いた。

事業で失敗に失敗を重ねて、七十にしてやっと先に算盤を弾くことができるようになったのかという驚きもあった。

「あの小さなチョコレート一個が六百円じゃぞ。どんなにうまくても、誰が買う？　わしは『ラ・フィエット』の主人に五百円と持ちかけたが、それではお話になりませんと断わられた。わしは四百円にする代わりに、あのチョコレートにＫＩＭＡＴＡというローマ字を入れさせてくれと交渉中じゃ。たぶん、いまの関西では、あそこは三本の指に入るフランス料理店じゃ。あの『ラ・フィエット』で食後に出しているというだけで宣伝になるけんのお。そうやって二、三年は儲《もう》けなしでＫＩＭＡＴＡのチョコレートの味を口コミで広めて、それから次の絵を描けと木俣に言うた」

「そしたら？」

「最初の話に戻るんじゃ。KIMATAという文字を入れるか入れんかで、頑固と頑固の板挟みじゃ。どっちも譲らん。わしはほとほと疲れた」

熊吾はまた腕時計を見た。ハゴロモに寄ってから大阪中古車センターへ行くつもりなのであろうと房江は察して、テーブルの上の伝票を持ち、

「このコーヒーは私が奢《おご》ってあげる。きょうは梅田のお寿司屋さんでぎょうさん使うたから、もうやけくそや」

と笑みを浮かべて言った。

喫茶店の前で別れるときに、房江は、佐竹一家の新しい住まいは見つかったのかと訊いた。

「ああ、ホンギの借家の近くに一軒屋があって、そこが借りられることになった。古い家じゃが風呂《ふろ》が付いちょる。八畳二間で風呂と便所と台所がある平屋で、敷金も家賃も安い。年寄りがひとりで住んじょったが、夏に死んで、息子は京都で所帯を持っちょるけん、家の始末に困っちょったらしい。ホンギが見つけてきたんじゃ。善国もノリコも、ぼちぼちと引っ越しを始めちょる。きょうは簞笥《たんす》。あしたは衣類。あさっては食器や台所用具っちゅうふうにな。キマタ製菓の車でノリコが運んじょる。次の日曜日には引っ越し終了らしい」

熊吾はそう説明して、急ぎ足でハゴロモのほうへと歩きだしたが、すぐに引き返して

くると財布から一万円札を二枚出した。

「今月のお前らの生活費を先に渡しとくぞ。伸仁の小遣いのぶんがないが、いまは持ち合わせがないんじゃ」

房江はそれをハンドバッグに入れてから、

「ありがとう」

と礼を言った。

熊吾は歩いて行きながら、それに応じるように片手を上げた。

社員たちの昼食を作り終えたころ、人事部の日吉課長が、ちょっと相談したいことがあるので事務所に来てくれという社内電話をかけてきた。

手を洗い、房江は社員食堂の階段をあがって日吉の机の前に行った。

「息子さんは大学生でしたね。いまなにかアルバイトをなさってますか？」

と日吉は訊いた。

「朝、中央市場で働いてたんですけど、六月末に辞めました。テニス部に入部して、昼間はテニスコートを走り廻ってますので、もう体がもたなくなったんです。いま、夜にできるアルバイトを探してます」

「この多幸クラブで夕方六時から十時まで。ページボーイとして働いてくれませんかねえ」

「ホテルのページボーイ……。うちの息子に勤まりますやろか。不器用な子ですから」

「お客さまの荷物を持って、部屋に案内するだけの仕事ですから、そんなに難しい仕事ではありません。厄介なお客さまはフロント係が対処します。多幸クラブは、ずっとアルバイトは使わない方針でやってきましたが、ことしの春くらいから、とくに六時ごろからのフロントの混み方がどうにもならなくなりまして。この大阪店には来年に入社が内定してる新入社員が五人おりますが、みんな名古屋とか京都とかに住んでまして、ここまでアルバイトに通うには遠すぎるんです。お母さんから息子さんに頼んでいただけないでしょうか。松坂さんの息子さんですから、こちらは安心しておりますが、いちおう面接はさせていただきます。できればあしたの夜にでも履歴書持参で来てくれるとありがたいですね。私は、あしたは八時までおります」

房江は、今夜息子に訊いてみると言って社員食堂に戻った。

「なんやったん？」

とタネが訊いた。社内での出来事はすべて耳に入れておかねば気の済まない藤木美千代も房江の坐っている丸椅子《いす》のところへとやって来た。

房江は日吉課長の相談事を話して聞かせた。

「ちょうどええがな。夜のアルバイトを探してたんやから」

とタネは笑顔で言った。

「おんなじ職場でノブが働いてると思うだけで落ちつけへん。ちゃんとボーイの仕事をこなせてるやろかとか、お客さんの気に障《さわ》るようなことをしてないやろかとか、フロント係の人たちに叱《しか》られてないやろかとか、私、そんなことばっかり考えてると思うねん」

その房江の言葉に、

「ノブちゃんはちゃんとうまいことやるわ。勤務時間は六時からやろ？　仕事を終えて帰るお母さんと入れ替わりや」

とタネは言った。

あの事件以来、タネはそれまでのタネではなくなってしまったなと房江は思った。小太りの体はこまめに動くようになり、血色も良くなって、以前のような受け答えの緩慢さもなくなったのだ。

耳からの膿《うみ》と一緒に、タネのなかから悪いものが流れ出たとしか思えない。人間の体には、医学では説明のつかない不思議な力が隠されているということなのかもしれない。

房江はそう考えながら、社員たちが昼食をとるために階段を降りてくるのを待った。

その夜、房江は日吉課長の言葉を伸仁に伝えた。

「九条のストリップ劇場の支配人が、また照明係として働いてくれって言うてはるねん。

もう二十歳になったんやから警察の手入れがあっても身を隠す必要はないんやからって」

伸仁は困ったような顔つきで言った。

「冗談やないわ。お母ちゃんよりも冴子さんが許さへんわ」

「怒るやろなぁ」

「当たり前や。アルバイトは多幸クラブでやりなさい。いますぐ履歴書を書きなさい。またストリップ劇場で照明係やて。お母ちゃんは絶対に許さへんで」

房江は久しぶりに本気で怒って、伸仁を睨《にら》みつけた。伸仁は近くの文具店に行き、すぐに帰ってくるとシンエー・モータープールの事務所で履歴書を書いた。顔写真はあした梅田で写すと言い、そのまま銭湯へ行った。

翌日の夕刻、房江は社員の誰かが置いていった朝刊に目を通しながら、面接を終えた伸仁が社員食堂にやって来るのを待った。もうタネも藤木美千代も帰ってしまい、夕食をとる社員の最初の一群もそれぞれの持ち場に戻ってしまって、レストラン用の厨房《ちゅうぼう》には料理長の怒鳴り声が響いていた。ホテルのレストランの最も忙しい時間なのだ。

新聞の社会面には「三派全学連」とか「羽田闘争」とかの文字があった。

十月にも十一月の前半にも、大学生たちと警察の機動隊との烈《はげ》しい衝突があったことは、房江もテレビのニュースで知ってはいたが、その理由はわからなかった。

革マル派？　民青？　写真に写っている学生たちのデモ隊はヘルメットをかぶって太い棒を持っている。死人が出ても不思議ではない。学生たちは警察の機動隊と命懸けで闘おうとしているのか？　なんのためにだろう。

十一月十二日の佐藤栄作首相の訪米を阻止するデモには三千三百人もの学生が参加して、三百人以上が検挙されたと記事には書かれていた。権力との武装闘争を宣言する過激派もいるという。

新聞の文字は小さくて読みづらく、房江が老眼鏡を探していると、伸仁がページボーイの制服を着て、白いワイシャツにネクタイを締めて階段を降りてきた。

「もう今晩から働いてくれって。ワイシャツとネクタイは日吉課長が貸してくれはった。仕事の初歩的な決まり事を教えるから、その前に夕食を食べてきなさいって。急いでるから、さっさと用意してくれる？」

房江は慌ててプラスチックのご飯茶碗《ぢゃわん》を持って来てやり、もうひとつの椀《わん》に豆腐とワカメの味噌汁《みそしる》を入れた。

「これは社員が自分でやるんやで。お母ちゃんがしてあげるのは、きょうだけやで」

「おかずは八宝菜だけ？　お母ちゃん、こっそりと玉子焼きを焼いてくれる？」

「あほ。ここは家とちがうねん。ノブに玉子焼きを焼いてるのを他の社員に見られたら、息子にだけ依怙贔屓《えこひいき》してたって言われるわ」

房江は、伸仁が夕食を食べ始めると更衣室へ行き、仕事着から通勤用の服に着替えた。もう七時前だった。

「松坂のおばちゃんの息子さん？」

という女子社員の声が地下の食堂から聞こえた。

「はい、きょうからアルバイトとして働きます。よろしくお願いします」

と伸仁は愛想良く応じていた。

案外上手に世渡りができるではないかと思い、房江は市電の福島西通りの停留所で降りて、シンエー・モータープールの住まいに戻ると、すぐに銭湯へ行った。田岡勝己は九時までが勤務時間だったが、自分はまだ事務所にいるから、ゆっくり風呂に入ってきてくださいと言ってくれた。

銭湯から出て、裏門からモータープールに戻ると、事務所の前の洗車場に丸尾運送店のトラックが停まっていたので、房江はこんな時間に何事だろうと思い、事務所へ行った。

丸尾千代麿が谷山麻衣子と栄子と一緒に房江を待っていた。

「うわぁ、栄子ちゃん、大きなったねぇ。何歳になったの？」

房江は栄子を抱き上げたが、重くてすぐに降ろしてしまった。

「六歳。そやけど五月生まれやから、来年の春に小学一年生になるねん」

と麻衣子が言った。

四歳年上の兄が、もう長くはないというので病院に見舞いに行って、さっき最後のお別れをしてきたのだ。兄は長く東京住まいで、三年前に大阪本社に転勤になっていたが、私はそれを最近まで知らなかった。

兄の妻からのしらせで、厚生年金病院に入院していることを知ったが、房江おばさんの住むシンエー・モータープールから徒歩で五分ほどのところだと千代麿おじさんに教えられたので、久しぶりに顔を見たいと思い、寄ってみたのだ。

その麻衣子の言葉で、そうだ、麻衣子には父親の異なる兄がいたなと房江は思いだした。麻衣子の母である谷山節子は周栄文と知り合う前に男の子を生んでいたのだったな。

房江はそう思いながら、

「まだ若いのに、重い病気にかかったんやねぇ」

と言った。

「うん、肝臓癌《がん》や。私の最初の結婚相手とのことで、お兄ちゃんと私とは気まずい仲になってしもたけど、私を大事に思うてくれてのことやったから」

田岡は気をきかせて、二階の柳田商会の寮へと上がって行った。寮には、もうふたりしか住んでいない。

千代麿もトラックの荷台を箒《ほうき》で掃いていた。

栄子は、たくさんの車が置いてあるモータープールというものが珍しいのか、サーチライトに照らされている敷地内を走り廻っていた。

「山形食堂のおじさんが、房江おばさんはこんどいつ城崎《きのさき》に来るのかって、私と顔をあわせるたびに訊くねん。また城崎に来てね。栄子は栄子でノブちゃんに逢いたがってるし」

と麻衣子は言った。

「私も行きたいけど、二日つづけての休みは取りにくいからねぇ」

そう答えながらも、命の恩人と言ってもいい山形食堂の主人と特上の鰻重にだけは義理を欠いてはいけないのだと思った。

二日間の休みをくれと藤木美千代に頼んでみよう。タネがいい働き手になったのだし、藤木は次女の孫の出産のときは三日間の休みを取らせてくれと私に手を合わせて頼んだではないか。次は私の番だと言ってやろう。

房江は、そう考えながら、走り廻っている栄子を見ていた。

丸尾家のふたりの姉弟《きょうだい》も、十五歳と十四歳になった。栄子は六歳。伸仁は二十歳。房江はそう思うと、ふいに戦後からきょうまでの出来事が、まばたきする時間よりも早く過ぎ去ったもののような気がしてきた。

「ノブちゃんは？」

走り戻って来た栄子が訊いた。

きょうから私が働いているホテルでボーイのアルバイトを始めたと房江がいきさつを説明すると、麻衣子は、ノブちゃんのボーイ姿を見たいと言いだした。

「いまから行ったら見られるわ」

房江の言葉で、麻衣子は千代麿に事情を説明した。

「多幸ホテル？　車で十分ほどやがな。よっしゃ、乗れ」

千代麿は言って、麻衣子を助手席に坐らせた。

「城崎に来てね。きっとよ。今年中に来てね」

そう大声で言いながら、麻衣子は膝《ひざ》に載せた栄子と一緒に手を振って、多幸クラブへ向かった。

二階に上がり、房江は一合の日本酒をゆっくりと味わい、以前よりも柔らかさが増した麻衣子の健康そうな美しい表情を思い出しながら、自分のやるべきことをやって、ちゃんと生きていれば、いつのまにかなにもかもがうまくいくものなのだという感慨に浸った。

伸仁がアルバイト初日の仕事を終えて帰って来たのは十時半だった。

「初めての仕事は疲れたやろ？　麻衣子ちゃんに逢えたか？」

「本館のロビーにおったら、入口のドアから栄子ちゃんが走って来たから、びっくりした。フロント係の人も何事かっちゅう顔で見てたで。あとで叱られたわ。友だちや親戚《しんせき》の人が来たら、話は外でしなさいって。それも、長くても十分で切りあげることって」

と伸仁は言ったが、顔には笑みがあった。

それから伸仁はズボンのポケットから百円硬貨を六枚出して、房江に見せた。

「お客さんを部屋に案内したら、四人が百円。ひとりが二百円くれはった。チップやて。こんな副収入があるとは思えへんかった。学食の百円の定食が六日分。ありがたいなあ」

「チップは受け取ったらあかんことになってるのに」

「断るほうが失礼やろ？　このようなお気遣いは当ホテルではご無用でございます、と断ること。日吉課長はそう言うてから、いちど出したものを引っ込ませるのかと気を悪くさせるのは、もっと良くありませんてそっと小声で言いはったでぇ」

房江は、新入社員に対しても丁寧な言葉遣いをする日吉課長の、眉《まゆ》の太い角ばった顔を思い浮かべて笑った。

銭湯に行って帰って来た伸仁は、正門を閉めて鍵《かぎ》をかけたあと事務所に入ったまま二階にはあがってこなかった。房江は寝床に横たわり、部屋の明かりを小さくして枕《まくら》を伝ってかすかに聞こえてくる伸仁の声に耳をそばだてた。

きっと冴子と電話で話しているのであろうと思った。大谷冴子の家は兵庫県の伊丹市ということだったから、大阪市内からは市外電話になる。いつごろからか、市外電話も電話局に申し込まなくても公衆電話からかけられるようになったが、長電話だとそのぶん加算されるという。

パブリカ大阪北の修理工場で働く若い社員たちも、モータープールの明かりが消えると、ときおり事務所に忍び込んで長距離電話をかけている。房江はそれを知っていたが、九州や四国から集団就職で上阪した子たちは、たまには親や兄妹《きょうだい》の声が聞きたいのであろうと思って、知らぬふりをつづけてきたのだ。

「ノブちゃん、そろそろ替わってぇや」

という声が聞こえた。

そうか、十二時になるとモータープールの電話を使いたいパブリカ大阪北の社員がやって来るのだなと思っているうちに房江は眠った。

十二月十六日の土曜日の夜、多幸クラブから帰って来て銭湯に行き、それからいつもどおりに一合の酒を飲みながら鰯《いわし》のつみれ汁に火を入れて、房江はゆっくりと晩ご飯を食べた。

九時過ぎに田岡勝己が帰って行ったので、房江は事務所の掃除をするために階段を降りて、箒で事務所の床を掃き始めた。

しばらく掃除に没頭していたので、房江は雪が降ってきたことに気づかなかった。

「あれ、雪や。大阪で十二月の半ばに雪やなんて珍しいこと」

とひとりごとを言って、雑巾《ぞうきん》で机の上を拭《ふ》き始めた房江は銀髪の男が正門を入ったところで佇《たたず》んでいる姿を見た。背広姿でコートは着ていなかった。

二階からのサーチライトの光は男の顔に深い陰影を与えていたので、それが誰なのかすぐにはわからなかった。

雪がちらつく寒い晩に、なにをするともなく佇んでいるのは奇妙な光景だったが、房江は男が柳田元雄だとわかると、声をかけることをためらって、そっとシンエー・モータープールの事務所から出ると、戸締りをするために大きな南京《ナンキン》錠を持って裏門へと行った。

あと二か月と少しでシンエー・モータープールも営業を終える。柳田がこの土地を手に入れてから十年余。柳田商会とシンエー・タクシーだけだった柳田の事業は、その間に大きく発展したが、それを支えたのはモータープールの急速な増収だった。

やがて柳田は桜橋の国道沿いに土地を買い、そこにビルを建て、パブリカの販売権も得たが、このモータープールの土地も含めて、それらはゴルフ場建設の大きな土台となったのだ。

裸一貫からの立志伝中の人などと簡単に言うが、古自転車の荷台に中古部品を積んで油まみれになって売り歩いていたころの柳田元雄を知っている人は、そこにどれほどの忍従と負けじ魂と努力があったかを認めざるを得ない。

シンエー・モータープールの跡地には四年後に大手銀行のビルが建つという。いま柳田はさまざまな思いを抱いてモータープールの正門のところに佇んでいるのであろう。房江はそう思い、柳田の邪魔をしないために二階へあがろうとした。

「奥さん、熱いお茶をいただけますかなあ」

その声に驚いてモップを落としかけた房江は、火をつけていない煙草をくわえて立っている柳田が幽鬼のように見えた。以前よりもさらに頬がこけていたのだ。

「雪はやんでしもたな。通り雨っちゅうのはあるが、通り雪っちゅう言い方もあるんかなあ」

柳田は脇《わき》に週刊誌を挟んだまま事務所へと歩いて行った。仕立てのいい背広の肩口には溶けた雪の水滴が光っていた。

ガスストーブの上にはやかんが置いてあるので、湯はいつも沸いている。房江は大きめの湯飲み茶碗に淹《い》れたての茶を注ぎ、柳田の前に運んだ。

「きょうは遅くまでお仕事ですか。パブリカ大阪北でこんな時間までお仕事なんて珍しいですねえ」

房江の言葉に、

「うん、パプリカも曲がり角や。自動車は高級化の時代になってなあ」

と応じて、柳田はしばらく無言で茶を飲んでいた。

「お車は？」

「待たせてある。電話をしたら迎えに来よる」

そう言って、柳田は持っていた週刊誌のページをめくり、それを房江に渡した。

五ページにわたる対談記事で、同栄証券社長の辻堂忠と日本最大手の製鉄会社の社長の顔写真が大きく載っていた。ふたりとも和気藹々《あいあい》と笑顔で談笑していた。

それは同じ趣味を持つ各界の著名な者が本業から離れた話題に興じるという企画だった。辻堂忠と製鉄会社社長とはゴルフを通じて交友があるらしい。

「その辻堂忠という人の顔に見覚えがあるんやが……。名前だけなら、同栄証券の社長やから知ってるんやが、顔にも見覚えがあるというのはどういうことやろと、これを読んだときから気になって気になって。夕方になってやっと思いだした。昭和二十二、三年やったと思うが、松坂商会に辻堂忠という若い社員がおった。入社してすぐくらいのときに松坂さんと一緒にぼくの店に来たことがある。それ以後も三、四回、仕事で来はった。ちょっとすさんだ感じのする青年やった。間違いなくこの人やと思うが、奥さんはどう思う？」

辻堂はきっと戦後の闇市《やみいち》の時代のことをあまり知られたくないだろうと思ったが、週刊誌に大きく載っている顔写真を指で指されて質問されると、房江は正直に答えるしかなかった。

「はい、このかたは短い期間でしたけど、戦後の松坂商会に勤めてはった辻堂さんです」

「やっぱりかあ。ぼくの記憶力はまだまだ衰えてなかったなあ。で、いまはこの辻堂さんと松坂さんは交友があるのか？」

「いいえ、主人が郷里に引っ込んでからは辻堂さんは同業証券の前身の東明証券に就職されましたので、それきり交友は途絶えたはずです。大阪に帰ってから一、二度逢《お》うたと言うてた気がしますけど」

「昭和二十二年のあのころは、辻堂さんはお幾つやったんや？」

「三十五になったばっかりやったと思います」

「ということは、いま五十五。社長になったのは四年ほど前やから、えらい出世やなあ。東明証券の生え抜きの社員ではないんやからなあ」

「社長になりはったという新聞記事を見たときは私もびっくりしました」

柳田元雄は事務所の電話で運転手に迎えに来るようにと伝えてから、

「息子さんの大学にはゴルフ部はあるのか？　追手門学院ならゴルフ部はあるはずやが、あるのならちょっと相談に乗ってもらいたいんや」

と言った。

「うちの息子にですか？」

「ゴルフ部員はまだ学生やが、そのうち社会人になる。追手門学院の学生の親はゴルフ好きが多い。いずれ親の跡を継ぐという学生も多い。ということは、ぼくのゴルフ倶楽部《クラブ》の会員になってくれるであろう人たちや。その大学生たちにゴルフ場でのアルバイトをしてもらいたい。オープンまであと四か月余りやっちゅうのに人手が足りん。仲仁くんの友だち七、八人にコースキーパーの助手というアルバイトをしてもらいたいんや。一月の十日からということでどうかな。キャディーもやってもらう。コース見学に来た人たちと一緒にラウンドもしてもらう。これはゴルフ場でプレイしたことのある学生しかできん仕事や。入会申込書とパンフレットを入れた封筒も阪神間の各家々に配ってもらう。日当は一日二千円。いま一日二千円のアルバイトはないと思うで」

房江は慌ててメモ用紙に柳田の言葉を書き写した。ラウンドとはなんなのか。キャディーとはなんなのか。わからないままに書いているうちに迎えの車がやって来た。

車から降りようとした運転手に、そのまま待っていてくれと言い、柳田はあちこちが擦り切れているソファに腰を降ろすと、深く息を吐いた。

「さっき雪を見ながら、自分のゴルフ場がオープンしてからせめて五年間は生きてたいと思うた。出来立てのほやほやのゴルフ場が押しも押されもせん名門コースとして評価を受けるようになるには三十年かかる。それまで生きてられるわけがない。そやけどせめて五年間は自分のゴルフ場のコースのあちこちを、ここは日当たりが悪いから芝の種類を変えようとか、あそこのバンカーをもっと大きくしようとか、このグリーンにはもっと傾斜をつけようとか、あれこれ工夫しながら、お客の邪魔にならんようにボールを打って、もう金策のことなんかに煩《わずら》わされずに五年間を生きられたら、この柳田元雄は人生に勝ったと満足して目を閉じられる。そう思うたんや」

房江は急須《きゅうす》のなかの茶葉を新しいのに替えて、空になった柳田の茶碗に注いだ。

しばらく考えてから、柳田は話をつづけた。

「ぼくは自分や家族の幸福というもんをあんまり考えたことがない。私生活では、ぼくもいろいろと面倒なことだらけや。酒癖の悪い、ろくでもない父親が、母親を殴ったり蹴ったりするのを見て育ったせいかもしれん。そやけど、ぼくは社員を大切にしてきた。若いころから、働いて働いて働いて……。ぼくは乞食《こじき》同然の生活をしてた。それは奥さんもよう知ってはるやろ。そやから、こんなぼくを頼って郷里から出てくる者を放っておけんかった。みんな貧しい家の子や。ぼくは、自分のゴルフ場を造って経営するぞと誓って以来、若いころよりももっと働き始めた。大病にかかりながらも生きられたのは、その誓いのお陰や。奥さん、ぼくはほんまに苦労に苦労を重ねてきた。ゴルフ場経営のための運転資金の目途もやっとたった。そやからもうあと五年生かしてほしい」

房江は、柳田がこの自分に五年間生かしてくれと頼んでいるような気がしたが、どう応じればいいのかわからなかった。

裏門横の便所の近くで声をかけてきたときとは別人のように血色が良くなっている柳田の色白で輪郭の鮮明な顔立ちを見て、この人はこんなに整ったきれいな容貌《ようぼう》の持ち主だったのかと房江はいっとき見惚《みと》れた。

「あと五年どころか十年は生きはります」

と房江は言った。

「ほう、えらい確信のある言い方やな。なんでや？」

「柳田社長は長命な人のお顔です。私は人相見やありませんけど、長命な人には顔の骨格とか目鼻立ちとかに共通するもんがあるということを教えてもらいました。柳田社長にはそれがみんな揃《そろ》ってます」

励まそうとしての口からでまかせではなかった。まだ二十代のころ、新町の「まち川」の女将《おかみ》が手相や骨相に凝ったときがあって、よく当たるという八卦見《はっけみ》をしばしば呼んだのだ。

そのとき八卦見は、どんな骨相が長命を示すのかお見せしようと言って、江戸初期に中国から来たという本を見せてくれた。

房江は占いの類《たぐい》は信じていなかったが、版木で摺《す》った幾つかの顔に細い筆で何本も線が引いてある本を見た。書かれてある文章はあまりの崩し文字で読めなかったが、長命な骨相というものには共通するなにかがあると感じた。

その記憶を探りながらの房江の説明を聞いて、

「そうか、親父《おやじ》もお袋も長生きやった。親父なんか早いこと死んでくれたらええのに九十二まで生きた。お袋は八十七まで生きた」

と言って柳田は笑みを浮かべた。房江は柳田元雄の笑顔を初めて見たと思った。

柳田は茶を飲み干し、机の上に置いてあるメモ用紙に、ゴルフ場の電話番号と誰かの名前を書き、

「アルバイトの件、この男に連絡するようにと息子さんに伝えてくれ。ゴルフ場の総支配人や。二、三日のうちに決めてもらえるとありがたいな」

そう言って、いったん事務所から出たが、柳田は五、六歩歩いてから戻ってきた。

「ぼくのゴルフ場に隣接する別のゴルフ場とは、これまでなにやかやとトラブルが多かったんやが、最近はそこの社長と食事をする仲になった。その社長はぼくの嫌いなタイプやが、一緒に飯を食うてるうちに、気心が通じるようになってしもた。松坂さんのお陰や。奥さんのご亭主は不思議な人や。火と水とをいつのまにか交わらせてしまいよる。松坂熊吾さんがあいだに入ると、火と水とが交わるんや。戦後すぐに、ぼくとおんなじ感想を口にしはった人がおったけど、その人の名前は忘れてしもた。自動車の業界紙の

社長やったような気がする」

　柳田が帰って行くと、房江は週刊誌の対談記事を読んだ。ゴルフがビジネスとどう関わり合っているかという話題に始まり、ふたりの対談者はゴルフの魅力を語り合って終わっていた。

　ビジネスの話はほとんどなかったが、辻堂社長は、東京の大手町に本社の新しい社屋ビルが完成したことに少しだけ触れていた。

　房江は週刊誌を閉じて、事務所の壁に掛けてある時計を見た。十時半だったので、手早く車の洗い場の掃除を済ませたとき、伸仁が帰って来た。

　房江が柳田元雄に頼まれたことを話すと、

「ええ！　二、三日のうちに？」

　と伸仁は顔をしかめて言って、しばらく思案してから、定期券入れのなかの紙切れを出した。四つに畳んだ紙は伸仁の住所録らしく、電話番号も細かい字でたくさん書かれてあった。

「こいつはゴルフ部の副キャプテンや。うちの大学のゴルフ部ではいちばんうまいねん。小学五年生のときから日曜日は親父さんとゴルフ場でプレイしてたという打破すべきブルジョワ階級や。小学五年生やで。ぼくが蘭月ビルの迷路を腹をすかせてうろついてたときに、こいつはゴルフをしてたんや。そやけど、ぼくはこいつと仲がええねん。いささか貸しもあるしなぁ。いやとは言わさんぞお」

伸仁がそう言って電話機のダイアルを回し始めたので、房江は、お腹《なか》は空《す》いているかと訊《き》いた。

「鰯のつみれ汁があるけど、温めよか？」

「うん、玉子焼きも焼いてんか。焼き加減はミディアム。きのうの玉子焼きは焼き過ぎやったで」

「えらそうに言うんやったら自分で焼きなさい」

房江は伸仁の後頭部を軽く叩《たた》いて、柳田が置いていった週刊誌を持って二階に上がった。

ムクが生きていたころの犬小屋は、ムクが死んでからも同じ場所に置いたままになっていた。房江は夜にそれを見るたびにムクがそこから出て来て、なにか食べ物をねだるときの甘えた声をあげるような気がする。

玉子焼きを作り、鰯のつみれ汁を温めて、寝間着に着替えながら、房江はふと長命な家系というものは確かにあるなと考えた。逆に、短命な家系というものもある、と。

私の生まれた馬場家は短命な者が多い。母はまだ三十代で死んだし、母の弟も三十五で死んだ。女と失踪《しっそう》した父はいつ何歳で死んだのかわからない。もしまだ生きていれば八十四、五歳ということになる。

五人の従兄《いとこ》のうち三人は五十代で亡《な》くなった。そんな短命な家系の私は致死量以上の睡眠薬を酒で胃に流し込みつづけたのに死ななかった。たくさんの幸運な偶然が重なって、私は助けられたのだ。

房江は敷いた蒲団《ふとん》の上に正座して、山形食堂の主人や麻衣子や救急病院の医師や看護婦たちの顔を思い浮かべた。

私はそれを目論《もくろ》んだわけではないが、あのとき死なずに蘇生《そせい》したことで、馬場家の短命という宿命を切ったのかもしれないと房江は思った。迷信じみた馬鹿《ばか》げた考えだと思いながらも、房江はその突飛な閃《ひらめ》きを信じようとした。

自殺を図って宿命を切るなんて矛盾しているが、私があれ以来丈夫な体になったことは事実なのだ。

房江は正座した自分の膝の一点を凝視したまま、どうして宿命という言葉が浮かんだのだろうと思った。

親兄弟、そのまた親兄弟。そうやって過去にさかのぼって、連綿と共有している運命があるとすれば、それは宿命と呼ぶしかあるまい。

馬場家は短命という宿命。ならば、松坂家はどうなのであろう。松坂家の人々に共通するものとはなんであろう。

房江は熊吾の姉妹や、その子たちの顔を思い浮かべた。熊吾の父の亀造は五十半ばに真夏の田圃で倒れて、一度も意識を取り戻さないまま死んだそうだが、亡くなる半年ほど前に、田畑の半分と蜜柑山を失うという不幸があったという。友人の借金の保証人になっていたからだ。

亀造は慶応三年に生まれた人で、その翌年に明治という時代を迎えた。亀造の父は天保十年生まれの、下級ではあるが伊予《いよ》宇和島藩士だったという。どういういきさつかは知らないが、播州赤穂《ばんしゅうあこう》浅野家と所縁《ゆかり》の深い娘と結婚した。

宇和島藩には農地を治める宇和島藩支配十組という制度があって、亀造の父は御荘組《みしょう》を監督する役目についていた。一本松村も城辺村も上大道《わうどう》村も深泥《みどろ》も、みな御荘組のなかにあった。

亀造の父は、廃藩置県が行なわれて武士の世が終わると潔《いさぎよ》く両刀を捨て、南予に田畑を買い、蜜柑山も手にいれて百姓として生きたが、あれこれと慣れない商売に手を出して、亀造に家督を譲るときには、田畑も蜜柑山も元の半分ほどに減っていたらしい。

亀造は父親が失ったものを少しずつ買い戻していったが、借金の保証人になったためにそれらを再び失った。

深泥の唐沢の叔父は、重い病気にかかり、その治療費のために煙草畑の三分の二を売らなければならなくなった。深泥ではいちばんの面積を持つ煙草畑は、房江が熊吾と結婚したころには、小規模なものになってしまっていたのだ。

それらは唐沢叔父の妻から聞かされた話だった。

熊吾はどうだろう。考えなくてもわかる。戦後、松坂熊吾が失いつづけたものはあまりに多すぎて、いちいち列挙できないほどだ。いまはハゴロモという中古車屋だけになってしまった。

房江は、松坂家には晩年に貧乏になるという宿命があるのだと思った。他に思いつかなかった。

伸仁が電話を終えて二階に上がって来て、

「五人はそのアルバイトをやってもええって返事をくれたけど、連絡のつけへんのがあと五人いてるねん」

と言ってから、つみれ汁と玉子焼きを食べ始めた。

房江は、蒲団に横になり、

「予定どおりに大阪中古車センターを明け渡せてよかったわ。河内モーターの解体作業が遅れたら、お前とお父ちゃんとで夜の守衛をするためにあそこに泊まらなあかんとこやってんから」

と言った。

「ぼくもその話を聞いたときはぞっとしたでぇ。あんなとこでお父ちゃんとふたりきりで夜を過ごすなんて、想像するのも恐ろしい。あそこの野良《のら》犬がどんなに凶暴か、お母ちゃんは知らんやろ？」

「野良犬はもういてないってお父ちゃんが言うてはったけど、いつ戻ってくるかわからへんもんねえ」

伸仁は、玉子焼きを食べて、つみれ汁を飲み干すと、歯を磨くために階段横の洗面台へと行き、寒い寒いと言いながら戻って来てパジャマに着替えて部屋の明かりを消し、蒲団にもぐり込んだ。

「冴子さんはどうしてはるねん？　やっぱりアルバイトか？」

と房江は半ば眠りに落ちながら訊いた。

「十二月の十日から老舗《しにせ》の和菓子屋で売り子をやってるでえ。阪急百貨店の地下の食料品売り場や。この時期はお歳暮として送ってくれっていうお客がほとんどやから、その配送用の伝票を書いてるわ。凄《すご》い数で、しょっちゅう伝票と商品とを間違うて売り場主任に一日に二十回くらい怒鳴られてるらしい。鬼みたいな女の主任さんやて明るい声で言うてたで」

明るい声という言い方がおかしくて、房江は笑ったが、なぜか熊吾の顔が浮かんできて、それと同時に「松坂家の宿命」という言葉も甦《よみがえ》った。すると、柳田元雄の言葉が大きく心に拡《ひろ》がり始めた。

――松坂熊吾があいだに入ると、火と水とが交わる。――

たぶん、夫は企《たくら》んでそうしようなどとは考えていないのであろうし、他人からそう思われていることも知らないはずだ。

だが、それが夫の人間としての秘められた力だとしたら、真に発揮できるのはこれからではないだろうか。七十歳を過ぎて、その不思議な力は円熟してくるのではないだろうか。

なんの根拠もない思いだったが、房江は夫のその力をもっと生かさせてやってほしいと何物かに願った。

「松坂家の宿命」という言葉は、それ以後房江のなかで折に触れて繰り返されるなにかの呪文《じゆもん》のようなものになった。

先祖から伝わりつづけて、家系の土中に長い根を張ってひそやかにはびこる病根として子や孫に受け継がれていくとすれば、伸仁もまた同じ晩年を迎えることになる。

松坂家の、晩年に貧乏をするという宿命と、馬場家の短命という宿命が、伸仁の未来に待っているとすれば、どうやってそれを断ち切ればいいのか。

そんな宗教じみた因縁話を、私は決して信じないと房江は心のなかで否定するのだが、否定しきれないなにかがつねに残るのだ。

あまりにも多くの不幸を見てきたせいだと房江は考えて、大晦日《おおみそか》の朝に市電に乗って通勤しているときに自分に言い聞かせた。

——宿命なんて考えてもわからないし、目で見えるものでもない。きょうを最後に、宿命という言葉を私のなかから消す。二度と思い浮かべない。——

市電から降りて多幸クラブに歩いて行くうちに、房江は、熱病にかかったように宿命、宿命と心のなかで反復しつづけてきた自分にあきれた。

大晦日と元日は房江とタネが出勤して、藤木美千代は休みを取ることになっていた。藤木には幼い孫がいて、元日に住吉大社に初詣《はつもう》でに行くのを楽しみにしているというので、房江は藤木が頼んでくる前に休みを譲ったのだ。

仕事着に着替えて社員食堂に降りると、先に来ていたタネがじゃがいもの皮を剝《む》きながら、

「きょうのお昼はほんまに中華丼《どん》にするのん？」

と訊いた。

「うん、八宝菜を玉子でくるんでご飯に載せて、餡《あん》をかけたらええだけやから、らくやろ？　若い人らも喜ぶし」

そう言って、房江は大鍋《おおなべ》に水を入れ、干し椎茸《しいたけ》を戻す作業にかかり、同時に薄切りの豚ロース肉を冷蔵庫から出した。

予算の都合で、中華丼に使える食材は、玉子、豚肉、椎茸、にんじん、玉葱《たまねぎ》、白菜の

六種だった。

八宝菜ではなく六宝菜だなと思い、房江は豚肉を多くすることにして出入りの肉屋に電話をかけようとしたが、そうだ大晦日は肉の卸し屋も休みだったと気づいて、小さな丸椅子に腰を降ろすと煙草《たばこ》を吸った。

「疎開《そかい》中に、城辺の家で配給の煙草を一緒に吸うたなあ」

とタネは笑顔で言った。

「人にあげるのは勿体《もったい》ないて言うて、煙草なんか吸うたこともない私に吸わせたのは誰やのん。お陰で煙草の味を覚えてしもた」

房江の言葉に、

「とにかく食べるもんがないからお腹が空いて、おまけに時間だけはいやというほどあるから、煙草を吸うしかなかったんや。そやけど、煙草の配給までがなくなってからは、私はきょうまで一本も吸うてないで。吸いたいと思えへんねん」

とタネは言った。

多幸クラブでの仕事に慣れたタネは、下ごしらえは自分の仕事と決めてしまって、房江がいちいち指示しなくても野菜の皮を剝き、米を研ぎ、ご飯茶碗や皿を並べてしまう。だが、重いフライパンや中華鍋を振り、料理の味つけをするという労作業は房江と藤木にまかせてしまう。

その藤木はわからないように手を抜くのが上手で、抜かりなく松坂房江に仕事が集中するように仕向けている。

房江は気づいてはいたが、文句を言って人間関係が悪くなるよりも自分でやるほうが段取りもいいし、仕事も早く終わると考えて、てきぱきと料理を作るが、その代わりに先輩であっても藤木美千代には必要なときは遠慮なく指示を出す。

それをしょっちゅう目にしている調理部の者たちは、いつのまにか房江を「女ボス」と呼ぶようになっていた。

六十八人分の中華丼を作り始めると、房江は大きなおたまを使いながら、ひとつの中華鍋で八人分だと計算して、悠長に豚肉を切りつづけているタネに、

「中華鍋、もうひとつあるよ」

と言った。

「私、中華鍋を使うの下手やねん。重たいしなあ」

「あかん。下手やったら上手になったらええやろ？　なんでも稽古《けいこ》したら上手になる」

房江がわざと邪険に言ったとき、調理部の厨房のほうから何人かの笑い声が聞こえた。

副料理長や見習いのコックがステンレス製の棚のあいだから房江を見ていた。

ことしの夏も一緒に淡路島の民宿で夏休みを過ごした和食の料理人が、

「きょうは藤木さんは休みで、松坂のデコボココンビだけやから、ボコさんはデコさん

に顎《あご》で使いまくられるでって言うてたら、案の定や」

と言って笑いながらやって来て、中華鍋のなかにスプーンを入れて味見した。

「うまい。さすがや。おーい、お前ら、ちょっと味見させてもらえ」

呼ばれてやって来た若い料理人たちに、

「私はデコで、タネさんはボコ？」

と房江は訊いた。

「松坂のおばちゃんは背が高いからデコで、タネさんは背が低うてコロンとしてるからボコということに決定したんです」

と去年入社した青年は言った。

「両方とも松坂やから、松坂Aと松坂Bに区別せんとわかりにくいというやつがおってなあ。そやけどAとBでは失礼やから、デコとボコになって」

と副料理長は言った。

房江は中華鍋の中身を少量ずつ味見用の皿に取って料理人たちに渡した。

「私のことを女ボスと呼んでるって、ほんま？」

と房江は訊いた。

「ふたりをこき使いながら、椅子《いす》に坐《すわ》って煙草を吸うてる姿は、まさしくボスですよ」

洋食係のコックが言った。

「鶏《とり》のスープはインスタントのか？」

と副料理長は訊いた。

「はい、最近売り出されたんです。試しに使《つこ》うてみたら、おいしいから、社員食堂でも使うことにしました」

「松坂さんの、蕗《ふき》の葉とちりめんじゃこを炊《た》いたやつは超一流やで。ことしの夏、淡路島の民宿で教えてもろたとおりに、俺は家で作ってみたけど、松坂さんのほうが上や。あの味と風味は、どうやっても出せん。俺は降参や」

そう言って、副料理長は持ち場に帰って行った。

社員食堂の賄《まかな》い婦にプロの料理人が素直に降参と言うのは、その副料理長の人柄を表していた。だが料理人というものは、もう少し頑固で偏屈で誇り高いところがあったほうがいいのではないかと房江は思った。

「房江さんは、いつのまにかボスになってしまうねん。城辺のダンスホールでもそうやったわ。来たお客さんは自然に房江さんをダンスの先生やと思い込んでたもんなあ」

タネの言葉で、職場に慣れて、少しばかり褒められたからといって、いい気になってはいけないと房江は思った。

女ボスなどと呼ばれるのは、じつは恥ずかしいことなのだから、言動を慎まなければならない。調子に乗ってはいけない。

足元をすくってやろうと狙《ねら》っている人間はどこにでもいて、思わぬところから攻めてくるのだから。

房江は自分を戒めて、あしたの元日の献立を紙に書いていった。六十八人分の雑煮を作るのは考えただけで尻込《しりご》みしそうだったが、親元を離れて大阪で働いている若い社員たちに、おいしい雑煮を食べさせてやりたかった。

――日本の学生運動は拡大していって機動隊との暴力闘争と言っていい状態になりつつあるし、ベトナム戦争もいつ終わるのかわからない。アメリカ本国では厭戦《えんせん》気分が満ちて、各州では反戦集会が行なわれ、デモ隊と警察との衝突で多数の怪我《けが》人が出ている。

中国の文化大革命はまだつづいている。毛沢東とともに革命に命を捧《ささ》げた者たちまでが反動分子として粛清されて、中国の表舞台から姿を消していっている。毛沢東は、まるで中国の皇帝として復活したかのようだ。

カンボジアでも赤色クメールと名乗る革命派が実権を掌握しつつある。――

房江は、シンエー・モータープールの事務所の机にしまったままだった週刊誌の特集記事を読み終えると、再び辻堂忠と製鉄会社の社長との対談記事に目を移した。

「私は、約束をきっと守ります。きっとです」

「二十年後が楽しみじゃ」

昭和二十四年の五月に大阪駅のプラットホームで交わされた辻堂と熊吾との短い会話の意味を、房江は岡山宇野から四国へと渡る船のなかで知ったのだ。伸仁は二歳だった。夫が松坂商会を売ったあと、きょうで別れることになる辻堂忠に、

「約束じゃ。わしが死んだら、伸仁を助けてやってくれ。頼んだぞ」

と言った。

大阪駅での辻堂の言葉は、それに対する返事だったのだ。

たぶん、夫は、周りの人間が考える以上に、伸仁が二十歳になるまで自分は生きていられるかどうかを案じていたのであろう。

だが、伸仁はことしの三月には二十一歳になる。大学三年生になるのだ。

辻堂は御影の家で、熊吾が伸仁を風呂《ふろ》に入れるとき裸になって手伝ってくれたことがある。辻堂は成人した伸仁を見たいだろうか。

私は、あのあまりにも小さな、いまにも死んでしまいそうな気がするほどに弱々しかった伸仁が、こんなに大きくなりましたと辻堂に見てもらいたい。

房江に生じたその思いは、次第に抑えられないものになっていった。

元日から四日まで出勤して、昭和四十三年一月五日になってやっと二日間の正月休みが取れたので房江は少し朝寝坊をしたかったが、初荷の車がモータープールから出ていくたくさんのエンジンの音で目が醒《さ》めてしまい、朝食の前に裏門周辺の掃除を済ませる

と、ついでに事務所も掃除してしまって、茶を飲みながら一服していたのだ。

「寒いですねえ。水溜《た》まりに氷が張ってますよ。ゴルフ場でのアルバイト、十日からのはずやったのに、急遽《きゆうきよ》、五日からに変更になったんやって、ノブちゃんは慌《あわ》てて走って行きました」

仕事が一段落ついたらしく、事務所に戻って来ると田岡勝己は軍手ごと手をストーブにかざした。軍手からはすぐに湯気があがった。

荘田敬三も耳を真っ赤にさせて入って来て、自分で茶を淹れながら、

「冬のゴルフ場は寒いでっせ。町中の寒さとは比較になれへん。あのへんは能勢《のせ》町のすぐ隣りで高台にあるし、風を防ぐもんがあらへん。大きな池全体が歩けるくらいに凍ってるやろなあ。大学のゴルフ部の学生は、とんでもないアルバイトを引き受けたと後悔してまっせ」

と言った。

「ゴルフ場に大きな池があるんですか？」

と房江は訊いた。

「わざわざ作ったんです。ゴルフをする人を苦しめるためにね。柳田社長の命令で、私もゴルフ場を見学してきました。暮れの三十日にね。ゴルフ場があんなに広いとは思いませんでした。私もシンエー・モータープールが営業を終えたら、ゴルフ場勤務になり

ます。クラブハウスのレストランの配膳《はいぜん》部らしいです」

房江は二階の自分たちの部屋に行き、櫓炬燵《やぐらごたつ》に脚を入れて、ゴルフ部の学生七人を集めた自分が遅刻するわけにはいかないと朝食を食べずに出て行った伸仁の眠そうな目を思い浮かべた。

たぶん、きょうは会員募集のパンフレットを各家に配布する仕事であろう。それが終わったら、梅田に戻って多幸クラブに行き、いつものページボーイのアルバイトをする。両方合わせて、いったい何時間労働なのだろう。

パジャマから服に着替えながらつぶやいていた伸仁の言葉を思い出し、房江は指を折って数えた。

ゴルフ場でのアルバイトは朝の九時から夕方の五時まで。多幸クラブは六時から十時まで。合計で十二時間か。

テニス部の練習は春の合宿の費用を稼ぐためにアルバイトをしなければならないので、一月十日までは休みだという。

なんのために大学に行っているのだろう。授業を受ける時間なんてないではないか。クラブ活動とアルバイトに明け暮れているばかりだ。

房江はそう思いながら横になった。石油ストーブを消さなければと思っているうちに少しまどろんだ。

蒲団が自分の体にかけられる感触で目を醒ますと熊吾が台所で里芋の皮を剝いていた。俎板《まないた》の上には、にんじんやこんにゃくや鶏肉が並んでいた。チクワもある。レンコンもある。

好物の里芋料理を自分で作るつもりなのだな。なんと不器用な包丁の使い方だろう。指を切ってしまうし、根菜類は大きさが不揃いで食べにくくなる。

房江は見ていられなくなって、

「私が作るから、おこたに入ってテレビでも観《み》てて」

と言った。

「起こしてしもうたのお」

熊吾は言って、手を洗うと櫓炬燵に脚を入れた。

年が明けて熊吾がモータープールにやって来たのは二日の夜だった。これまで決して森井博美の話はしなかったのに、その夜は伸仁もまだ帰っていなかったので、沼津さち枝という女の一件を語って聞かせて、博美はこの三か月は操車場横の借家に泊まり込んでいたが、もうひとりで世話が出来る段階ではなくなって、西淀川《にしよどがわ》区の病院に収容してもらえるよう民生委員が交渉してくれているのだと話したのだ。

房江は、森井博美も沼津さち枝もどうでもよかったが、熊吾の性格を考えると、その件に目途がたたないまま、さようならというわけにはいかないのであろうと思ったので、

「沼津というおばあさんはどうなったの？」

と訊いた。

「ベッドが空いたら収容してくれることに決まった。やれやれじゃが、いつベッドが空くのかわからん。その病院で誰かがひとり死ぬっちゅうことじゃけんのお。意識があるのかないのかわからん老人ばっかりじゃ。道で倒れちょった乞食もおる。完全にぼけてしもうた親を病院に放り込んだままで二年も逢《あ》いに来ん子供もおる。ああいう病院の医者も看護婦も、じつに尊いのお。普通の病院よりも給料がええわけじゃないんじゃ。よほどの使命感がなければ勤まらんぞ。頭が下がる」

そう言って、熊吾は沼津さち枝の話を打ち切ったのだ。

「きのう、佐竹一家の新しい家に行って来たんじゃ」

と熊吾は言った。

「千鳥橋の長屋の三倍くらい広いぞ。便所も水洗じゃ。善国もカメイ機工の仕事にだいぶ慣れて、他の社員から『ゼンちゃん』と呼ばれちょる。ホンギは定年退職してからも、毎日カメイ機工に来て、善国に仕事を教えたそうじゃ。善国もとうとう大晦日に、もうひとりで大丈夫やからと言うて、それでホンギも来んようになった。ホンギにしてみれば、右腕のない善国がちゃんと夜間警備の仕事が勤まるか心配で心配で、じっとしておれんかったんじゃろう」

房江が里芋の皮を剝いたあと、レンコンやにんじんの皮も剝き、それから干し椎茸を戻す作業にかかると、

「ノリコのお腹に子供が出来たぞ」

と熊吾はかすかに笑みを浮かべて言った。

「えっ？　おめでた？」

そう訊き返して、房江は櫓炬燵のところに行った。

「おめでたいけど、困りましたなぁと木俣が腕組みをして考え込んじょった。ノリコは社長よりも五倍も儲《もう》けてくれる有能な社員じゃけんのお。お産の前後一、二か月は休ませてもらうが、それまではいつもどおり働くとノリコは言うちょる」

「ノリコちゃんは幾つ？」

「ことし四十になる。妊娠しても不思議やあるまい。清太を生んでから十年たつが、経産婦やけん心配はいらんと医者も言うちょる。仲のええ夫婦じゃけん、清太のあとに一度も妊娠せんかったほうが不思議じゃなと善国に言うたら、六年前に三人目を流産したそうじゃ。魚屋での立ち仕事は冷えるけんのお」

理沙子と清太に歳《とし》の離れた弟か妹が生まれるのだなと思うと、房江は嬉《うれ》しくなってきた。

「北浜のフランス料理店と木俣さんの一件はどうなったの？」

房江は台所に戻り、骨付き鶏肉を中華包丁で骨ごと叩き切りながら訊いた。

「双方、一歩も歩み寄らん。フランス料理店もあのチョコレートが欲しい。木俣もあの店で扱ってくれるのはありがたい。値段の折り合いもついた。そやのに、チョコレートに型押しする製造者の名前だけは譲れん。だんだん両者共に意地の張り合いになってきて、あとはお前らでケンカしちょれと言うて、わしはおりた」

「おりたの？」

「ああ、おりた。わしはもう疲れた」

正月の二日に熊吾が来たとき、房江は柳田元雄が持って来た週刊誌を見せたが、柳田が言った「火と水を交わらせる」という言葉はあえて伝えなかった。元日からの仕事に疲れていたし、あの言葉は柳田が語ったから深みがあったのだと思ったからだった。

房江は、松坂家伝来というには素朴でありきたりな里芋料理の下ごしらえを終えると、櫓炬燵に入ってくつろぎ、柳田の言葉を話して聞かせた。

「柳田社長がそう言うたのか？　あの人がそういうことを口にするのは珍しいぞ。わしが火と水を交わらせる？　火と火を闘わさせて、水と水を分離させるくらいのことしか出来んぞ。柳田社長の遠回しな嫌味じゃろう」

熊吾の言葉を、房江は照れ隠しだと感じて、フランス料理店の店主と木俣を交わらせられるのは松坂熊吾を措《お》いて他にないと言った。

「落としどころは、たったひとつじゃ。折衷案を飲んでもらう。チョコレートに『ラ・フィエット』と『KIMATA』のふたつを入れる。さっき、ここへ歩いてくるときに思いついたんじゃが、またなんやかやと我を通して、あのふたりがむくれよったら、わしがとうとう癇癪《かんしゃく》を起こしそうな気がして、やめたんじゃ」

「落としどころに落ちてあげるのが、おとなというもんやと言うてあげたら？」

房江のその言葉に熊吾は笑い、

「お前がそう言うてふたりに説教してやれ」

と言って櫓炬燵に腹から下を入れて横になり、目を閉じた。

房江が里芋料理を煮始めると、熊吾のいびきが聞こえてきた。夫の体に蒲団を掛けて、房江は白い無精髭《ぶしょうひげ》を見つめた。よほどのことがないかぎり、熊吾は必ず朝に髭を剃《そ》る。だが、この無精髭は三日間ほど剃っていない長さだ。

頬もこけて艶《つや》がない。夫のこれほど憔悴《しょうすい》したやつれ顔を見るのは初めてだ。七十年の疲れだろうか。

しばらく熊吾の寝顔を見てから、

「若い女と何年も暮らした罰や」

と胸のなかで言って、房江は台所に戻った。

夜の七時前に帰って来た伸仁は、これから夜行列車で東京へ行かねばならなくなったと言って、大きくてぶ厚い封筒を房江に見せた。

ゴルフ場のクラブハウス建設に関する書類に不備があり、その不備が山林を削るために数年前に提出した書類にまで及んでしまった。急遽訂正した書類を建設省にあしたの十時までに届けなければならない。郵便で送っていたら間に合わないが、誰か直接建設省の霞《かすみ》が関《せき》の本省に届けろ。

そんな騒ぎが起こっている事務所に、別の用事で入って行ったとき、柳田社長が、

「伸仁くん、きみ、行ってくれんか」

と言った。

新幹線を使って今夜は東京泊りでもいい。夜行列車で早朝に着いてもいい。とにかくあしたの朝の十時までにこの書類を届けてくれ。そう頼まれた。

急を要する重要事だとわかったので引き受けてしまった。

多幸クラブには電話で許可を貰《もら》った。

今夜の東京行きの寝台車に乗って、建設省のなんとかという課に行き、大森という担当者に書類を渡して、確かに受け取ったという証明書を貰うのだ。

伸仁は、そう説明すると服を着替えた。アルバイトで稼いだ金で買った濃紺の丸首セーターと同色のジャケットに、明るいグレーのズボンという姿になった。

銭湯から帰って来た熊吾は、

「霞が関か……」

と言って、房江に万年筆と便箋《びんせん》を持ってこさせて、誰かに手紙を書き始めた。

書き終えると、

「大手町に同栄証券ちゅう証券会社の新しいビルがある。霞が関からはすぐじゃ。その仕事が済んだら、同栄証券に寄って、受付でこの手紙を渡して、松坂熊吾の息子の伸仁じゃと言うんじゃ。辻堂社長にお取次ぎ下さいとなあ。会社におったら逢うてくれる。不在でも、お前が来たことは伝わる。礼儀正しく振る舞うんじゃぞ。辻堂忠さんは、赤ん坊のときのお前をよう知っちょるお方じゃ。二十歳の大学生になったお前が訪ねて来たら、喜んでくれるじゃろう」

と言った。

それもアルバイトで買った防寒コートを持つと、伸仁は封筒を摑《つか》んで出て行った。

房江は、辻堂に伸仁を逢わせたいなどとはひとことも口にしていなかったので、驚いてしまって、銭湯に行く前に散髪屋で髭を剃り、白髪染めもしたらしい、いつものこぎれいな夫を見つめた。

「私も、ノブを辻堂さんに逢わせたいなぁと思うてたんや」

と言った。

「伸仁が東京に行く機会なんか滅多にないけんのお。週刊誌で辻堂の顔を見なんだら、こんなことは考えもせなんだじゃろうが、これもなにかの機縁じゃと思うたんじゃ。大会社の社長っちゅうのは想像以上に忙しい。分刻みで動いちょる。逢えるかどうかわからんが、わしの手紙は読むじゃろうし、伸仁が訪ねて来たこともわかる」

熊吾は日本酒の一升瓶を持って来て、コップに注ぐと、

「お前も飲むか？」

と勧めた。

「一合だけ、おつきあいしようかな」

「ほんまに一合だけという誓いを守りつづけちょるのか。お前はほんまにえらい女になったのお」

そう言って、熊吾は房江に酒をついでくれた。

「紙やすりを買《こ》うてきて、入れ歯の金具を削ったら、歯茎が痛まんようになった。食べやすうなったんじゃ。その代わり、ちょっとしたことで入れ歯が外れる。くしゃみをしたら飛んで行きそうになる」

熊吾が笑いながら言って、里芋を食べ始めたとき、田岡が階段を駆け上がって来て、ハゴロモから電話ですと伝えた。

事務所から戻って来た熊吾は、喪服を出せと房江に言った。丹下甲治が死んだという。

「息を引き取ったのはきのうの昼じゃそうじゃ。今夜の七時から自宅でお通夜《つや》で、ノリコも手伝いに行っちょるらしい。善国はあしたの葬儀に参列するそうじゃ」

もう八時前だったので、房江は慌てて喪服を出し、モータープールの北側の路地にある文具店で香典袋を買って来た。

コップに残った酒を立ったまま飲み干し、洗面台で口をすすぐと、熊吾はモータープールの前でタクシーを止めた。

その姿を階段の二階から見送って、房江は夫がコップに入れてくれた酒を飲んだ。佐竹善国とノリコだけでなく、此花区の千鳥橋界隈《かいわい》で育った多くの子供たちの親代わりとなって戦後を生きた丹下甲治に心のなかで礼を言いながら、房江は一合の酒を飲むと里芋やレンコンや鶏肉をおかずにご飯を食べた。

突然に託された大事な用事のために夜行列車で東京へ向かった伸仁の、どこか嬉しそうな顔を思い出し、寝台列車でのひとり旅を楽しんでいることであろうと思った。

「辻堂さんのスケジュールが空いてて、逢えたらええのに」

と房江はテレビのスウィッチを入れながらつぶやいた。

翌日、伸仁は夜の十一時を過ぎても帰ってこなかった。

たぶん、大阪駅に着くと能勢に近いゴルフ場へ行き、書類の受領書を渡し、その足で梅田に戻って、多幸クラブでアルバイトをしたのであろうが、それにしても遅いな。

房江がそう思っていると、裏門から帰って来たらしい伸仁が、柳田商会の寮に残っているふたりの社員と話している声が聞こえた。

佐古田の声も混じっていたので、房江は廊下に出て様子を窺《うかが》った。佐古田がこんな遅くまでモータープールにいるのは珍しかったし、寮の社員と話し込むのも滅多にないことだったのだ。

やがて佐古田の声は大きくなり、それをなだめる他の社員の声も混じったので、房江は何事かと柳田商会の寮へと行った。

佐古田が畳に坐っている松田の胸のあたりを蹴《け》っていた。伸仁は憮然《ぶぜん》とした表情で、部屋の上がり框《がまち》のところで立っていた。

「奥さんもノブちゃんも関係ないねん。部屋へ帰ってくれ」

と佐古田は言った。赤ら顔の佐古田が酔っているのか素面《しらふ》なのか房江にはわからなかった。

一緒に部屋に戻り、どうしたのかと訊いたが、伸仁は答えなかった。

「あのケンカはお前と関係があるのか？」

「そうらしいけど、詳しいことは知らん」

伸仁は不機嫌に答えて、腹が減ったから、なにか食べたいと言った。

廊下奥に新しく造ったパブリカ大阪北の寮からも社員たちが出てきたようで、その足音が響いた。

仲仁が着替え始めると、佐古田が松田の胸倉を摑んで、引きずるようにして房江たちの住む部屋へとつれて来て、

「こら、ノブちゃんに謝らんかい。ちゃんと土下座して謝るんやぞ」

と言った。

肩幅も胸板も厚いが背は低い佐古田が、百八十五センチもある松田茂を引きずっている姿は滑稽《こっけい》でもあったが、房江は仲仁が関わっていることなのだと思い、蒼白《そうはく》になって板の間に正座している松田の腫《は》れている頰を見た。

「ノブちゃん、誤解をしてすまんかったなあ」

と松田は両腕で自分の頭や顔をかばいながら言って頭を下げた。佐古田の拳《こぶし》や膝《ひざ》での打撃をこれ以上受けたくはないという怯《おび》え切った表情だった。

房江は、佐古田の腕にしがみつき、殴るのはもう止《や》めてあげてくれと頼んだ。

「こいつ、なんの証拠もないのに、俺を盗人に仕立て上げて、俺やないとわかったら、次はノブちゃんを泥棒にしやがったんや。ところがや、ほんまの犯人がわかったら、それきり知らんふりや。人を泥棒にしといて、あちこちで佐古田が怪しいやの松坂の息子が怪しいやの言い触れ廻って、謝ろうともせえへんのや。こいつのお袋が、モータープールの事務所で、奥さんにどんなえげつないことを言いつづけたか、俺は知ってるで。

あの因業《いんごう》ばばあは、奥さんを泥棒呼ばわりしよったんや。その息子までが、こんどはこの俺とノブちゃんを泥棒に仕立て上げようとしやがった」

佐古田はもう一度拳で松田の頭を殴った。松田は、すみません、すみませんと言うばかりだった。

「私の息子が誰かのお金を盗んだと疑われてたんですか？」

「ああ、半年も前からや。俺が犯人をとっつかまえへんかったら、ノブちゃんは一生疑われたままになるとこやったんや」

「犯人がわかったんやったら、うちの息子の疑いは晴れたんやから、もう松田さんを許してあげてください」

と房江は佐古田に頼んだ。

これ以上暴力をふるったら警察沙汰《ざた》になりかねない。すでに松田の両頰は腫れあがっている。またあの母親が出て来て、佐古田を訴えるかもしれない。やりかねない女なのだ。

房江はそれを案じながらも、私も一発殴りたいなと思っていた。

やっと佐古田から解放された松田茂は、モータープールに停めてあった車で帰って行った。

いったい誰のお金が盗まれたのか。犯人は誰だったのか。

房江は息子が疑われていたのだから、それを知りたいと思い、裏門を出て佐古田を追った。

市電の停留所に立っている佐古田に訊くと、柳田商会の最も古参社員で、まだ寮に居残っている男が、押し入れに数枚の一万円札を隠していたが、それを知ったパブリカ大阪北の若い社員が、仕事中に忍び込んで一枚ずつ盗んでいたのだということだった。

——まず最初に自分が疑われていると知った俺は、昼間、ときおり二階に足音を忍ばせてあがり、すばやく戸をあけるという行動を繰り返した。

半年間は、犯人が盗みをはたらいている現場に遭遇しなかった。そのうちに、松田は俺ではなく松坂の息子があやしいと吹聴《ふいちょう》するようになった。ノブちゃんは疑われていることは知らなかったはずだ。

俺が暮れの仕事納めの日、作業場を片づけていると、階段をのぼって二階へとあがって行く足音がして、白いつなぎの作業服らしいものが見えた。

こいつだと俺は思った。靴を脱ぎ、そっと階段をあがり、柳田商会の寮の戸を一気にあけた。押し入れに首を突っ込んで、金が入っている袋から一万円札を抜き取った瞬間のパブリカ大阪北の、まだ十八歳の工員がいたのだ。

警察には訴えず、その子を自主退社ということにしたのは柳田社長だ。社長は、被害者の社員を叱《しか》った。持ち歩かない金は銀行に預けておくものだ。押し入れに入れておくのは、盗んでくれというようなものではないか、と。——

佐古田は話し終えると、ジャンパーの襟を立て、

「もう最終の市電は出てしもたんかなあ」

と言った。

「出てしもたと思いますねえ。十二時を廻ってますから」

「歩いて帰るしかないなあ」

と言うなり歩き出した佐古田は、五、六歩行って振り返った。そして、自分は三月で退社すると言った。

「柳田社長はゴルフ場のほうで佐古田さんの仕事をちゃんと用意してはると思いますけど」

と房江は言った。

「俺は車の解体しか能のない人間や」

そう言って小さく手を振ると佐古田は再び歩き出した。そして、振り向かないまま、

「奥さん、あの因業ばばあの仇《かたき》を俺が討ってやったでえ」

と言った。

房江は急いでモータープールに戻り、正門の鍵《かぎ》をかけると二階にあがった。伸仁は自分で丼鉢《どんぶりばち》にご飯をよそい、里芋料理をおかずにむさぼるように食べていた。

「柳田商会の人も、パブリカの連中も、なんであるときからぼくへの態度が変わったのかが、やっとわかった。ぼくは泥棒をしてると思われてたんやなあ。田岡さんまでが、夏ごろからぼくへの接し方が変わったんや。自分が疑われてたなんて夢にも思えへんかった」

と仲仁は怒った表情で言った。

房江は、気の高ぶりがまだ収まっていなかったので、その話題をいまは避けることに決めて、辻堂さんには逢えたかと訊《き》いた。

仲仁は無言でジャケットの内ポケットから手紙を出し、それを櫓炬燵の上に置いた。

熊吾が辻堂に当てて書いた手紙は封を切られた形跡がなかった。

「この手紙を同栄証券の人は辻堂社長に取り次いでくれへんかったか？」

房江の問いに、

「いや、秘書課の人が渡すだけは渡してくれたらしいけど、そのあと応接室で長いこと待たされて、またおんなじ秘書課の人が手紙を持って戻って来て、こう言いはった。『社長は、松坂熊吾という人には覚えがないので、その息子さんのことも知っているはずがないと申しております。なにかの間違いか勘違いであろうから、今後、訪ねて来られてもお逢いしないし、お手紙を頂戴《ちょうだい》しても読む気はないとお伝えしてくれとのことでした』。ぼくは秘書課の人が封を切ってない手紙を返してくれたとき、ああ、この人は嘘《うそ》をついてるとわかったんや。辻堂社長が嘘をついてるとわかったから、秘書さんも嘘をつくしかなかったんやなということもわかった。ぼくは『わかりました。父にそう伝えます。ぼくはこれから大阪に帰ります』って言うて広い応接室から出たら、その人は『東京にはいつ着いたんですか？　このためだけに東京に来たんですか？』って訊きよった。『夜行列車で一時間ほど前に着いて、そのままここへ来ました。用事は辻堂社長に父からの手紙をお届けして、ぼくが直接ご挨拶《あいさつ》することだけです』って嘘をついたんや。ちょっとくらいは良心の呵責《かしやく》を与えてやろうというささやかなレジスタンスやけど、たいして効果はなかったやろな。バスで東京駅へ行って、ゴルフ場の柳田社長に電話をかけて、無事に書類を渡して受領書も貰うたことを報告して、新幹線で帰ってもいいでしょうかと頼んだら、ああ、ご苦労さんやったなあ、新幹線でも飛行機でも好きにせえと言われて、どっちにしようか迷うたけど、空を飛ぶのは怖いから新幹線で帰って来たんや。以上終わり」

伸仁は息を継ぐ間もないほどに一気に喋《しやべ》り終えて、房江が淹《い》れた茶を飲み、歯を磨きに行ってから、ひとことも口を開かずに蒲団《ふとん》にもぐり込んだ。

きのうの夜に夜行列車に乗り、朝に東京に着くと霞が関の建設省に行き、大事な書類を担当者に渡し、その足で同栄証券に行き、恥をかかされてバスで東京駅へ行き、新幹線で大阪に戻り、受領書を届けるためにゴルフ場に行き、そのあと多幸クラブでアルバイトをして帰宅したのだ。さぞかし疲れたことであろう。

房江はそう思いながら、封を切られていない手紙を手に取った。急いで書いたにしても、夫の達筆な字には貫禄《かんろく》がある。貫禄を感じさせる字というものがあるのだな。私の字は少し上手になったというだけで、書いた人間の何物かを語りかけてはこない。

辻堂忠か。私は訪ねて来た松坂熊吾の息子を、ほとんど門前払いするかのように扱った闇市《やみいち》の元ごろつきを許さない。いまはどこの大会社の社長におさまっていようが、本性は戦後の闇市で世をすねた無頼漢ぶっていたごろつきのままなのだ。

ぼくは事情があって戦後間もないころのぼくを知っている人とは縁を切りたい。だから、伸仁さんのお父さんとも縁を切りたいのだ。そうお伝え下さいとどうして二十歳になった伸仁に直接言わないのだ。松坂熊吾が息子を使ってお金の無心に来たとでも思ったのか。辻堂忠は松坂熊吾がそんな男ではないことを知っている人間のひとりではなかったのか。二十年前の大阪駅での、あの決然とした約束を平気で屑籠《くずかご》に捨ててしまって平然としているのか。

房江は手紙を簞笥《たんす》にしまい、蛍光灯を消して小さな豆電球だけ灯《とも》すと、このことを夫にどう話そうかと考えたが、案外、「そうか」というひとことだけが返ってくるような気もした。

第七章

丹下甲治の三十五日法要に丹下家を訪ねて焼香すると、熊吾《くまご》はいつにも増して不愛想な娘に、

「お葬式にはぎょうさんの会葬者が来てくれましたな。近所の人がびっくりしちょった。会葬者の十分の一くらいは怖いオニイサンたちじゃけん、焼香をすると逃げるように帰って行く人も多かった。しかし、そんな人らも、『若い連中のために生きたからこその盛大なお葬式やなぁ』と感嘆しちょった。わしはええ友を亡《な》くしました」

と言って茶を飲んだ。

「人のために苦労ばっかりして、なんにも報われへんかったわ」

と丹下の娘は言った。

「報われたに決まっちょる。わしらの目には見えんだけじゃ」

四十九日の法要はやめて、きょうの三十五日法要をもって父の葬儀に関するすべてを終えたいという娘の言葉に頷《うなず》き返して、熊吾は三人の親類縁者に挨拶《あいさつ》すると靴を履いた。

もうこの娘の仏頂面《ぶっちょうづら》を見なくてすむのはありがたいと思いながら、熊吾は丹下家を辞

すと、環状線の西九条駅へと歩いた。

電車で福島駅まで行き、そこからハゴロモへ行くつもりだったが、阪神裏の「牛ちゃん」の新しい店はどこだろうと通りに立って周りを見ているとタクシーが停まった。

タクシーを探していると勘違いしたのだろうと、運転手に向かって手を左右に振ったがタクシーは去って行かなかった。運転手は降りてきて、

「大将、どこへ行きまんねん？　どうぞ乗っておくれやす。どこへでもただで走りまっせ」

と笑顔で言った。

何年か前、シンエー・モータープールの事務所を使って商売をしていた中古車のエアー・ブローカーだった。陰でカカシのなんとかと呼ばれていたが、いつのまにかモータープールに出入りする者たちは本人にもカカシさんと話しかけるようになったのだ。カカシとあだ名をつけたのは伸仁《のぶひと》だった。

モータープールが忙しいときには骨惜しみせずに手伝ってくれるし、電話をかけたらちゃんと電話代を払うし、なによりも人柄が良かったので、熊吾は黙って事務所を使わせていたが、いつのまにか姿を見せなくなった。

「おお、カカシさんか。タクシーの運転手になっちょったとは知らんかったのお」

熊吾は言って、勧められるままに後部座席に坐《すわ》った。

「エアー・ブローカーが食うていける時代は終わるから、さっさと別の仕事を探せって言いはったのは大将でっせ」

とカカシは言った。

「そうか、わしはあんたにそんなことを言うたかのお」

「ほんまに大将の言うたとおりになりました。エアー・ブローカーはほとんど全滅みたいなもんです。三年前にこのタクシー会社に就職できてほんまによかったです」

熊吾はハゴロモに行ってくれと頼んだ。料金メーターを下げないまま走りだしたので、

「おい、エントツは違反じゃぞ。あんたはクビになるぞ」

と熊吾は言った。

「そうですなぁ。クビはかなわんなぁ」

カカシは苦笑してメーターを賃走のほうへと倒した。

「黒木さんはお元気でっか？　長いこと不義理をしてまして」

「黒木は腎臓《じんぞう》の病気で入院しちょる。もう長いことはないじゃろう。先週、見舞いに行ったが、顔も脚もぱんぱんにむくんじょる」

「そうでっか」

しばらく無言で運転していたが、ハゴロモまであと二、三百メートルといったところでタクシーを止めて、

「黒木さんはねぇ、捨て子やったんです。ひた隠しにしてたから、たぶん大将もご存知ないと思います」

とカカシは言った。

「捨て子？」

「へえ、大正区のどこかの派出所の机の上に風呂敷《ふろしき》みたいなもんに包まれて置かれてたそうです。生まれて二か月くらいのときです。警官は巡回中やったから派出所には誰もおらんかったんやそうで。下手くそな字で、育てられへんからどうかこの子を頼むって書いた手紙が赤ん坊の黒木さんの胸のところに挟んであったそうです。黒木ミツっちゅう名前が手紙の最後に書いてあったから、それが母親の名前に違いないと警察は探したけど見つからんかったんです」

「あいつはどうやって育ったんじゃ」

「そういう子供らを収容する施設ですやろ。孤児院ちゅうとこですなあ。五つのときに阿倍野《あべの》に住む夫婦に貰《もろ》われたんです。そやから戸籍上の名前は岡島義男ですけど、おとなになってからは黒木博光と名乗るようになったそうです」

「なんでカカシさんはそれを知っちょるんじゃ？」

「戦後すぐに千日前の闇市《やみいち》で酒を飲んだとき、黒木さんが突然『俺は捨て子やった』と話し出しまして。カストリの安酒で悪酔いしてたんでしょうな。その話は、あとにも先にもそれ一回きりです」

家の表札にも黒木と書かれてはいても、戸籍名は岡島なのか。それなのに妻も娘も黒木姓を使っている。黒木が、妻子にそれを懇願、もしくは強要したのかもしれない。黒木ミツ。黒木博光。自分を捨てた母の名をつけて生きてきたのか。

あいつには奇妙な暗さがあり弱さがあった。その根は黒木ミツなのか。

「赤ん坊のときに捨て子された人間の心は、わしにはわからんが、どうにも説明できんような深い傷が残ることじゃろう。一生、それをひきずって……。その母親にどんな事情があろうと罪深いことじゃ。黒木は」

そこからあとの言葉が浮かばず、熊吾はタクシーから降りようとした。ハゴロモまで歩こうと思ったのだ。

カカシは昼飯をご馳走《ちそう》させてくれと言い、道の向こう側の食堂を指さした。まだ開店して二週間ほどだが、運転手仲間のあいだで安くてうまいと評判なのだとカカシは言った。

「タクシーにただで乗せてもろうたうえに昼飯までご馳走になるわけにはいかん。わしは人に飲み食いさせてもらうのが嫌いなんじゃ。昼飯はわしが奢《おご》ろう」

熊吾は言って、タクシーから降りた。

カカシは食堂が借りているらしい空地にタクシーを駐車させて、バスの車掌が持っているような革鞄《かわかばん》を持つと食堂の引き戸をあけた。一時だったが、タクシー会社の制服を着た客が多かった。

「ここは親子丼《どん》がうまいんです」

「わしは入れ歯になってしもうてのお、鶏肉《とりにく》を嚙《か》むのに難儀をする。ワンタン麺《めん》にしとこう」

アルバイトらしい若い女に註文すると、カカシは自分でふたつのコップに水を入れてきて、

「フィリピンのマニラから米軍の輸送船の船底に五百人くらいの日本兵が詰め込まれて横須賀《よこすか》に着きました。そのなかに私も混じってました。昭和二十一年の二月七日です。二十二年前のきょうです。私はちょうど三十歳でした」

と言った。

戦地での思い出話を聞かされるのはいやだなと思い、人なつこそうなカカシの顔を見ながら、

「あのころのことは思いだしとうないのお」

と熊吾は言った。カカシは口を閉ざし、煙草《たばこ》を吸っていたが、註文した品が運ばれてくると、割り箸《ばし》を持ったまま、

「横浜の町には、もう到るところに星条旗がひるがえって、それを見て私はとうとう日

本もこの四十九番目の星になったなぁと思いましたが、あにはからんや天皇制は維持されて、国体は守られたまま、星のひとつにもならずに今日まで来ました。二月七日が来るたびに、日本は滅びへんかったなぁと感無量になります」

と言った。

熊吾はワンタン麺を食べて、れんげで丼《どんぶり》のなかのスープを丁寧に飲み干してから、

「カカシさんの感無量に水を差すつもりはないが、日本は滅びたんじゃ」

と言った。

「なんでです？　日本という国はちゃんと存在してまっせ。日本人の人口も年々増えつづけて、あの戦後の物のない時代には考えもつけへんかった発展をつづけてきたやおまへんか」

カカシは熊吾の言葉には承服しかねるといった不満顔を向けた。

「日本は滅びたんじゃ。数百万発の焼夷弾《しょういだん》で狙《ねら》い撃ちされて焼け野原にされたあげく広島と長崎に原爆を落とされて、無条件降伏したんじゃぞ。無条件降伏っちゅうのがどういうことかわかるか？　お前らの国の北海道という島はソ連にする。本州の半分はアメリカと中国とで分ける。四国はオーストラリアに、九州はイギリスにする。そう言われたら、はいわかりました、仰《おつしや》るとおりにいたしますと平伏することを無条件降伏というんじゃ。日本という国家が保持されて天皇制も廃止されんかったのは、あくまでも連合

軍の占領政策に過ぎん。巧妙に戦争に持ち込んで勝利し、その後の占領政策で領地と他民族を従属させていく知恵と能力と経験を、西洋人は長い長い歴史のなかで摑《つか》んできたんじゃ。小さな島国で内乱しか知らんかった日本なんか赤子の手をひねるようなもんじゃ。日本はいっぺん滅びた。これは間違いのないことじゃ」

納得のいかない表情で親子丼を食べ終わると、もし黒木さんをまた見舞うことがあっても、捨て子の件は黙っていてくれとカカシは言った。

「ああ、言わん。もう見舞うことはないと思うがのお」

きょうの乗車代金が入っているらしい革鞄を持つと、カカシは自分の親子丼の代金をテーブルに置いて出ていった。

機嫌を悪くさせたが、俺の言ったことは真実なのだと熊吾は胸の内で言い、寒風が強くなった大通りをハゴロモへと歩いた。

ハゴロモの月々の売り上げは落ちつづけていた。中古車ディーラーがあちこちで開業して過当競争化してきたことも要因だが、質のいい中古車の仕入れがままならないことが最大の理由だった。佐田雄二郎は黒木博光から学んで、関西の中古車ディーラーとのつきあいを深め、やっと商品の良否がわかるようになると辞めていった。

ハゴロモの弁天町店で雇った鈴原清がその後釜《あとがま》として鷺洲《さぎす》店に移ったが、まだ仕入れをまかせられるほどの能力を身につけていない。

黒木はあれほどに中古車の仕入れをまかされたことを喜び、地方に買い付けに行く仕事こそ天職とまで思っていたはずなのに、ある日突然、自分は疲れたので元のエアー・ブローカーに戻らせてくれと言ってきた。

あるいはあのころから腎臓の具合が悪くなり、疲れやすくなっていたのかもしれないし、東尾修造が手形を乱発して松坂板金を投げ出したことへの落胆は想像以上に大きかったのかもしれない。だが、仕事をふいに投げ出すという癖があったのは事実だ。ハゴロモには仕入れ担当者が必要だが、黒木のような目利《き》きはおいそれと見つかるものではない。

当分は俺が仕入れに奔走しなければならないのだが、このごろいやに疲れやすくて根気がつづかない。もうじき七十一になるのだから年齢による体力の低下が確実に訪れたということなのであろう。糖尿病も悪化しているはずだ。インシュリンが効かなくなって注射をやめてから随分たつ。

熊吾はそんな考えに浸ってハゴロモの事務所に入った。

「トヨタのライトバンが売れました」

鈴原は陸運局に届けなければならない書類をまとめながら言い、メモ用紙を熊吾に渡した。

――十時半、森井さんからＴＥＬ。きょうの十時ごろにヌマヅさんが亡くなったそうです。また連絡するとのこと——

博美は沼津さち枝が借りていた操車場横の借家に泊まり込んで、衣類や寝具や台所用品の整理をしていたので、熊吾は三日ほど逢《あ》っていなかった。

四日ほど前の夜に、

「人は栄養点滴だけで二か月も生きられるもんやねんねぇ」

と言ったときの博美の顔を思いだして、

「ご苦労じゃったのお。疲れたことじゃろう」

と胸のなかで博美へのねぎらいの言葉をつぶやいた。

身寄りもなく親しい人といえば森井博美だけなのだから、葬式なんかする必要もない。今夜は遺体を借家に移して、通夜《つや》をすればいい。博美ひとりではあまりにも寂しいだろうから、俺も行ってやるしかあるまい。坊主《ぼうず》は必要だろうか。民生委員に相談するのがいい。

鈴原が書類を紙袋に入れて車で陸運局へと行ってしまうと、すぐに博美から電話がかかってきた。

——この病院には身寄りのない入院患者が多いので、僧侶《そうりょ》に来てもらって通夜と簡素な葬儀をする小部屋がある。あした、葬儀を終えたら火葬場に行く。これから死亡届を出して火葬許可証を貰《もら》いに区役所に行く。私ひとりで大丈夫だ。老後のために蓄えていた金は二百七十万円。支払いが滞っていた分が十万円とちょっと。それらは公証人立ち会いのもとで私が相続する。借家はこのまま借りつづけて、いまのアパートからは出たいと思うが、お父ちゃんは操車場横の借家で暮らしてもいいか。——

博美は聞き取りにくい声で言った。

熊吾はまだ博美に別れ話をしていなかった。房江は二月二十七日にシンエー・モータープールを去ると決めて、いま家を探しているのだ。

「わしも玉川町のアパートを出るが、女房と息子のところへ戻る。長いこと世話になったな。世話になりついでに今月の末まではアパートで寝起きさせてもらうぞ」

熊吾は意図して事務的に感情を込めずに言った。

「私、せめてもの恩返しをしたいねん。赤井に渡したお金を、せめて半分でもお父ちゃんに返したいねん」

と博美は言った。

「あの金のことはもう忘れた。沼津さんから相続する金を上手に使えよ。こんどはお前の命金《いのちがね》になるんじゃ。ああ、それから、わしは今夜の通夜には行かんぞ」

電話を切ると、たてつづけに中古車を買いたい客からの電話がかかってきた。

車置き場にはいま七台の中古車が並べてあるが、どの問い合わせにも応じられる車がなかった。

「三人の客を逃がしたぞ。黒木がおったら、すぐに買い付けに走りよるんじゃが」

熊吾は口に出して言って、誰か中古車の仕入れに適した男はいないかと頭を巡らせた。海千山千のディーラー相手に値段の交渉もできる目利きとなると思い浮かんでこなかった。

こういうときに相談できるのは河内佳男だと思い、熊吾は河内モーターに電話をかけた。

「ちょうどよかった。私も大将に相談に乗ってもらいたいことがおますねん。いまからハゴロモへ行ってよろしいか」

と河内は言った。千鳥橋の元電線メーカーの跡地から引き揚げて以来、河内とは逢っていなかった。

日が落ちかけたころにやって来た河内は、椅子《いす》に坐るなり、

「台湾に事務所を持つことに決めたのだが、そこへ行かせてくれっちゅうてきかんのです」

と言った。

「誰がじゃ」

「宇波さんです」

「宇波聖子さんか？　あの人はもう五十を過ぎちょるじゃろう。そのうえ女じゃ。中国

語も喋《しゃべ》れんじゃろう」

「これからが働き盛りの私を台湾事務所に行かせへんかったら、社長は東南アジアのベアリング市場を失う。宇波さんはそう言うんです。台湾には東南アジアの中古ベアリングが集まって来ます。ベアリング専門の業者は台北か高雄かに支店を持って、フィリピンやその他の国々と商売をやってます。勿論《もちろん》、日本は喉《のど》から手が出るほどに欲しい市場で、ですが、蔡喜祥さんが台北に事務所を開くなら応援すると約束してくれて、私も決心したんですが、現地で社員を雇うとなるといろいろと厄介なことだらけで。ベアリングとは何かということから教えなあきません。大量のベアリングを横流しでもされたら河内モーターはいっぺんにつぶれますし」

「ベアリング博士の宇波聖子さんは度胸もあるのぉ。言葉はどうするんじゃ」

「専任の通訳を雇うてくれと言うてます。私と伊達さんと辻原さんの共同経営の会社というこになるので、ふたりにも宇波さんのことを相談しました。ふたりとも、あきれかえって、五十過ぎた女が台湾をまかせろなんて頭がおかしい。松坂の大将に相談してみいと言いました」

河内は大きな溜息《ためいき》をついて煙草に火をつけた。

「五十過ぎの女と馬鹿《ばか》にしちょったらいけんぞ。善国の女房を見てみい。ろくに学校も出ちょらんのに、キマタ製菓を四倍にしたんじゃぞ。もうじき五倍に発展しそうな勢いじゃ。女は働き者で辛抱強うて根性があるんじゃ。男はそれを知らんかったんじゃ。子供をお腹《なか》のなかから育てて、死ぬか生きるかの苦しみに耐えて出産して、さあそれからがまた大変な闘いじゃ。毎日毎日子育てしながら家族の三食を作り洗濯をし掃除をし。それも一年や二年やないんやぞ。結婚してから体が動かんようになるまで、ずっとやぞ」

河内は、ちょっと待ってくれと熊吾の言葉を遮り、

「ということは、大将は宇波さんが台北事務所に赴任することに賛成しはるんですか？」

と訊《き》いた。

「ああ、大賛成じゃ。五十過ぎの女がそれを望んじょるんやぞ。たいした度胸と根性と意欲じゃ。宇波さんは、台北の中古部品屋の男どもに自動車用のベアリングの幅広い専門的知識を伝授して、二十年後には台湾政府から表彰されるぞ。ということは、河内モーターも台湾で信用を得る。会社として市民権を得る」

河内佳男はやたらと煙草の煙をふかしながら、

「松坂の大将に相談せんかったらよかったなぁ」

と言った。

「宇波さんには息子さんがおったのぉ。家族はどう言うちょるんじゃ？」

熊吾の問いに、

「お母ちゃんが台湾にいてたら、俺らも遊びに行けるなあって喜んでます。母親が母親なら、息子も息子や」

そう答えて、河内は煙草をもみ消した。

「善さんが生きちょったら、わしも行くと言いだしかねんぞ」

「宇波さん、事務所で返事を待ってますねん」

と言って立ちあがり、河内は乗って来た車で帰って行った。

「あ、俺の相談事のことは完全に忘れやがって」

と熊吾は言って、事務所から出て大通りの西を見たが、河内の車はもう見えなかった。

俺は事業に関しては人に恵まれなかった。そろそろ七十一になる男の、人に恵まれないという星回りが突然に変わったりはすまい。エアー・ブローカー上がりでも人柄のいいやつはいるが、もう人をあてにするのはやめたほうがいい。それによって生じるのは疲れだけだ。気長に鈴原を育てていこう。

あいつが使い物になるころには俺がまいってしまうかもしれないが、それはそれで仕方があるまい。これからはハゴロモに専念するしかない俺がこつこつと動けばいいのだ。

房江《ふさえ》が多幸クラブで働かなくてもいいように、もう少しハゴロモの儲《もう》けを増やしたくて仕入れの出来る社員をと考えたが、房江はいまや多幸クラブにはなくてはならない社員になってしまった。体にはきつい職場だが、房江はいまの仕事を辞めたいとは考えていない。中古車の目利きを新たに雇うことはやめよう。

熊吾はそう決めて、河内が急いで帰ってしまったことに感謝しなければならないと思った。顔の広い河内なら二、三日のうちに俺が求めている人間を紹介してくれたであろう。それが次の災いの種になりかねないのだ。俺はもう他人に疲れた。

熊吾は心底そう思った。

二月十一日の日曜日に、熊吾の折衷案に合意した木俣敬二と「ラ・フィエット」の経営者の小郷征二郎《こざとせいじろう》とが簡略な誓約書を交わすことになった。

場所柄、日曜日が週に一度の定休日で「ラ・フィエット」には従業員はいなかったし、厨房《ちゅうぼう》の火はすべて消えていたが、小郷征二郎は署名捺印《なついん》が終わると、熊吾のためにポタージュスープを温めてくれて、丸い小さなパンもふたつ表面を焼いてテーブルに運んでくれた。

「小郷さんのポタージュスープ以上のものはありません」

と熊吾は言った。お世辞ではなかった。若いころから口贅沢《ぜいたく》で、上海《シャンハイ》時代から食道楽をつづけてきて、美味なものはすべて食べ尽くしたと熊吾は思っていた。金廻りがよかったころは、日本で超一流として知られた銀座や祇園《ぎおん》の料亭やレストランに行き、豪勢な料理を楽しんだ。

贅沢というものはやり尽くしたが、この「ラ・フィエット」のポタージュスープほどにおいしいものは口にしなかったような気がするのだ。

「フランス料理はソースが命ですが、スープもそれ以上に重要かもしれません。うちはコンソメスープが売りですけど、私は個人的にはニンジンのポタージュが得意です。こんどこの店にお越しになるときは前の日に知らせてください。私のニンジンのポタージュを作っときますよ。ただ最近は農家が農薬と化学肥料を使いますので、ニンジン本来の味が消えていってます」

と小郷は笑みを浮かべて言った。

このスープを飲み、パンを食べたら、もう今夜はなにも食べなくていいなと熊吾は思った。

トイレに行き、自分で紙やすりで削ったために外れやすくなった入れ歯を、博美が常に背広の内ポケットにしまっておいてくれる歯ブラシで磨き、口をすすいで席に戻ると、木俣と小郷はチョコレートを話題にして話し込んでいた。

「きょうお持ちしたのは五十箱。五百個です。毎週月曜日に五十箱をお届けします」

そう言って、木俣は新しく出来上がった「ラ・フィエット」のチョコレートを入れる箱のデザインを褒めた。

「リボンはフランスの国旗の三色にしました。なかなかの出来やと自画自賛してるんです。ベルギーの国旗にせえと木俣さんに叱《しか》られるんやないかと心配したんですが、お褒めにあずかって安心しました」

と小郷は屈託なく言った。

「私はチョコレートの本体にＫＩＭＡＴＡと刻印されてたらそれで充分満足ですねん」

交渉決裂でお互いそっぽを向きつづけたのはつい一週間前ではないかと熊吾は笑いそうになった。

歩いて御堂筋へ出ると、地下鉄の淀屋橋駅に降りる階段のところで、

「大将、これを」

と小声で言って、木俣は熊吾の掌《てのひら》になにかを握らせた。四つに折った千円札だった。

「なんじゃ、これは」

意味を解せず、熊吾は訊いた。

「お礼を受け取ってくれはりませんので、私、きょうから毎日、大将にお小遣いを渡すことにしましてん。毎日千円をお届けします」

なんとなく気恥ずかしそうに木俣は言った。

「毎日？　わしへのお小遣いをお前が毎日届けてくれるのか？」

「へえ、そうしようと決めましてん。お小遣いやったら大将も受け取ってくれはります

やろ？　お礼ではなく、私からのお小遣いですねん。親が歳《とし》を取ったら、息子がお小遣いをあげる。親孝行を形にしたらそうなります。いっぺんに三万円渡したら、一日か二日で使うてしまいかねんので、毎日千円ずつハゴロモまで届けに行くわけです」

熊吾が呆気《あっけ》に取られて掌のなかの千円札を見ているうちに、木俣は逃げるように地下鉄の階段を降りて行った。

木俣は俺が怒って、千円札を顔にでも投げつけてくると恐れたのだろうか。

熊吾はそう思い、小さく折り畳まれた千円札を背広のポケットに入れて、梅田新道のほうへ歩きだした。伸仁もこうやってお小遣いをくれるようになるだろうか。大学を卒業して就職しても当分は安月給でそんな余裕はあるまい。

熊吾のなかに、伸仁が三十歳になるまで生きていたいという願望が湧《わ》いたが、それはあまりにあつかましい願いであって、息子が二十歳になるまで生かしてくれた宇宙のありとあらゆる何物かに叱られるなと思った。

木俣は翌日の夕刻にハゴロモにやって来て、きのうと同じように四つに折り畳んだ千円札を熊吾の掌に握らせた。

その翌日も来た。翌々日も来た。

淀屋橋で別れて八日目の霙《みぞれ》の降る夜に、いつもと同じように千円札を受け取ると、

「おい、あの青桐《あおぎり》の木を切るぞ」

そう木俣に言って、熊吾は用意しておいた鋸《のこぎり》を出した。

木俣は当惑顔で熊吾を見たが、

「なにもこんなに霙が降ってる日でのうても……。大将、寒いでっせ。ストーブでこないに暖かい部屋から外に出て木ぃなんか切ったら体に障《さわ》りまっせ」

と言って、煙草をくわえた。

「なんでそんなに泣きそうな顔をしちょるんじゃ。お前はハゴロモの事務所に入ってくるとき必ずあの青桐の木をちらっと見る。この数日、必ずそうする。わしは、そのお前の目を見とうないんじゃ。それで、きょうこそあの青桐をこの世から消すと決めて、鈴原を早ように帰したんじゃ。それに木を切るのはわしやあらせん。お前じゃ。お前の青桐なんじゃけん、お前が切れ。お前が切らんのなら、わしが切るぞ」

木俣は、火をつけていない煙草を灰皿に置き、熊吾から鋸を受け取ると事務所の裏側に廻った。しばらく青桐の木の周辺を歩き廻っていたが、手を合わせて拝み始めた。

「そんなことをするから切れんようになるんじゃ。さっさと切れ。幽霊とはきれいさっぱりと決別するんじゃ。早う消えてもらえ。お前は、あの女とつきおうとったときの木俣敬二やあらせんのじゃ。キマタ製菓はまだまだこれからくぐっていかにゃあならん修羅場が待ち受けちょる。誰がどこでキマタ製菓の邪魔をしようと狙《ねろ》うちょるかわからんぞ。キマタ製菓のチョコレートを盗もうとしちょるやつが、いつどこで牙《きば》をむいてくるかわからんぞ。そんな青桐一本に手を合わせちょる男に、これからの修羅場を乗り越えていけるか？」

熊吾はそう大声で言いながら、事務所の裏側の窓をあけた。霙が吹き込んできた。

木俣は青桐の根本近くを鋸で切り始めた。日頃、鋸など使ったことがないらしく、歯は幾度か折れそうなほどに歪《ゆが》んだ。

熊吾は青桐を切っている木俣に背を向けて椅子の背凭《せもた》れに体をあずけ、大通りの向こうの川井荒物店の明かりを見ていた。

あしたはもう二月二十日になるというのに引っ越し先を見つけられないと言って房江は焦《あせ》り始めているようだった。

福島区鷺洲のハゴロモに近くて、多幸クラブへの通勤もらくで、伸仁が大学へ通うにも便利なところといえば、これまでと同じ福島区か西区の梅田寄りか、玉川町周辺ということになるのだが、この数年に家賃も敷金も上がりつづけていて、房江が心づもりをしている予算では到底払えないのだ。

房江は口にはしないが、玉川町周辺には住みたくないらしい。いつ森井博美と道でばったり出逢うかもしれないところは避けたいのであろうと熊吾は察したが、それならば家は俺が探してやろうとは言えなかった。中古車の仕入れに本腰を入れて、阪神間を朝から晩まで車で走り廻らなければならなくなったからだ。

朝から冷たい雨が降り、それはときに霙に変わるとりわけ寒い日だったが、岸和田市でトヨタの質のいい中古車を見つけ、持ち主と価格の交渉を終えて、いつもより早い六時過ぎにハゴロモに帰ってくると、事務所の椅子に坐っていた鈴原清が出て来て一枚の小切手を見せた。

「これ、銀行に持って行ったら不渡りやと言われました」

熊吾は小切手を見た。先月三台の中古トラックを買ってくれた尼崎のムラタ運送店から受け取った手形で、額面は十八万三千円だった。

売ったのは先月だが、集金に行った鈴原がその会社の経理係から受け取ったのはおといの土曜日で、きょうの朝一番に銀行に換金に行ったのだという。

「すぐにムラタ運送店に行ってみたんですけど、車置き場も事務所ももぬけの殻です。思い当たるところに電話をかけまくって、どうやら倒産したらしいということくらいしかわかりませんでした。あの運送店はハゴロモとは長いつき合いで、支払いはいっつも小切手で、それはただの一度も不渡りやったことはないんです」

鈴原は苦渋の表情で言った。

「長いつき合いの、信用できる取引先が突然倒産して雲隠れするっちゅうのは、ようあることじゃ。なんぼこっちが健全経営をしていようが、取引先の倒産で連鎖倒産の憂《う》き目に逢うのが商売の怖さじゃ」

　ムラタ運送店は、鈴原が弁天町店の時代に自分で開拓した数少ない得意先のひとつだったので、熊吾は、たいしたことではないといった表情で言い、事務所に入って自分で茶を淹《い》れた。

　机の上には薄い茶封筒が置かれていて、裏には「木俣」とだけ書いてあった。なかには千円札が一枚入っていた。

「木俣が来たのか？」

「はい。さっきお越しになって、それを置いていきはりました。社長と入れ違いです」

　鈴原は言った。

「損をしたら、また儲けたらええ。ムラタ運送店も、当てにしとった得意先の倒産で共倒れしたのかもしれん。あしたムラタ運送店の取引銀行に行ってみい。そしたらはっきりしたことがわかるじゃろう。お前が責任を感じることはないんじゃぞ」

　熊吾はそう言いながらも、鈴原がハゴロモの鷺洲店に移ったとき、小さな中古車屋は現金商売に徹しなければならないと言い含めたことを思い浮かべた。

　十八万円は痛いな。きょう、岸和田で契約したトヨタは八万円で、あしたその金と引き換えにハゴロモに陸送する約束をしてきたのだ。ハゴロモの口座にはいま幾らあるのだろう。たったの十八万円の損失で、銀行口座の残高を心配しなければならないほどにハゴロモは不景気がつづいている。

競合店が増えたからだけではない。月賦《げっぷ》販売を止《や》めたからだ。

扱い高が少なくなると無金利での月賦販売では儲けにならないし、一回目か二回目の支払いをしたあと、約束の日が来てもこちらがせっつかないと金を払おうとしない客が多くて、ハゴロモの最大の売りであった月賦販売が立ち行かなくなったのだ。

熊吾はそう思いながら、最近、個人経営の運送店は次から次へとつぶれていっている。丸尾千代麿のところは大丈夫だろうかと案じた。

熊吾は手提げ金庫のなかのハゴロモの銀行口座の通帳の残高を調べた。二十万円余しかなかった。あしたの二十日は家賃の支払い日だし、二十五日には鈴原に給料を払わなくてはならない。

鈴原には黙っていたが、熊吾はきょう現金に換えるはずのムラタ運送店からの入金を当てにしていたのだ。

熊吾は木俣敬二が置いていった封筒を背広のポケットに入れるとマフラーを首に巻き、傘と防寒コートを持って、

「わしはちょっと出かけてくる。お前は事務所を閉めて帰れよ」

と鈴原に言い、鷺洲商店街を抜けたところでタクシーに乗った。木俣に当座の金を借りようと考えて、西区長堀へと向かった。博美には用立ててもらいたくなかったのだ。

「木俣に金を貸してくれと頼むのは初めてじゃな」

と熊吾は胸の内で言った。

関西中古車業連合会を河内たちに譲り、大阪中古車センターを閉めたとき、なにがあろうと、もう誰からも金を借りまいと決めたのだが、ハゴロモを閉めるわけにはいかない。百万円単位の金でつぶれるなら、いまの俺の甲斐性《かいしょう》から思案すれば妥当とも言える。しかし、十八万円でつぶしたら、俺は人生を投げたことになる。房江の給料に頼るわけにはいかないのだ。

熊吾がそう考えているうちにタクシーはキマタ製菓の前に停まった。

木俣はいなかった。アルバイトの婦人が、社長はノリコさんの運転する車で石切へ行ったと教えてくれた。カカオ豆の殻を微粉にする仕事を請け負ってくれていた石切のかつての薬種加工職人が死んだという。

「きょうがお通夜やそうでして。社長はあしたは京都に行かなあかんから、きょうのお通夜に顔を出しておくそうです」

クラッカーに刷毛《はけ》でチョコレートを薄く塗る手作業を終えて帰り支度をしていた婦人は言った。

漢方薬用の薬草を微粉にする旧式の機械と技術を持つ者は、いまの奈良県石切の地ではその老人だけになってしまった、という木俣の言葉を思い出して、熊吾は、またまずいときに金を借りに来たものだなと思った。老人が死んだら、ただでチョコレートメーカーから貰っている殻を微粉にする者がいなくなる。木俣は困っていることであろう。あいつはなにかひとつ心配事があると、他の大事な用件のほうに頭が廻らなくなるのだ。

「そのお爺《じい》さんのお通夜のことは木俣社長はいつ知ったんですかのお」

と熊吾は首元のマフラーを巻き直しながら訊いた。

「今朝やそうです」

婦人は言って、工場の床を掃き始めた。

今夜は石切へ行かねばならないから、その前に、鷺洲のハゴロモにお小遣いの千円を届けに来てくれたのか。あいつは本当に毎日千円を松坂熊吾に渡すと決めて、それを実行しつづけているのだ。

熊吾はなぜか静かな気持ちになっていくのを感じて、雨が霙に変わった夜の御堂筋へと歩いた。

仕方がない。博美がアパートの箪笥《たんす》に隠してある金を借りよう。あいつは沼津のばあさんが死んだとき、その葬儀の費用として十五万円だけ公証役場の許可を得て郵便貯金から引き出した。

病院の払いやら他にもさまざまな費用が必要だろうからという民生委員の意見もあっ

て、沼津さち枝がいつも枕元《まくらもと》に置いていた財布のなかの七万円も使うことにしたのだが、葬儀にかかったのは三万円弱だった。

だから十七、八万円ほど残ったので、当面の生活費として封筒に入れて箪笥の服の下に隠したのだ。

「いつでも勝手に使《つこ》うてもええよ」

と博美は言ったが、俺には博美の金に手をつける気はなかったのだ。

しかし、今夜はお言葉に甘えよう。背に腹は代えられん。

熊吾はそう決めると腹が空《す》いてきた。

御堂筋を東に渡り、少し歩いて心斎橋筋に入ると、高級料理店のような店構えなのに「お好み焼き」という看板が出ている店があった。

「お好み焼き屋っちゅうしつらえやないのお」

とつぶやき、熊吾は二か月前にはなかった店に入った。

「豚玉、海鮮焼き、ネギ焼き、とんぺい焼き、ミックス特上焼き」

そう書かれた紙が壁に貼《は》ってあるのを見て、熊吾は勘違いして焼肉屋に入ってしまったのかと思い、

「ここはお好み焼き屋ですかのお」

と若い女店員に訊いた。

「そうです。おひとり様ですか？　そちらのテーブルにどうぞ」

そう元気な声で言って、女店員は奥のふたり用の席に案内してくれた。

隣りのお好み焼き台で四人の客が食べているのは、間違いなくお好み焼きだったが、ホットケーキの倍ほどの厚さで、載っている具も、タネの営んでいたお好み焼き屋とはまったく異なる贅沢なものだった。

お好み焼きがいつのまにこんなに豪華な代物《しろもの》に変わったのだ。噂《うわさ》では耳にしていたが、これなら博美にも作れるのではないだろうか。

店にはビールと日本酒しかなかったので、熊吾は熱燗《あつかん》を頼み、「豚玉」というのを註文して、ガラス越しに見えている調理場の様子を窺《うかが》った。玉子が一個。小麦粉。千切りキャベツ。それを水ではなく出し汁で溶いている。そこに天かすを入れて、大きな金属のコップにそれらすべてを移して豚バラ肉を三枚載せて、それで終わり。

女店員はそれを熊吾に運び、

「お焼きします」

と言って、鉄板でまず先に豚バラ肉を焼いた。

「小麦粉になにかを混ぜ込んじょったが、あれはなんですかのお」

と熊吾は訊いた。

「秘密です」

れた。


「秘密？　なんでじゃ。門外不出なら余計に知りたいのお」

熊吾はそう言って、誰にも見えないように、店員の前掛けのポケットに五百円札を入れた。

「困ります、こんなこと」

と小声で言ったのに、さらに小さな声で、

「擦った山芋です。ぎょうさん入れへんのがこつやそうですよ」

女店員はそう教えてくれた。

なるほど、擦った山芋を加えることで、小麦粉がふっくらと焼けるのだなと熊吾は思った。

豚玉そのものも、熊吾がこれまで食べたどのお好み焼きよりうまかったが、焼き上がったお好み焼きに塗るソースにはひと工夫もふた工夫もしてあるようだった。

熊吾はソースを舌で丹念に味わい、匂《にお》いを嗅《か》ぎ、バナナが入っていると見当をつけた。市販のウスターソースに擦ったバナナか。この果物独特の柔らかい酸味はリンゴに違いない。バナナとリンゴ。あとはなんだろう。

これ以上はあの店員に探りを入れても無駄だ。あの子も詳しくは知らないはずだ。

熊吾はそう思って、銚子《ちょうし》に残っていた酒を飲み、トイレで入れ歯を洗うと心斎橋筋へ出た。

別の細道から心斎橋筋へと入ってくる人々は傘を畳んでいた。霙交じりの雨はやんだようだった。

地下鉄の心斎橋駅へ戻るのが早いのか難波駅から乗るのが早いのかと考えながら、熊吾は宗右衛門《そうえもん》町筋が前方に見えたので、なんの理由もなく右に曲がった。

宗右衛門町筋を歩くのは数年振りだった。熊吾は富山から帰ったころに房江が賄《まかな》いとして働いた「お染」という店はまだあるのだろうかと道頓堀川沿いに居並ぶ店舗や雑居ビルの看板を見ながら歩いた。店を閉めたらしく「お染」はなかった。

もう一筋向こうだったかなと思って雑踏のなかを歩くうちに堺筋《さかいすじ》を渡り、島之内《しまのうち》と呼ばれる地へと入った。

「辻堂社長のお帰りでございます」

大和屋という有名な料亭の玄関番の声が聞こえ、黒塗りの高級車が玄関に停まった。

熊吾は、辻堂社長と聞こえたので歩を止めた。あの辻堂忠だろうか。房江の言い方をすれば、二十年前の固い約束を屑籠《くずかご》に捨てて、わしの息子に恥をかかせた男だ。

熊吾はそう思い、運転手付きの高級車に乗るであろう男を待った。

女将《おかみ》や仲居たちに送られて大和屋の玄関から出て来たのは、髪に白いものがかなり混じってはいても、まぎれもなく辻堂忠だった。そして、辻堂はひとりではなかった。衿《えり》に大きな毛皮の付いたぶ厚いコートを着た女と一緒で、熊吾はそれが岩井亜矢子であることを疑わなかった。三協銀行の副頭取の妻となり、塩見亜矢子となった女だ。

ふたりはまだつづいていたのか。なぜだ。お互いに家庭があるにもかかわらず、何十年も男と女のつながりを絶ち切れないでいるのか。背徳の愛の愉悦か？　安物の映画のようだ。

熊吾は気づかれないように来た道を引き返そうとしたが、運転席から降りて後部ドアをあけて立っている運転手に、

「そこの喫茶店でコーヒーを飲んでくる。もうちょっと待っててくれ」

と辻堂は言って、まっすぐに熊吾のいるところへと歩いて来た。

顔を合わせるつもりはなかったが、大手町の同業証券の応接室で長く待たされたあげく門前払い同然に追い返された伸仁のことを考えると、ふと講談の一節が熊吾に浮かんだ。

――ここで逢ったが百年目、盲亀《もうき》の浮木《ふぼく》、優曇華《うどんげ》の花、待ち得たる今日の対面、親の仇《かたき》、いざ尋常に勝負、勝負。――

熊吾は、親の仇ではなく息子の仇だなと思い、引き返すことをやめた。

亜矢子は辻堂にコートをうしろから着せた。ふたりは十歩も歩かないうちに熊吾に気づき、驚き顔で立ち止まった。

「こんなところでお逢いするとは。お久しぶりです。大変なご栄達、おめでとうございい

ます」

と熊吾は言った。

辻堂はなにか言おうとしたが、適当な言葉が出てこないのか黙したまま熊吾を見ていた。

「先日、息子を東京にご挨拶《あいさつ》に行かせました。成人した息子を辻堂社長に見てもらいたいと思いまして」

「ああ、あのときは……」

その辻堂の言葉を無視して、熊吾は塩見亜矢子の近くに行き、

「お元気そうでなによりです。お若いころと変わらずお美しい」

と言った。

亜矢子もなにか言おうとした。熊吾はそれも無視して、辻堂にも聞こえるように少し声を大きくさせて亜矢子に言った。

「白粉《おしろい》つけて紅《べに》つけて股《また》ぐらの周りに垢《あか》つけて」

亜矢子の目が吊《つ》り上がるのがわかった。

「化け猫面《づら》になっちょりますぞ」

と笑みを浮かべて言い、熊吾はふたりに一礼すると島之内界隈《かいわい》を散策するかのようにゆっくりと大和屋の前を通り過ぎ、橋を渡って千日前通りまで行くとタクシーに乗った。

玉川町のアパートの近くでタクシーから降り、熊吾は外付けの鉄階段をのぼって博美の部屋の鍵《かぎ》をあけた。部屋の蛍光灯をつけようと手探りで壁のスウィッチを入れたが、明かりはつかなかった。

博美はなにかの用があってアパートに帰って来たのだなと熊吾は思った。入口のドアをあけたところにスウィッチがあるが、蛍光灯にも短い紐《ひも》が付いていて、博美はいつもその紐を引っぱって明かりをつけるのだ。

真っ暗で部屋のなかは見えなかった。熊吾はポケットからマッチ箱を出して擦り、その明かりを頼りに蛍光灯の紐を探した。

三本目のマッチの明かりでやっと短い紐を見つけたが、なぜか手が届かなかった。途中から切れてしまっていた。

熊吾はとりあえず台所のガスコンロに火をつけて、

「紐のスウィッチで蛍光灯をつけたり消したりするなと言うちょるのに」

とひとりごとを言いながら、なにか台のようなものはないかと探した。安物の卓袱台《ちゃぶだい》に乗ったら壊れてしまう。ミシン用の椅子はすでに博美は操車場横の家に移してしまった。

熊吾はもう一本のマッチでガスストーブをつけて、このまま蒲団《ふとん》を敷いて寝てしまおうかとも考えたが、それより先に簞笥のなかの封筒を探さねばならなかった。

──博美に電話して来てもらうわけにはいかないな。金は内緒で借りておくつもりなのだ。一週間くらいで元の封筒に戻しておけるだろう。それならば、博美にきづかれないままで済む。博美は理由を知ったら、貸すのではなく返すのだと言って、俺のポケットに十八万円をねじ込むだろう。そして断固として返済させないであろう。

しかし、俺は赤井に渡した金を返してもらいたくはない。博美の金は、沼津さち枝が爪《つめ》に火を灯《とも》すようにして貯《た》めた金だ。相続して、博美の金になったとはいえ、俺にとっては沼津のばあさんの金なのだ。

この狭いアパートの部屋で、借りておく、いやあげるなどという押し問答をしたくない。それに、きりというものがある。俺は二月の二十五日にここから出て行く。二十七日までは房江と伸仁と一緒に引っ越しの作業をしなければならないのだ。博美とは二十五日に別れて、簞笥のなかの封筒にそっと十八万円を返して、それで終わりだ。──

熊吾はそう考えてから、ストーブとガスコンロの赤い炎の明かりだけで足許《あしもと》を確かめると、蛍光灯の紐をつかもうと背伸びしたり腕を伸ばしたりしたが、あと五センチほど足りなかった。

途方に暮れて畳の上にあぐらをかくと、熊吾は伸仁に来てもらうしかないなと思った。俺も、息子をこのアパートの部屋に入れたくはないし、息子もいやがるに決まっている。しかし、あいつは同栄証券で恥をかかされながらも、ひとこと遠回しに嫌味を言ってのけて帰ってきたのだ。親父が女と暮らした部屋に来るくらいで傷つくような男ではない。この程度で傷つくようでは大仕事はできない男だということになる。

熊吾はそう考えて、伸仁が多幸クラブでのアルバイトを終えてシンエー・モータープールに帰ってくる十一時を待った。

そして事務所にいたらしく伸仁はすぐに電話に出てきた。熊吾の頼みを聞き、伸仁はしばらく無言でいたが、蛍光灯の紐を引っぱるだけだなと念を押し、

「いま、山際《やまぎわ》梱包《こんぽう》店のパブリカがあるから、山際さんに借りてそれを運転していく。市電の通りに出ててくれる？　ぼくはどのアパートかわからんから」

と引き受けてくれた。

熊吾が通りに出て待っていると、十分ほどで伸仁はやって来た。

熊吾は、

「新しい借家は見つかったか？」

とアパートへと歩きながら訊いた。

「福島天神の南側の市場の近くに新築の文化住宅が建ったんやけど、家賃が一万二千円やねん。それプラス光熱費、水道代や。やっぱり無理やなぁってお母ちゃんはあきらめたみたいや。福島駅を中心とした半径五キロ内は家賃が上がりつづけてるって」

と伸仁は言った。

「借家の家賃はわしが払《はろ》うちゃる。わしは一家の主《あるじ》で、ちゃんと商売をやっちょる。房江にそう伝えとけ」

熊吾は言って、アパートの部屋のドアをあけた。部屋に入ってきた伸仁は、熊吾が擦ったマッチの明かりで、切れてしまった紐を引っぱった。蛍光灯が灯ると、畳に落ちていた紐の先端部分を見つけて、それをちぎれた紐に結び、

「ガスの火、つけっぱなしや。危ないで」

と言った。

そのとき、壁際《かべぎわ》から博美の襦袢《じゅばん》が落ちた。博美の持ち物のなかでは上等な本絹で、ときどき箪笥から出して、衣文《えもん》掛《か》けに掛けて虫除《よ》けをするのだが、しまい忘れたようだった。

伸仁は、落ちた襦袢をいやに長く見つめてから、なにも言わず部屋から出て行った。熊吾は伸仁が鉄階段を降りて行く音を聞いているうちに、得体の知れない怒りに襲われた。

蛍光灯の紐も引っ張れない自分に腹が立ったのか、伸仁の仏頂面《ぶっちょうづら》に怒りを感じたのか、ストリッパーとさして変わらないダンサーだった博美の、その前身を物語るような襦袢の生地に織り込まれた紋様の貧乏臭さになのかわからないまま、熊吾は伸仁のあとを追

った。

市電の通りに停めた車に乗ってエンジンをかけようとした伸仁に、

「世話をかけたけん、そこで鍋焼《なべや》きうどんでも食べんか」

と誘って、熊吾は運転席のドアをあけた。

父親の表情を窺っていた伸仁は、

「お母ちゃんが心配してるやろから帰る。ぼくが車を運転して出かけたら、お母ちゃんは心配して寝られへんねん」

そう言ってドアを閉めかけたが、

「お前に話しておきたいことがあるんじゃ」

という熊吾の言葉で二百メートルほど西の路上で商売をしている屋台へと歩きだした。

客は熊吾と伸仁だけだった。

「寒おまんなぁ。雨上がりの道のところどころが光ってます。凍ってるんです。気をつけて歩かんと滑って転びまっせ」

と屋台の亭主は言った。

熊吾は伸仁のために鍋焼きうどんを頼むと、おでん鍋のなかを覗《のぞ》き、柔らかいものを選んだ。大根と豆腐を皿に入れてもらってから、

「お前に話しておきたいことがあるんじゃ」

と熊吾はさっきと同じ言葉を繰り返した。

鉄階段を降りていく伸仁の足音を聞いていたときの突然の怒りはどこかに消えてしまっていた。なにに腹を立てたのかも思い出せなかった。畳に落ちて皺《しわ》だらけになった白《びやっ》狐《こ》の死《し》骸《がい》みたいな襦袢だけが脳裏にあった。

「お天道《てんと》さまばっかり追いかけるなよ」

と熊吾は言って、鍋焼きうどんができあがるまで待った。

伸仁が鍋焼きうどんを食べ始めると、熊吾は大根に芥子《からし》を塗って口に入れた。

「わしは若いころからお天道さまばっかり追いかけて失敗した。お天道さまは動いちょるんじゃ。ここにいま日が当たっちょるけん、ここに坐《すわ》ろうと思うたら、坐った途端にもうそこは影になっちょる。慌《あわ》ててお天道さまの光を追って、いまおったところから動いて、日の光のところへとやっと辿《たど》り着いたら、またすぐにそこは影になった。そんなことばっかり繰り返してきたんじゃ。じっと待っちょったら、お天道さまは戻ってくる。お前は、ここと居場所を決めたら、雨が降ろうが氷が降ろうが、動くな。春夏秋冬はあっても、お天道さまは必ずまたお前を照らす」

熊吾が言い終わると、伸仁はむさぼるように鍋焼きうどんを食べて、煙草《たばこ》を一本貰《もら》ってもいいかと訊いた。熊吾はピースの箱を伸仁の前に置いた。

屋台の亭主も少し離れた家の軒下に木製の丸椅子を運び、そこで煙草を吸い始めた。

「もうひとつある」

と熊吾は言ったが、それを口にすべきかどうか迷ってから口を開いた。

「わしはお前が生まれたときからずっと、この子には他の誰にもない秀でたものがあると思うてきた。どこがどう秀でちょるのかわからんままに、なにか格別に秀でたものを持っちょる子じゃと思いつづけてきたんじゃ。しかしそれはどうも親の欲目じゃったようじゃ。お前にはなんにもなかった。秀でたものなんか、どこを探してもない男じゃった。お前は、父親にそんなに過大な期待を抱かれて、さぞ重荷じゃったことじゃろう。申し訳なかった。このわしの親の欲目を許してくれ」

熊吾の話を聞いているあいだじゅう、伸仁は残ったうどんの切れ端を割り箸《ばし》でつまんで口に運びつづけていた。泣いているのを見られたくないからだと熊吾は気づいた。

もっと違うことを言いたかったのに、どうしてこれほど過酷な言葉になったのかと後悔したが、もう訂正はできなかった。すでに言葉は口から出てしまったのだ。伸仁は伸仁なりに咀嚼《そしゃく》するしかあるまいと思い、熊吾もそれきりなにも言わなかった。

「また降ってきましたなあ」

と亭主は言って、屋台の屋根に載せていた透明のビニール幕で親子が濡《ぬ》れないようにしてくれた。

「熱いお茶でも淹れまひょか。私も寒うて、どもならん」

そう言ってコンロの火をつけた亭主に、

「プロパンガスのコンロを積んじょるんじゃな」

と熊吾は言った。

「へえ、ここにね。お陰で屋台は重うなりましたけど、湯も出し汁もいっつもアッアッです」

亭主は言って車輪の横を叩《たた》き、それからヤカンを出した。

「ぼくは帰りますからお茶はいいです」

と伸仁は亭主に言い、車を停めてあるところまで雨に濡れながら歩いて行くと、エンジンをかけてその場で大きくUターンしてシンエー・モータープールへと帰っていった。

スピードを出すな。道には凍っているところがあるから危ないぞ。

熊吾はそう叫ぼうとして立ちあがったが、伸仁の運転する車は、もう見えなくなっていた。

翌日はよく晴れてはいたが気温はきのうよりも低かった。

無断で博美から一時立て替えということにしてもらった金で熊吾はハゴロモの家賃を大家に払い、午前中に南海電車で岸和田まで行って、仕入れたトヨタの中古車を運転して福島区鷺洲に帰ると、三人の客に電話をかけた。

そのうちのひとりは試乗してみて気にいったらすぐにでも買いたいと言い、二十分もしないうちにハゴロモにやって来た。試乗には鈴原に同乗してもらい、その間に熊吾は看板屋に電話で看板の書き換えを頼んだ。

これまでは「中古車のハゴロモ　月賦販売も可」とペンキで大書きしてあったのだが、その月賦云々《うんぬん》を消して「中古車高価買受」という字に変えることにしたのだ。

試乗を終えて戻って来た客は、現金で十二万円を支払ってくれて、名義変更を急いでくれと念を押し、買ったばかりのトヨタに乗って帰って行った。鈴原はすぐに書類を揃《そろ》えて陸運局へ向かった。

いい商売だ。八万円で買った中古車がすぐに十二万円で売れるのだ。しかしそれにはどれだけ質のいい中古車を揃えておくかにかかっている。新たに人を雇うのは避けたいが、昔からの商売仲間を上手に利用するという手がある。河内佳男に相談するのがいちばんいい。

しかし、河内や伊達たちは台湾での中古車部品販売に総力を傾けている。宇波聖子を台北支店に赴任させることも決まって、その準備にも追われている。査証の申請、外国為替法適用の認可などは役所仕事なので迅速には進まず、いらいらしているという。

熊吾は看板屋が看板の文字を書き換える作業を始めると、河内佳男に電話をかけた。

「お前んところにダットサンのエンジンを積んだセダンが二台あったが、あれは売れたか？」

熊吾の問いに、

「ちょっと高い値をつけ過ぎて、なかなか買い手がつきまへん。というて、すぐに値を下げるわけにもいかんので、値札を外して時機待ちです」

と河内は言った。

「俺が代わりに売ってもええか？　売れたら折半じゃ」

「ああ、それはありがたいです。松坂の大将は五万円の車を十万円で売る名人でっさかいに。いまからうちの社員に陸送させます」

「俺を詐欺師《さぎし》みたいに言いよるのお。伊達にも二、三台頼んでみてくれ。ハゴロモは仕入れがでけんで困っちょる。黒木のありがたさがようわかった」

「鈴原さんではあきまへんか」

「まだあかんのお。海千山千の中古車ディーラーから見たら素人《しろうと》同然じゃ」

電話を切ると、やっと一息ついて、熊吾は煙草を吸った。

伸仁に言った言葉に後悔して、熊吾はきのうの夜はよく眠れなかったのだ。

あれは父親が息子に対して言う言葉ではなかった。あれほど無慈悲で残酷な言葉があるだろうか。

なにか人よりも秀でたものがあると思っていたが、お前にはなにもなかった。親の欲目を許してくれ。

よくもあんなにひどいことが言えたもんだ。まだ二十歳そこそこの、世の中にも出ていない我が子に親が言う言葉か！

きのうの夜は、じつにいろんなことがあった。それらが重なり合って、俺の心をすさませていたのだ。塩見亜矢子に言った言葉は、負け犬の遠吠《とおぼ》えと同じだ。

あのときの俺の心のすさみが言葉になったにすぎない。瞬時に変化して制御できない心というものを、きのうの夜ほどなさけなく思ったことはない。

その鬱屈《うっくつ》を、あんなにも冷酷な言葉にして息子にぶつけたのだ。伸仁にとっては、叱られて罵倒《ばとう》されるほうがまだましだったであろう。

俺は伸仁に謝らなければならない。これ以上はないというほどの愛情を注いで、大事に育ててきた息子なのだ。そのことだけは伝えておかなければならない。

熊吾はそう思い、今夜、シンエー・モータープールに行って伸仁に謝ろうと決めた。

河内モーターの若い社員が日産のセダンに乗ってやって来て、熊吾がその試乗をしているあいだに、鈴原が陸運局から帰って来た。

熊吾は以前にカカシに教えてもらった食堂に河内モーターのふたりの社員と鈴原をつれて行き、遅い昼食をご馳走《ちそう》すると、ハゴロモには帰らず、沼津さち枝の借家だった操車場横の家へ行った。

もうそろそろ遺品整理も終わったころであろう森井博美に、きのう心斎橋筋で食べたお好み焼きの話をしておきたかったのだ。それに、無断で立て替えてもらった十八万円のことも伝えておきたかった。

博美は、かつては沼津さち枝の寝床だった八畳の間に坐って、古新聞紙や雑誌類を積み上げて、そのページを一枚一枚繰っていた。

「なにをやっとるんじゃ。遺品整理はまだ終わらんのか。ばあさんのひとり暮らしやったんじゃぞ。そんなにぎょうさんの遺品があるわけじゃあるまい」

熊吾の言葉に、

「ちょっとした薄い雑誌に大事な物を挟んである場合があるから、念のために調べておいたほうがええって公証役場の人に言われて、捨てかけた古い雑誌をぱらぱらめくってたら五百円札が一枚出てきてん。ひょっとしたら、他にももっと大事な物が出てくるかもしれへんから、朝からずっと調べてるねん。一回全部調べてんけど、念のためにもう一回と思うて」

と博美は言った。

「一回でええんじゃ。全部丁寧に調べたが、この五百円札一枚が見つかっただけじゃったと公証役場の人に言うて、すぐに捨ててしまえ」

熊吾は言い、畳の上に置いてある麻紐で古新聞と雑誌類を固く縛った。

もし沼津さち枝が、自分のものはすべてこの人に渡してくれという遺言状を挟んでおいて、それが森井博美でなかったらまずいと思ったのだ。有り得ないだろうが、万が一にもそんなものが出てきたら、博美はすべてを失う。探さなければ出てこないのだ。それに博美は一回調べた。それでいいではないか。

熊吾はそう思いながら、麻紐で縛った雑誌類を玄関の引き戸の横に置き、きのうの夜、簞笥の奥から十八万円を借りて、ハゴロモの急場をしのいだと言った。

「来月か再来月には返せる。それまで借りちょくぞ。勝手に使うてすまんな」

「お父ちゃんは、返さんでもええと言うても返しにくるやろ?……。そのお金、私に返すのはいつでもええよ」

博美は台所で手を洗い、ガスストーブにその手をかざしてから、熊吾の横で長々と横たわって、

「ああ、疲れたあ」

と言った。髪がうしろに流れたので、こめかみから右の側頭部にかけての火傷《やけど》の跡が露《あら》わになった。

熊吾は、いまはお好み焼きの話はやめようと思った。今夜は博美はアパートに帰ってくるだろうから、そのときに話せばいい。しかし、あのうまいお好み焼きを作る材料は

用意させておかなければならない。

試作に使うための大きなフライパン、豚バラ肉、鶏卵、小麦粉、山芋、キャベツ、天かす、バナナ、リンゴ、ウスターソース。それにマヨネーズとケチャップもソース作りに試してみたほうがいい。小麦粉を溶く出し汁を取るためのかつお節と干し昆布も忘れてはならない。

ソース作りにはミキサーがあれば便利だ。ああ、お好み焼きをひっくり返すためのコテも要る。食べるためのコテではなく作るための大きなものをふたつだ。

熊吾はそれらを手帳に書き、紙をちぎって博美に渡した。

「これ、なに？」

「お前のこれからの商売に必要なんじゃ。詳しいことは夜にアパートで説明するけん、七時までには帰ってこい。俺は十一時ごろにモータープールに行って息子に逢《あ》わにゃあいけん」

「私、小学二年生か三年生時分のノブちゃんしか覚えてないわ。いっぺん見てみたいわ。ミュージックホールの楽屋にお花を持って来てくれたあのちびちゃんが、どんな大学生になったんやろって思うけど、こんな火傷で爛《ただ》れた顔を見られとうないという気持ちのほうが強いねん」

「お前がどれだけ疲れたか、わしはようわかっちょる。昼寝でもせえ。寝るときはガスストーブをちゃんと消して、炬燵《こたつ》に入って寝るんじゃぞ。風邪を引くぞ。きょうも底冷えがするけんのお」

熊吾は操車場の横から貸倉庫の並ぶ道を歩いて聖天通り商店街に入ると、「しばらく休業いたします」と博美の下手な字で書かれた紙を見つめた。

この二階屋も博美のものになったのだ。河内佳男は、もう町の商店街は衰退の一途を辿るであろうと言ったが、ここは国鉄環状線の福島駅から歩いて一分で、大阪駅からはたったの一駅なのだ。他の地域の古い商店街とは条件が異なる。沼津さち枝が遺《のこ》したこの店舗には未来がある。

熊吾はそう思った。そして、格子戸《こうしど》の前に行き、新しい暖簾《のれん》を作らせるために手で寸法を測った。

丈は二尺、幅は三尺半くらいがいいだろう。格子戸だけは新しくする。店内の壁は塗り替えたほうがいい。その程度ならさして費用はかかるまい。

熊吾はそう考えて、寒風の吹く商店街をハゴロモへと歩いた。

うしろから呼ばれたので振り返ると木俣敬二が垂れ目を細くさせて笑顔で手を振っていた。そして走って来て、

「大将、きょうのお小遣いです」

と言い、千円札を熊吾に手渡した。

「木俣、お前の気持ちはようわかった。まことにありがたいことと感謝しちょる。じゃがのお、もう毎日お小遣いを届けてくれんでもええぞ。お前も忙しいんじゃ。長堀から御堂筋まで歩いて地下鉄の本町駅まで行って、二駅先の梅田まで出て、梅田駅から環状線に乗り換えて福島駅で降りて、鷺洲までは歩いても十二、三分はかかる。毎日毎日、そうやってわしにお小遣いを届けてくれる。わしがそのたびに、千円札を受け取れるか？　お前の気持ちは忘れん。しかし、こうやってお小遣いを届けてくれるのも、きょうでやめんか？」

熊吾はそう言ったとき、随分昔に、商売で知り合った当時七十二、三歳の貿易商から教えられた言葉をふいに思いだしたのだ。

それは日蓮《にちれん》が流罪《るざい》されていた佐渡へはるばる鎌倉《かまくら》から訪ねてくれた女性門下への礼状を兼ねた手紙の短い一節だった。

――道の遠きに心ざしのあらわるるにや。――

山口県に住むその貿易商は病気で臥《ふ》していて、熊吾は大阪から夜行列車で防府《ほうふ》にまで行って見舞った。松坂商会を興《おこ》そうと奔走しているときに親身に世話をしてくれたことへのお礼の気持ちに過ぎなかったが、その人は日蓮の言葉を引いて熊吾への感謝をあらわしたのだ。

それ以来、熊吾は遠距離だからといって横着はせずに人に逢いに行くようこころがけるようになった。

それほど大事な言葉なのに、いつのまにか忘れてしまっていたなと思い、木俣から千円札を受け取った。

「大将がなんと言おうが、私はお小遣いを毎日お届けします」

と木俣は言って、ハゴロモへの道を熊吾よりも先に歩きだした。歩きながら、

「きのうはどういう用事で来てくれはったんです？」

と木俣は訊《き》いた。

「心斎橋のほうに用事があったけんのお、ちょっと寄ってみたんじゃ。べつに用があったわけやあらせんのじゃ」

「ああ、そうでっか。石切は寒かったです。大阪の比やおまへん。きょうは新幹線の京都駅まで人を迎えに行かなあかんかったから、お葬式には欠席させてもらいました」

そう言って、木俣はハゴロモの事務所に入ると、裏の空き地に目をやった。

「青桐《あおぎり》がなくなっしもうて、家主が寂しがっちょる。あの青桐のお陰で空き地がみずみずしかったのに、なんてな。迷惑がっちょったのは誰じゃと言い返してやったぞ」

熊吾は笑って、鈴原に熱い茶を淹れてくれと頼んだ。どうしてこちらから頼まなければ動こうとしないかと腹が立ったが、言わなければわからないやつには、言っても無駄なのだと思い直して黙っていた。

そして木俣に、道の遠きに心ざしのあらわるるにや、という言葉にまつわる思い出を語って聞かせた。

「へえ、私がきょう京都まで行ったのは、あのベルギー人の息子さんが新婚旅行で日本に来たからですねん」

と木俣は言った。

「チョコレートのお師匠さんの息子か？」

「そうですねん。私の師匠は十二年前に亡《な》くなりはったそうです」

と言って、さらに説明をつづけた。

――ピーテル・メルテンスは死ぬ少し前に、息子に日本での思い出話を語り、そのときケージ・キマタのことも話題にして、ケージはどうしているだろう、真面目《まじめ》によく働くやつで、チョコレート職人をつづけていたら日本ではトップになっているだろうが、戦争で死んだ可能性は高い。そう言ったそうだ。私は二年前に横浜のホテル時代に一緒に働いていた男にばったり逢った。メルテンスさんの話題も出た。それから一週間ほどたって、その人がベルギー人の師匠の住所を書いた葉書を送ってくれたのだ。私はすぐにドイツ語で師匠に手紙を出した。――

「お前、ドイツ語で師匠に手紙を出した……ドイツ語の読み書きができるのか」

と熊吾は驚いて訊いた。

「いえ、本町に英語、フランス語、ドイツ語、スペイン語の翻訳をする会社があるんです。そこで私の書いた文章をドイツ語にしてもらいました。そしたらマチス・メルテンスという人から返事が来ました。私の師匠はピーテル・メルテンスやから、ああ、これは息子さんやなとすぐにわかりました。お父さんが亡くなったこと。自分も父と同じチョコレート職人になって、最近ベルギーのブリュッセルで自分のチョコレート菓子店を持ったこと、なんかが書いてありまして。それから手紙のやりとりがつづいたわけやないんです。それっきりになってましたけど、三か月ほど前に、マチス・メルテンスさんから手紙で、新婚旅行で日本へ行くので、もし逢える機会を作ってくれるなら嬉《うれ》しいと書いてあったんです。父が若い時代をすごした横浜に行きたいし、京都や東京にも行きたい、って」

「そうか、それできょう京都駅まで迎えに行ってあげたのか」

「へえ、ふたりとも新婚旅行やのにハイキングに行くようないでたちでした。リュックサックを背負ってねえ。向こうの人は旅慣れてるのか、日本人みたいにぎょうさんの荷物を持てへんのですな。それでも、私にわざわざ逢いに来てくれたんです。ベルギーからでっせ。『道の遠きに心ざしのあらわるるにや』ですなあ。あした、私は京都を一日中案内するんです。マチスさんが遠慮して断りはっても、私は行きまっせ」

「そのおふたりは新婚旅行なんじゃぞ。お前はせいぜい一、二時間お相手をして、お引き取りするほうがええんやないかのお」

熊吾は笑って言い、腕時計を見た。四時前だった。

木俣が帰るとすぐに若い夫婦連れの客が訪れて、中古車が欲しいので相談に乗ってくれと言った。熊吾は河内モーターから回してもらった日産のセダンを試運転するようにと勧めて、鈴原を同乗させた。

二十代後半の亭主は、運転免許証を取ったばかりで、街中での運転はまだ怖いと言いながら大通りを西へ向かった。

看板の書き換えをして、ペンキが乾くまで店に帰っていた看板屋が、出来あがりを見に来て、

「これでよろしおまっか?」

と訊いた。

熊吾は事務所から出て看板を見あげたが、そのとき立ち眩《くら》みがして、息が苦しくなり、

「ああ、これでええ。急がせてすまんな」

と言いながら事務所に戻ってソファに横になった。

昨夜はほとんど眠れなかったし、けさは早くから大家のところに行き、それから岸和田まで中古車を受け取りに行き……。とにかくあれやこれやと休む間もなく動きづめだった。さすがに疲れたらしい。この二、三年で疲れやすくなっている。若いころのよう

にはいかない。これが歳《とし》を取るということなのであろう。

熊吾はそう考えて、横になったまままさっきの客と鈴原が帰ってくるのを待った。ときおりそっと立ち上がって、立ち眩みが起こらないのを確かめたが、そのたびにまたソファに横たわった。

ほんの十五分くらいうとうとしたと思ったが、電話の音で目を醒《さ》ますと一時間半もたっていた。

鈴原からで、いま川口町と本田町《ほんでん》のあいだくらいにいると言った。

あの客の運転では事故を起こしても不思議ではないと思い、

「車をぶつけたのか？」

と訊いた。

「いえ、何回かエンストしながらの運転ですけど、慎重過ぎるほどで事故なんか起こしてません。いま、あのご夫婦の家の近くの公衆電話からかけてます。このまま車を置いていってくれと言いはるんです」

「買うと決めたのか？」

「はい。そやけど中古車を買うために貯めてきたお金ではちょっと足りんのです。残りを来月に払うてもええんなら、いま十万円を現金で渡せるそうです」

熊吾は十二万円の売値をつけておいたのだ。それならば河内と折半でお互い二万円ずつの利益になる。

「若い夫婦なんじゃ。十万円を貯めるのも大変じゃったじゃろう。よし、残りは来月でええと言うて、車を置いてこい。また次にもっとええ中古車に乗り換えるときもハゴロモで買うてくれと頼んじょけよ」

鈴原と電話で話しているあいだに通りの向こうから川井荒物店の主人が信号を渡ってハゴロモの事務所にやって来た。

熊吾は電話を切ると、森井博美の件で世話になったことへの礼を述べた。

「あんたの片思いの人は、じつに誠実な民生委員じゃった。あの人が信用できると言うた公証役場の担当者も、相続についての法的な知識は確かで、至れり尽くせりの世話を焼いてくれて、なにもかもが円満に進んだ。川井さんのお陰じゃ」

「そうでっか。それはよろしおました」

熊吾となにやかやととりとめのない世間話をしたくて来たのであろう川井は、

「なんと、ことしの大卒の初任給は三万円を超えるそうでっせ。企業の規模にもよるんでしょうけど」

とズボンの尻《しり》ポケットに突っ込んでいた新聞を出しながら言った。

「わしはちょっと風邪をひいてのお。家に帰って炬燵で横になりたいんじゃ。すまんが、鈴原が帰ってくるまでこの事務所の留守番をしてくれんか」

その熊吾の頼みを快く引き受けてくれて、川井は事務机の前に坐った。

鷺洲商店街を東に行き、南に下って環状線の高架をくぐると、熊吾は玉川町のアパートへ戻り、電気炬燵のスウィッチを入れて、操車場横の借家に電話をかけた。お好み焼きの試作はあしたに延ばそうと思ったからだ。妙に気力がなかったし、暖かい炬燵に腰まで突っ込んで眠りたかったのだ。

だが、博美は電話に出てこなかった。俺が書いた食材などの買い物に出て、そのままこのアパートへ帰るつもりなのであろうと思い、熊吾は炬燵が暖まるのを待って、着たままだったコートを脱いだ。

物音で目が醒めると、蛍光灯が灯っていて、大きな段ボール箱をかかえた博美が立っていた。八時半だった。

「お腹《なか》がすいた。早ようお好み焼きを焼いて食べようよ」

と博美は言い、段ボール箱の中身を出した。

「わしらが食うための試作やあらせん。お前のこれからの人生のための試作じゃ」

と言い、まずソース作りから始めた。

新品のミキサーにウスターソースを一合入れ、バナナ五センチとリンゴ四分の一個、ケチャップ少々を入れて攪拌《かくはん》して、味見をしてみた。

「なにかが足りんのお。しかし、あの店のソースにかなり近い。博美、この配分をノートに書いちょけよ。書いてないと忘れるぞ」

足りないものがなにかは、お好み焼きを焼きながら考えようと思い、熊吾は昆布とかつお節の出し汁を取った。その間に、博美はキャベツを千切りに刻み、豚バラ肉もお好み焼きの大きさに合うように切った。

一枚目を焼き、ふたりで試食したが、かつお節が多すぎるとわかった。

昆布出汁《だし》だけのほうがうまいとわかるまで六枚も焼かねばならなかったが、最も難しいのは山芋の分量だった。

「これが肝じゃな」

とつぶやき、熊吾は擦った山芋を大匙《おおさじ》二杯だけにした。

よし、これなら客から金が貰えるというお好み焼きが完成したときは十時を廻っていた。熊吾はお好み焼きに塗るソースだけが気に入らなかったが、それはあしたにしようと決めて、

「お前、あしたの昼に心斎橋のお好み焼き店に行って食べてこい。豚玉以外にも、特上のミックス焼きっちゅうのも食べるんじゃぞ。お前の新しい店の名は『ぜいたくお好み焼き　もりい』じゃ。ぜいたくを漢字で書いたら読めんやつもおるかもしれんけん、平仮名で『ぜいたく』じゃぞ。暖簾の大きさは丈二尺、幅三尺半」

そう言って熊吾は房江に貰ったハンチングをかぶった。外は風が強そうだった。

「試作のお好み焼きを食べすぎて、胃のなかで山芋がのたうってるわ」

と博美は笑った。

「息子と話があるけんシンエー・モータープールへ行ってくるぞ」

熊吾は国道二号線を急ぎ足で福島西通りまで歩いた。ハンチングを探したので、厚手のコートを着るのを忘れてしまい、ことしいちばんの寒さではないかと思うほどに腰から足元が冷えてきた。

モータープールの事務所には伸仁だけがいた。

ふたりだけの場で謝りたかったので、房江が事務所にいないことはありがたかった。

ガラス窓越しに伸仁に笑みを向けると、伸仁も固い笑みを返した。

熊吾は引き戸をあけて事務所に入り、伸仁に笑みを向けたままうしろ手で戸を閉めようとした。その瞬間、腕から肩と首へかけて名状しがたい痛みが走り、顔が苦痛で歪《ゆが》むのを感じた。それから全身が痙攣《けいれん》した。

熊吾は苦痛に歪んだ自分の口から入れ歯が飛び出すのも見えていたし、伸仁が慌てて階段の下から母親を呼ぶ声も聞こえていたが、気がつくと事務所の床に脚を投げ出すようにして坐っていた。入口の柱に背が凭《もた》れるように倒れたので、上半身はかろうじて支えられているらしいとわかった。

俺はどうなったのだろうと熊吾はどこかに電話をかけている房江に助けを求めるかの

ような目を向けつづけた。

伸仁は入れ歯とハンチング帽を持って、なにか話しかけてきたが、熊吾は朦朧《もうろう》としてしまって、意味が解せなかった。

引き戸を閉めた際の腕の捩《ね》じ上げられるような痛みも、肩と首の痛みも消えていたし、痙攣もおさまっていたが、意識は脳のなかに膜がかかっているようで、自分がここになにをしにきたのかもわからなくなっていた。

救急車が到着して、なにも救急車を呼ぶまでもあるまいと熊吾が思っていると、白い服を着た若い隊員が、

「松坂軍曹、松坂軍曹」

と耳元で言った。

満州の原野の、どしゃぶりの雨に打たれて、泥だらけになって塹壕《ざんごう》に身を潜めた野中二等兵が熊吾を呼んでいた。

「敵さん、えらいきょうは頑張ってますなァ。向こうに何人ぐらいいてるんやろ」

「四、五百っちゅうとこやろ。そのうち下火になる。慌てて塹壕から出たりするなよ」

と熊吾は言った。

「わかっとりまんがな。松坂軍曹の子分は、まだ誰ひとり死んでない。わてら、感謝してまんねや」

熊吾は塹壕のぬかるみに体半分がつかったまま、大阪で菓子職人をしている野中二等兵に、

「早よう日本に帰って、女房や娘に逢いたいじゃろ」

と言った。

そのとき、救急車はサイレンを鳴らしてスピードをあげ、熊吾は、お父ちゃん、お父ちゃんと声をかけつづけている房江に気づいた。

「わしはどうなったんじゃ？」

と熊吾は救急車に同乗している房江に訊いた。

「モータープールの事務所で倒れはったんや」

「なんでじゃ」

「わかれへんから、これから病院に行って診てもらうねん」

「伸仁はどこにおる」

「うしろから車で追いかけてきてるよ」

俺が倒れた？　なぜだ。撃たれたのは俺ではない。敵の中国兵たちもこちらは見えていない。ただやみくもに撃っているだけだが、どんな流れ弾が飛んでくるかわからない。

しかし、塹壕から頭を出すなと言ったのに、野中二等兵は命令を聞かずに篠《しの》突く雨のなかで敵の様子を窺《うかが》おうとして、銃弾で眉間《みけん》を撃たれ、ひとことも発しないまま即死し

たのだ。

「宮崎や山下はどこにおる」

と熊吾は房江に訊いた。

「誰のこと？」

「宮崎上等兵と山下通信兵じゃ。山下は通信機を包んだ革鞄《かわかばん》を背負うちょる。塹壕から頭を出すなと言え」

「お父ちゃん、目をつむっとき。いまはなんにも喋《しゃべ》らんとき」

と房江は言って、熊吾の頭を両腕で抱いた。

「頭は動かさんといて下さい」

と救急隊員が言った。

「野中には五人の娘がおった。みんな、ちゃんと育ったか？　みんなちゃんと嫁に行ったか？」

「お父ちゃんは夢を見てはるんや。お父ちゃん、喋ったらあかん」

病院に着き、救急外来の診察室に運ばれると院長らしき中年の医者が来て、熊吾にいろいろと話しかけながら、ペンライトで目の動きを調べ、血圧を測った。血液も採取した。頭部のレントゲン写真も撮り、いちおうの診断がついたのは夜中の一時だった。

「いまのところは一過性の脳溢血《のういっけつ》という診断しかつきませんが、糖尿病が、これ以上は悪うならんというほどに進んでます。痙攣を起こしたそうですが、それは糖尿病によるものです。糖尿病歴が長いのに腎《じん》機能に支障が起きてないのと、下肢壊疽《えそ》も免れてるのが不思議なくらいや。右の手足の機能不全が麻痺《まひ》として残るかどうかは、二、三日たたないとわからんですな。あしたの午後、もういちど詳しく検査します」

医者は、ベッドの近くに立っている房江にそう説明して、二、三週間の入院の準備をしておいてくれと言った。

熊吾は無言でその医者の説明を聞きながらも、意味はよく理解できた。さっきまでの錯乱状態は治まっていた。注射のせいなのか、心は静かだった。満州の野戦も、野中二等兵も、もうあらわれなかった。

その夜は、病院の救急病棟のひとり部屋に移されることになったが、房江からの電話で駆け付けたという博美が朝まで付き添ってくれるというので、伸仁と房江はとりあえず帰って行った。

「私が付き添うからって、奥さんとノブちゃんには帰ってもろてん。奥さんは、どうしてもあしたは勤めを休まれへんそうやし、ノブちゃんは後期試験が始まるそうやねん。ノブちゃん、私を見てびっくりしてたわ。お父さんと暮らしてきた女が、西条あけみやったなんて、想像もしてなかったんやろねぇ」

と博美は言って熊吾の入れ歯を洗いに行った。

熊吾は病室の薄暗い豆電球の明かりを見つめていた。松坂熊吾という男の最後の仕事が、お好み焼き用のソース作りになろうとはと思い、なにやらおかしくて笑みを浮かべた。

熊吾は、自分はもう立てないとわかったのだ。

第八章

救急車で搬送された直後のレントゲン写真では脳幹部近くの細い血管が破れたと思える影が認められたので、とりあえず一過性脳溢血《のういっけつ》と診断したが、あの夜から四日たって改めて写真を撮ってみると脳梗塞《のうこうそく》であることがわかった。頭蓋骨《ずがいこつ》に遮断されていてレントゲン写真では脳内を鮮明に写せない。

しかし、脳の左側の細い無数の血管が詰まっていて、その部分の脳細胞は壊死《えし》している。この壊死は今後さらに広がっていく。脳軟化症を後戻りさせることは、いまの医学ではできない。糖尿病がここまで悪くなってしまうと打つ手がないのだ。

歩行練習をさせたいが、たぶんそれをしたからといってどうなるものではないと思う。須藤病院の五十代前半と思える院長は、房江《ふさえ》を診察室に呼んでそう説明した。死ぬのを待つだけだ。つまりそういうことなのだなと房江は理解して診察室を出ると、熊吾《くまご》の病室に行った。

熊吾はきのうから二階の四人部屋に移っていた。

「わしについちょらんでもええぞ。きょうは引っ越しじゃろう。いま何時じゃ」

と熊吾は言った。

脳幹部近くの脳細胞が壊死しているとは思えない明瞭《めいりょう》な口調だった。

「六時半や。田岡さんが手伝《てつど》うてくれて、家具とか炊事用具は先に運んだから、あとは蒲団《ふとん》と衣類をトラックで運ぶだけで引っ越しは終わりや。シンエー・モータープールとお別れやねえ。荘田さんはきょうからゴルフ場勤め。柳田商会の寮も空っぽ。シンエー・モータープールも空っぽ」

と房江は笑みを浮かべて言った。

「ハゴロモのことは鈴原と相談せえ」

熊吾は言って、動かない右手を左手でさすった。房江はその右手を握った。血がかよっていないのかと案じるほどに冷たかった。

森井博美がやってきたが、遠慮して病室近くの廊下に置いてある椅子《いす》に坐《すわ》った。

「またあした来るね」

「なんで大東市なんかに引っ越すんじゃ」

熊吾の問いには答えなかった。熊吾がきょうそれを訊《き》くのは五回目だったのだ。房江が多幸クラブの仕事を終えて市電で須藤病院に来たのは六時過ぎだから、たったの三十分のあいだに同じことを五回も訊いたことになる。

「呂はセビル・ロー街で修業したんじゃ」

と熊吾は言った。

「なんのこと？」

「ロンドンにセビル・ローっちゅう仕立て屋ばっかりが店を並べちょる地域があるそうじゃ。一流の仕立て屋を目指す連中は、このセビル・ロー街で修業するんじゃ。日本人にはセビル・ローがセビローと聞こえるそうじゃ。背広っちゅう言葉はセビル・ローを漢字にしたんじゃ。呂は王の背広を仕立てた。その背広を王に届けた日に、ふたりの恋は地獄へと走りだしたんじゃ。伸仁《のぶひと》にそう言うといてくれ。呂は風呂《ふろ》の呂。王は王様の王」

房江は病室から出て、博美に礼を言った。

「これくらいのことをさせてもらうのは当たり前です」

博美は聞き取りにくい声で言ってお辞儀をした。

救急車で玉川町と西九条の中間の市電の走る道沿いにある須藤病院に着いて、夫が診察を受けているとき、房江は迷ったあげくに財布に入ったままの紙切れを出して森井博美のアパートに電話をかけたのだ。熊吾が帰ってこないと心配するだろうと思ったからだが、べつに心配したってかまわないという思いもあった。

しかし、勤めを休むわけにはいかない房江にとっては、森井博美が昼近くから病院の消灯時間まで夫に付き添ってくれるのはありがたかった。

房江は病院を出て市電で福島西通りに戻り、シンエー・モータープールの前に帰り着くと、伸仁が正門に掛けてある看板を外していた。

「全部トラックに積んだけど、忘れ物がないか見てくれる？　テレビはもう古いからパブリカの寮に五千円で売ったでえ」

と伸仁は言い、モータープールの事務所に走って行って、近くの食堂に出前を頼んだ。房江は親子丼《どん》を食べることにして二階にあがった。

ここで息子を育てることができた。あと十日ほどで伸仁は二十一歳になる。十一歳からの十年間をこのシンエー・モータープールの二階の部屋で伸仁は育ったのだ。元女学院の教室だった天井の高い隙間《すきま》だらけの部屋だ。

犬のムクもいた。ジンベエもいた。鳩《はと》のクレオもいた。みんなここで身を寄せ合って生きたのだ。

房江は、余部《あまるべ》鉄橋から飛んで行ったクレオがまだどこかで生きている気がしてきた。すると、自分たちがいなくなったこのシンエー・モータープールの階段の手すりにクレオが舞い降りてきて、誰もいないことを悲しまないだろうかと考えた。

そんな感傷を消すために、房江は部屋を丁寧に点検して、南側の階段を降りると、田岡が裏門を閉めて南京錠《ナンキン》をかけていた。

食堂の主人が岡持ちを持ってやってきたので、田岡は正門に回ってくれと申し訳なさそうに言った。

房江と伸仁と田岡勝己は急いで丼物《どんぶりもの》を食べると、K塗料店に貸してもらった二トントラックで大東市のタネの住むアパートへと阪奈道路を東に向かった。田岡は荷物をアパートの二階に運んだら、トラックで福島西通りに戻り、モータープールの正門に鍵《かぎ》をかけて、その鍵をクワちゃんに渡して天満の叔母さんの家に帰ることになっていた。

叔母さんは死んだが、家は田岡が使っているという。

阪奈道路は大阪から生駒山を越えて奈良へとつながる道で、四十分ほどで大阪府大東市のアパートに着いた。タネの部屋の明かりは消えていたが、笑い声が二階の部屋から聞こえた。夕方から部屋の掃除のために来てくれている大谷冴子の声も聞こえた。

もう九時前だ。荷物を運んだら、田岡に頼んでトラックで大阪駅まで冴子を送ってもらおうと房江は思った。

蒲団と衣類はすぐに運び終えて、房江はきょうから伸仁と暮らすことになるアパートの部屋を眺めた。

入口のドアを入ると右側に窮屈な台所がある。その後ろ側に四畳半の間があって、六畳の間と襖《ふすま》で仕切られている。六畳の間の奥にも襖があり、裏窓に面した狭い洗面所と便所へとつづく。

この六畳で伸仁と蒲団を並べて寝るのだな。寝返りをうったらぶつかりそうだ。台所の三畳は使い道がない。水屋と冷蔵庫を置いたら人ひとりがやっと通れるほどだ。

六畳の間も和箪笥《だんす》と洋箪笥と伸仁の机とで、使えるのは畳五枚ほどだ。

そう思いながら、房江は畳だけは新しい六畳の間に坐って冴子に礼を言った。冴子は青いセーターとジーンズという働きやすい服装をしてきていて、家から掃除道具も持参してくれていた。

「掃除は一時間もかかりませんでした。あとはただぼぉっと壁に凭《もた》れて坐ってただけです」

と冴子は笑顔で言った。

よく笑う子だな。とにかく明るい。眩《まぶ》しいほどだ。

房江はそう思った。タネが茶を淹《い》れてくれたので、房江は田岡を呼ぼうとドアの外に出たが、トラックはなかった。

「クワちゃんは寝るのが早いからって、荷物をここに運びあげたらすぐに帰ってしもたで」

と伸仁は言った。

「ええ？　昼からずっと引っ越しの手伝いをしてくれたのに、私、お礼のひとことも言うてないわ」

「冴子がいてるから遠慮したんやろ」

そう言って、伸仁も部屋を見廻しながら熱い茶を飲んだ。

「狭いし、天井は低いし、お隣りとの壁は薄いし、息が詰まりそうやなぁ」

伸仁は冴子に苦笑を向けて言った。

「使えへん部屋があってもしょうがないよ。お母さんとのふたり暮らしやねんから、このくらいがちょうどええよ。掃除がらくやし」

仲のおよろしいことで。房江は胸のなかで言って、タネと目を合わせた。タネは笑顔を返して、冴子が梅田で買って来たというサンドウィッチを食べた。

房江は、ここから住道《すみのどう》駅までの夜道は暗いし、片町線で京橋駅に着くころには十時になる。お前、冴子さんを阪急電車の梅田駅まで送ってあげろと言った。

「うん、片町線の最終に乗り遅れたら、吉川の家に泊めてもらう。十二時までに帰ってけえへんかったら吉川の家に泊まったと思って、心配せんとってな」

伸仁はそう言うと、冴子を促してアパートの部屋から出て行った。

鉄階段を降りながら、

「私、住道駅まで送ってくれたら、あとはひとりで帰るよ」

という冴子の言葉が聞こえた。

吉川明郎という伸仁の友だちは、同じ大学の一年後輩で、テニス部員だった。長堀の材木商の次男だが高校三年のときに跡継ぎだった兄を交通事故で亡《な》くした。それで進学を断念して家業を手伝っていたが、昔からいる番頭が仕事のできる人だったので、やはり大学に行ったらどうかと親に勧められて、二年遅れて入学してきたのだ。

後輩とはいえ歳《とし》は同じで、伸仁とは気が合って、モータープールにもときどき遊びに来ていた。

吉川銘木店はキマタ製菓から南に歩いて十分ほどだという。地下鉄の本町駅からすぐなのだ。

房江は柱時計を壁に掛けながら、たぶん今夜は伸仁は吉川くんの家に泊まるだろうと思った。

「可愛らしいガールフレンドやなあ。私、多幸クラブから帰って来て、この部屋に明かりがついてたから、誰がいてるんやろと思うて階段を上がってきて、冴子さんが雑巾《ぞうきん》がけしてたから、この娘さんはどこのどなたやろとびっくりしたわ」

とタネは言った。

房江は、病院の院長から聞いた熊吾の容態を説明して、

「私もノブも覚悟をせなあかんわ」

と言った。

タネは冷蔵庫の位置を変える手伝いをすると、銭湯の場所を教えて、階下の自分の部屋に帰っていった。伸仁は十二時になっても帰ってこなかった。

食器類を段ボール箱から出して洗い、あしたの朝食用にと冴子が買ってきてくれた何種類かの菓子パンを台所に置いてから蒲団に入ると、生駒山のほうからと思われる強い風が吹きつけてきた。これが生駒おろしと呼ばれる風かと房江はしばらくその音に耳を澄ませた。

伸仁が大学を卒業するまでは、この不便で狭いアパートで暮らすしかないと房江は思った。この十年間、シンエー・モータープールでの生活を与えてくれた柳田元雄への感謝の思いは深かった。

夫が脳卒中で倒れて、救急車で須藤病院に運ばれたことをしらせたのは森井博美とハゴロモの鈴原と丸尾夫婦にだけだった。夫の性格を考えると、体の右半分を動かせなくなって病院のベッドに臥《ふ》している姿を、たとえ丸尾夫婦にも見られたくないであろうと房江は思ったが、長いつきあいの夫婦にしらせないという不義理をしたくなかった。

房江は蛍光灯の明かりを消し、松坂熊吾という夫との二十数年の生活を思った。辛《つら》かったり、悲しかったり、腹立たしかったりの日々だったが、たったひとりの虚弱な息子を愛情で包み込むようにして育ててくれた。夫は五十歳からの自分の人生を、ひとり息子が成人するまで生きて働くことを使命と決めたのだ。

房江はそれを考えると、妻としてよりも伸仁の母として松坂熊吾という人に礼を言うべきだと思った。

夫はあとどのくらい生きられるのだろう。医者の言葉の裏には、最期《さいご》のときが来るまでさほどの時間はないと感じさせるものがあった。残り時間は一か月だろうか二か月だろうか。それとも一年？　二年？

セビル・ロー街、背広、呂と王という中国人名。

あれほど昔のことを明晰《めいせき》に語る夫が、あと一、二か月で死ぬなんて信じられない。体はかなり不自由になっても、また元気になる。そして退院してくる。私たちはまた三人で新しい出発をするのだ。

夫がいつ帰って来てもいいようにハゴロモは維持しておきたい。

房江は自分を鼓舞させるためにそう考えたが、いつ復帰できるかわからない夫のためにハゴロモを存続させる金銭的負担はあまりにも重いとわかっていた。

四日後の水曜日、房江は多幸クラブでの仕事を終えると国鉄環状線で福島駅まで行き、聖天通り商店街を西へと歩いて、鈴原が待つハゴロモへ急いだ。

昼休みに電話で用件を伝えておいたので、鈴原清は帳簿や手提げ金庫などを机の上に並べて待っていてくれた。

鈴原は、房江から鍵を受け取ると手提げ金庫をあけて銀行の預金通帳や銀行印を出した。夫が金庫の鍵をズボンのポケットに入れたままだったのに気づいたのは入院した翌日の夜だったのだ。

「あのぉ、ぼくの今月の給料、あした頂戴《ちょうだい》してもよろしいでしょうか」

と鈴原は申し訳なさそうに言った。

「お給料日は二十五日やのに、うっかりと遅うなってしもうて。きょうは二十八日やねえ」

「社長が倒れて入院したんやから、しょうがないんです。給料が三日遅れて困ってるぼくという人間がなさけないわけでして」

それから鈴原は、今後をどうするかについて考えてみたのだが、自分では社長の代わりは務められないという結論しか出てこないと言った。

「親戚《しんせき》のおじさんなんかにも相談してみたんですけど、みんな自分の生活で精一杯で、しばらくのあいだの運転資金を貸してくれる人もいてません。それに、肝心のぼくに中古車ディーラーをやれる力量がないんです。奥さん、ハゴロモは閉めるのがいちばんええと思います。ハゴロモを閉めると決まったら、ダテ自動車販売がぼくを雇うてくれるそうです。河内モーターの社長が口利《き》きをしてくれはりました。そやから、ぼくのことは心配せんといてください」

そうか、鈴原の次の働き場所はあるのだな。房江はそれを知って気がらくになった。

鈴原は、いまハゴロモに展示してある中古車の仕入れ値や銀行預金の残高をノートに書いて、それから家賃とか看板屋への支払いと光熱費なども計算した。

「おおまかですけど、このくらいが残りそうです」

鈴原が差し出したノートには十三万円と少しの金額が書かれてあった。房江は、これで入院費用を当分のあいだ心配しなくてすむと思った。房江の気持ちも決まったのだ。ハゴロモを閉めようと。

ハゴロモを閉めるための幾つかの手続きは、あしたから自分がやると鈴原は言った。

房江は多幸クラブの電話番号を鈴原に教えて、事務所から出ようとした。

「木俣さんは社長が入院したことを知らんようでしたので、ぼくからはなにも話しませんでした」

と言って、鈴原は八枚の封筒を房江に渡した。

「木俣さんは、毎日これを持ってきはるんです。社長への毎日のお小遣い千円が入ってるそうです。社長がぼくにそう教えてくれました」

これから須藤病院へ行き、夫の顔を見て、それから片町線の住道駅へ戻り、夕食の買い物をして畑と民家のあいだの道を二十分歩いてアパートに帰ると、早くとも九時前になるなと思いながら、房江は封筒をハンドバッグにしまった。

「事務処理が全部終わって、ここを閉めたら奥さんにご連絡します。梅田のどこかで待ち合わせして、お渡しすべきもんをお渡しします」

と鈴原は言った。

房江はハゴロモの裏の道を環状線の高架のほうへと歩き、玉川町へ出ると、市電の走る道を須藤病院へと向かった。

博美は房江を見ると小さく礼をして病室から出ていった。

ベッドの下には尿瓶《しびん》が置いてあり、ベッド脇《わき》の小さな台には吸い呑《の》みがあった。

「きょうは具合はどう？」

ベッドの横に腰を降ろしながら、房江は無精髭《ぶしょうひげ》を伸びるままにしている熊吾に話しかけた。

「毎日来ることはないぞ。お前も昼間の仕事で疲れちょるんじゃ。一週間にいっぺん来てくれたらええ。いや、五日にいっぺんちゅうのはどうじゃ？」

房江は笑って、木俣からのお小遣いなるものを熊吾の左手に握らせた。

「木俣はなんという可愛《かわい》い人間じゃろうのぉ」

熊吾は封筒を胸の上に置いた。

「けさまでは右足の指だけは動かせたんじゃ。昼を過ぎたころから、それも動かんようになった」

そう言ったあと、熊吾は房江がなにを話しかけても反応しなくなった。ときおり房江を見るのだが、この人は誰だろうと考えているような表情をする。

房江は病室を出て、廊下の長椅子に坐っている博美にその理由を訊いてみた。

「けさからです。それまで正気やったのに、突然、反応せえへんようになるんです。お医者さんは、これからもっとこの症状は進みますから、そのつもりでいてくれって」

と博美は言った。

熊吾のベッドに戻り、

「また来るね。ノブも春休みに入ったから、近いうちに来ると思うよ」

と房江は言った。

「ラ・フィエットのポタージュスープを持って来てくれ」

と熊吾は言った。

北浜のフランス料理店だな。熊吾とは懇意なのだから理由を説明すれば魔法瓶に入れてくれるだろう。

房江はそう考えて、

「次の休みは三月六日やから、その夜に持ってくるわ。楽しみに待っててね」

と夫の耳元で言った。言ってから、あ、その日は伸仁の二十一歳の誕生日だと思いだした。

「ここの病人食くらいまずい食い物はないぞ」

熊吾は笑いながら言い、しばらく考えてから、

「わしは何歳になったんじゃ？」

と訊いた。

「七十一になったよ」

そう答えてから、房江はハゴロモについての結論が出たことを話した。

「そうか。それがいちばんええ。鈴原のことが心配じゃったんじゃ。これで肩の荷がおりた」

と熊吾はつぶやき、早く帰れというふうに左手の手首を振った。

それからの数日、房江は病院に行けなかった。仕事を終えて多幸クラブから大阪駅へと向かうと軽い眩暈《めまい》に襲われるのだ。覚悟は定《き》めたと思ってはいたが、夫がもう元気になることはないという悲嘆は意外なほどに大きくて、それは心の奥の芯棒《しんぼう》のようなものを弱らせているらしいと房江は思った。

私は松坂熊吾の妻なのだ。森井博美の言葉に甘えて、夫の世話をまかせるわけにはいかない。そんな意地のようなものも憔悴《しょうすい》と疲労には勝てなかった。

大阪駅に着くと、病院に最も近い西九条駅へと行く内回りではなく京橋駅への外回りに乗ってしまう。夫に逢《あ》いに行かなければと思っても、勝手に体がそのように動いてしまうのだ。

京橋駅から片町線に乗り換えて住道駅で降りると、駅の側の商店街で晩ご飯のおかずを買う。それから商店街を抜けて踏切りの手前にある銭湯で髪や体を洗い、畑に挟まれた道を生駒おろしの風を正面から受けながらさらに南に歩いてアパートに帰り着き、しばらく櫓炬燵《やぐらごたつ》に脚を突っ込んで横になる。

ひと息つくと、日本酒を一合飲み、煙草《たばこ》を吸い、晩ご飯の用意を始める。そのときは体の疲れも心の重さも薄らいでいる。

だから、房江は出勤するときには大きな手提げ袋に洗面具と着替えを入れることにしていた。

伸仁はテニス部を退部すると決めて同期の者たちに頼み込んだが、みんなは休部でいいではないかととどめてくれたという。

いま伸仁は朝八時半から三時までは多幸クラブのボーイ兼掃除係をして、六時から十時まではこれまでどおりページボーイのアルバイトをつづけているのだ。

多幸クラブの本館の地下には大浴場がある。午後二時からは浴場の掃除をする時間だった。その仕事の前に、伸仁はひとり大浴場でのんびりと風呂を楽しんでいるらしい。ボーイ係のチーフはそれが気にいらないのか、伸仁が体を洗っているときを見計らってやって来て、ここはお客様のための大浴場なのだといやみを言った。

「いまここでお風呂に入らんとぼくには他に風呂に入る時間はないんです。もしどうしても駄目なら、ここでのアルバイトを辞めさせてもらいます」

その言葉で、チーフ・ボーイは文句を言わなくなったという。午前中のアルバイトを頼んできたのは人手不足のホテル側なので伸仁は強気に出たのであろうが、以来、そのチーフはなにかにつけてこまごまと松坂伸仁に干渉するようになったらしい。

「体はでかいけど小姑《こじゅうと》みたいなやつや。こうなったら、ぼくが辞めるかあいつが辞めるか、勝負や。アルバイト学生に正社員が追い出されたらおもしろいやろ？　長期戦に持ち込んだら、ぼくは強いでえ。K塗料店に配達のアルバイトをしてくれと持ち掛けられてるねん。そやけど、ぼくは知性が勝ち過ぎてるのが顔に出てて力仕事は似合わんからなあ。ホテルの仕事にも慣れたし」

きのう、社員食堂で夕食を食べたあと食器を返しながら、伸仁は笑みを浮かべて房江にそっとささやいた。

房江は、ノブの顔のどこに知性が勝っているところがあるのだと笑いながら伸仁の頭を軽く叩《たた》いたが、そのチーフ・ボーイの皿にはいちばん小さな、焼け焦《こ》げの多いハンバーグを盛ってやったのだ。

房江はきのうの伸仁とのやりとりを思いだして笑った。そして、日本酒を湯飲み茶碗《ぢゃわん》にもう半分注いだ。

あの子は見た目よりもはるかに強いのかもしれない。蘭月ビルで生き抜いて、普通の同年代の青年と比べると修羅場のくぐり方が違うのであろうか。柳に雪折れなしというが、ノブもそうなのかもしれない。

そう思うと、房江は夫が倒れた日からずっときょうまで失《う》せていた食欲が戻ってきた。

鈴原清から多幸クラブに電話がかかってきたのは三月十日の日曜日だった。

ハゴロモ清算の事務手続きがすべて完了したので、社長の実印や銀行印などと、残ったお金を渡したいという。

きょうじゅうに済ませてしまいたかったので、房江は地下街にある銀行の近くの喫茶店を指定して、定時よりも十五分早く社員食堂から更衣室へとあがった。

伸仁は日曜日は休みだった。商売のために大阪に泊まる客が多いので、ホテルはいつもより暇で、アルバイト学生は日曜日が休みと決められているのだ。

日吉課長は次長に昇進した。その日吉に頼まれて、伸仁は同じ大学の友だち二人をアルバイトとして紹介したので、あしたからはページボーイは六人になるという。

房江は、企《たくら》んだわけではないのに、伸仁の包囲網は着々とチーフ・ボーイを絡《から》めつつあると思い、江木というチーフが少し気の毒になってきた。

石がボーイの制服を着ているみたいだが、あれはいい人ぶっているだけだと若い女子社員たちに陰で言われている江木チーフは、つねに正論をむきになって主張する。それは上司に対しても後輩に対しても同じなのだ。

正論だから、相手は強く反論できない。江木の主張を表向きは受け入れるしかないのだ。しかし、次第に嫌われていく。

伸仁はきのう江木チーフと大浴場の掃除をしているとき、痰壺《たんつぼ》を手で洗えと命じられて、それだけはできないと拒否した。風呂場で痰を吐くような人間を泊めるべきではないと言ったのだ。

そこで江木チーフの正論が始まった。

ホテルはサービス業であることを忘れないでくれ。ホテルは……。

延々と正論を聞いてから、

「江木さん、議論で勝ってどうするんです？　議論で負けても、ぼくは痰壺を手では洗いません。ぼくが洗わなかったら、議論で勝ったことになんの意味があるんです？」

昨夜、アパートへ帰ってきた伸仁からその話を聞いて、私の息子はえらい！　と感心したのだ。このアルバイトを辞めますと言わなかった。やる気満々なのだ。この子の言うとおりだ。議論で勝とうとしてはいけない。人は議論で負けたからといって従おうとはしない。代わりに深い恨みを抱く。

だが、伸仁は蒲団に入ってからこうつづけた。

——その議論云々《うんぬん》についてお父ちゃんがぼくに言って聞かせてくれたのがいつだったのか忘れてしまった。ただ競馬場でだったという記憶があるだけだ。お父ちゃんと競馬場に行ったのは小学五年生のときが最後なので、ひょっとしたらそのときだったのかもしれない。

ぼくは春休みが終わったら多幸クラブでのアルバイトを辞める。

議論で勝ったのはぼくだからだ。江木さんの四角四面の正論を、ぼくは聞いているだけでよかったのだ。聞き終えてから、あらためて拒否すればいいのに、いつのまにか議論に持ち込み、ぼくのほうが勝ってしまった。江木さんに恨みを抱かせたことになる。だから辞める。アルバイト学生のほうが辞めるのが筋というものだ。――

「日吉次長は引き止めはるで」

房江のその言葉には答えず、伸仁は話題を変えて、きょうその風呂掃除を終えたあと、短い休憩時間に市電に乗って病院へ行ったと話しだしたのだ。

――森井という人はいなかった。四時過ぎだった。お父ちゃんはぼくを見るなりきつい目を向けて怒った。

「なんでこんなに長いことほっとくんじゃ。なんでこうなるまで来んかったんじゃ」

アルバイトが朝も夜もつづくので来られなかった。申し訳ないと思いながらも来られなかったのだ。

そう言うと、お父ちゃんは、

「早う替えてくれ」

と言った。

寝間着も下着もベッドのマットもおしっこでずぶ濡《ぬ》れだった。

お父ちゃんは、ぼくが何日も見舞わなかったことを怒ったのではなかった。おしっこを我慢できなくなっているのにぼくが来なかったから、こうやって漏らしたではないかと怒っていたのだ。漏らすなどという量ではなかった。膀胱《ぼうこう》に溜《た》まったおしっこをすべて出してしまったのだ。

どうして看護婦さんを呼ばなかったのか。そのためにここにブザーがあるではないか。そう言ってベッドの柵《さく》に紐《ひも》で結んであるブザーを指差すと、動くほうの左手でぼくの顔を殴り、

「看護婦は他人じゃ」

と怒鳴った。

寝間着や下着はぼくでも替えてやることができるが、ベッドはそうはいかない。どうしようかと考えていると森井さんがやって来て、慌《あわ》てて看護婦を呼んだ。

お父ちゃんのぼくへの怒りは収まらないようだったので、新しいマットに替えているあいだに逃げ出して、多幸クラブに戻ったのだ。――

房江が、そのきのうの伸仁の話を思い出しているうちに鈴原と待ち合わせた喫茶店に着いた。

先に来て待っていた鈴原は、大きな紙袋から解約した銀行通帳や熊吾の実印などを出し、

「これが残ったお金です」

と背広の内ポケットから別の封筒も出してテーブルに置いた。十三万二千円と百円玉七つ、一円玉三つだった。

この青年は事務仕事に非凡な才を持っているのではないかと思いながら、房江はあらためて鈴原に礼を言った。

「きのう、ハゴロモの事務所を閉めて、中古車を展示してた空地をもういちど点検してたら、ホン・ホンギさんていう韓国人が社長を訪ねて来はりました。社長が倒れて、救急車で須藤病院へ運ばれたことは佐竹さんご夫婦から聞いたそうです。丸尾さんが木俣さんにしらせて、木俣さんが佐竹さんにしらせて、佐竹さんがホンギさんにしらせたそうです。社長の性格はよくご存知で、お見舞いに行くのは控えてるけど、容態が心配で、シンエー・モータープールに行ってみたけど奥さんもノブちゃんも引っ越してしもうて、それでぼくに逢いにきたそうです。ぼくが知ってる限りのことは話しましたが、奥さんの勤め先や住所は教えませんでした。佐竹さんのお知り合いというても、どんな魂胆で訪ねてきたのかわかりませんでしたので。そしたら、自分の連絡先を紙に書いてぼくに渡していきました」

鈴原が手渡した紙切れには電話番号と伊沢栄蔵という名が書かれてあった。伊沢というのは家に電話がある隣人なのであろうと房江は思った。ホンギはこんなに達筆だったのかと漢字四文字に眺め入り、房江はそれをハンドバッグに入れた。

鈴原は、三月四日に黒木博光が亡くなったと言った。

「黒木さんの奥さんから電話でしらせてもろて、ぼくはお葬式に行くつもりで日取りを訊いたんですけど、家族だけでの簡略な葬儀をするので、お気持ちだけで結構やと言われました。密葬というんやそうです。お葬式の費用がないときはそういうやり方もあるんですねえ」

鈴原にはそんなつもりはないのであろうが、房江は私に遠回しに教えてくれているのだろうかと勘ぐってしまった。

退職金は払えないが、この近くにおいしい寿司《すし》屋があるので、最後にご馳走《ちそう》させてくれと房江は喫茶店から出ると誘ったが、これから人と逢うのでと言って、鈴原は地下街の雑踏に消えていった。

きょうは北浜の「ラ・フィエット」に行って、ポタージュスープを魔法瓶に入れてもらうつもりで、伸仁が中学生のときに買った二合入りの小さな魔法瓶を持って来たのだ。

急ぎ足で地下鉄の改札口へ行き、切符を買おうとして、房江はきょうが日曜日であることを思いだした。「ラ・フィエット」は定休日なのだ。

　せっかくひさしぶりに夫に逢いに行くのだからスープを持参したいと思い、房江は病院行きをあしたに延ばして、西九条駅とは反対方向の京橋駅へ向かった。

　環状線の電車に乗ってから、ハゴロモも失《な》くなった、黒木も死んだ、夫も日に日に弱っていっていると思い、房江は、私たち夫婦が生きた時代も終わろうとしているのだと感じた。そういう「時」がついに来たのだと。

　翌日、仕事を終えると「ラ・フィエット」に寄り、ポタージュスープを魔法瓶に入れてもらい、代金を払おうとすると、

「お金は頂戴するなと主人からきつく命じられております」

　と若い店員は言った。

　店は最も忙しい時間帯だったので、房江は経営者に直接礼を述べるのをあきらめて、梅田新道まで歩き、そこから市電に乗った。

　須藤病院の二階の四人部屋に行くと熊吾はいなくて、入口に近いベッドに臥している患者が、一階の大部屋に移ったと教えてくれた。

　一階の大部屋とはどこだろう。入口を入ると左側が事務局と診察室で、右側は漆喰《しっくい》壁だがと思いながら階下へ降りると、病院の奥の突き当たりと思えるところに博美が立っていた。

房江が話しかける前に、博美はそっと手招きをして、事務局の前にある長椅子に坐った。

「おととい から言葉が喋《しやべ》られへんようになりました。こっちが言うことは全部理解できるんですけど、自分の言葉が出てけえへんのです。失語症というそうです。四人部屋はベッド代もかかるし、大部屋のほうが刺激があって、松坂さんにはかえってええやろと院長さんが決めはりました。大部屋はほとんどただみたいな部屋代です。私はこないだまで中気で寝たきりの年寄りの世話をしてましたから下の世話はベテランです。専門の付添婦や看護婦よりも手際《てぎわ》がええって婦長さんに褒められるくらいですねん」

と博美は言った。

房江は博美のこめかみの火傷《やけど》跡を見ないようにしていたが、脚が長くて彫りの深い顔立ちで、この女は外国人の血が混じっているのではないだろうかと思った。

こんなに風変わりな髪型で火傷の跡を隠さないほうが美人なのにと。

夫がこうなってしまえば、妻の私が付き添うのが務めだが、仕事をつづけなければならなくて、森井さんにお世話をしていただいていることを感謝している。

そう礼を述べて、房江は漆喰壁の終わるところにある通路から大部屋に入った。

ベッドが横に四列、縦に四列並んでいて、市電の通りに面した部屋だった。外から病室が見えないのは丈高い植込みで遮断されているせいだったのだ。

熊吾はその大部屋のちょうど真ん中のベッドに臥していた。房江は十六ものベッドが並ぶ病室を初めて見たと思った。

患者が多いので、看護婦の出入りも多くて、点滴をしてもらって身動きもしない人もいれば、どこが悪いのかと思えるほどに血色が良くて、暇を持て余して競馬の予想紙になにか書いている中年の男もいる。

しかし、十六人の患者のほとんどが、その顔に生活疲れを漂わせていた。病によるやつれではなく、長年にわたっての貧乏がもたらした心のやつれによるものだということは房江にはわかった。

こんなところに長くいたら、良くなる体も衰えてしまう。なんとか手だてを講じなければ。

房江はそう思い、夫の横に坐った。

熊吾は房江に気づいて、小さく頷《うなず》いた。房江はベッド脇のテーブルに置いてある大きなコーヒーカップに「ラ・フィエット」のポタージュスープを入れて、スプーンでそれを夫の口に運んだ。

三口飲んだところで、熊吾はなにか言いたそうに顔を歪《ゆが》めた。だが、どうしても言いたいことを声にできないらしくて、あきらめて薄い笑みを浮かべるとスープを飲んだ。

右隣りのベッドに横たわってラジオを聴いていた四十前後の男が、

「奥さんですか？」

と訊いた。白目の部分がこころもち黄色かった。肝臓が悪いのだなと思いながら、房江はそうだと答えた。

「頑固な病人で、奥さんも大変ですな」

「うちの主人は頑固な人やないですよ。なにかご迷惑をおかけしましたか？」

房江は、けんかを買うような言い方をして、入院中でも埃《ほこり》の匂《にお》いを撒《ま》き散らしているかに感じる大柄な男を見たあと、ハンカチで熊吾の口元に付いたスープを拭《ふ》き、吸い呑みで水を飲ませた。男のベッドに吊《つ》るしてある名札には「樋口健一」と書かれてあった。

「いや、迷惑なんかかけてはりません。優しい姪御《めいご》さんの世話が行き届いてるからねえ」

と男は言い、ラジオにイヤホンを差し込むと寝返りを打って背を向けた。森井博美は、須藤病院では熊吾の姪ということになっていることを房江は初めて知った。

熊吾が懸命になにか言おうとしているのに気づいて、房江は顔を近づけて気長に待った。やがて熊吾は、

「サンカク」

と言った。

サンカク？　それはなんだろう。

房江は、口を熊吾の耳にくっつけるようにして、サンカクとはなにかと訊いた。熊吾はもういちどサンカクと言って、なにかを嘲笑《あざわら》うような表情を注いできた。

房江がカップとスプーンを洗いに行こうとすると、左手でスカートを摑《つか》み、

「オロカ」

と言った。

オロカ？　愚かということか？　誰のことだろうか。夫はみずからを愚かと嘲笑っているのか？　それとも私のことなのか？

途中、銭湯に寄り、大東市住道のアパートに帰り着いたのは十時過ぎだったが、房江はサンカクの意味がわからなかった。伸仁の国語辞書を開き、サンカクの漢字を探した。

参画、三角、山郭、三画。漢字ではその四つしかなかった。

三月十五日、二十日、二十五日と五日おきに房江は「ラ・フィエット」のポタージュスープ持参で須藤病院へ行った。

熊吾は失語症によって完全に言葉を失ってしまって、もうなにかを喋ろうという気力も捨てたようで、四月五日には、房江を見るとかすかに微笑《ほほえ》んで口をあけることで感謝の思いを伝えようとしているかに見えた。

腹をすかせた鳥の雛《ひな》が、巣に帰って来た母鳥に餌《えさ》をねだって嘴《くちばし》をあける真似《まね》をしてい

るのだと気づいたとき、十六のベッドすべてに患者がいるにもかかわらず、房江は夫に覆《おお》いかぶさるようにして頬ずりをしたまま、その胸を撫《な》でつづけ、

「一本松の大きな土俵みたいな田園一面のレンゲ草を見るのは来年に延ばすから、早よう歩けるようになってね」

と言いながら泣いた。

だが、熊吾は動くほうの左手で房江の頭や背を撫でながら、笑みを浮かべて首を横に振った。

ベッド脇の小さなテーブルには何種類かの薬があったが、熊吾はそれを服《の》もうとしなかった。看護婦たちも、薬を服まないといけませんよとは言うのだが、気休め程度の意味しかない薬を無理に服ませても仕方がないと思っているようで、それ以上には強要しなかった。

熊吾の右隣りのベッドにいた樋口健一という大柄な男は退院したらしく、六十過ぎの小柄な男に替わっていた。その患者は痛みに耐えるように顔をしかめて、看護婦が近くに来るたびに痛み止めをくれと呻《うめ》くように頼んでいた。

熊吾の顔や首を拭いてやっていると、看護婦が、きょうの夕刻、息子さんが来てお父さんの髭を剃《そ》ってあげたのだと言った。

「へえ、お父ちゃん、ノブに髭を剃ってもらうなんて初めてやねえ」

その房江の言葉に頷き、

「愚か」

と熊吾は言った。

「ノブが？」

熊吾は顔を横に振り、誰かを小馬鹿《こばか》にするような笑みを浮かべて、

「愚か」

と繰り返した。

房江はその瞬間、「サンカク」の意味を理解した。三角。三角関係。

夫は、こんな貧乏人ばかりの患者でひしめく病室で、この俺と森井博美と隣りのベッドの樋口という氏素性のわからない男とのあいだで三角関係が生まれているが、なんと愚かなことであろうと言いたかったのだ。

房江はそれをなんの根拠もない突飛な想像だとは思わなかった。樋口という男の背中や一瞬の表情が、博美との関係の深まりを語っていたと気づいたのだ。

夫が嫉妬《しっと》しているのではないということは、その表情でわかった。博美は、また先の見込みのないつまらない男と結びついて、せっかく得たものを失っていくのだ。どうしてそれがわからないのだろう。どうしてそのように愚かなほうへ愚かなほうへと歩いて行くのか。

夫はそう言いたいのだ。房江はそう思い、吸い呑みの水を新しいのに替えて戻ってくると、

「お父ちゃんがなんとか止めてやろうとしても無駄やねん。それがあの森井博美という女の宿命や。逃げても逃げても離れへん自分の影とおんなじや」

と夫の耳元で言った。

熊吾は房江を見つめ、何度も小さく頷いて、

「宿命」

と驚くほど明確に言葉を発した。

「ああ、これが私の宿命やと気づいて、自分の意志でそれを乗り越えようとせえへんかぎり、宿命には勝たれへん。宿命っていうのは、ものすごい手強《てごわ》い敵や。命に宿るって書くんやもんねえ。自分の命に宿ってるもんを追い払うには、どうしたらええんやろ……」

そう言いながら、なぜ自分がこのような考え方をするようになったのかを夫に説明しようとしたとき、博美が大部屋の出入り口から顔だけ突き出して房江にお辞儀をした。

腕時計を見ると九時前だった。急がないと銭湯が閉まってしまうかもしれなかったので、

「次は十日に来るね」

と房江は熊吾に言って小さく手を振った。熊吾も三度ゆっくりと頷いた。

翌日の午後、藤木美千代とタネと三人で午後からずっと七十人分のハムカツを揚げつづけていると、

「大阪造幣局の桜の通り抜けに行けへん？　花見客で人、人、人やけど、きょうかあすが花は見ごろやて新聞に書いてあったわ」

と藤木美千代が誘った。

仕事を終えたあと、桜ノ宮まで行って造幣局の桜並木を楽しむ気にはなれなかったが、回復しない病人をかかえている私への思いやりだと思うと、

「うん、花見なんて長いこと行ってないわ。行こうか」

そう答えて、房江はハムを三枚重ねて衣をつける作業を急いだ。

藤木がタネを誘わなかったのは、土曜日の夜はテレビの連続ドラマを観《み》るのを楽しみにしていることを知っているからだった。

それでも房江はいちおうは声をかけておこうと思い、タネにも一緒に行かないかと言った。

「きょうは土曜日やで。あの連続ドラマだけはなにがあっても見逃されへんねん」

とタネは言った。

藤木は苦笑しながら房江の腕をつつき、

「なっ、けんもほろろやろ？」

と言った。

きょうの夕食の献立は、ハムカツと千切りキャベツ、ひじきと油揚げの煮物、豆腐の味噌汁《みそしる》だった。社員食堂で食事をする社員は新しく入社した者たち七人を加えてちょうど七十人に増えていた。

新学年が始まるので、伸仁は昼間の多幸クラブでのアルバイトを十日で辞めることになったが、夜も新しいアルバイト先を探していた。チーフ・ボーイとのことで、ぼくが辞めるべきだという考えは変わっていなくて、大学の友人たちに夜のアルバイトを紹介してもらうのだが、ほとんどは水商売で、バーのウェイターとか、客用のおしぼりを歓楽街の各店舗に配達する仕事しかないという。

困っていると、チーフの江木が京都店へ転勤になった。それで、伸仁はこのまま多幸クラブでのアルバイトをつづけることにしたのだ。

「日吉次長が、お昼ご飯を食べたあと、松坂さんの息子さん、大学を卒業したら多幸クラブに就職してくれへんかなあて私にそっと言うてたでぇ」

と藤木は声を忍ばせて言った。

「へえ、なんで本人か私に言わへんねんやろ」

房江の言葉に、日吉次長は変なところで気が弱いのだと藤木は答えた。

ホテル業界か。ノブには向いていないような気がするが。

そう考えていると、入社したばかりでボーイの研修をしている青年が階段を降りてきて、

「松坂さんにお客さんです。新館の前で待ってはります。森井さんていう女の人です」

と伝えた。

森井博美が多幸クラブに私を訪ねてくるなんて、いったい何事が起こったのだろう。急用なら電話で済むはずだ。

いやな予感がして、房江は手を洗うと地下から外の道へと出た。博美は房江を見ると通用口のほうへと小走りでやって来た。オレンジ色のスカートを穿《は》き、風呂敷《ふろしき》包みを抱えている。房江は博美のスカート姿を初めて見たなと思った。

「きのう、奥さんが帰りはってから、突然、暴れだしたんです。動く左手で物を手当たり次第に投げて、近くの患者さんにリンゴを投げつけて、押さえつけようとした看護婦さんを殴って。あの病室は患者さんが多いから、仕方なく二階の個室に移して、左手をベッドに縛りつけて……。きょうは意識がほとんどないんですけど、またいつ暴れるかもわからんので、ベッドに縛りつける革ベルトはしたままです」

そこまで一気に喋って、博美は須藤病院の院長の言葉を伝えた。

――このような患者をうちの病院に入院させておけない。特別な施設でなければ預か

れないだろう。幸い私の懇意な医師が、松坂さんのような患者を収容する病院の院長で、さっき電話で相談したら、うちで預かろうと受け入れてくれた。河内の狭山《さやま》町にある狭山病院だ。完全看護の病院だ。

いや、このまま須藤病院に入院させておいてくれと言われても困る。個室は満室なのだが、患者に頼んで昨夜だけ別の病室に移ってもらったのだ。そのかなり重篤《じゅうとく》な患者は四人部屋に入ってもらったので、いまそこは五人部屋になっている。狭山病院の患者搬送用の車が七時に迎えに来てくれる。奥さんにはそうしらせてほしい。――

聞き終えると、

「きょうの七時？」

と房江はつぶやき、腕時計を見た。

その病院の車に同乗して、私に一緒に行ってもらってくれということなのだろうか。狭山町？　いったいどこなのだろう。大阪府内にそんな町があることも知らない。

「これは、入院してから揃《そろ》えた吸い呑みとか尿瓶とかスリッパとか何枚かのタオルとかです。入れ歯も時計も入ってます。看護婦さんが疫病神《やくびょうがみ》を追いだすみたいに風呂敷に包んで、私に渡しました。鬼みたいな目で睨《にら》みながら……」

房江は風呂敷包みを受け取り、七時に須藤病院に行くと言ってから、そうか、森井博美は来ないつもりなのだなと思った。自分がそこに立ち会うのは遠慮すべきだと考えたのであろう、と。

博美に礼を言い、社員食堂への階段を降りかけて、なにか言い忘れたことがあるような気がして房江は引き返した。

国道二号線のほうへと歩いていく博美を追って房江は歩調を速めた。まだ日は高くて、暖かい風が吹いていたが、国道には車が渋滞して、その排気ガスの匂いが風に混じっていた。

私はなにを言いたいのだろうと考えながら、房江がうしろから声をかけようとすると、博美は国道の歩道の側に停まっていた汚れた小型のライトバンの助手席に乗った。

運転席の男が熊吾の右隣りのベッドにいた樋口健一だということは斜めうしろからでもわかった。

房江は踵《きびす》を返し、多幸クラブの社員食堂へ戻っていった。

藤木美千代に事情を説明して、花見はあしたに延ばしてもらうと、房江はタネが声をあげて笑うほどの勢いでハムカツを揚げていった。熊吾は以前、博美は二百六十万円ほどの遺産を貰《もら》ったと言ったことがある。だが、その金も、森井博美のこれからの人生にはなんの役にも立たないまま、精彩のない埃臭い男の博打《ばくち》や酒代に消えるのであろう。なんと愚かなことだろう。

そう思うと、タネが熊兄さんの容態を知りたがっても答える気にならなかった。

夕食をとる社員たちの第一陣がやって来て、今夜は団体客が四組あって、フロント係が足りないと話しているのを聞き、房江は六時まで伸仁を待ったが、市電で須藤病院へと向かった。

父親が別の病院に移ることとその理由を伸仁に話しておきたかったが、フロントが忙しいということはページボーイも忙しくて夕食をとる暇がないのであろうと房江は思った。

須藤病院に入り、大部屋に行こうとすると、事務局の顔見知りの事務員が、

「御主人はもう移送されましたよ」

と言った。

「えっ？　七時って聞いたんですけど。いまはまだ六時四十分やのに」

「車が早く着いたんです。運転手さんが、道が混むから早めに出たいって」

房江は制御できないほどの怒りを抑えた。自分の顔が真っ赤になっているのがわかった。

看護婦たちに長い入院中のお礼を言おうと看護婦詰め所に行ったが、誰もいなかった。三台の救急車が怪我人《けが》や急病人を乗せてほとんど同時に到着したのだと知って、房江は事務局に戻り、入院代や治療費を訊《き》いた。きょうは用意してこなかったので、あしたの午前中に支払うつもりだった。

「姪御さんが清算していきはりましたよ」

と事務員は言い、熊吾の健康保険証を房江に返した。

「姪御さんにこれを渡すのを忘れまして」

夫が暴れたらしいが、なにが原因なのかと房江は見ようによっては学生ではないかと思える女事務員に訊いた。

「奥さんが帰ってしもたことが原因やろって看護婦長が言うてました。房江、房江と呼んでましたから。あの状態で、よくもあれだけの大声が出るなぁって院長先生も驚いてました。二階の個室に移ってからも、ずーっと房江、房江って呼んでましたよ。今朝からは、意識があるのかないのかわからへん状態になって、穏やかな顔で車に乗せられてました」

と事務員はときおり笑みを浮かべながら、ゆっくりとした口調で話してくれた。

房江は須藤病院を出ると、環状線の西九条駅まで歩いた。途中、小さな公園があり、誰もいなかったので、ベンチに坐《すわ》って煙草を吸った。博美から手渡された風呂敷包みは更衣室のロッカーに入れたままだった。

あれには夫の衣類なども入っている。夫の匂いがこもっているのだ。匂いというよりも、ほのかな香りのようなものだが、結婚したころ私はそれが好きだった。あの夫独特の香りを嗅《か》ぎたい。

房江はそう思って、二本目の煙草に火をつけ、ゆっくりと吸った。

「私が帰ったことが寂しかったんやねえ。そやから私を呼びつづけてくれたんやねえ。お父ちゃん、これまでのこと、全部帳消しにしてあげる」

煙草を消し、そう声に出して言った途端、涙が止まらなくなった。公園の桜は八分咲きで、雨上がりの樋《とい》から滴《したた》る雨垂れのように散っていた。

四月七日の日曜日は出勤だったので、房江はなんだか居ても立っても居られない気分だったが狭山病院の熊吾に逢いにいけなかった。

伸仁の休みは日曜日と決まっている。だから一緒に行くためには房江が日曜日に休ませてもらうしかないのだ。

伸仁に調べてもらったら大阪府南河内郡狭山町は難波から南海電車の高野線に乗るのだという。和歌山県との境近くで、松原市の南、堺市の南東に位置するらしい。

伸仁は社員食堂で昼食をとると、厨房《ちゅうぼう》に上半身を突きだすようにして、きょうは四月十日なので、大浴場掃除最後の日だと房江に言った。

「風呂掃除のベテランがおらんようになるんやなあ。あしたから俺と前田だけで、あの大浴場掃除や。俺も前田も風呂掃除歴七日や。松坂くん、もうしばらく昼もアルバイトに来てくれよ」

去年、大学を卒業して大阪店勤務になり、ことしからページボーイをしている青年が言った。

「ぼく、十一日から授業ですから、昼間のアルバイトはきょうの十日で終了です。あしたからふたりで頑張ってください。江木さんがときどきチェックしに来るって言うてましたよ」

仲仁はそう言って笑い、階段を走り上っていった。

「えっ！　それほんまか？」

ふたりの社員は真顔で訊き返して、仲仁のあとを追った。

いまからあの三人で大浴場の掃除なのだな。ボイラー係とも仲良くなって、仲仁たちが掃除のために大浴場に来て体や髪を洗うあいだ、風呂の栓を抜かずに待っていてくれるという。

「ノブちゃんがおらんようになったら寂しいなあ。学生アルバイトと思われへん。もう何年も勤めてる社員みたいや」

とタネは言った。

「松坂さん、来年も造幣局の桜を観に行こな。あんなにきれいなもんやとは思えへんかったわ」

藤木美千代はそう言いながら、かかってきた内線電話に出た。そして、受話器を房江

に差し出し、

「狭山病院から」

と小声で言った。タネは洗い物の手を止めて房江を見た。

――松坂熊吾さんの容態が今朝から悪くなった。意識はなく、血圧の変動が大きい。危篤状態ということだ。すぐに狭山病院に来てほしい。――

病院職員の佐藤と名乗る女は落ち着いた口調で言った。

「はい、すぐに行きます。梅田からやとどのくらいかかるでしょうか」

「一時間くらいやと思います」

房江は先に更衣室に行き、服を着替えて、それから人事部へ行くと事情を日吉次長に伝えた。

「それは急がないといけませんねえ。息子さんは？」

「大浴場の掃除をしてるはずです」

「ぼくが呼んできましょう」

「銀行通帳は持ち歩いてないので、少しお金を立て替えていただけないでしょうか。私、きょうは三千円くらいしか財布に入れてないんです」

日吉次長は、

「ぼくがお貸ししましょう」

と言って財布を出し、一万円札を二枚房江に渡すと事務所を出て本館の大浴場へと走っていった。

風呂に入っていたらしく、伸仁は濡れた髪をろくに拭かずに新館の更衣室に行き、煉《れん》瓦色《がいろ》のセーターと紺色のズボンに着替えて、人事部のドアをあけた。セーターは大谷冴子からの誕生日プレゼントだった。

その間、日吉次長から聞いたらしく、稲田課長もやって来て、二万円では心細いであろうと言って、どこかから三万円を持って来てくれた。

「万一ってことがありますからね」

と稲田課長は言った。

地下鉄の梅田駅まで歩いているあいだ、房江も伸仁もひとことも喋らなかった。

難波駅に着くと、伸仁は切符を買って、

「あの電車や」

と南海電車のホームの右端に停まっている各駅停車の電車を指差し、房江に急ぐようにと促した。

ふたりが走って車輛《しゃりょう》に乗ると同時に電車は動きだした。

伸仁と並んで座席に坐り、息が整うのを待って、

「病院を移ってからたったの四日や。なんとしても日曜日に行っときたかったわ」

と言い、車窓の景色に目をやった。

大阪の北側で生活してきた人間には、大和川から南にはほとんど縁がないといっても
いいのだと房江は思った。

だから、まったく土地勘というものがない。熊吾にとっても河内の狭山町は知らない
地のはずだ。そこが松坂熊吾という男の終焉《しゅうえん》の地となるのか。

といっても、私の夫は、そんなことはなんとも思わないであろう。満州の凍《い》てつく原
野で部下たちを死なせたのだから俺も死に場所は選ばない。きっとそう言うにちがいな
い。

それにしても、なんといいお天気だろう。沿線の桜は満開だ。ときおり五分咲きの桜
もあるし、八分咲きのもある。木によって満開の日が異なるのだな。

もし夫が元気なら、もしかしたら今ごろ愛媛県南宇和郡一本松村の広大な土俵に似た
田園でレンゲ草を見ていたかもしれない。

そんなことを考えているうちに、電車は工場地帯を抜けて、畑や古い民家や雑木林の
多いところを走り始めた。

狭山駅で降りて、中年の駅員に訊くと、あの道をまっすぐですと不愛想に指差した。

一本道がまっすぐ延びていて、その周りは畑だった。駅前には大衆食堂と染められた
汚れた暖簾《のれん》をかけた店が一軒と、菓子やパンを売る店と、理容院があるだけで、あとは

最近建ったらしいアパートが並んでいた。

いなか道を歩いていくと、前方に二階建てとも三階建てともつかない窓の少ない鉄筋コンクリート造りの建物が見えてきた。玄関の横に見事な桜の木が三本あった。

「あれかな」

と言って、伸仁は歩調を速め、屋上に取り付けてある看板を見あげたが、それを指差したまま房江のほうに顔を向けた。

「お母ちゃん、ここは精神病院や」

その伸仁の言葉で、房江は歩を止めて看板の字を見あげた。狭山精神病院と書いてあった。窓のすべてには鉄格子《てつごうし》が嵌《は》まっていて、それは道からも見えた。

そんなはずはない。これは狭山病院ではないのだ。べつの病院だ。夫は精神病ではないのだから精神病院に送られるはずがない。

伸仁も同じように考えたらしく、病院の前から急な上りになっている道を走っていった。だが、すぐに戻ってきて、向こうには雑木林と古い民家があるだけだと言った。

「あの須藤病院は、ぼくのお父ちゃんを精神病院に放り込んだんか？　厄介払いするために？」

「脳軟化症で正常な精神状態でなくなって暴れるようになったら、精神病患者ということになるんやろか」

房江は首筋や腕が粟立《あわだ》ってきて、病院の玄関のドアを押す気になれなかった。

ドアのすりガラス越しに見えていたらしく、白衣を着た看護婦が出て来て、

「松坂さんですか？」

と訊いた。腰には白衣と同じ色のベルトがきつく締められていて、鍵束《かぎたば》がぶらさがっていた。

「早く逢《あ》ってあげてください」

中年の看護婦は房江と伸仁をせかせて病院のなかに案内した。

院長室から出てきた医師は四十代前半の優しそうな目をしていた。

「二階の病室でお逢いになってください。ほんとはこの部屋に移すつもりやったんですが準備の時間がありませんでした」

院長はそう言って、廊下を挟んで向かい側にある病室のドアをあけながら、看護婦に小さく頷いた。

看護婦は、腰の鍵束を摑むと、最初の鉄格子の鍵を外した。その向こうには木製の頑丈そうなドアがあり、それにも鍵がかけられていた。

そのドアがあけられた瞬間、十数人の女の奇声が聞こえて、房江はあとずさりしそうになった。

「大丈夫です。看護婦も看護士もついてますから。どうぞ入ってください。私は院長室

でお待ちしてます。あとでご主人の病状をご説明します」

院長はそう穏やかに言うと院長室へ戻っていった。

いつのまにどこからやってきたのか、屈強そうな白衣の男が立っていた。手には警官が持つ警棒に似た棒を持っていて、

「こら、静かにせんか」

と女患者たちに怒鳴ると長い廊下を歩きだした。

一階には廊下を挟んでふたつの病室があり、そのどちらも鍵をかけた鉄格子で外には出られなくなっている。

女患者たちは、伸仁が男だと気づくと、鉄格子のところに群がってきて、モンペのようなズボンを降ろして性器を見せた。看護婦が鞭《むち》のようなもので鉄格子を叩《たた》き、

「やめなさい」

と叱《しか》ったが、患者たちの多くは年齢に関わりなく何等かの性的行為を伸仁に見せつけようとした。

看護士は二階への踊り場で立ち止まり、

「こっちが見るとね、余計興奮するんです。だから、見ないようにしてください」

ときつい口調で言った。

房江は伸仁と無言で顔を見合わせるしかなかった。

二階にあがるとすぐに病室だったが、そこにも鉄格子が嵌められていて、鍵を外すとすぐに木のドアがあった。

「松坂くんは、ここにいてます」

看護士の赤銅色《しゃくどういろ》の肌は一日中裸で漁をしている人のようで、この人はなぜこんなに日焼けしてるのかと房江が見つめていると、うしろからついてきた看護婦が、

「はい、あけて」

と言った。

漆喰と板張りの壁が囲んでいる病室には十数人の男の患者がいた。

ひたすら太極拳《たいきょくけん》をやっている男。一枚の色紙で紙飛行機を折りつづけている男。ただ天井を眺めつづける男。房江と伸仁に嬉《うれ》しそうに手を振る男……。

熊吾はその部屋の東側の最奥のベッドに横たわっていた。ああ、夫があそこにいると思ったが、房江は脚が震えて歩けなかった。伸仁が房江の背中を抱くようにしてベッドに近づいていった。

「お父ちゃん」

と耳元で言い、房江は昏睡《こんすい》状態と思われる熊吾の肩にそっと手をあてがい、髪を撫でた。

「松坂くん、松坂くん」

と大声で呼んで、看護士は熊吾の両肩を摑んで烈《はげ》しく揺すった。

なんという乱暴な扱いをするのだ、骨が折れるではないかと房江が看護士を制しようとしたとき、熊吾は目をあけた。

「お父ちゃん、伸仁も来たよ。遅くなってごめんね」

房江がそう言い、伸仁も、お父ちゃん、お父ちゃんと呼びかけた。

熊吾の顔が歪んだ。それはたちまち泣き顔になった。両の目から涙を流して泣いた。幼児と同じ泣き顔で房江と伸仁をしばらく見てから、熊吾は目を閉じ、それきり反応しなくなった。だが、表情も息遣いも穏やかだった。目をあけてから閉じてしまうまで、実際には二、三秒ほどだったが、房江には途轍《とてつ》もなく長い時間に思えた。

同室の患者の何人かの名前を呼び、

「松坂くんを下に運ぶから、手伝《てつど》うてくれ」

と看護士は言った。

「すぐに運びますから下で待っててください」

看護婦は房江と伸仁に病棟から早く出るように促して、先に歩きだした。特別に作ったのかと思うほどに大きなビー玉を舐《な》め始めた男の手を看護士が棒で打った。

「こんど口に入れたら、取りあげるぞ。大好きなビー玉が失くなるぞ。喉《のど》に詰めたら死んでしまうぞ」

その声から逃げるように、房江は階段を降りて、女患者ばかりの病棟を早足で通り抜けて鉄格子の外に出た。

伸仁は、院長室のドアをノックして、院長となにか話をしてから房江を呼んだ。院長は、自分で冷蔵庫からコーラの壜《びん》を出し、栓を抜いてコップに注いでくれて、

「栄養注射の点滴はしません」

と言った。

――糖尿病が重症化している患者にブドウ糖を使うことはできない。脳軟化症の進行の度合いは、脳の大半に拡《ひろ》がっていて、たまに正常な意識を取り戻すのが奇跡のようだ。看護士の報告では、転院して二日間は、周りの患者のやることがおかしいらしく、しょっちゅう声をあげて笑っていたそうだ。このままなにもしないでおいてあげるのが患者にも家族にもいいのではないかと思う。人の命のことは医者にも軽はずみに口にできないが、私の経験ではあと一日、長くて二、三日ではないかと思う。うちの病院でできることはなんでもさせてもらう。遠慮なく言ってくれ。婦長には私からそう伝えておいた。

――

言葉だけを聞けば、要点だけを手短に伝えたと受け取れるのだが、院長の篤実な話し方と、家族への配慮を窺《うかが》わせる表情は、房江の心になにか染《し》み入るものがあった。

栄養点滴もしないのに、出来ることはなんでもさせてもらうというのはどういう意味

だろうと思ったが、廊下から数人の男たちと看護士の声が聞こえたので、コーラを飲み干して房江は院長に礼を言うと廊下に出た。蒲団《ふとん》を担架代わりにして、普段着を着た中年の男四人が熊吾を運んできたのだ。

四人はそれぞれ蒲団の四隅を持ち、十畳くらいの広さの病室に入ると、蒲団ごと熊吾をベッドに載せた。

ここは最期を迎える患者のための部屋なのだと房江は気づいた。

看護士は掛布団《かけぶとん》を熊吾に被《かぶ》せて、畑に面した大窓をあけた。それから痰《たん》の吸引器をベッド脇《わき》に置くと、

「ご苦労さん、助かったで」

四人にそう言った。

「他の作業があったんで、奥さんや息子さんが来る前にここへ移されへんかったんです。鉄格子の向こうは家族には見せとうなかったんやけどねえ」

男のひとりが言った。

「仕事が済んだらすぐに部屋に戻りなさい。余計なお喋りをさせるために外に出したんとちゃうぞ」

看護士は警棒を持ったまま、四人を病室から追い立てた。

「あんた、最近不親切やな。鬼瓦《おにがわら》に西日が当たってるみたいな顔がますます悪相になっ

てるで」

その絶妙な表現に房江はうっかり笑いそうになった。

この人たちは本当に精神病者なのだろうか。近所のおじさんたちが手伝いに来たのではないのか。房江は本気でそう思った。

「わしの頭のなかはネジが二本ほど抜けてるんです。そやけど、このきーやんはネジやのうてヒューズやそうで。そのヒューズが三つほど切れてるんです」

きーやんと呼ばれた男は、看護士に追い立てられても動かず、

「俺にそんな自覚症状はないけどなあ」

と不満そうに言った。

さすがに看護士も苦笑して、

「早いことそのヒューズを修繕せなあかんがな」

と言って四人と一緒に病室から出ていった。

伸仁も熊吾の顔近くに椅子を運びながら、

「鬼瓦に西日が当たってるような顔って、この表現力の凄《すご》さ。あの患者さんは天才や」

と言って笑った。そして、しばらく父親の顔を覗《のぞ》き込み、それから自分の額を父親の額にあてがってじっとしていた。房江にはそれが父と子の接吻《せっぷん》に見えた。

熊吾の顔は穏やかで、息をすることでわずかに上下する掛布団の動きも規則正しく静

かだった。

きのうの夜、伸仁は駅前まで行き、菓子パンと牛乳を買ってきて、それを晩の食事にしたのだが、今朝の食事も同じものを食べるしかなかった。

熊吾はみじろぎひとつせず寝ていたが、これを昏睡状態というのだろうかと思って、朝の十時に血圧を測りにきた若い看護婦に訊いてみた。

「そうです。一般的な睡眠ではないです」

そう答えて、看護婦は出ていった。

房江も伸仁もほとんど一睡もしていなかった。ドアの横に長椅子《いす》があったので、伸仁はそこで少し寝るようにと勧めてくれたのだが、房江の心には、きのうの熊吾の一瞬の泣き顔が繰り返し繰り返し甦《よみがえ》ってきて、寝ることができなかった。

きっと夫は幼いときには、父や母に叱られたり、近所の遊び仲間にケンカで負けたりしたら、あんな顔で泣いたのであろうと思うと、四、五歳の熊吾が目の前にいるような気がしてくるのだ。

「きょうもええお天気やこと」

房江は東側のカーテンをあけて大窓もあけた。そこからは畑と田圃《たんぼ》と農家の道具小屋と一本道以外は見えなかった。

きのうの夜、この近くに住んでいるという看護婦と短い会話を交わしたが、狭山駅を中心とした街造り計画が進んでいて、駅周辺の農地のほとんどはやがて宅地になるということだった。すでに田畑を売って、べつの場所に移った人たちもいるという。そのせいなのか、駅舎は見えなかったが、熊吾のいる病室からの景色は広々としていた。南宇和郡一本松村とは比較にならないものの、大窓から見えるのは、やはりのびやかというしかない野だったのだ。

きのうそのことに気づかなかったのは、危篤のしらせで動転していたからだと房江は思った。

伸仁を見ると、椅子に坐って首を斜めに折るようにして眠っていた。一睡もしなかったのだから無理もないと思い、房江は長椅子に横になった。

ふと目を醒《さ》まして腕時計を見ると十時四十分だった。伸仁はまださっきと同じ体勢で寝ていた。

房江はたったの二十分ほどまどろんだだけだったが、部屋の隅にある洗面台で顔を洗い眠気を消そうとした。洗面台の上に取り付けてある鏡越しに熊吾を見て、房江は顔を拭かないままベッド脇にそっと近づいた。熊吾が息をしていないような気がしたからだった。

熊吾の鼻と口に耳を近づけ、肩をそっと揺すった。そしてもう一度、息のあるなしを確かめて伸仁を起こした。

「お父ちゃんが息をしてないわ。お父ちゃんが死にはった」

房江の言葉で、伸仁も熊吾の息を確かめて、看護婦を呼びに行った。

院長も一緒にやって来て松坂熊吾の死亡を確認すると、

「四月十一日の午前十時四十五分です」

と言って、房江と伸仁に深くお辞儀をした。

「昼からご遺体をきれいにします。きのうの四人がやってくれます。あの人たちは本当にきれいにご遺体を拭いてくれるんです」

院長はそう言って病室から出ていった。

伸仁はベッド脇に坐ったまま、肩を震わせて泣いていたが、ふいに怒ったように房江を見て、

「ぼくらはなんて間抜けやねん？　きのう大急ぎで駆けつけて、一睡もせずにお父ちゃんの最期《さいご》を看取《みと》ろうとしてたのに、肝心かなめのときに親子揃って寝てたなんて。脳のなかのネジが抜けてるのは、ぼくとお母ちゃんや」

と言った。

「ヒューズも三つどころか五つくらい切れてるねえ」

そう言って、二十分近く夫の死に顔を見ていた。

なんと穏やかな顔だろう。微笑んでいるようだ。私と伸仁を見て安心したのだ。いや、そのせいではない。誓いを果たして死んだからだ。

――なにがどうなろうと、たいしたことはありゃあせん――

熊吾がよく口にした言葉を思い浮かべて、どうだ、たいしたことはありゃあせんじゃろう、と房江は語りかけられている気がした。

きのうの四人の患者たちが、それぞれ洗面器や盥《たらい》や新しい白い寝間着やたくさんのタオル持参でやって来たのは昼の一時過ぎだった。

四人とも丁寧な悔やみの言葉を述べて、奥さんも息子さんも、作業が終わるまで外に出ていてくれと言った。

房江と伸仁は病院から出て、熊吾のいる病室のすぐ下あたりの土にハンカチを敷いて坐り、ふたり並んで煙草《たばこ》を吸った。

「ええ天気やなあ。この病院の桜は見事過ぎるわ。桜のヒューズも五本ほど切れてるんや」

と伸仁は言った。

「桜の花が松坂熊吾を迎えにきてくれたんやなあ。お母ちゃんはほんまにそんな気がするわ」

「絵葉書のようではないけど、ここから見える景色もきれいやなあ。レンゲも咲いてる。

菜の花も咲いてる。桜吹雪はぼくらに降り注いでる。お母ちゃん、お酒買《こ》うてきてあげよか？　ここで花見はどう？」

「そんな罰当たりなこと……」

房江は微笑混じりに言って、これからやらなければならないことがたくさんあると思った。そして、鈴原清が言ったことを思い浮かべた。

近親者だけで行なう簡略な密葬という葬儀があるらしいが、私の経済的事情を話して、この病院の看護婦長に相談してみよう。

房江は病院内に戻り、看護婦長を探したが、鉄格子の向こうにいるらしく、話をすることができなかった。

ここから最も近くにある火葬場で熊吾の遺体を火葬して、お骨を持って帰り、それからどうするかを考えよう。

房江はそう思いついて、院長室の近くにある木の椅子に坐って婦長が来るのを待ったが、それより先に伸仁に住道のアパートに戻ってもらうほうが大事だと考えた。

たとえ近親者だけによる火葬であっても故人の妻と息子が普段着では松坂家に申し訳ないと思ったのだ。

私は松坂家の長男の嫁だという意識を抱いたのは結婚して初めてのことだった。

病院から出て、まだ桜の花びらのなかで景色に眺め入っている伸仁にそのことを話す

と、

「お寿司《すし》でも買うてくるわ。今夜はお通夜《つや》やろ？　もう一晩、ここにいられるようにお母ちゃんから頼むのも大事なことやと思うけど」

そう言って、伸仁は駅への道を歩いていった。


院長が、うちで出来ることはなんでもさせてもらうと言った意味を房江が理解したのは、看護婦長に事情を説明したあとだった。

火葬に必要な書類をすべて揃えてくれて、病室での親子ふたりきりでの通夜も許可してくれたのだ。ただ、線香の類《たぐい》は使わないでくれということだった。

火葬場は、病院から車で西へ十分ほどのところにあるという。婦長はどんなに簡素であろうとも葬儀社に頼んだほうがいいと勧めてくれて、葬儀社も紹介してくれた。

その葬儀社の担当者が来たのは雨の降り始めた昼の三時だった。火葬はあしたの午後一時半からと決まった。

房江は熊吾の死をタネと丸尾千代麿にだけ電話でしらせた。

タネは、あしたの火葬にはなにがあろうと立ち会うと言ったが、多幸クラブの社員七十人分を藤木美千代ひとりで賄《まかな》うのは不可能だった。

「私、多幸クラブをくびになってもええわ。熊兄さんにはどんなにお世話になったか。お顔を見て、ひとことお礼を言いたいねん」

と泣いたので、房江はタネを説得するのに苦労した。

千代麿は、木俣には自分が連絡をしておくと言った。木俣は佐竹に伝えるであろうし、佐竹はホンギに伝えるであろう、と。

電話の切りぎわに、千代麿の低い話し声は突然激しい嗚咽《おえつ》に変わった。

葬儀社の担当者が帰ったあと、房江は、中村音吉にはしらせておこうと思い、南予の城辺町に電話をかけた。

応対した音吉の妻は、いま夫は大阪の娘のところに行っているので、私のほうからしらせておくと言い、火葬の時間を訊いた。

伸仁が病院に戻って来たのは夜の九時過ぎだった。冴子と梅田で待ち合わせをして食事をしてきたという。

ビールの小瓶を飲んでミートスパゲッティーを食べた、冴子が御馳走《ごちそう》してくれたと言って、伸仁は住道のアパートから持って来た房江の喪服と着替えの下着を大きな紙袋から出した。そしてそこからさらに寿司の折り詰めと日本酒の四合瓶を出した。

「きょうは二合までは許す」

「病院でのお通夜でお酒を飲んでるのがわかったら、たとえ夜中でも放り出されるわ」

「冴子もあしたの火葬には行くって言うたけど、あんまり貧乏なお葬式を見られたくないから、固く辞退した。そのほうがよかったやろ？」

「うん、そうやなあ」

十時を過ぎるのを待って、房江は四合瓶の封をあけた。十時以後は、昨日の夜も看護婦は部屋に来なかったのだ。

房江は熊吾の顔を覆《おお》っている白いガーゼをめくり、

「あのネジが抜けてる人とヒューズが切れてる人、ほんまにお父ちゃんをきれいにしてくれはってん。体中を念入りに拭《ふ》いて、顔も丁寧に蒸しタオルで拭いて、髭《ひげ》まで剃《そ》ってくれはってん。足の指のあいだまでも拭いてくれはった。私が千円ずつ心付けを渡そうとしたら、受け取ってくれへんねん。お役に立てただけで、ぼくらは嬉しいんですって」

そう言って、熊吾を見ながら湯飲み茶碗《ぢゃわん》の酒を飲んだ。惜別の酒という気がしなかった。夫を行ってらっしゃいと送り出したあと、ひとりこっそりと隠れて飲んでいるような気分だった。

房江は前々から気になっていたことを伸仁に訊いてみた。森井博美とは以前にも逢ったことがあったのか、と。伸仁は茹《ゆ》で海老《えび》の握りを口に入れてから、

「お父ちゃんが倒れた夜が初めてや。以前から知ってるはずがないやろ？」

と答えた。

翌日、昼前にやってきた葬儀社の車は病院から少し離れたところで待っていた。朝は強い雨が降っていたが、昼前には春の陽光が射《さ》してきた。きょうは一日中雨の予報なので、しばらくすればまた降ってくるのであろうと看護婦は言った。

葬儀社の社員は棺を病室に運び込んで、早く仕事を進めたそうだったが、千代麿は熊吾の顔を見たいだろうと思い、房江はそっと心付けを渡した。

きのう打ち合わせにやって来た担当者は、十人乗りのマイクロバスを用意していた。

自分たち親子を含めても十人乗りは必要ないと思ったが、このバスしかないと言われて、房江は承諾するしかなかった。千代麿がもし自分の車で来たら、無駄金を使うことになるのだ。

「もう来るころやけどなあ」

白いポロシャツの上に濃紺のブレザージャケットを着た伸仁がそう言いながら、病室と道とを行ったり来たりしていたが、十二時半ごろに、

「来た。みんな来てくれたで。美恵ちゃんも正澄もいてるで」

と玄関から大声で呼んだ。

房江は慌《あわ》てて道へと出て、それから来てくれた人たちの顔を確かめるために桜の木の下へと移った。そこからなら、幾分曲がっている道のすべてが見えるのだ。

先頭には喪服を着たホンギがいる。そのうしろに千代麿とミヨがいる。学生服姿の美恵と正澄もいる。学校を休んで来てくれたのだ。

少し遅れて佐竹善国とノリコ夫婦がいる。理沙子と清太の姉弟《きょうだい》がいる。ノリコのお腹《なか》の膨らみは目立つようになっている。

木俣敬二と神田三郎が並んで歩いている。神田には誰がしらせたのだろう。

麻衣子が栄子と一緒に手を振っている。いつ城崎から列車に乗ったのだろう。よくも間に合ったものだ。きっときのうの夜に大阪に着いて、千代麿の家に泊まったのであろう。

房江は散りつづける桜の花びらから出た。雨で濡《ぬ》れた花びらが喪服にへばりついて、自分がお祭りの珍妙な衣装を着ているかのようになってしまいそうな気がしたのだ。

かなり遅れて、喪服の男が歩いて来ていた。中村音吉だった。

こんなにもたくさん来てくれたのか。房江は、両手を大きく振りかけて、その腕を途中で降ろした。笑顔になりかけていた顔をひきしめた。以前、熊吾から聞いた話がふいに甦ったのだ。

――きょうは、いばってはいけない日だ――

姉のおキクが十七で死に、一家で焼き場からお骨を白い布で包んで一本松村広見の家へと帰って行くとき、そのあまりの沈鬱《ちんうつ》さを払おうと幼い熊吾は普段なら笑いを誘うことをしてみせたのだ。すると父の亀造が静かに諫《いさ》めた。きょうは、いばってはいけない日だ、と。

きょうはその熊吾を焼き場で焼く日だ。

房江はそう思ったとき、締めつけられるほどの哀《かな》しみに襲われた。

だが、近づいてくる隊列と言ってもいい十四人は、ホンギ以外は、沈痛ではあっても懐《なつ》かしい人に久闊《きゅうかつ》を叙するというようなある種の歓《よろこ》びのようなものを表情の裡《うち》に隠しているかに見えた。

私は、これと似た光景を見たことがあると房江は思った。新たな旅へと向かう人々がどこかの原野を楽しげに出発する光景だ。

房江はハンカチで涙を拭いてから、近づいてきた人々をお辞儀をして迎えた。けれども、その光景を見たのがいつだったのか、どこでだったのか、房江はどうしても思い出すことができなかった。

あとがき

この「野の春」で「流転《るてん》の海　全九巻」は完結した。いつかは最終巻の最初の一行を書き出さなければならず、そしてその最後の数行も書かねばならないという思いは、第五巻を書き終えたころから大きな重圧としてのしかかってきた。

だがそのころはまだ最終巻の題も思いついていなかった。ただただ最終巻の執筆から逃げだしたいという臆病《おくびょう》な心に振り回されていたのだ。

その心の根底には「流転の海」が未完で終わってしまうのではないかという恐怖があった。

たくさんの読者が第一巻から読みつづけてくれている長い長い小説を完結させないまま、私が病気で倒れたりしたら、申し訳ないでは済まないのだ。

これは一種の強迫観念としてそれ以後の私を苦しめつづけた。第六巻を書き、第七巻、第八巻と進むにつれて私は歳《とし》をとっていき、その恐怖は増大したのだが、最終巻の題を「野の春」と決めたとき、なぜか最後の一行まで書きつづけられる気がした。

なぜなのかいまもわからない。もし未完で終わるなら、第八巻「長流の畔《ほとり》」を書き終えられるはずはないという都合のいい推測に下支えされた開き直りだったのかもしれない。

他人から見れば、苦笑するしかない一人相撲であろうが、そんな一人相撲を重ねながら「野の春」を書き終えた。

最後の数行を書くとき、私は心臓をどきどきさせ、手にたくさん汗をかき、指は震え……。きっとそういう状態になるだろうと予想していたが、いつもよりも心は静かで、書き終えた瞬間、ひとりでガッツポーズをして「やった」と小声で言った。

作家としての責任を果たせた安堵《あんど》感《かん》だけで、全九巻を完成させたという達成感などなかった。

「お前はやり遂げた。ひとつの小説を三十七年間も書きつづけて、お前はえらい。見あげたやつだ。どんなに褒めても褒めたりない」

と自分を称賛する言葉を胸のうちでつぶやき始めたのはそれから数日たってからである。

「流転の海」第一巻を書き出したのは三十四歳のときである。当時の福武書店（現ベネッセコーポレーション）が刊行していた文芸誌「海燕《かいえん》」で連載したが、

第二巻「地の星」

第三巻「血脈の火」

第四巻「天の夜曲」
第五巻「花の回廊」
第六巻「慈雨の音」
第七巻「満月の道」
第八巻「長流の畔」
第九巻「野の春」

これらはすべて文芸誌「新潮」で連載をつづけた。「地の星」連載開始前、そう遠くない将来に「海燕」が廃刊になると知らされたからだ。

私はいま七十一歳。全九巻を書き終えるのに足掛け三十七年という歳月を要したことになる。三十七年もかけて、七千枚近い原稿用紙を使って、なにを書きたかったのかと問われたら、

「ひとりひとりの無名の人間のなかの壮大な生老病死の劇」

と答えるしかない。それ以外の説明は不要だと思う。

長い連載期間中、多くのかたがたのお世話になったが、なによりもまず私の健康を守ることに気を配りつづけてくれた妻に深く感謝を捧《ささ》げたい。

また、資料の収集や取材に同行してくれた橋本剛さんに心からの謝意を表させていただく。

「流転の海」シリーズの連載、単行本化、文庫化などの煩瑣《はんさ》な作業を担当して下さった新潮社の岩波剛さん、栗原正哉さん、前田速夫さん、鈴木力さん、宮辺尚さん、佐々木勉さん、矢野優さん、中瀬ゆかりさん、松村正樹さん、清水優介さん、桜井京子さん、そして全九巻にわたって重厚な暗喩《あんゆ》に満ちた装画を描きつづけて下さった榎俊幸《えのきとしゆき》さん、第一巻から最終巻まで装幀《そうてい》を担当しつづけて下さった新潮社装幀室の望月玲子さんに深く感謝申し上げる。

二〇一八年　夏

宮本　輝

解説

堀本裕樹

三十七年もの長きに渡って宮本輝氏が書き続けてきた自伝的大河小説「流転《るてん》の海」の最終巻である第九部『野の春』を読み終えたとき、私の両眼は涙で甚《はなはだし》く曇っていた。「熱涙」という言葉があるが、こういう折に使うのだろう。胸中から湧《わ》き出てくる感情の熱は、本書を閉じた後もしばらく渦巻いた。そうしてだんだん鎮《しず》まってゆくと、しんとした気持ちへと移り変わっていった。そのしずごころともいうべき心持ちは、この大長編の大いなる余韻であった。優れた小説であればあるほど、読後の余韻は深い。深い余韻とは単に大きな感動があったというだけではなく、読者に粛然とした内省を自《おの》ずと促すという作用であろう。宮本氏はこの物語で何を書きたかったのかを考えながら、己の胸奥《きょうおう》に反響してくる何ものかを凝視しようとする、もしくは摑《つか》み取ろうとする深遠な精神的蠕動《ぜんどう》が生まれることが、深い余韻と言い換えてもいい。

私は、「流転の海」各巻を読了するたびに余韻に浸っていった。「流転の海」を手に取って、松坂家の趨勢《すうせい》に長く寄り添ってきた篤実《とくじつ》な読者であれば、私と同じ感慨であろう。

その感慨は大長編の小説だけが有する悠然たる時間の流れに起因すると同時に、読み継いできた読者の人生の時間がそこはかとなく物語にリンクすることでいっそう増すのである。

私の場合、「流転の海」に出会ったのは高校生の頃であった。その前に宮本氏の傑作「螢川《ほたるがわ》」との決定的な遭遇があった。

真夏の気だるい日であった。蟬《せみ》の声が喧《かまびす》しく降りそそぐなか高校の正門を抜け出して、私は汗を拭《ぬぐ》いながら古本屋の傍にある自動販売機に向かっていった。冷たい缶ジュースでも買って飲もうと思ったのである。しかしその前に立って何を飲もうかと迷っているうちに、不意に気が変わった。喉《のど》は渇いていたが、涼みがてら古本屋に入っていったのである。小さな店で文庫本が並んでいるコーナーだけ見ていった。すると、『螢川』の背表紙が眼に飛び込んできたのだった。吸い込まれるように手に取った。随分くたびれた文庫本だったが、なぜか読んでみたいと強く思った。そのままレジに向かい、結局缶ジュースを買うはずであった百円玉は、角川文庫の『螢川』にすり替わった。この時の一瞬の心の動きを何と説明すればいいのだろう。人生にはよくこんなことがある。一瞬の心の動きや判断が、思わぬ幸いをもたらしたり、災いを招いたりする。あれから約三十年近く経《た》った現在振り返ってみると、思わぬ幸いなる縁が、その心の一瞬の動きにすでに芽生えていたことに気づかされるのであった。文庫本を買ったその夜、「螢川」は勿論《もちろん》、「泥の河」も胸を打ち震わせて読了した私は、一夜にして宮本輝ファンになったのだった。

あれから時を経て、四十代になった私は一ファンであることに変わりはないが、氏に二度インタビューさせていただき、このように「流転の海」最終巻の文庫解説を書いている。こんなことが果たして人生に起こり得るのだろうか。私は今もって驚きを隠せず且《か》つ不思議でならないのだが、富山で宮本氏と対談した際、そのことをお話しすると、「螢川」との出会いは「宿命の中にあった」と返してくださった。まさにそうなのだろう。私はすとんと腑《ふ》に落ちたのだった。そしてあまりに宮本文学の一場面に出てきそうな一瞬の心の推移によって生まれた運命的な「螢川」との出会いに、やはり今でも不思議としかいいようのない感慨に襲われるのであった。しかも宮本氏と初めて対面したのが、「螢川」の舞台である富山であった。おまけに『螢川』の文庫の発行者であった角川春樹《はるき》氏を師として、私は文字通り鞄持《かばんも》ちをしながら、三十代の五年間みっちり俳句の修業をしたのである。これを深奥なる縁と言わずして何と言おう。

そんなことは偶然でしかないと言い切る人もいるだろう。だが、私は宮本文学との初めての接触によって強烈に感応したのだ。十代の私は純粋に敏感に感応していったからこそ、宮本文学との真の出会いに成り得たのであった。

この感応力と人生の機微を解する力をさらに私の内側でじっくりと磨き上げてくれた

のが、「流転の海」である。このシリーズの第一部を手に取ったのも高校生の多感な頃で、無我夢中で読み耽《ふけ》った。その時間はのちに、私に精神の豊穣《ほうじょう》を、何ものにも代えがたい読書体験を齎《もたら》したのである。

『流転の海』第一部の舞台は大阪。敗戦から二年後の昭和二十二年、大阪駅のホームより見渡す「闇市《やみいち》の夥《おびただ》しいバラック」の明暗入り混じる風景を活写しながら、一気に戦後の混沌《こんとん》たる巷《ちまた》へと読者を誘《いざな》う。ホームから大阪の街を見つめているのが、松坂熊吾《くまご》だ。熊吾が「英国製のソフトをかぶり、ぶあついオーバーコート」を着て颯爽《さっそう》と登場する。熊吾が社長であった松坂商会は、「乗用車やトラックの車輛《しゃりょう》とか、ベアリングやフライホイルといった自動車部品を中国に輸出する」会社であったが、大阪空襲で所有するビルは崩壊していたのだった。

「まあ見ちょれ、俺はまだひと花もふた花も咲かせてやるけん」、熊吾はそう再起を期するのであった。このあまり聴《き》き慣れない愛媛県一本松村の方言を丸出しにして話す齢《よわい》五十の男に、私はみるみる惹《ひ》かれていった。豪快でいて繊細、且つ情に脆《もろ》い熊吾の一挙手一投足に釘付《くぎづ》けになっていったのである。

「流転の海」は序盤圧倒的な強い存在感を示す熊吾が、ぐいぐい物語を引っ張ってゆく。その熊吾に青天の霹靂《へきれき》のごとく赤ん坊が授けられる。四人目の妻である房江《ふさえ》が、「種なし西瓜《すいか》」だと思い込んでいた熊吾の子を宿したのだった。「俺は五十で子の父となるのだと言い聞かせた。熊吾は言葉に出来ぬほどの歓《よろこ》びに包まれていたが、心のどこかに、それが自分にとって幸福なことであるのか不幸なことであるのか、いったいどちらであろうかという思いを抱くときがあった」と内省する。この熊吾の自問は、この大長編を覆《おお》う大事なテーマを孕《はら》んでいるといえよう。これは第九部まで読み通せば、なおさら理解できることである。

早産で生まれてきたのは、七百目しかない脆弱《ぜいじゃく》な小さな赤ん坊だった。その子は「伸《のぶ》仁《ひと》」と名付けられた。「敗戦までは、名前の下に〈仁〉という字をつけてはならないきまりになっていた。〈仁〉という字は皇室の人間しか使えなかったのである」というくだりがあるが、伸仁はまさに戦後を象徴する名を冠してこの世に生まれ出たのだった。「流転の海」では一巻ごとに、数々の名場面がある。こんなに読者同士で語り合いたいと思える名場面を持つ小説も珍しいのではないだろうか。私は「流転の海」完結記念インタビューにて、絞りにしぼった名場面ベスト六を挙げて、宮本氏にお話をうかがったが、今回ここで取り上げるシーンは、そのインタビューと重なる部分もあれば、重ならない部分もあるだろう。ご容赦願いたい。

第一部で挙げるとすれば、「お前が二十歳《はたち》になるまで、わしは絶対死なんけんのお」と、熊吾が酒を飲みながら、膝《ひざ》の上に載せた赤ん坊の伸仁に語りかけるシーンである。「お前に、いろんなことを教えてやる。世の中の表も裏も教えてやる。それを教えてから、わしは死ぬんじゃ。世の中にはいろんな人間がおるぞ。こっちがええときは、大将やの社長やのと言いよるが、悪うなると掌《てのひら》を返しよるやつもおる。日ごろはそうでもなかったのに、困ったことがあるとそっと助けてくれるやつもおる。人の心はわからんもんやが、わしはお前に、人間を見る目を持たせてやるけん。人の心がわかる人になれ。人の苦しみのわかる人間になれ。人を裏切るようなことはしちゃあいけんぞ。だまされても、だましちゃあいけんぞ。この世は不思議ぞ。なんやらわからんが、不思議ぞ。他人にしたことは、いつか必ず自分に返ってくるんじゃ。ええことも、悪いことも、みんな自分に返ってくるんじゃ。そりゃあ恐ろしいくらい見事になァ……」――名セリフにして、名場面だ。そしてこの物語の核心を衝《つ》く熊吾の少々型破りな子育て論であり教育論にもなっている。それは「世の中の表も裏も教えてやる」の「裏」の部分に相当する。如何《いか》に伸仁を育てていくか、熊吾の所信表明ともなっているのだ。

それから「きれいな目をしちょる。お前は特別にきれいな目をしちょる」、「食べてしまいたいわい」という溺愛《できあい》の言葉になってゆくのだが、この熊吾のセリフを私はようやく実感を伴って理解できるようになった。

私は「流転の海」の最新刊が出るたびに第一部から読み直していった。だから一番、一巻目を読んだ回数が多い。この解説を書くにあたっても再読していったが、今回は四十六歳になって初めての我が子を授かった境遇において、私はこの場面にあらためて触れたのであった。五十歳で子を授かった熊吾と四歳違いで、私は我が子に巡り合ったわけだが、熊吾の子を思う愛《いと》おしい気持ちが痛いくらいわかるようになったのだ。私は父になったことで親の目線を以《もっ》て、「流転の海」を読めるようになったことを密《ひそ》かに嬉《うれ》しく思っている。

伸仁の誕生をはじめ、第一部では熊吾と房江の生い立ち、二人の馴初《なれそ》めから結婚に至るまでの経緯が抒情豊かに語られている。またこの物語において重要人物である海老原《えびはら》太一、井草正之助、辻堂忠《つじどうただし》、丸尾千代磨《ちよまろ》、柳田元雄らが登場する。海老原太一は熊吾と同郷であり、「松坂のお父さん」と熊吾を慕い頼って上阪して松坂商会で働いた後、「亜《ア》細亜《ジア》商会」を設立して独立。「神戸でも有数の貿易商にのしあがった男」である。しかし、海老原は「ビルの落成記念の祝賀会の席」において熊吾に人前で恥をかかされた一件を根に持ち続け、松坂商会の番頭であった井草正之介を焚《た》きつけて裏切りを計り、復《ふく》讐《しゅう》した。井草が大金を持ち逃げして行方をくらました一方で、熊吾と闇市で出会った辻堂忠が、松坂商会の社員となる。辻堂は闇市で出会ったときはならず者の恰好《かっこう》をしていたが、理知的な鋭さを持った京都大学出身のエリートであった。丸尾千代磨は戦後になってから松坂商会の仕事を請け負いはじめた運送業を営む気のいい肉体労働者だ。熊吾とも気の置けない仲である。柳田元雄は、戦前には自転車で中古車の部品を売り歩いていた。戦後、「柳田商会」の経営者となり見る間に発展させていく。熊吾は柳田の未来を予言するように「自分よりもはるかに多くの、血涙にまみれた人生の修羅場《しゅらば》をくぐって来た小心の男が、あるいはやがて巨大な城の主《あるじ》となるかもしれない。そのとき、自分はどうなっているだろう」と思いを馳《は》せるのであった。

「流転の海」の読者はすでにおわかりだろうが、この熊吾のセリフは物語の大きな流れの伏線となっている。だが、第一部ではほんとうに何気ない熊吾の呟《つぶや》きのような扱いなのである。そんな伏線の数々を挙げていけばきりがないほど、宮本氏はこの第一部において、大長編になるであろう物語の土台をしっかりと築き上げているのであった。建物でいえば揺るがぬよう基礎を強固に、これからのストーリー展開を悠然と受け止めるべく構築したといえるであろう。私は宮本氏の名匠のような筆遣いに毎回唸《うな》るのであった。

大阪での再起を胸に誓っていた熊吾だったが、やがて病弱に生まれてきた伸仁と同じく体調を崩しがちな房江を見て、「事業よりも、妻や子の健康のほうがはるかに大切だ」と思い至り、大阪の一等地にある松坂ビルの跡地を売り払って、郷里の南宇和に帰ることを決心するのであった。

第二部『地の星』の舞台は南宇和。昭和二十六年、熊吾が父の墓参りをしようと、四歳になった伸仁を連れて一本松村に到着する場面からはじまる。伸仁が熊吾と会話できるほど成長していることに、読者は思わず笑みが零《こぼ》れるだろう。だが、熊吾は宿敵ともいえる幼馴染《おさななじ》みでやくざ者の増田伊佐男と顔を合わせる。伊佐男は「お前にこの左足をこわされた」と熊吾に因縁をつけて、深い恨みをぶつけてきた。「四十年前、十四歳のときに、あいつはわしと相撲を取り、誤って三尺下の空地に落ちた」と熊吾も記憶している出来事だったが、事の真相ははっきりしない。

第二部は熊吾と伊佐男との対立軸を中心にして、松坂一家の田舎暮らしの模様が語られてゆく。「蟄居《ちっきょ》っちゅう言葉があるがのお、わしはこの郷里に蟄居したんやあらせんがなァし。わしは仕事をしに来たんや。五十で授かった、病気ばっかりしとる息子を、丈夫な体にするっちゅう仕事をしに来たんじゃ」と熊吾が言うように、伸仁はのんびりとした南宇和の清澄《せいちょう》な空気のなかで伸び伸びと元気に育ってゆく。その象徴的出来事が蟬取りに行く途中で、伸仁が野壺《のつぼ》に落ちる場面である。

草叢《くさむら》にある「底なし沼みたいな野壺」に落ちてしまった伸仁は、熊吾の機転によって間一髪で助かるのだった。もし野壺にはまりこんでしまったら、伸仁は命を落とすところだったが、熊吾に引っ張り上げられて助かり、糞尿《ふんにょう》だらけになって生命力を漲《みなぎ》らせて大声で泣きつづける。熊吾が「お前のところの野壺は深すぎる、頑丈な蓋《ふた》をかぶせるか、何かで囲いをするように」と持ち主に意見すると、「あの野壺に子供がはまったのは、わしが次女を産んだ年じゃけん、明治三十七年やなァし。それからあとは、誰も落ちちょらん」と九十二歳の婆様《ばあさま》は言う。熊吾は「その子はどうなった。えっ？」と詰め寄ると、「生きちょる、生きちょる。なんちゃ死んどらん。松坂熊吾っちゅう子供や」と見事に応じ返されるのであった。なんと父と子の因縁を思わせる、親子の類似的性格を示したおもしろい名場面であろう。こんな経験は都会ではできない。「坊は、野壺にはまったかなァし。まあ、男は一遍は野壺にはまっといたほうがええ。あそこは、いろんな経験が溜《た》まっちょるとこやけん」と、伸仁の頭を撫《な》でて言ったのが和田茂十である。この茂十の「いろんな経験が溜まっちょるとこ」という一見冗談にも思えるような言葉の意味を読者は真面目《まじめ》に深く解さなければいけない。

茂十は県会議員に立候補することになり、熊吾は選挙参謀を引き受けるのだった。

田舎で退屈を弄《もてあそ》ぶ熊吾は選挙参謀をはじめ、ダンスホールを経営してみたりするが、「わしは、世の中が動いちょる場所へ戻る。房江も伸仁も、なんとか元気な体になった。このわしのふるさとは、まことにええとこじゃが、大きく動いちょる世の中とは無縁のところじゃ。伸仁を、大きく動いちょる世の中へつれて行かにゃあいけん。いま、そんな気がして、南宇和での生活を投了した」と考える。

第一部で熊吾を裏切った井草正之助は金沢にて結核で、和田茂十は癌《がん》で死に、宿敵であった伊佐男はやくざ同士の抗争の末、追い込まれて猟銃で自殺を遂げた。人が生まれ死んでゆく場面が多い本書は、生生流転の物語であることを否応《いやおう》なく思い知らされる。「俺のふるさとの使命は終わった」という熊吾のセリフが印象的である。そして「この世のありとあらゆる生き物も、事柄も、なんらかの使命によって存在しているのだと思えてきたのだった。人間だけでなく、蟻《あり》も蜂《はち》もなめくじも牛も馬も、日本という国もアメリカという国も、名も知らぬ小さな未開の国々も、何かの使命があるからこそ存在しているのだ」と考え、さらにこう続ける。「五十歳で初めて子の父となった男には、そのことによって為《な》さねばならない使命があるに違いないと考えた。使命を終えたら死ぬであろう。使命を終えたということは、寿命を終えたということになる」――そのように思念を凝らす熊吾の思考にも重きを置きたい。

五十五歳の熊吾は家族を伴い、再び人間が蠢《うごめ》く大阪に向かって舵《かじ》を取るのであった。

第三部『血脈の火』の舞台は大阪。昭和二十七年、もうすぐ小学一年生になる伸仁が、家の裏側から眺められる土佐堀川をゆくポンポン船に向かって手を振る場面からはじまる。宮本氏の出世作「泥の河」の舞台とも重なる場所である。また「きのう六歳になったばかりの、瘦《や》せっぽちの、どうにも頼りない伸仁が、ちゃんとひとりでバスに乗って、曾根崎《そねざき》小学校に通学できるだろうか」という房江の心配事は、名短編「力」にかたちを変えて凝縮されている。

熊吾は大阪で再び一旗揚げるべく、いくつもの商売を開始した。消防のホースを修繕する会社「テントパッチ工業株式会社」、雀荘《ジャンそう》の「ジャンクマ」、中華料理店の「平華楼」、プロパンガスの販売代理店「杉松産業」、きんつば屋の「ふなつ屋」などである。

熊吾は、はしっこい伸仁を競馬や道頓堀《どうとんぼり》の料理屋や祇園《ぎおん》のお茶屋やキャバレーやパチンコ屋やストリップ劇場など、子どもがいくような場所ではない、あらゆるところに連れ回す。ストリップ劇場では、後に熊吾と関係ができる西条あけみこと森井博美《ひろみ》と出会うことになる。伸仁が可愛《かわい》いということもあろうが、世の中の裏側を見せるという、熊吾流の人間育成の一環でもあったのだろう。

一方、南宇和から熊吾の妹のタネとその子である千佐子、熊吾の母ヒサが上阪してくる。千佐子の兄の明彦は先に大阪入りして熊吾の知人宅に預けられていた。明彦は、第二部で不慮の事故で死んだ野沢政夫とタネとの子である。やがて、突然ヒサの行方がわからなくなり捜索願を出す事態になる。房江が少し眼を離した隙《すき》の出来事だったので、彼女は責任を強く感じてしまう。

熊吾の商売はどれもうまくいっていたが、昭和二十九年に発生した洞爺丸《とうやまる》台風により、テントパッチ工業で用意していた接着材を水没させて甚大《じんだい》な損害を被《こうむ》り、事業が傾いてゆくのである。弱り目に祟《たた》り目で、熊吾の体には糖尿病の症状が出はじめるのだった。

松坂家が大阪で暮らすあいだに、城崎《きのさき》では、不思議なコミュニティが生まれていた。熊吾の戦前の盟友である中国人・周栄文の娘麻衣子と、丸尾千代麿の愛人・米村喜代が生んだ子の美恵と、喜代の祖母と、浦辺ヨネと、増田伊佐男とヨネの子の正澄との共同生活である。喜代は美恵を遺《のこ》して心臓麻痺《まひ》で亡《な》くなっており、ヨネは南宇和で居酒屋をしていたが、自死した伊佐男の子を大阪で生むと、熊吾との取り引きで、城崎で一軒の小料理屋「ちよ熊」をやりながら、美恵と喜代の祖母との面倒を見ることになったのだった。この共同生活の詳しい経緯は省くが、宮本文学は長編『森のなかの海』などにも観《み》られるように、行き場を失った子どもや若者たちが肩を寄せ合って生きていける共同生活の場を小説のなかで設けることがある。そこには宮本文学の優しさが滲《にじ》んでおり、「流転の海」では熊吾の機転によって、城崎に情深いコミュニティが生まれるのである。

第三部の名場面は、船上生活を営む近江《おうみ》丸が炎上して、その船に時折遊びに行っていた伸仁の命が危ぶまれる事件を取り上げようと思ったが、もう一つ好きな場面があった。伸仁がやくざの観音寺のケンの頼みで、ならず者たちと麻雀《マージャン》を打つシーンである。そこに熊吾が周りに気づかれないよう伸仁にサインを出して参戦するのだが、父と子の鮮やかで微笑《ほほえ》ましい連携プレーが痛快なのだ。ならず者にイカサマを指摘されると、「やくざが堅気の人間にイカサマよばわりするとは、なんとなさけないことよ。伸仁、もう手加減無用じゃ。ケツの毛ェまで抜いてやれ」と我が子に発破をかけるのだった。父と子とならず者との麻雀の卓を囲んだ大阪弁の会話の妙は、宮本文学の真骨頂の一つだ。そんなやり取りのなかで、観音寺のケンが呟く言葉に不意にぴんと来るものがあった。

「そやけど、ノブちゃんは、おとはんとおかはんに可愛がられて、しあわせや。おとはんとおかはんに可愛がられて育った子ォは、絶対に俺らみたいにはなれへんのや」――

この観音寺のケンがふと漏らした「しあわせ」という言葉に、私はこの「流転の海」のテーマを鮮烈に見出《みいだ》したのである。その後、第一部から第九部まで再度詳細に調べてゆくと、必ず「しあわせ」＝「幸福」という言葉がどの巻にも出てくることがわかった。そしてもう一つ各巻で必ず出てくる言葉があった。それは「戦争」である。戦争で傷を負った人々か、もしくは戦場の回想場面が各巻のどこかに登場するのである。「しあわせ」の反対語は「不幸せ」だが、その不幸せの最たるものが「戦争」である。もしこの大長編の大テーマを四つの言葉で表すならば、「しあわせ」「戦争」「生」「死」ではないだろうか。

宮本氏に「文学のテーマとは、と問われて」というエッセイがあるが、表題のごとく問われると、〈「人間にとって、しあわせとは何か、ということではないでしょうか」〉と、氏は答えるのである。「作家として、沽券《こけん》にかかわるような幼稚な答えをしてしまったのではないかと思えて、私はもう一度、文学のテーマについて考えをめぐらせてみた。だが、やはり私はそれ以外の答えは思い浮かばないのだった」と、自ら確信するのであった。この一九八〇年に刊行された第一エッセイ集『二十歳の火影《ほかげ》』に収録されている文学のテーマに対する考えは、現在でも氏の内側で一つもぶれていないことに驚く。そこに宮本文学のたぐいまれな透徹した境地を感得するのであった。「しあわせ」とは、日常に溢《あふ》れた身近な響きであるが、定義しろと言われればしようのない、なんと深奥で幽寂をも感じさせる、心の不可思議な作用であろう。「流転の海」は、この「しあわせ」を追い求めながら、人生の艱難《かんなん》辛苦に立ち向かってゆく物語でもあるのである。

第四部『天の夜曲』の舞台は富山。昭和三十一年、大阪から富山へ向かう立山一号の車窓から見える猛吹雪の風景からはじまる。松坂家の三人は、大阪での暮らしに見切りをつけて、富山に新天地を求めて旅立ったのだった。大阪を離れた理由は、熊吾が経営する中華料理屋の弁当で食中毒が発生したり、きんつばが売れなくなったり、「杉松産業」の共同経営者・杉野信哉が脳溢血《のういっけつ》で倒れたり、房江が鬱病《うつびょう》になったりと不運が重なったことが理由であった。それから以前大阪で知り合った、富山で暮らす高瀬勇次に、新しい会社の共同出資者になってほしいという懇請を熊吾が受け入れるかたちでの引っ越しでもあった。

熊吾は、伸仁の「いつ大阪に帰るのか」という問いにこう応《こた》える。「富山での商売がうまいこといくなら、ずっと富山で暮らすことになる。商売が軌道に乗っても、大阪に帰るはめになるかもしれん。人生、どう動いていくか、わかりゃあせんのじゃ。自分はこうしたいと思うても、そうは事が運ばんことがある。ジグザグの道をぎょうさん歩いた人間のほうが、そうでない人間よりも、いざというとき強うなれる。お前は、偉大な芸術家になるんじゃけん、いろんな土地の、いろんな人間を見といたほうがええんじゃ」——この「偉大な芸術家になる」という熊吾の発言は、まだ大阪にいた頃、突然易者が訪ねてきて、伸仁の将来を占ってもらった言葉であった。「うまくいけば、偉大な芸術家になるでしょう」という易者の言葉を熊吾が真剣に聞き入れたのであった。この易者は「房江を見つめ、晩年は幸福な生活が訪れると言ったが、熊吾の卦《け》は口にしなかった」のである。易者の言はこの物語の伏線ともなり謎《なぞ》めいた予言のような役割を果たしているのだが、私は熊吾の「お前は、偉大な芸術家になるんじゃけん、いろんな土地の、いろんな人間を見といたほうがええんじゃ」という発言に注目したい。この熊吾の考え方は教育論にも繋《つな》がるのだが、私は「孟母《もうぼ》三遷の教え」という故事と重なるように思えた。孟子の母は最初、墓地の近くに住んでいたが、子どもの教育のために、環境の及ぼす影響を恐れて、市場の近くに居を移し、次に学校の近くへと三度引っ越したという。その故事を踏まえて、子どもの教育のためにはよい環境を選ばなくてはならないという教えとなった。熊吾は己の事業のための引っ越しでもありつつ、常に伸仁のための環境を優先して考えてきた。大阪でもない、南宇和でもない、雪深い富山という土地が伸仁に与えてくれる恩恵があるはずだと熊吾は考えたのであった。

冒頭に自伝的大河小説と書いたが、熊吾は宮本氏の父上、房江は氏の母君、伸仁は氏ご自身というモデルを当て嵌《は》めるならば、後に宮本氏（＝伸仁）にもたらした富山という土地の恩恵は、人生を変えてしまうほどの、まことに豊かなものであったと言わざるを得ない。富山を舞台にした小説「螢川」で芥川賞を受賞し、近作では『田園発 港行き自転車』にも繋がる原体験となったのだから。伸仁の自己形成の面だけで捉《とら》えると、教養小説と言えなくもないが、「流転の海」はそんなカテゴリーに収まるような狭隘《きょうあい》な小説ではないのである。

やがて熊吾は高瀬の器の小ささに失望し、共同経営を諦《あきら》める。房江と伸仁を富山に残して、熊吾は一人大阪に戻り、「関西中古車業連合会」を結成するべく奮闘しはじめる。

大阪で熊吾は、ヌード・ダンサーの西条あけみこと森井博美と再会。その折に博美の持っていたセルロイドのキューピー人形に提灯《ちょうちん》の火が引火するという事故に遭遇してしまう。それは博美の軽率な行動から起こった事故であったが、彼女の顔に凄惨《せいさん》な火傷《やけど》が生じたことに対して、熊吾は多少なりとも責任を感じてしまうのだった。情に厚い熊吾は、博美の故郷でもある長崎の病院まで同伴するが、そこで男女の関係を結んでしまう。ここから熊吾の運が傾いてゆく。熊吾は長崎のミンミン蟬の声を聴きながら、「戦後、自分と仕事上で昵懇《じっこん》となった人間は、どれも能力や運に欠陥がある。だがそれはすべてこの自分という人間が招き寄せたのだ。この自分の能力や運といったものが土壁が剝《は》がれるように落ちたのだ」と振り返るのであった。

「芭蕉《ばしょう》の句に、『やがて死ぬけしきは見えず蟬の声』っちゅうのがある」と言う場面があるが、この句は熊吾の行く末を自ら予感するような趣が漂う。もう間もなく死んでしまうだろうに、そんな兆《きざ》しは見せず蟬は頻《しき》りに鳴いていることよといった意味の句だ。

蟬の運命に自分の運命を重ねて見ているような熊吾の呟きである。その不運を象徴する

出来事が起きる。大阪での新事業である「関西中古車業連合会」の資金を従業員であっ

た久保敏松に横領されるのであった。熊吾は富山で暮らす家族に生活費を送金できない

ほど困窮する。

第四部の名場面もいろいろあるが、熊吾が一番頭を下げたくない相手でかつての部下・海老原太一に名刀・関の孫六兼元を買い取ってもらうシーンを挙げたい。海老原が大恩を忘れて、むかし人前で大恥をかかせた熊吾を散々罵《ののし》った後、「五十万、落ちぶれ果てた大将とかに渡したれ」と捨て台詞《ぜりふ》を言い放つのだ。熊吾は床に正座してじっと耐える。この場面では読者にとっても苦しく悔しい気持ちが湧きあがるであろう。熊吾は家族を思い、金を作るために罵倒《ばとう》されることを百も承知で、悲痛な覚悟をもって海老原のもとに出向いたのである。嘘《うそ》偽りのない、複雑な心情が絡《から》み合う人間のぶつかり合いが描かれているのだ。

第五部『花の回廊』の主な舞台は兵庫県尼崎。昭和三十二年、富山の高瀬家に預けていた小学四年生の伸仁を連れ帰り、熊吾の妹タネが暮らす「貧乏の巣窟《そうくつ》」というべき蘭《らん》月《げつ》ビルに家族で向かう場面からはじまる。久保に会社の金を持ち逃げされて窮する熊吾と房江は、「持ち主も住人もいない船津橋のビル」に移り住んだ。電気も水道も止まっている物騒なビルに伸仁と暮らすわけにもいかず、タネに息子を預けることにしたのだ。

物騒といえば蘭月ビルも物騒といえるが、「こんな薄気味の悪い陰気なボロアパートで暮らしてみるのもええ思い出になる。時がたったら、思いもかけん宝物に変わっちょったっちゅうのが人生というものの不思議じゃ」と熊吾は伸仁に言い聞かすのであった。この熊吾の発言にも息子がいつか「偉大な芸術家になる」という将来を見据えた視点が含まれている。

熊吾は大阪でエアー・ブローカーを続けながら食いつなぎ、房江も家計を支えるために道頓堀川沿いにある小料理屋「お染」で働く。

伸仁は、在日朝鮮人が多く住む蘭月ビルで多様な人間と交流し、人の臨終に立ち合うという小学生にして壮絶な現場にも直面する。蘭月ビルの二階に住む、同じクラスの月村敏夫とその妹光子との出会いも、伸仁には大切であった。敏夫は給食を食べるためだけに登校し、伸仁が残したパンを敏夫が持ち帰って、光子が食べるという貧しい家庭だった。敏夫は夕刊の配達をしている。自分と妹の朝食になるたこ焼きを買うための新聞配達だった。

伸仁も敏夫と一緒に夕刊売りを体験する。房江は反対であったが、熊吾は「たったの三時間で、いろんなことを体験することじゃろう。たったの三時間で、わしら夫婦の一人息子はこの娑婆《しゃば》世間での人生っちゅうものの一端を、自分の視覚と聴覚と嗅覚《きゅうかく》で学ぶ。それはいつかあいつにとって得難い宝物に変わるかもしれんのじゃ」と認める。これは前述したように熊吾の子育て論であり、息子に対する絶対的な信頼でもある。伸仁はその体験から何かを学ぶという確信なのだ。そして伸仁のことが心配な熊吾は、夕刊を売る息子の後をつけるのだった。この父の優しさが読者を魅了する。

宮本氏のエッセイ「夕刊とたこ焼き」にも、この場面が凝縮されたかたちで描かれているが、「おまえのたこ焼きと、あの子のたこ焼きとは、味が違うんやでェ」という父上の言葉が沁《し》みる。「流転の海」は小説だから虚実入り混じった内容になっているが、この夕刊売りの場面はほんとうにあったことなのだ。小説とエッセイとを往還しながら読むことで、よりいっそう味わい深くなる場面であろう。

この夕刊売りも名場面であるが、私には熊吾と伸仁が京都競馬場に行って、大穴馬券を当てるシーンが忘れられない。

「やったァ！　お父ちゃん、三―四や」

「これはでかい馬券じゃぞ」

親子は手をつないで払い戻し窓口に向かい、配当の大金を受け取る。

「平然としちょれ。ぼくら親子は負けに負けて、すっからかんでございますっちゅう顔をしちょれ。スリがあちこちで目を光らせちょるけんのお」という熊吾の忠告をよそに、伸仁はどうにも嬉しさを隠し切れない表情をしてしまうのだった。

「それがお前の平然としちょるふりの顔か。目が笑うちょる。嬉しゅうてたまらんちゅう目じゃ。プロのスリには、たちどころにわかるんじゃ」と伸仁を諭す。私は、なんと「おもろい親子」なのだろうと、二人の微笑ましいやり取りに、温かい笑いが込み上げてくるのだった。競走馬の世界を舞台にした宮本氏の傑作長編『優駿』にもつながる原体験でもあろう。伸仁のモデルである宮本氏は、熊吾のモデルである父上の目論見《もくろみ》通り、あらゆる体験を小説家の滋養とし、次々に作品として結晶させていったことが、この「流転の海」を読むたびに気づかされる。熊吾が考えた通り、伸仁の内側で年月を経て、またとない「宝物」に熟成していった証《あかし》であろう。

第六部『慈雨の雨』、第七部『満月の道』、第八部『長流の畔』の舞台は大阪。第五部の後半から松坂一家は、柳田元雄が経営に乗り出した福島区の「シンエー・モータープール」に隣接する住居に引っ越した。「やがて巨大な城の主となるかもしれない」と熊吾が第一部で予想した通り、柳田は「シンエー・タクシー」の社長となり、熊吾の提案と助言によって大規模な駐車場経営も開始したのだった。

第六部は昭和三十四年からはじまり、伸仁は中学生になっている。伸仁は、城崎で小料理屋「ちよ熊」を営み麻衣子らと共同生活をしていた浦辺ヨネの死去を受けて、彼女の遺言であった散骨の大事な役割を担《にな》う。役割とはヨネの遺骨を粉にすることであった。熊吾に命令されるかたちで伸仁は、遺骨を擂鉢《すりばち》で擂って、余部《あまるべ》鉄橋から日本海へと撒《ま》きやすいように粉状にするのだが、この少し滑稽《こっけい》でいて厳粛な作業は、伸仁にとって大人になるための不思議な通過儀礼のように私には思えた。両目の開かない子犬や親鳥の死んでしまった鳩《はと》の雛《ひな》を親身になって育てることも、また名場面である北朝鮮帰還列車に乗った月村兄妹《きょうだい》を松坂一家が淀川《よどがわ》の堤で、鯉《こい》のぼりを必死に振って涙で見送った別れも、その儀礼の一つといえるかもしれない。鯉のぼりは熊吾ではなく、伸仁自ら振ったのが象徴的である。

「鯉のぼり、見えたかなァ」と言う伸仁の涙声に、「見えたに決まっちょる。冬の暗がりのなかの鯉のぼりは、あいつらの心から消えんぞ。お前が振りつづけた鯉のぼりじゃ」――熊吾の言葉は、父としての限りない優しさに満ちている。人の死や動物の生や別離に真正面から向き合いながら、伸仁は人間として奥深い大事な何かを感得してゆくのであった。

余部鉄橋を歩いて散骨する際、房江は高所を恐れることなく進み思わぬ度胸を見せるが、熊吾は足がすくんでしまう。「房江、お前が先に行ってくれ。わしはお前のあとにつづくけん。これからの人生、そうしたほうがええかもしれんぞ」――奇《く》しくも熊吾の言葉は、第六部以降の物語の流れを言い当てている。

房江は「シンエー・モータープール」での新しい生活に「しあわせ」を見出しながら、どんどん輝いてゆくのである。通信教育でペン習字を習いだすこともその一つだ。学歴コンプレックスのある房江は、美しい字を書けるように学習し、知らなかった漢字も積極的に覚えてゆく。熊吾をひたすら支えてきた房江の能動的に動き出す姿は、読者にとっても胸が弾むものである。

そんな房江が熊吾に進言する。「中古車の売買を小商いから始めて少しずつ大きくしていこう」という房江の提案を熊吾が受け入れたのだった。結婚以来初めての出来事であり、二人の関係性にも変化が生じてきたようだ。

モータープールの管理人をしながら「中古車のハゴロモ」を立ち上げ再起を図る熊吾であったが、かつての部下で宿敵であった海老原太一の自殺が、また本書の生と死の陰影を深くするのである。熊吾の金を海老原が横領した証拠となる借用証書に替わる名刺を握っていた熊吾は、観音寺のケンにその名刺を手渡した。衆議院議員選挙に出馬表明していた海老原は、おそらく観音寺のケンに脅されたのだろう。熊吾は、観音寺のケンに名刺を渡すまでにも、海老原の心理を巧みに揺さぶり出方を窺《うかが》っていたのだった。「自分の自尊心よりも大切なものを持って生きにゃあいけん」という熊吾の言葉が、この自死にも重なる。

第七部は昭和三十六年からはじまり、高校生になった伸仁は、ついに熊吾の身長を越すまでになった。生意気な口も利《き》くようになり、房江に言わせれば、「伸仁のちょっとした物言いが父親そっくりなときがある」という。第七部の前半では、「中古車のハゴロモ」の事務職員・玉木則之《のりゆき》が、「こんなにいっぺんに儲《もう》かってええのかと心配になるくらい」、熊吾の中古車販売業は順調であったが、後半になってその玉木が会社の金を横領する。玉木は帳簿と伝票の不正操作を行い、競馬にその金をつぎ込んでいたのである。

これまでも熊吾は何度も社員に騙《だま》され続けてきた。裏切りの連続である。かつて行ったインタビューの聞き手であった私に宮本氏は、「人間というのは千変万化に心のありようが変わり続けている、そういう生き物であり、命というのは刻々と変わっていくものなんです。だから絶対に裏切らない男だと見極めるには、どうしたら良いのか、僕もいまだにわかりません」と応えてくださった。「心のありよう」と「命」とを織り成すように語られたことが印象的であり意味深く思われるが、徹底的に人の裏切りを描くことで、人間の闇は勿論、それに炙り出されるように対照的に光も見えてくるのが宮本文学なのである。

会社が傾いてゆくのと同時に、第四部で男女の関係を持った森井博美と再会してしまったことも、熊吾の生命力の衰えにつながってゆく。熊吾は、博美との関係の再燃を警戒していたにもかかわらず、「お父ちゃん、私を助けて」という彼女の悲痛な訴えに耳を傾けてしまう。読者は松坂一家の不幸を招き寄せるに違いない博美の接近に、気をもむだろうが、熊吾は愛欲に嵌りこんでしまうのである。

一方、房江はペン習字の立派な修了証書をもらったり、城崎に住む麻衣子に『ちょ態』を蕎麦《そば》の専門店に変えるにあたり、その味を決めてほしいと助言を求められたりして、いっそう人生が彼女らしく輝いてゆくのであった。

麻衣子に「房江おばさんは料理の天才や」と言わしめるほど、房江の天分が花開いてゆく。房江は城崎温泉に入りながら、「半年にいちどぐらいは、麻衣子の家に遊びに来て、こうやってゆっくりと露天風呂《ぶろ》につかる一夜を持ちたい」と思い、「ああ、しあわせだ。私の人生に初めて楽しみというものができた」という感慨を持つ。房江の生い立ちは第一部で詳しく語られているが、生まれてすぐに母を失い、父には捨てられたのだった。養父には死別し、養母には淫売宿《いんばいやど》に売られて客は取らされなかったけれど、一日中働かされた。それ以後も親戚のあいだをたらい回しにされて、異常な性交を求め暴力を振るう亭主にも苦汁をなめさせられた。その男との離婚後、熊吾と結婚したのである。時折熊吾の嫉妬《しっと》による暴力に悩まされてきた房江だが、つかの間の「しあわせ」を嚙《か》みしめている場面は、こちらにまで、その安らぎが伝わってくるのだった。しかし、第八部ではまたしても房江に多大な苦しみが待ち受けているのだった。

名場面は、熊吾と伸仁が真正面から組み合うシーンである。房江の飲酒癖に怒った熊吾を制した伸仁は、一升壜《びん》を持ち上げた父に挑むように「それでお母ちゃんを殴ったら、ぼくは許さんぞ」とその壜を奪い取る。「許さんぞ、じゃとお？　それが父親に対して言う言葉か」と熊吾が伸仁の頭を殴ろうとするが軽くかわされてしまう。「毎晩毎晩、一日も休まずに柔道着の帯を柱に巻きつけて体落としの稽古をつづけてきた」伸仁は、いつの間にか腕力をつけていたのだ。その後、息子と父は組み合うのだが、結局熊吾は自ら脚を痛めて尻餅《しりもち》をついて座り込んでしまうのだった。

熊吾は顔を歪《ゆが》めて泣きながら、「怒りも悔しさもなかった。あのいまにも死んでしまいそうな赤ん坊が、こんなに大きくなった。こいつはもうひとりで生きていける。俺の役目は終わった」──と父親としての真情を胸中に湧きあがらせる。父と子が対決する場面は、あまたの文学作品に描かれてきたであろうが、母を守ろうとする伸仁と熊吾との真剣に組み合う場面は読者の胸を激しく打つ。と同時に、如何ともしがたい熊吾の老いを思い知らされ、寂寥感《せきりょうかん》に包まれるのだった。

第八部は昭和三十八年からはじまり、熊吾は、新たに「大阪中古車センター」を開業させる。だが、千鳥橋のその売り場まで直接客がやって来ることは少なかった。「中古車のハゴロモ」も「松坂板金塗装」もだんだん左前になっていく。松坂板金塗装を閉めるつもりでいた熊吾であったが、「柳田元雄のゴルフ場建設のために銀行から引き抜かれた男」であった東尾修造が柳田の会社を退職後、「私に松坂板金塗装という会社を大きくするという新しい役目を与えてくれませんか」と、熊吾に話を持ち掛ける。東尾に松坂板金塗装を売った熊吾だったが、間もなく東尾の杜撰《ずさん》な経営によって、閉鎖されてしまった。東尾と愛人は会社の金を持ち逃げする。会社の定款《ていかん》上では社長であった熊吾は、その負債責任を負わされる羽目になる。またもや、熊吾は騙されたのだ。さらに第七部で再会した森井博美との腐れ縁を断ち切れなかった熊吾は、逡巡《しゅんじゅん》しながらも結局魔がさして、彼女との関係を深めてしまう。そしてとうとう熊吾の浮気が房江にばれてしまうのだった。二人は口論の末、「もうモータープールには帰ってこんといて」と、房江は熊吾のもとを去ってゆく。

妻にも息子にも口をきいてもらえなくなった熊吾は自身の肉体の衰えも痛感するようになった。加齢とともに進行する糖尿病が原因で、次々に歯を抜かざるを得なくなる。熊吾の生気が衰えてゆくと同時に、事業も行き詰ってゆくのである。一方、柳田元雄はシンエー・タクシーの経営をやめて、彼の夢であるゴルフ場経営に乗り出してゆく。熊吾の衰退と柳田の躍進は非常に対比的だ。「流転の海」を企業小説としての観点から眺めていくと、熊吾の経営方針と柳田のそれとは真逆のようであり、つぶさに比較しながら読み進めてみてもおもしろいであろう。

熊吾の浮気を知ってからの房江は、酒量が増して暗澹《あんたん》たる気持ちに落ち込んでゆく。房江の飲酒は、第二部あたりからはじまり熊吾も伸仁も心配するところであったが、ここに来て箍《たが》が外れたように酒を飲むようになり泥酔《でいすい》した挙句、市電を停める事故まで起こしてしまう。熊吾に帰ってきてほしいと思いながらも嫉妬心で素直になれず、房江は「驚き、嫉妬、悲しみ、あきらめ」という心情の変化を経て、ついに麻衣子たちの住む城崎まで出向き、自殺を図るのだった。だが房江はいくつかの幸運が重なって一命を取り留める。駆けつけた熊吾が、「なにもかもが、お前を死なさんように働いたのお」と声を掛けるくらい、房江は奇跡的に助かったのである。

この自殺未遂を機に、房江の意識は転換される。「私は一生のうちで二回誕生日を持った。だから私は変わらなければならない。二度の生を授かったのだから、一度目の生と同じ生を生きてはならない」と決意する。また、「伸仁が社会へ出るまで、私が働くことだ。モータープールでの仕事を完璧《かんぺき》にこなしながら、私は夫に頼らずに生きていけるだけの収入を得る道を探すのだ」と意志を固める。

名場面は、房江と伸仁が城崎大橋の真ん中で満月を仰ぐシーンである。生まれ変わった房江は、第七部『満月の道』で見上げた彼女とは違い、生きながらにして転生し本来の強さを芯《しん》から溢れさせる女性となって、輝く満月を高雅な花の香りのなかで見上げるのであった。この場面の母と子の風姿の、なんと切なく優しく気高いことか。そうして、伸仁が見事に語った狂言「月見座頭」は、いっそう二人の佇《たたず》まいを引き立てるのである。

その後、房江は生まれて初めて履歴書を書いて、「多幸クラブ」というホテルの従業員食堂の仕事の面接を受け採用される。「私に運が廻ってきた」と房江は嬉しくなる。「多幸クラブ」というホテル名も、「多幸多福」につながる房江の明るい行く末を暗示するようだ。

第九部『野の春』の舞台は引き続き大阪である。昭和四十一年からはじまり、十九歳の伸仁は大学生になった。

熊吾はもうすぐ二十歳になる伸仁に対して「父親としての責任は果たした」と思う。だが、「大将」としての責任はまだあると考えた。森井博美が一人で生きていけるように、ハゴロモの社員・神田三郎が会計士になれるように、大阪中古車センターを守衛する佐竹善国《よしくに》がそこを明け渡す事態になっても次の仕事場で働けるように、第六部で知り合ったキマタ製菓の社長・木俣《きまた》敬二の職人としての夢が果たせるように……熊吾は自分が苦境に陥っているときでさえも、常に人のことを気に掛け、なんとかして生きる道を作ってあげようと心を配るのである。熊吾のその情の厚さや優しさは、時に諸刃《もろは》の剣となって自身や家族を苦しめることになるが、それが「大将」の無二の懐《ふところ》の深い魅力でもあるのだ。

房江は自殺未遂以降、活力に溢れていた。多幸クラブの正社員となって、料理の才能を社員食堂でいかんなく発揮する。熊吾の妹タネを新たに社員食堂の賄《まかな》い婦として引き入れると、子分のように扱い、いつのまにか調理部の人たちから「女ボス」と呼ばれるようなリーダーシップを見せるのであった。

伸仁は大学でテニス部に入部し、そのコート作りからはじめた。夏の合宿に行っては、真っ黒に日焼けして帰ってくる。十八歳のときに隠れてアルバイトをしていた、ストリップ劇場の照明係の話を伸仁が大人びた口調で、時に熊吾に似た話しぶりで房江に訊《き》かせる場面などは、掛け合い漫才のようでおもしろい。伸仁が恋人の大谷冴子《さえこ》を房江に紹介する場面もいい。二十五歳になったら結婚するという約束を交わした息子の言葉を聞いて、房江は少し狼狽《ろうばい》するのであった。そんな母と子のやり取りからも、あの腺病質《せんびょうしつ》で小さかった伸仁が成長したことを読者は実感するであろう。その実感は、伸仁の二十歳の誕生日が訪れたことでいっそう強まる。その日は「お前が二十歳になるまでは絶対に死なん」という熊吾の誓いが成就《じょうじゅ》する時でもあった。第一部からの熊吾の父としての大願が達成され、幼い頃からひ弱であった伸仁が元気に成人を迎える梅田の明洋軒での祝いの席は、まさに名場面といえよう。熊吾の浮気以来、三人で食事をすることから遠ざかっていただけに、よけいに読者にとっても嬉しく待ちに待ったシーンでもある。

房江は、誓いを果たした熊吾にもプレゼントを用意する。それは帽子がよく似合う熊吾への上等な鳥打帽であった。

「ノブが二十歳になるまで生きてくれはったお祝い。お父ちゃん、誓いを果たしはったねえ。おめでとう」と熊吾を心からねぎらい讃えると、熊吾は「房江も伸仁も呆気《あっけ》にとられて見入るほどの量」の涙を溢れさせて泣くのだった。そんな熊吾の姿を見るのは初めてだった房江も涙が止まらない。この文章を書きながらも、私はもらい泣きしそうになっているが、この場面にはほんとうに胸が熱くなる。第一部から最終巻まで、筆舌に尽くしがたいほどの松坂家の艱難辛苦があり、一家のさまざまな喜怒哀楽の様相が絶え間なく渦巻いてきたなかでの、伸仁のこの二十歳の誕生日に辿《たど》り着いた歓びは、読者の胸に限りない優しさや和やかさや一人の子を育てることの尊さをひしと伝えてくれるのだった。

誕生日の席では、第二部の舞台でもある南宇和での家族の思い出話にも花が咲く。伸仁が野壺に落ちたことや房江が僧都《そうず》川の泳いでいる鮎《あゆ》を手づかみすることや熊吾が荒くれた闘牛用の牛を熊撃ち銃で殺したことや伸仁が虫捕り網をむやみに振り回したことなどである。

房江は、熊吾が「巨大な土俵」と名づけた一本松村の田園風景を思い起こす。それはれんげの花や菜の花が咲き乱れる春の野の光景であった。「お父ちゃん、私、春真っ盛りの一本松に行きたいわ。三人で一度は行っとかなあかんわ。ノブにふるさとを見せておかなあかんわ」と、熊吾に提案する。熊吾が伸仁は神戸の御影《みかげ》生まれなのに、愛媛県の一本松村をふるさとと言うのかと返すと、房江は「松坂家の実家の地は、松坂伸仁の本当のふるさとや。松坂家の血が眠ってるところや」と返答するのであった。

この二人の会話はさりげないようでいて、重要な場面である。私は宮本氏へのインタビュー時にもお話ししたが、最終巻を読み終えたあと、第一部に帰って読みはじめると、第九部で死んだはずの熊吾が再び立ち上がってきて、颯爽と闇市を闊歩《かっぽ》しはじめるインパクトに、この物語は永遠に終わらず循環し続けているのだと思ったのだった。終わったけれども終わらない、何度でもはじまる。物語そのものが大きく流転している印象が強いのだが、伸仁の二十歳の誕生日での南宇和の思い出話をはじめ、いくつかの第二部を回想するシーンを第九部で見るたびに、第一部から第九部へ、第九部から第一部へと永久に循環しながらも、実は熊吾の魂は第二部の自身の故郷である南宇和へと還っていったのだと気づかされるのだった。そう気づかされたのは、熊吾の臨終の情景に接してからである。

伸仁に対して、思わぬ冷酷なことを言ってしまった熊吾は謝りたいと思っていたが、それが果たせぬままに脳梗塞《のうこうそく》で突如倒れてしまう。病院へ搬送されるときの熊吾の戦争体験の朦朧《もうろう》とした回想は凄まじく、胸が締めつけられる。「流転の海」には戦争で心身ともに傷を負った人物が数多く登場するが、軍曹であった熊吾もその一人だったのだ。熊吾は糖尿病も悪化しており打つ手がない状態になってしまった。「中古車のハゴロモ」も閉店を余儀なくされる。「私たち夫婦が生きた時代も終わろうとしている」と房江は感じるのであった。

多幸クラブで仕事をしている房江は、愛人の森井博美に熊吾の看病を助けてもらいながら、夫が入院している病院に通った。やがて、熊吾は失語症に陥る。そんな言葉も出ない状態になった熊吾を、博美は裏切る。熊吾の隣のベッドの入院患者と関係を持ってしまうのである。それに感づいた熊吾が、不自由な口で懸命に「サンカク」「オロカ」と房江に伝える場面は、人間の宿業ともいうべき愚昧《ぐまい》さを痛烈に見せつけられるようで壮絶だ。宮本氏はこの土壇場《どたんば》においても、人の裏切りを容赦なく書きつける。熊吾は、博美に生きる道をつけようと贅沢《ぜいたく》なお好み焼き店を営むように助言し援助しようとしていたが、その博美にも最後に裏切られるのだった。

見舞いから去った房江を恋しがって熊吾は病室で暴れ、河内《かわち》の狭山《さやま》町にある病院に転院させられる。熊吾が危篤《きとく》に陥って駆けつけたときに房江と伸仁は初めて、そこが精神病院であることに気づくのであった。

狭山精神病院では患者らの凄まじい光景を二人は目《ま》の当たりにする。熊吾は、「お父ちゃん」と呼びかける二人を見て涙を流す。徹夜した房江と伸仁は眠り込んでしまい、目覚めた房江は熊吾の死を知るのであった。

四月十一日、午前十時四十五分、熊吾はこの世を去った。

その後の二人の会話は熊吾が臨終を迎えたにもかかわらず、どこかユーモラスだ。この場にこの諧謔《かいぎゃく》ある会話を持ってくることができる宮本氏に脱帽する。私は泣き笑いするようにこのシーンを嚙みしめながら読み進めた。

「なんと穏やかな顔だろう。微笑んでいるようだ。私と伸仁を見て安心したのだ。いや、そのせいではない。誓いを果たして死んだからだ」と、房江は熊吾の死に顔を見つめるのであった。

熊吾は「お前が二十歳になるまでは絶対に死なん」という誓いを見事に果たして亡くなったのだ。私は思う。熊吾は伸仁を二十歳まで見守り育てるという「使命」を全うするための「宿命」のなかにいたのだと。その熊吾の宿命が死を以て閉じたのである。

春の日の、この病院の桜が満開のときに熊吾は亡くなり、房江は「桜の花が松坂熊吾を迎えにきてくれたんやなあ」と、伸仁に語りかける。私はこの時ふと、西行の一首「願はくは花のしたにて春死なむその如月《きさらぎ》の望月《もちづき》のころ」が思い浮かんだのだった。西行の辞世に擬された一首であるが、熊吾も第五部で伸仁が初めて失恋した折に、「心なき身にもあはれは知られけり鴫《しぎ》立沢の秋の夕ぐれ」という西行の一首を諳《そら》んじて、「西行の歌が多少はわかるおとなになるかもしれん」と、丸尾千代麿に語っている。旅人であった西行は、春に満開の桜の下で死にたいと願い、大願の一首を詠《よ》んでその通りに亡くなった。西行が旅人なら、熊吾も苛烈《かれつ》を極めた人生の旅人であったといえよう。そして私は、西行法師の終焉《しゅうえん》の地が、大阪は河内にある弘川寺《ひろかわでら》であることを知って驚きを隠せなかった。熊吾が亡くなった狭山精神病院も河内であったからだ。偶然といえば偶然かもしれない。しかし房江の「桜の花が松坂熊吾を迎えにきてくれたんやなあ」というセリフも追い打ちをかけるようにして、西行と熊吾の終焉の地が河内であるという一致に、何か粛然とした「もの深さ」とでもいうべき感情を抱いたのだった。

熊吾ならこの病院の満開の桜を眺めて、なんと言うだろうと私は思いを馳せた。この西行の花の一首を諳んじるかもしれないし、西行を尊崇して旅に出た芭蕉の一句「さま〴〵の事おもひ出す桜かな」を呟くかもしれないとも思った。房江と伸仁と一緒に過ごした、さまざまな人生の情景を思い出しつつ、病院の桜を静かに眺めたことであろう。

熊吾の病室の窓外には、穏やかな春の風景が広がっている。南宇和の一本松村の大きさにはかなわないが、どこか熊吾の故郷の情景が重なって見える。『野の春』というタイトルは、熊吾が息を引き取った河内の春景色であると同時に、熊吾の郷里・南宇和の「巨大な土俵」の春景色でもあるのだ。熊吾の魂は、れんげの花や菜の花や桜が咲き誇る一本松村の春へと還っていったのであろう。かつてやんちゃ坊主《ぼうず》であった熊吾を乗せて、故郷の田舎道を家まで悠然と送りとどけてくれた牛のアカの背中にのんびり跨《また》りながら。

熊吾の葬儀に集まったのは、人生において彼に助けられた善意の人ばかりである。心根の清い人ばかりだ。熊吾の「きょうは、いばってはいけない日」に際して、そんな近しい人々が寄り集まってくれた。「桃李《とうり》物言わざれども下自ずから蹊《けい》を成す」とは、まさにこのことである。徳のある人のもとには、黙っていても魅了する桃や李《すもも》のように人々が慕い集まってくるものである。

父である熊吾の嵐のごとき激動の人生に巻き込まれながら、母の房江と息子の伸仁はこれまで生き抜いてきた。この長大な物語は社会的事件や事象や風俗をクロニクル的に織り込みながら、戦争で傷ついた人々としのぎを削り合い、時に優しくいたわり合いつつ、戦中戦後を力いっぱい生きてきた松坂熊吾という「市井《しせい》の傑物」ともいえる人物を中心に据えて、壮大なスケールで展開する家族の星廻りを巡る人生の格闘譚《たん》ともいえる。そして松坂家以外のさまざまな人間が登場しては生と死をひたすら繰り返してゆく有為転変の物語だ。宮本氏は第九部のあとがきで、「ひとりひとりの無名の人間のなかの壮大な生老病死の劇」と言い切っているが、私はその言葉に静かに粛然と頷《うなず》くほかない。

「『流転の海』第二部について」という氏のエッセイのなかで、「『お父ちゃん、いつか俺が仇《かたき》をとったるで』と十八歳のとき確かに私は父に言ったのだった。父は笑っていたが、私は約束を果たさねばならぬ」と記している。その約束通り、宮本氏は見事に父という人間の聖俗も表裏も炙り出し、その命を讃えて書き切った。充分な仇を討った。そうしてエッセイ「よっつの春」のなかの「桜」の一節で「雄大で、したたかで、しぶとい生命力を持った、万朶《ばんだ》の花をたなごころに載せて時を耐えた、幹の周りが三丈八尺、枝の拡がりが二反歩に余る、樹齢千二百年の桜のような人間を、自分の筆で書きあらわしてみたい」と述べているが、その大木の桜こそが松坂熊吾ではないかと、私は思うのであった。またこう言い換えてもいい。「流転の海」こそがどんな風雪にも耐え忍ぶことができる、劫《ごう》のなかに咲き満ちる荘厳なる桜の大樹なのだと。

（令和三年二月、俳人）

この作品は平成三十年十月新潮社より刊行された。

宮本輝著
流転の海
第一部

理不尽で我儘で好色な男の周辺に生起する幾多の波瀾。父と子の関係を軸に戦後生活の有為転変を力強く描く、著者畢生の大作。

宮本輝著
地の星
流転の海第二部

人間の縁の不思議、父祖の地のもたらす血の騒ぎ……。事業の志半ばで、郷里・南宇和に引きこもった松坂熊吾の雌伏の三年を描く。

宮本輝著
血脈の火
流転の海第三部

老母の失踪、洞爺丸台風の一撃……大阪へ戻った松坂熊吾一家を、復興期の日本の荒波が翻弄する。壮大な人間ドラマ第三部。

宮本輝著
天の夜曲
流転の海第四部

富山に妻子を置き、大阪で事業を始める松坂熊吾。苦闘する一家のドラマを高度経済成長期の日本を背景に描く、ライフワーク第四部。

宮本輝著
花の回廊
流転の海第五部

昭和三十二年、十歳の伸仁は、尼崎の叔母の元で暮らしはじめる。一方、熊吾は駐車場運営にすべてを賭ける。著者渾身の雄編第五部。

宮本輝著
慈雨の音
流転の海第六部

昭和34年、伸仁は中学生になった。ヨネの散骨、香根の死……いくつもの別れが熊吾達に飛来する。生の祈りに満ちた感動の第六部。

宮本輝著

満月の道
流転の海第七部

昭和三十六年秋、熊吾の中古車販売店経営は順調だった。しかし、森井博美が現れた。やがて松坂一家の運命は大きく旋回し始める。

宮本輝著

長流の畔
流転の海 第八部

昭和三十八年、熊吾は横領された金の穴埋めに奔走しつつも、別れたはずの女とよりを戻してしまう。房江はそれを知り深く傷つく。

宮本輝著

螢川・泥の河
芥川賞・太宰治賞受賞

幼年期と思春期のふたつの視線で、人の世の哀歓を大阪と富山の二筋の川面に映し、生死を超えた命の輝きを刻む初期の代表作2編。

宮本輝著

道頓堀川

大阪ミナミの歓楽の街に生きる男と女たちの、人情の機微、秘めた情熱と屈折した思いを、青年の真率な視線でとらえた、長編第一作。

宮本輝著

幻の光

愛する人を失った悲しい記憶を胸奥に秘めて、奥能登の板前の後妻として生きる、成熟した女の情念を描く表題作ほか3編を収める。

宮本輝著

錦繍

愛し合いながらも離婚した二人が、紅葉に染まる蔵王で十年を隔て再会した――。往復書簡が過去を埋め織りなす愛のタピストリー。

小川洋子著　博士の愛した数式
本屋大賞・読売文学賞受賞

80分しか記憶が続かない数学者と、家政婦とその息子――第1回本屋大賞に輝く、あまりに切なく暖かい奇跡の物語。待望の文庫化！

角田光代著　さがしもの

「おばあちゃん、幽霊になってもこれが読みたかったの？」運命を変え、世界につながる小さな魔法「本」への愛にあふれた短編集。

江國香織著　号泣する準備はできていた
直木賞受賞

孤独を真正面から引き受け、女たちは少しでも前進しようと静かに歩き続ける。いつか号泣するとわかっていても。直木賞受賞短篇集。

川上弘美著　センセイの鞄
谷崎潤一郎賞受賞

独り暮らしのツキコさんと年の離れたセンセイの、あわあわと、色濃く流れる日々。あらゆる世代の共感を呼んだ川上文学の代表作。

恩田陸著　夜のピクニック
吉川英治文学新人賞・本屋大賞受賞

小さな賭けを胸に秘め、貴子は高校生活最後のイベント歩行祭にのぞむ。誰にも言えない秘密を清算するために。永遠普遍の青春小説。

山田詠美著　ぼくは勉強ができない

勉強よりも、もっと素敵で大切なことがあると思うんだ。退屈な大人になんてなりたくない。17歳の秀美くんが元気潑剌な高校生小説。

野《の》の春《はる》

流転の海 第九部

新潮文庫　み－12－58

令和三年四月一日発行

著者　宮《みや》本《もと》輝《てる》

発行者　佐藤隆信

発行所　株式会社　新潮社

郵便番号　一六二―八七一一
東京都新宿区矢来町七一
電話　編集部(〇三)三二六六―五四四〇
　　　読者係(〇三)三二六六―五一一一
https://www.shinchosha.co.jp

価格はカバーに表示してあります。

乱丁・落丁本は、ご面倒ですが小社読者係宛ご送付ください。送料小社負担にてお取替えいたします。

印刷・大日本印刷株式会社　製本・加藤製本株式会社

ISBN978-4-10-130758-9 C0193